Die Frau in der Literatur

Elizabeth von Arnim

ELIZABETH VON ARNIM

Die englische Reise

›The Caravaners‹

Roman

Aus dem Englischen übersetzt von
Inge Uffelmann

Mit einem Nachwort von
Horst Pöthe

Ullstein

Die Frau in der Literatur
Ullstein Buch Nr. 30371
im Verlag Ullstein GmbH,
Frankfurt/M – Berlin

Ungekürzte Ausgabe

Umschlaggestaltung:
Theodor Bayer-Eynck
Illustration:
Silvia Christoph

Frontispiz:
Vorlage: Elizabeth von Arnim-Privatarchiv Pöthe

Printed in Germany 1996
Gesamtherstellung:
Ebner Ulm
ISBN 3 548 30371 4

2. Auflage Juli 1996
Gedruckt auf alterungsbeständigem
Papier mit chlorfrei
gebleichtem Zellstoff

Die Deutsche Bibliothek – CIP-Einheitsaufnahme

Arnim, Mary A. von:
Die englische Reise : Roman – The Caravaners /
Elizabeth von Arnim. Aus dem Engl. von Inge Uffelmann. –
Ungekürzte Ausg., 2. Aufl. – Frankfurt/M ; Berlin : Ullstein, 1996
(Ullstein-Buch ; Nr. 30371 : Die Frau in der Literatur)
ISBN 3-548-30371-4
NE: GT

1

Da der Juni dieses Jahres mit ein paar schönen Tagen aufgewartet hatte, vermuteten wir, der Sommer sei tatsächlich endlich gekommen. Unsere Behausung (eine sehr gut geschnittene, in keiner Weise beengende Wohnung im zweiten Stock eines Eckhauses, deren Fenster auf den Friedhof hinausgehen) erschien uns folglich recht langweilig, und mit einer gewissen Sehnsucht dachten wir an Storchwerders ländliche Umgebung. Wir begingen in diesem Jahr unser fünftes Ehejubiläum, und da wir fest entschlossen waren, dieses Ereignis mit einer Auslandsreise im eigentlichen Ferienmonat August gebührend zu würdigen, hatten wir nun weder die Mittel noch den Wunsch, bereits im Juni Gelder für eine Reise aufs Land zu verschleudern. Meine Frau schlug daher vor, wir sollten an einigen Nachmittagen Ausflüge in die Umgebung unternehmen, nicht weiter als bis in eine Entfernung von, sagen wir, fünf bis zehn Meilen, und nacheinander jene unserer Bekannten besuchen, die in ebenjenem Umkreis um Storchwerder leben und dort ihre Landgüter bewirtschaften. »Auf diese Weise«, sagte sie, »bekommen wir zu geringem Kostenaufwand viel frische Luft.«

Ich ließ eine angemessene Frist verstreichen, ehe ich ihr zustimmte, denn es versteht sich von selbst, daß ein vernunftbegabter Ehemann die Vorschläge seiner Frau nicht unverzüglich billigt. Vielmehr wird er ihre Ratschläge mit größter Sorgfalt abwägen und von allen Seiten überdenken, ehe er sich dazu herabläßt, ihnen zu folgen oder seiner Frau zu erlauben, ihnen nachzukommen. Weiber haben keinen Verstand: Sie haben Instinkte, und diese Instinkte können sie gehörig in die Bredouille bringen, hätten sie nicht ihre klugen Ehemänner, die allezeit bereitstehen, ihren Pfad zu erhellen und sich ihnen sozusagen als weise sie leitende Glühwürmchen anzudienen. Was indes diejenigen anbelangt, denen es nicht vergönnt war, sich einen Ehemann zu ergattern, dem, wie man wohl sagen muß, Strand- und Wrackgut ihres Geschlechtes, so kann ich nur ausrufen: Gott stehe ihnen bei!

Nun gab es in diesem Falle freilich nichts, was gegen Edelgards Vorschlag hätte eingewandt werden können; im Gegenteil, vieles sprach dafür. Wir bekämen frische Luft, wir würden verköstigt (gut verköstigt; sofern wir es wünschten, sogar im Überfluß, doch wissen wir selbstverständlich Maß zu halten), und das Ganze würde uns keinerlei Kosten verursachen. Als Major des in Storchwerder stationierten Artillerieregiments bin ich ohnehin verpflichtet, einige Pferde zu unterhalten (die auf Regimentskosten gefüttert werden). Des weiteren steht mir natürlich ein Mann meines Bataillons als Diener und Kutscher zur Verfügung, der mich wenig mehr als seinen leiblichen Unterhalt kostet und der nicht kündigen kann. Es mangelte uns also lediglich an einer Chaise. Doch konnten wir, wie Edelgard andeutete, wohl ohne weiteres für ein paar Nachmittage den offenen Kutschwagen des Herrn Oberst entleihen, so daß unsere Equipage vollständig war, ohne daß wir dazu auch nur einen roten Heller hätten ausgeben müssen.

Die Ländereien rund um Storchwerder sind sehr groß. Als wir sie durchzählten, stellten wir fest, daß mit bereits fünf Besuchen der standesgemäße Kreis unserer Bekannten auf dem Lande abgedeckt war. Kurz erwogen wir noch eine sechste Möglichkeit, doch aus Gründen, bei denen ich zur Gänze mit meinem lieben Eheweib konform ging, entschlossen wir uns, diese nicht einzubeziehen. Schließlich müssen Grenzen gezogen werden. Und meiner Meinung nach sind der Herr und die Dame von Stand am besten damit umschrieben, daß sie diejenigen sind, die diese Grenzen zu ziehen verstehen. In der Tat war Edelgard in einem gewissen Zweifel darüber befangen, ob es denn überhaupt jene ausgewählten fünf sein dürften. Unter ihnen befand sich nämlich ein Gastgeber – freilich in diesem Fall nicht der Gutsbesitzer persönlich, sondern nur der Bruder der verwitweten Dame des einstmaligen Besitzers, der bei seiner Schwester lebt und deren Geschäfte führt –, der uns beiden als Person nichts bedeuten kann. Dieser Mensch vertritt nämlich zum ersten ungesunde politische Ansichten mit einer eindeutigen Neigung zu jenem Ideengut der Mittelklasse, das die sozialistisch angehauchte Brut (mit Verlaub zu sagen) als erleuchtet bezeichnet. Dies aber ist eine Neigung, die einem Manne von seiner Geburt und seinem Stand vor allem deshalb zur Schande gereicht, als er nicht die geringste Anstrengung unternimmt, sie zu verbergen. Darüber hinaus aber ist dieser Mensch auch unfähig oder unwillens – Edelgard und ich konnten nie endgültig entscheiden, was von beidem –, seine Schwester im Zaume zu halten. Dabei ist es ganz einfach, die Frau, für die man verantwortlich ist, im Zaume zu halten, sei es nun die Schwester, die Ehefrau, die Mutter oder Tochter oder sogar unter bestimmten günstigen Umständen die Tante – gelegentlich ein schwieriger Menschenschlag, wie am Falle von Edelgards Tante Bockhügel zu sehen ist, von der möglicherweise später noch zu sprechen sein wird. Man muß lediglich von Anfang eine klare Entscheidung treffen und die Zielsetzung konsequent und mit unbeugsamer Festigkeit im Auge behalten, auch und gerade in Momenten, in denen man innerlich zum Nachgeben geneigt sein mag. Es ist so einfach, daß ich die Schwierigkeiten, die andere bei der Bewältigung dieser Aufgabe zu haben scheinen, nie verstehen konnte. Es ist so einfach, daß just eben in diesem Augenblick, als meine Gedanken noch um dieses Thema kreisten und meine Frau mir meine Elf-Uhr-Zwischenmahlzeit aus Brot, Butter und Schinken hereinbrachte (wobei sie meinen Schreibfluß mit einem Blick über meine Schulter unterbrach), ich lächelnd zu ihr aufschaute, nach ihrer Hand griff, mit der sie den Teller abgestellt hatte, und zu ihr sprach: »Ist es nicht so, mein liebes Weib?«

»Ist was nicht so?« fragte sie – ziemlich einfältig, wie mir scheinen wollte, hatte sie doch die zuletzt von mir zu Papier gebrachten Zeilen eben erst überflogen; dann, ohne mir Zeit für eine Antwort zu lassen, fügte sie hinzu: »Wolltest du nicht unsere Erlebnisse in England niederschreiben, liebster Otto?«

»Aber ja doch«, sagte ich.

»Damit wir sie im kommenden Winter unter unseren Verwandten kursieren lassen können?«

»Aber ja doch«, sagte ich.

»Wäre es dann nicht besser, du würdest langsam anfangen?«

»Liebe Frau«, belehrte ich sie, »ich habe bereits angefangen.«

»Dann«, sagte sie, »solltest du keine Zeit mit Nebensächlichkeiten vertrödeln.«

Sie setzte sich auf ihren üblichen Platz beim Erkerfenster und nahm ihre Arbeit wieder auf, die darin bestand, die Armlöcher meiner Hemden zu vergrößern.

Dies, so möchte ich bemerken, war ausgesprochen spitzzüngig. Vor unserer Englandreise pflegten ihre Bemerkungen niemals spitz zu sein. Doch lassen Sie mich fortfahren.

Im Augenblick bewegt mich natürlich die Frage, was sie mit »Nebensächlichkeiten« gemeint haben könnte. (Ich werde all dies selbstverständlich überarbeiten und zweifellos auch die eine oder andere Passage streichen.) Ich frage mich, ob sie wohl meinte, ich solle mit meinem Namen und meiner Adresse anfangen. Dies wäre natürlich überflüssig, denn selbstredend bin ich den Einwohnern Storchwerders ebenso bekannt wie der Postbote. Andererseits ist dies mein erster Versuch, ›die Muse zu umgarnen‹, wie es poetisch, literarisch und auch sonst von schlechtem Stil beeinflußte Menschen bezeichnen (was erklären mag, warum ich mich überhaupt frage, was Edelgard gemeint haben könnte). Möglicherweise ist dem Anfänger das Glück hold, wenn er nur mit der gebotenen Bescheidenheit beginnt. Die Muse umgarnen – was für ein Ausdruck! Und obendrein frage ich mich – welche der Musen? Gern würde ich Edelgard fragen, ob sie . . . aber nein, das könnte aussehen, als suchte ich ihren Rat. Und das kehrte ja die natürliche Rangordnung zwischen Mann und Frau von unterst zuoberst. Statt also einen Weg einzuschlagen, der nur zu leicht zur Katastrophe hätte führen können, wandte ich mich ihr zu und sagte ruhig: »Mein liebes Weib, unsere englischen Abenteuer begannen nun einmal mit unseren Besuchen bei den Nachbarn. Hätten wir diese Besuche nicht unternommen, so hätten wir im vergangenen Sommer Frau von Eckthum vermutlich gar nicht gesehen. Und wären wir nicht in den Sog ihrer Überredungskünste geraten, so hätten wir unsere Reise zur Feier unserer Silberhochzeit, genau wie ursprünglich geplant, nach Italien oder in die Schweiz unternommen. Dieses verfluchte Eiland jenseits des Kanals aber hätten wir niemals betreten.«

Ich hielt inne; und da Edelgard sagte, was sie regelmäßig sagt, wenn sie nicht überzeugt ist, nämlich nichts, fuhr ich geduldig in meiner Argumentation fort. Freilich, das muß ich hier betonen, reicht meine Geduld nur bis zu dem Punkt, an dem sie als Schwäche ausgelegt werden könnte. Ich fuhr also geduldig zu sprechen fort und begann, ihr den Unterschied zu erklären zwischen dem exakten und gründlichen Vorgehen der Männer und den sprunghaften Tendenzen der Weiber. Die Methode der Männer nämlich besteht darin, die Wurzeln der Dinge bloßzulegen, was einem Anfang beim wirklichen Anfang gleichkommt, wohingegen die Frauen hierhin und dorthin abschweifen, ohne den einzelnen Gesichtspunkten auch nur die geringste der ihnen gebührenden Aufmerksamkeit zu schenken.

»Aber wir Weiber kommen zuerst ans Ziel«, sagte Edelgard. Ich hob ein wenig die Braue. Noch vor wenigen Monaten – will sagen, vor unserem Aufenthalt auf britischem Boden – hätte Edelgard eine solche Bemerkung niemals fallenlassen. Sie pflegte überhaupt niemals Kommentare abzugeben, und die Harmonie unseres Ehelebens war folglich ungetrübt. Ich glaube, sie sah, wie ich die Braue lupfte, aber sie nahm keine Notiz davon – eine weitere Neuheit in ihrem Verhalten. Ich wartete noch eine Weile, dann entschloß ich mich, meinen Bericht weiterzuführen.

Doch ehe ich ohne Umschweife fortfahre, möchte ich zunächst erklären, wieso wir, ein Offizier und sein angetrautes Eheweib, die natürlicherweise nicht gerne Geld ausgeben, eine derart kostspielige Angelegenheit wie eine Auslandsreise ins Auge faßten. Bereits vor langer Zeit hatten wir uns entschlossen, im fünften Jahr unserer Ehe eine solche Reise zu unternehmen, und zwar aus folgendem Grunde: Ehe ich Edelgard heiratete, hatte ich ein Jahr im Witwerstand verbracht, und davor war ich nicht weniger als neunzehn Jahre verehelicht gewesen. Das mag so klingen, als wäre ich alt. Doch ich muß meinem verehrten Publikum, das mich ja, während ich ihm diese Zeilen zu Gehör bringe, vor sich sieht, nicht erst sagen, daß dem nicht so ist. Die besten aller Zeugen sind die Augen; und wie man wohl sehen kann, begann ich mein Eheleben mit ungewöhnlich jungen Jahren. Meine erste Gemahlin stammte aus dem Hause Mecklenburg-Lunewitz, und zwar aus der älteren (und so unvergleichlich viel höherrangigen) Linie. Wäre sie noch am Leben, so hätte ich gemeinsam mit ihr am ersten August des vergangenen Jahres meine Silberhochzeit gefeiert. Anläßlich eines für uns arrangierten Festakts hätten wir Unmengen silberner Geschenke von unseren Verwandten, Freunden und Bekannten entgegengenommen. Das Regiment hätte nicht umhingekonnt, die Gelegenheit zur Kenntnis zu nehmen, und vielleicht hätten sogar unsere beiden Bediensteten zusammengelegt, um uns ihre hingebungsvolle Anhänglichkeit in edelmetallischer Form zum Ausdruck zu bringen. All dies nun wäre mir entgangen, und zwar ganz und gar ohne mein Verschulden. Nun kann ich allerdings nicht einsehen, weshalb ich all der Vorzüge einer solchen Feier verlustig gehen soll. Habe ich denn nicht – abgesehen von einer mir aufgezwungenen kurzen Unterbrechung von zwölf Monaten – eine wahrhaftige Ehezeit von fünfundzwanzig Jahren hinter mich gebracht? Warum sollte ich, der ich doch diese beachtliche Zahl von fünfundzwanzig Jahren des Ehestandes durchgestanden habe, ohne Anerkennung für diese Leistung bleiben, nur weil meine arme Marie-Luise nicht fähig war, weiterzuleben? Ich hatte Edelgard diesen Sachverhalt geduldig auseinandergesetzt, und je näher das Datum rückte, an dem ich bei natürlichem Lauf der Dinge die Früchte meiner Silberernte hätte einfahren und die Wertschätzung voll hätte auskosten können, die man mir allenthalben entgegenbringt, desto emphatischer wurden meine Empfindungen. Edelgard schien zunächst unfähig, mich zu verstehen; doch sie ist sehr lernfähig, und mit der Zeit fand sie die Logik meines Gedankenganges unwiderstehlich. Ja, als sie meinen Standpunkt erst einmal begriffen hatte, war sie sogar noch nachdrücklicher als ich der Ansicht, daß etwas unternommen werden müsse, dieses für mein Leben so wichtige Ereignis gebührend hervorzuheben. Sie erkannte, daß es nicht meine Schuld war, wenn Marie-Luise mich im Stich gelassen hatte, und daß doch zumindest ich meinen Teil dazu beigetragen hatte, all diese Jahre getreulich im Ehestande zu verbringen.

Zwischen dieser Erkenntnis und der empörten Entrüstung darüber, daß unsere Freunde womöglich von meinem Jubiläum überhaupt keine Notiz nehmen könnten, lag für sie nur noch ein winziger Schritt. Folglich besprachen wir das Thema gründlich, und vielfältig waren unsere Überlegungen, wie es uns beiden gelingen könnte, unsere Freunde von unserer Sicht der Dinge zu überzeugen. Schließlich entschlossen wir uns, egal wie sehr die Freunde das Ehejubiläum auch ignorieren mochten, unseren eigenen Vorstellungen zu folgen. Wir planten daher für unseren Silberhonigmond eine Reise in das Land der wahren Romantik: nach Italien. Am 1. August, dem Tag meiner Heirat mit Marie-Luise vor fünfundzwanzig Jahren, sollte unsere Reise beginnen.

Ich habe all dies in solcher Ausführlichkeit zu Papier gebracht, weil ich jenen unter unseren Verwandten und Freunden, die dieses Manuskript lesen werden, mit aller Unmißverständlichkeit deutlich machen wollte, warum wir überhaupt eine derart extravagante Reise unternehmen wollten. Nachdem mir dies, wie ich hoffe, zur Zufriedenheit aller gelungen ist, kann ich mich wieder meinem Bericht zuwenden.

Wir borgten uns also den offenen Kutschwagen des Herrn Oberst: Ich schrieb fünf Billetts zur Ankündigung unseres Besuches und um mich zu erkundigen, ob unsere Visite genehm sei (eine bloße Formalität, versteht sich). Die Rückantworten gingen unverzüglich ein, und alle versicherten uns im Tone bester Wohlerzogenheit, daß man unseren Besuch enthusiastisch begrüße. Ich legte meine Paradeuniform an, Edelgard kleidete sich in ihre Sommergarderobe. Clothilde, unserer Köchin, gaben wir strikte Anweisungen und halfen ihr bei der Ausführung derselben, indem wir alle Lebensmittel sorgfältig wegschlossen. Mit meinem Burschen Hermann vorn auf dem Kutschbock fuhren wir unter den gaffenden Augen der ganzen Straße in bester Ferienstimmung los.

Überall empfing man uns mit geziemender Gastfreundschaft, handelte es sich doch ausschließlich um Familien von unserem Stand und Rang, um Mitglieder jener ritterlichen, gottesfürchtigen, wohlgeborenen Adelsklasse, die die besten Traditionen des Vaterlandes hochhält und die sich mit Seele und Leib (je nach den Umständen) wie eine beschützende Phalanx um den Thron des Kaisers schart. Zunächst reichte man immer Kaffee und Kuchen sowie eine ansehnliche Auswahl an belegten Broten (in einem Hause bot man uns keine Brote, sondern lediglich Kaffee und Kuchen an; eine unverzeihliche Unterlassung, die Edelgard und ich auf der Heimfahrt ausführlich besprachen). Sodann wurde ich regelmäßig eingeladen, einen Blick auf die Schweine unserer Gastgeber zu werfen oder auf die Kühe oder welche Tierart auch immer es war, die des Hausherrn ganzen Stolz ausmachte. In vier der fünf Fälle waren es allerdings Schweine. Während meiner Abwesenheit saß Edelgard mit der Dame des Hauses im Garten oder auf der Terrasse oder wo auch sonst immer die jeweilige Familie zu sitzen pflegte (nur ein Haus hatte eine Terrasse) und parlierte mit ihr über Dinge, die das Weibervolk interessieren, als da sind die Dienerschaft und was weiß ich sonst noch. Dann, nachdem die Schweine erschöpfend betrachtet waren und ich meinerseits gründlich erschöpft war vom Anblick der Schweine – denn man kann natürlich von einem preußischen Offizier im aktiven Dienst nicht verlangen, daß er diesen Kreaturen, solange sie noch ungekocht, -gebraten oder -gepökelt sind, dieselbe Aufmerksamkeit entgegenbringt wie ein Mann, der ihrer Aufzucht sein Leben widmet –, nachdem also, wie gesagt, ich die Schweine hinlänglich begutachtet hatte, gesellten wir uns wieder den Damen zu und spazierten mit ihnen ein wenig durch das Gutsgelände, wobei wir eine leichtere, den Geistesgaben unserer Zuhörerinnen angemessene Konversation führten. Zugleich bemühten wir uns, mit unseren Taschentüchern die Stechmücken zu vertreiben. So verbrachten wir die

Zeit, bis man uns durch einen Dienstboten wissen ließ, daß das Abendessen angerichtet sei. Diese Abendmahlzeit umfaßte meist ein hervorragendes warmes Gericht und eine Auswahl kalter Speisen, angeführt von einer Bouillon und abgeschlossen von einem eleganten Angebot süßer Nachspeisen und erfrischender Früchte. (Lediglich das Diner bei Frau von Eckthum, unserer hiesigen jungen Gastgeberin, tanzte aus der Reihe, insofern es aus sechs oder sieben Gängen bestand. Doch muß man bedenken, daß sie Mitglied jener gesellschaftlichen Gruppierung ist, die man wohl als die Ultramodernen bezeichnet; außerdem ist sie die Schwester einer mit einem Engländer verheirateten Dame.) Nach der Abendmahlzeit begaben wir uns, nachdem wir noch ein wenig bei Kaffee und Likör plaudernd auf der Terrasse oder im Garten gesessen hatten und heimlich uns dabei beglückwünschten, daß es in unserem Städtchen bei weitem nicht so viele hungrige Stechmücken gibt, auf den Heimweg nach Storchwerder, immer gut verköstigt und gelegentlich sogar zufrieden.

Der letzte unserer Besuche hatte Frau von Eckthum und ihrem Bruder, Graf Flitz von Flitzburg, gegolten. Wie allgemein bekannt, lebt er als unverheirateter Hagestolz bei seiner Schwester und kümmert sich um das Gut des verstorbenen Eckthum. Dabei war es ihm vergönnt, in Fußstapfen zu treten, die von derart bequemen Schuhen hinterlassen worden waren, daß man sie richtigerweise Pantoffeln nennen sollte. Soweit schien alles gutgegangen zu sein. Erst sehr viel später wurde mir bewußt, daß dieser letzte Besuch nicht gutgegangen war; denn erst im Rückblick vermögen wir zu erkennen, welche Strecke wir hinter uns gebracht haben und in welcher Weise ein Weg, der zunächst so verlockend schien, uns über Stock und Stein mitten in die Wildnis geführt hat. Bereits bei unseren ersten vier Besuchen hatten wir natürlich von unseren Plänen berichtet, im August nach Italien reisen zu wollen. Eingangs begrüßten unsere Freunde unser Vorhaben immer enthusiastisch, wobei sich auf ihren Gesichtern jener freudig überraschte Ausdruck spiegelte, der von großen Erbschaften spricht. Im Laufe des weiteren Gesprächs wiesen sie indes regelmäßig darauf hin, daß es im August in Italien unerträglich heiß sein werde. August, sagten sie, sei für Italien ein unmöglicher Monat; wir könnten uns hinbegeben, wo immer wir wollten, wir würden keinen einzigen Deutschen antreffen. Daran hatten wir nicht gedacht. Doch nachdem unsere erste Enttäuschung verwunden war, zeigten wir uns bereit, auf guten Rat zu hören und lieber die Schweiz mit ihren ausgezeichneten Hotels und Horden von Landsleuten zu wählen. Im Verlaufe dieser Unterhaltungen versuchte ich immer wieder, deutlich zu machen, daß es sich bei unserer Reise um eine Art Honigmond handele, stieß jedoch jedesmal auf ein derart starrsinniges Unverständnis – das, wie ich vermute, einem Vorsatz entsprang –, daß wir zu unserem Verdruß die Vergeblichkeit unserer Bemühung schließlich einsehen mußten. Edelgard sagte zwar, sie hoffe, sollten unsere Bekannten es der Ungewöhnlichkeit der Umstände wegen verfehlen, uns silberne Rauchbestecke und Ähnliches zu schenken, es ihnen doch wenigstens rechtzeitig einfallen werde, sich zusammenzutun, um uns bei der Bestreitung der immensen Kosten einer angemessenen Reise für Silberhochzeiter unter die Arme zu greifen; doch glaube ich, daß unsere Gastgeber zu keiner Zeit auch nur im entferntesten vorhatten, irgend etwas für uns zu tun. Im Gegenteil, sie bereiteten uns gehöriges Unbehagen, indem sie die Summen nannten, die wir wahrscheinlich zu berappen hätten. Und bei unserem letzten Besuch (dem bei Frau von Eckthum), als ich ganz beiläufig die Menge guten deutschen Geldes beklagte, die uns diese schurkischen Schweizer aus der Tasche ziehen würden, da sagte sie (Frau von Eckthum): »Warum kommen Sie dann nicht nach England?«

In dem Augenblick, in dem sie das sagte, war ich in Gedanken vollkommen damit beschäftigt, die passenden Worte der Mißbilligung zu finden, für die Art und Weise, wie sie weit zurückgelehnt in einem niedrigen Gartenstuhl lag. Die Beine von sich gestreckt, hatte sie die Füße derart übereinandergeschlagen, daß mein Blick auf Strümpfe fallen mußte, so hauchdünn, daß es genausogut gar keine Strümpfe hätten sein können. Unter diesen höchst ungewöhnlichen Umständen war mir der hier gänzlich unangebrachte Ausdruck *kommen* gar nicht aufgefallen. *Gehen* oder *fahren* wäre das richtige Wort gewesen, aber der Ausdruck, ich wiederhole es, fiel mir nicht auf, weil meine ganze Aufmerksamkeit anderweitig beschäftigt war. Noch nie in meinem Leben hatte ich so zierliche Schühchen gesehen. Hat eine Frau das Recht, auffällige Extremitäten zu haben? Derart auffällig – auch Frau von Eckthums Hände vereinnahmten meine Aufmerksamkeit –, daß ein Mann nicht mehr in der Lage ist, dem Fluß der Konversation zu folgen? Ich bezweifle das: Dennoch ist Frau von Eckthum eine höchst anziehende Dame. Dort saß Edelgard, kerzengerade und anständig, wie es sich für die tugendhafte Blume perfekter deutscher Weiblichkeit geziemt, die Füße auf dem Grasboden korrekt und sittsam nebeneinandergestellt und umhüllt, wie ich wohl wußte, von dicken Wollstrümpfen und den anständigen, flachsohligen Stiefeletten der christlichen Dame. Verkörperung eines Typus also, der, wie ich deutlich hervorheben muß, unbedingt den Vorzug genießt – als Ehefrau. Ich überlegte, ob auch Flitz den Unterschied zwischen den beiden Damen bemerkte. Verstohlen schaute ich zu ihm hinüber, doch sein Gesicht war – wie gewöhnlich – bar jeglichen Ausdrucks. Und ich fragte mich, ob er, wenn er es denn gewollt hätte, seine Schwester dazu hätte bringen können, sich anständig hinzusetzen. Zum hundertsten Mal fühlte ich mit aller Deutlichkeit, diesen Mann würde ich niemals ausstehen können. Aus der Sicht eines mannhaften Bruders sollte es die Pflicht einer Schwester sein, in seiner Gegenwart aufrecht und anständig zu sitzen. Frau von Eckthum ist allerdings eine sehr reizvolle Dame. Wenn doch bloß ihre Strümpfe nicht so unverschämt fein und durchsichtig gewesen wären!

»England«, hörte ich Edelgard sagen, »ist, glaube ich, kein passender Ort.«

Erst jetzt wurde ich mir bewußt, daß Frau von Eckthum *kommen* gesagt hatte.

»Wieso denn nicht?« gab sie auf Edelgards Bemerkung zurück; und ihre einfache Art, geradeheraus zu fragen und ebenso zu antworten, ohne lange zu fackeln oder ihre Rede durch blumige

Ausdrucksweisen zu schmücken und mit den Titeln der angesprochenen Personen abzurunden, hat, wie ich weiß, nicht wenig dazu beigetragen, sie in der Storchwerder Gesellschaft unbeliebt zu machen.

»Ich habe sagen hören«, hob Edelgard vorsichtig an, denn zweifellos war sie der Tatsache eingedenk, daß man gegenüber einer Gastgeberin, deren Schwester nicht nur mit einem Engländer verheiratet ist, sondern mit demselben auch noch immer zusammenlebt, nicht so ohne weiteres mit all dem herausplatzen kann, was man unter anderen Umständen frisch von der Leber weg gesagt hätte, »ich habe sagen hören, es sei kein Ort, an den man reist, wenn man Landschaften sehen möchte.«

»Oh?« sagte Frau von Eckthum, und fügte dann – sehr gescheit, wie mir schien – hinzu: »Aber Landschaft gibt es doch überall.«

»Edelgard meint grandiose Landschaften«, versetzte ich höflich. Denn immerhin hielten wir beide Tassen, gefüllt mit Eckthum-Tee, in den Händen (es war das einzige Haus, in dem man uns Tee servierte, statt unseres aromatischeren, vollmundigeren Nationalgetränks), und ich bin der Meinung, man sollte es den Menschen mit Humor aufwiegen, wenn man zufällig ihre Gastfreundschaft genießt.

»Oder ertragen muß«, bemerkte Edelgard schlagfertig auf dem Heimweg, als wir uns diesen besonderen Aspekt des Besuches wieder in Erinnerung riefen.

»Oder ertragen muß«, wiederholte ich, nach angemessener Pause Edelgard zustimmend. Schließlich ist es wahrhaftig kein Zeichen von guter Gastfreundschaft, einfach keinen Kaffee aufzutischen und so den Besucher durch das ebenso unwürdige wie barbarische Mittel der Unterlassung zu zwingen, ohne denselben auskommen zu müssen. Aber das war natürlich typisch Flitz! Er verhält sich, will mir scheinen, allzusehr, als gehörte das Landgut ihm.

Flitz, der England gut kennt – hat er doch einige Jahre an unserer dortigen Botschaft zugebracht –, bemerkte, es sei das schönste Land auf Gottes Erdboden. Die unpatriotische Implikation dieser Behauptung veranlaßte Edelgard, einen geheimen Blick mit mir zu tauschen. Ohne Zweifel dachte sie – genauso wie ich –, daß es ein schwarzer Tag für Preußen wäre, hätten noch mehr seiner edlen Herren Schwestern, die fehlgeleitete Ehen mit Ausländern eingehen. Immerhin sind diese fremden Schwäger nur zu oft die Schmalseiten jener Keile, an deren Breitseite die Leugnung unseres Rechtes steht, uns selbst als das von Gott dem Allmächtigen persönlich auserwählte Volk zu sehen, als das Volk, das allein berechtigt ist, in jeder Hinsicht – auch in landschaftlicher – den ersten Platz unter den Nationen der Welt einzunehmen. Kurzum, handelt es sich doch um Schwäger, die einen Abscheu hegen (ich habe bei einer Zusammenkunft einen Mann mit meinen eigenen Ohren dieses Wort benutzen hören), einen abgrundtiefen Abscheu hegen gegenüber dem gloriosen Zement aus Blut und Eisen, mit dessen Hilfe wir unseren Platz als Weltmacht zu behaupten gedenken.

»Aber ich dachte vor allem«, sagte Frau von Eckthum, den Kopf in die weichen Kissen gelehnt und mit versonnenem Blick die Sommerwolken betrachtend, die über ihrem Kopf dahinsegelten, »an das, was Sie wegen der Kosten sagten.«

»Verehrte Dame«, entgegnete ich, »alle, die bisher Reisen nach England unternommen haben, bestätigten mir einhellig, es sei bei weitem der teuerste Urlaub, den zu gönnen man sich denken könne. Die Preise in den Hotels seien so ruinös, wie die Unterkünfte schlecht seien, die Mahlzeiten so ungenießbar wie unerschwinglich, die Droschken kosteten ein Vermögen, und die Einheimischen seien unverschämt.«

Ich sprach so hitzig, weil ich (und wohl sehr zu Recht) erregt war über die unpatriotische Haltung, die Flitz an den Tag gelegt hatte, aber es war natürlich eine sehr maßvolle Hitzigkeit, zurückzuführen auf die nicht anzuzweifelnde persönliche Attraktivität unserer Gastgeberin (die ganz Storchwerder nicht leugnen kann). Warum sind nicht alle Frauen so reizend und anziehend? Was für eine Herde braver Lämmer stellte unser Geschlecht dar, wenn sie es wären.

»Teurer Baron«, versetzte sie mit ihrer niedlichen, zarten

Stimme, »warum kommen Sie nicht, um sich ein eigenes Bild zu machen? Ich denke, ich würde Sie gern bekehren. Schauen Sie hier« – und sie hob einen Katalog auf, der neben ihrem Sonnenstuhl im Gras lag, öffnete ihn und zeigte mir eine Seite, auf der ein großes Bild prangte –, »nun, gefällt Ihnen das nicht? Und da Sie doch so viel Wert auf Wirtschaftlichkeit legen: Es kostet nur vierzehn Pfund für einen ganzen Monat.«

Die Abbildung, die sie mir entgegenstreckte, zeigte etwas, das den Zigeunerwagen nicht unähnlich sah, die, sobald sie auftauchen, von der örtlichen Polizei (sehr zu Recht) unverzüglich zur Weiterfahrt gedrängt werden; ein bißchen weniger geschmacklos vielleicht, etwas kompakter und solider, aber ganz zweifelsohne ein naher Vewandter.

»Man nennt es Wohnwagen oder, wie die Engländer sagen, *Caravan*«, erläuterte Frau von Eckthum auf meine Frage, die sich in meiner hochgezogenen Braue kundtat. Sie blätterte die Seite um und zeigte mir ein weiteres Bild, das einen Blick auf das Interieur desselben Vehikels erlaubte.

Edelgard stand auf und schaute über meine Schulter. Was wir sahen, war wirklich »sehr hübsch«. Edelgard formulierte es sofort mit diesen Worten. Geblümte Vorhänge an einem großen Fenster, neben dem auf der einen Seite ein Bücherregal stand, auf der anderen Seite ein bequemer Lehnstuhl mit Kissen; weiter hinten im Raum befanden sich zwei Betten, eins über das andere gebaut, wie in einer Schiffskajüte.

»Ein solcher Wagen«, fuhr Frau von Eckthum fort, »macht Sie unabhängig von allen Hotels, Bediensteten und weiteren Ausgaben. Für einen Monat kostet er vierzehn Pfund für zwei Personen, und Sie verbringen all Ihre Tage in frischer Luft und Sonnenschein.«

Dann legte sie ihren Plan dar, der darin bestand, einen dieser Wohnwagen für den Monat August zu mieten, um in dieser Zeit das freie Dasein des Bohemiens zu führen, der ungehindert über die englischen Landstraßen reise, die sie als blumenreich beschrieb, und der seinen Wagen des Nachts an irgendeinem abgeschiedenen Ort abstelle, in der Nähe eines munter plätschernden

Flüßchens vielleicht, dessen sanftes Gemurmel die reinste Musik sei. Edelgard, immer bereit, sich auf jedwede Sentimentalität einzulassen, meinte sogleich, es müsse herrlich sein, von solchem Geplätscher in den Schlaf gewiegt zu werden.

»Kommen Sie doch auch«, sagte Frau von Eckthum, uns, die wir ihr über die Schulter schauten, von unten anlächelnd.

»Vierzehn Pfund sind zweihundertundachtzig Mark«, bemerkte ich, der ich rasch im Kopf die Summe errechnet hatte.

»Für zwei Personen«, ergänzte Edelgard, die wohl das gleiche unternommen hatte.

»Keine Hotels«, bemerkte unsere Gastgeberin.

»Keine Hotels«, echote Edelgard.

»Nichts als grüne Wiesen und Felder«, säuselte Frau von Eckthum.

»Und keine Bediensteten«, rief Edelgard.

»Ja, keine schrecklichen Bediensteten«, wiederholte unsere Gastgeberin.

»Bedienstete sind so teuer«, sagte Edelgard.

»Sie werden keinen einzigen zu Gesicht bekommen«, versetzte unsere Gastgeberin. »Nur hier und da ein liebes Kind mit sauberer Schürze, das uns von einem Bauernhof Milch und Eier bringt. Und Sie sind ständig unterwegs, Sie sehen das Land, wie Sie es niemals würden sehen und erleben können, wenn Sie mit dem Zug von Ort zu Ort reisten.«

»Aber«, warf ich sehr schlau ein, »wenn wir über Land reisen, wird irgend etwas diesen Wagen ziehen oder schieben müssen, und für dieses Etwas muß bezahlt werden.«

»O ja, natürlich. Jeder Wagen braucht ein Pferd. Aber denken Sie an all die Zugbillets, die Sie nicht kaufen, all die Kofferträger, denen Sie kein Trinkgeld geben müssen«, sagte Frau von Eckthum.

Edelgard war tief beeindruckt. Ich gestehe, wir waren es beide. Wenn die Entscheidung denn lautete, sich entweder für viel Geld in der Schweiz aufzuhalten oder für wenig Geld durch England zu reisen, dann, so empfanden wir einmütig, solle die Wahl besser auf England fallen. Und obendrein durch das Land zu reisen in einem dieser Gefährte, die so hervorragend originell waren, daß wir bei allen Festlichkeiten des kommenden Winters unverzüglich das lebhafteste Interesse der Storchwerder Gesellschaft auf uns ziehen mußten! »Die von Ottringels gehören ja neuerdings zu den ganz Modernen«, hörten wir schon das Getuschel unserer Bekannten und Freunde, und im Geiste sahen wir bereits, wie sie sich bei jeder Soiree um uns scharten und uns mit ihren Fragen bombardierten. Wir stünden im Mittelpunkt des allgemeinen Interesses.

»Und denke an die Nachtigallen!« rief Edelgard, die sich plötzlich dieser poetischen Vögel erinnerte.

»Im August sind sie wie die Deutschen in Italien«, warf Flitz ein, demgegenüber ich unsere Gründe erwähnt hatte, warum wir den Gedanken, in dieses Land zu reisen, aufgegeben hatten.

»Wie meinen?« fragte Edelgard, wobei sie sich ihm instinktiv mit jener förmlichen Zurückhaltung zuwandte, die jeder tugendhaften deutschen Dame eigen ist, wenn sie mit einem Manne spricht, mit dem sie nicht (bluts)verwandt ist.

»Nun, sie sind nicht da«, erläuterte Flitz.

Sobald wir zu Hause in unserer Enzyklopädie nachgesehen hatten, wußten wir so gut wie er, daß die Nachtigallen im August nicht schlagen. Aber es ist mir unerfindlich, wie ein Städter all solchen Kleinkram an Wissensgut in seinem Kopf abrufbereit haben kann. In Storchwerder gibt es keine Nachtigallen. Wir können also ihr Verhalten hier nicht aus erster Hand beobachten, wie es Flitz vergönnt ist. Doch ein jedes Gedicht, das mir je untergekommen ist, erwähnt Nachtigallen, und so ist konsequenterweise der völlig natürliche Eindruck, der daraus erwachsen muß, der, daß sie immer und überall mehr oder weniger vorhanden sind. Es war der von Flitz angeschlagene Ton, der mir mißbehagte, und er wird mir immer mißfallen. Ich gestehe, ich habe es ihn nie tatsächlich tun sehen, dennoch spürt man instinktiv, daß er heimlich über einen lacht. Es gibt eben verschiedene Möglichkeiten zu lachen, und nicht alle zeigen sich auf dem Gesicht. Und was seine politischen Ansichten angeht – nun, wäre ich nicht durch meinen Rang als Offizier daran gehindert, darauf anzuspielen, sondern ließe ich mich dazu verleiten, sie mit ihm zu diskutieren, so bin ich der festen Überzeugung, ein jedes Gespräch mit ihm endete unausweichlich in einem Duell. Vorausgesetzt, er würde sich dem Kampf stellen, doch geht mir just eben bei der Niederschrift dieser Zeilen der schreckliche Verdacht durch den Kopf, daß er sich nicht stellen würde. Er gehört zu jenen verachtenswerten Personen, die ihre Feigheit mit spitzfindiger Philosophie bemänteln. Nun ja, ich sehe, ich errege mich über einen Mann, der meilenweit von hier entfernt ist, den ich monatelang nicht zu Gesicht bekam – ich, ein Mann von Welt, der ruhig in seinen eigenen vier Wänden sitzt, umgeben von den stillen Gegenständen seines Haushalts, zu denen seine Frau ebenso gehört wie das Hemd, das sie gerade für ihn umarbeitet, und seine bescheidene Zwischenmahlzeit aus Brot und Schinken. Ist diese Erregung ein vernünftiger Akt? Sicher nicht. Erlauben Sie also, daß ich das Thema wechsele.

Kurz und gut, das Ergebnis unseres Besuches bei Graf Flitz und seiner Schwester im Juni letzten Jahres bestand darin, daß wir uns auf dem Heimweg entschlossen, uns Frau von Eckthum zuzugesellen, und dies nicht ohne eine gewisse Vorfreude. Wenn sie spricht, so kann sie gut überzeugen. Und sie sprach bei diesem unserem Besuch mehr, als sie später zu sprechen pflegte. Hierfür freilich gibt es Gründe, die ich eventuell offenlegen werde, vielleicht aber auch nicht. Mit einer Art verzücktem Interesse lauschte Edelgard Frau von Eckthums malerischen Beschreibungen – die ich richtiger Prophezeiungen nennen sollte, denn sie selbst hatte eine solche Reise auch noch nie unternommen und die Freuden des Lebens der Wohnwagenfahrer noch nie ausgekostet. Ich möchte hier übrigens mit aller Deutlichkeit darauf hinweisen, daß es Edelgard war – obgleich Edelgard seither allen Leuten erzählt, ich sei es gewesen –, die gleich so völlig hingerissen war, daß sie allen Boden unter ihren sonst so vernünftigen Füßen verlor und, ohne überhaupt erst meine Meinung abzuwarten, darauf bestand, Frau von Eckthum solle sofort an ihre Schwester schreiben und sie bitten, auch für uns einen solchen Karren anzumieten.

Frau von Eckthum lachte, als sie sagte, sie sei ganz sicher, daß es uns gefallen werde. Flitz rauchte still. Und Edelgard entwikkelte eine plötzliche Eloquenz bezüglich solcher Naturphänomene wie Vollmonde und Klatschmohn, wie sie jedem schwärmerischen Backfisch zur Ehre gereicht hätte. »Denk nur, wie es sein mag, wenn man im Schatten einer mächtigen Rotbuche sitzt«, sagte sie beispielsweise (und klatschte dabei sogar in die Hände!), »und seine Nadelarbeit macht, während die Strahlen der sinkenden Sonne durch das Geäst fallen.«

Und sie sagte noch andere Dinge dieser Art, Dinge, die mich, der ich doch wußte, daß ihr nächster Geburtstag ihr dreißigster sein würde, veranlaßten, sie mit größter Verwunderung anzuschauen.

2

Ich habe mich entschlossen, Edelgard mein Manuskript nicht noch einmal zu zeigen; schlicht, weil ich auf diese Weise freiere Hand habe. Aus demselben Grunde werde ich es auch nicht, wie zunächst vorgesehen, den Verwandten zur Ansicht zuschicken. Vielmehr werde ich es entweder selbst zu den Verwandten begleiten oder die Verwandten zu einem gemütlichen Bierabend einladen, in dessen Verlauf ich dann diejenigen Passagen zu Gehör bringen werde, die ich vorher als für diesen Zweck geeignet ausgewählt habe, und diejenigen Abschnitte übergehen, in denen ich mich über Edelgard und eine Reihe anderer Leute auslasse. Ein vernunftbegabter Mann ist schließlich kein Weib und verfällt folglich nicht so bereitwillig der Lust an Klatsch und Tratsch. Außerdem ist, wie ich bereits andeutete, die Edelgard, die aus England zurückkam, nicht mehr dieselbe Edelgard, die mit mir nach England reiste. Die neuen Anwandlungen werden sich, dessen bin ich ganz sicher, mit der Zeit auswachsen. Wir werden zurückkehren zum *status quo ante* (wie selbstverständlich mir das doch eben aus der Feder floß: es ehrt mich, zu sehen, daß ich mich noch erinnere) – ein *status quo*, der geprägt ist von Vertrauen und Gehorsam auf der einen sowie freundlicher und weiser Führung auf der anderen Seite. Habe ich nicht selbstredend das Recht, mich zu weigern, an irgend etwas anderem geführt zu werden als einem Seidenfaden? Nun, als ich Edelgard soeben genau diese Frage vorlegte, verspürte ich bei ihr die Tendenz, diesen Seidenfaden gegen einen, wenn ich so sagen darf, Lederzügel zu tauschen, denn sie antwortete – wird man es überhaupt glauben? – mit dem englischen Wort: *bosh.*

Es erschütterte mich zutiefst, sie so sprechen zu hören. Nicht bloß, weil *bosh* ein englisches Wort ist. Vor allem erstaunt mich, mit welcher Geschwindigkeit sie ausgerechnet die despektierlichsten Teile der Sprache aufgenommen und denen hinzugefügt hat, die sie schon beherrschte, denn ihre Kenntnis der englischen Zunge war bereits (gehört sie doch zu den einigermaßen gebildeten Frauenzimmern) beinahe vollständig und schloß lediglich Wörter der genannten Art aus. Daß sie ein Wort wie »Quatsch« in den Mund nahm, war, daran kann es keinen Zweifel geben, einzig und allein Jellabys Schuld. Von ihm mehr zu gegebener Zeit; ich möchte nicht vorauseilen und mich bei zukünftigen Begebenheiten aufhalten, während doch an diesem Punkt noch von der Vorfreude und den Vorbereitungen zu berichten ist.

Unser Wohnwagen war angemietet; auf Frau von Eckthums Anweisung hin hatte ich das Geld an den Besitzer des Wagens überwiesen, weil der Preis (leider) im voraus entrichtet werden mußte. Der 1. August, der Tag der Hochzeit mit meiner armen Marie-Luise, sollte der Tag unserer Abreise sein. Natürlich gab es viel zu tun und zu erledigen. Aber es waren angenehme Verrichtungen, wie beispielsweise der Kauf eines Straßenanzugs, der dem Zwecke, dem er dienen sollte, angemessen war, sowie die Suche nach Strümpfen, die zu den Knickerbockers des Straßenanzugs passen würden, und nach einer Kopfbedeckung, die bei Regen wie bei Sonnenschein gleichermaßen dienlich und nützlich wäre.

»Es wird bloß Sonnenschein geben«, sagte Frau von Eckthum mit ihrem wirklich ungewöhnlich hübschen Lächeln (das das plötzliche Erscheinen von zwei Wangengrübchen einschließt), als ich meinen Befürchtungen Ausdruck gab, der Regen könnte dem von mir erstandenen Panamahut womöglich schaden. Ich machte mir nämlich diesbezügliche Sorgen, da es sich um keinen echten Panama handelte.

Da wir Frau von Eckthums freundlicher Ratschläge hinsichtlich Gepäcks, Treffpunkts und so weiter bedurften, besuchten wir sie verschiedene Male, und ich fand sie bei jedem Besuch charmanter. Wenn Sie aufrecht stand, verdeckte ihr Kleid auch züchtig die Schuhe. Sie war uns wirklich eine große Hilfe und sichtlich von dem Wunsch erfüllt, uns die Schönheiten eines Landes zu präsentieren, das ihrer Schwester mehr oder weniger Heimat geworden war.

Sobald mein Ferienanzug komplett war, legte ich ihn an und fuhr zu ihr hinaus. Die Strümpfe hatten ein Problem dargestellt. Nun einmal an Baumwollsocken gewöhnt, konnte ich die wollenen Sohlen der Kniestrümpfe nicht ertragen. Edelgard löste das Problem, indem sie die Fußteile der Strümpfe abtrennte und durch die entsprechenden Teile eines Paares meiner Baumwollsocken ersetzte, die sie an die wollenen Beinhüllen annähte. Das Ergebnis entsprach genau meinen Vorstellungen, und Edelgard versicherte mir, bei angemessen vorsichtiger Bewegung werde kein Stück des unten angenähten Baumwollteiles (es war nämlich nicht von derselben Farbe wie das wollene Oberstück) aus dem Schuh hervorlugen. Für sich selbst hatte Edelgard via Katalog bei Wertheim in Berlin eines der fertigen Schneiderkostüme bestellt, das, gemessen am Preis, von erstaunlich guter Qualität war und in dem sie sehr adrett aussah. In Kombination mit einer Seidenbluse mit schottischem Karomuster und einem Tirolerhut mit einer Fasanenfeder erschien sie mir so verändert, daß ich, wie ich ihr freimütig gestand, gar nicht glauben konnte, dies sei eine Reise zur Feier unserer Silberhochzeit. Vielmehr, so sagte ich, fühlte ich mich um fünfundzwanzig Jahre zurückversetzt.

»Aber es ist ja auch nicht *unsere* Silberhochzeit«, sagte Edelgard mit einer gewissen Schärfe im Ton.

»Mein liebes Weib«, gab ich nicht ganz ohne Überraschung ob dieser Bemerkung zurück, »du weißt sehr gut, daß es sich um meine Silberhochzeit handelt; und was mein ist, ist per Recht und Gesetz auch dein, und so ist es ohne allen Zweifel eben auch *deine* Silberhochzeit.«

Eine plötzliche Bewegung der Schultern schien etwas anzudeuten, das man als Ungeduld hätte auslegen können. Doch da ich nur zu gut weiß, wie leicht selbst die besten der Ehefrauen Opfer ihrer unverständlichen Stimmungen werden, ging ich und kaufte ihr einen hübschen kleinen Stoffbeutel mit einer Lederschnur, woran sie ihn über der Schulter tragen konnte. Der Beutel vervollkommnete ihre Ausstattung und bewies ihr zugleich, daß ich ein vernunftbegabter Mann und kein kleines Kind bin, folglich also weiß, wann und wie ich Nachsicht zu üben habe.

Frau von Eckthum, die vor Antritt unserer Wohnwagenreise zunächst zwei Wochen bei ihrer Schwester verbringen wollte (die, so erfuhr ich nun zu meinem Bedauern, sich uns ebenfalls anschließen würde), reiste bereits Mitte Juli ab. Flitz machte Ausflüchte, die mir zu jener Zeit allesamt unverständlich waren, und fand allerhand Entschuldigungen, warum er an unserer Wohnwagenreise nicht teilnehmen könne. Inzwischen freilich erscheinen mir seine Argumente in klarerem Licht: Er sagte, wenn ich mich recht entsinne, er könne seine Schweine nicht allein lassen.

»Es wäre besser, er würde seine Schwester nicht allein lassen«, bemerkte Edelgard, die, wie ich vermutete, ein wenig eifersüchtig auf Frau von Eckthum war.

»Meine liebe Frau«, sagte ich sanft, »*wir* werden da sein und uns um sie kümmern, und er weiß, daß sie in unseren Händen sicher aufgehoben ist. Ganz abgesehen davon, wer will denn diesen Flitz dabeihaben? Er ist der letzte Mensch, von dem ich mir vorstellen könnte, daß ich ihn je bei irgend etwas dabeihaben wollte.«

Es war völlig normal, daß Edelgard ein wenig Eifersucht verspürte. Da ich die Gründe dafür nur zu gut kannte, setzte ich ihr keinen Dämpfer auf. Diejenigen unter den Verwandten, denen ich diesen Text im nächsten Winter zu Gehör bringen werde, brauche ich nicht daran zu erinnern, daß das Geschlecht derer von Flitzburg, zu denen Frau von Eckthum ja gehört, ein sehr altes und noch viel mehr ein sehr mittelloses Geschlecht ist. Frau von Eckthum und ihre hagere Schwester (als diese das letzte Mal hier in Preußen zu Besuch weilte, fiel sowohl Edelgard als auch mir erstmals mit aller Deutlichkeit auf, wie außerordentlich hager ihre Gestalt war), die beiden Schwestern also, heirateten beide auf Grund außergewöhnlicher Glücksumstände sehr reiche Männer. Man muß in der Tat von Glücksumständen sprechen, denn welcher Mann wird heutzutage eine Frau ehelichen, die, wenn sie schon nicht den Löwenanteil der Haushaltsausgaben bestreiten kann, so doch zumindest einen beträchtlichen Teil derselben auf sich nimmt? Wozu soll ein Vater gut sein, der seine Tochter nicht mit der Mitgift und den Geldern ausstatten kann, die nötig sind, Ehemann und Kinder in angemessener Weise zu unterhalten? Da ich selbst kein Vater bin, sehe ich mich bestens qualifiziert, in dieser Sache völlig neutral zu argumentieren. Das heißt, genaugenommen war ich zweimal Vater, doch beide Male nur für so wenige Minuten, daß man kaum sagen kann, dies zähle. Die beiden von Flitz-Mädchen also heirateten so jung und so gut und waren, ohne dies in irgendeiner Weise verdient zu haben, seither so angenehm in Reichtum gehüllt (Frau von Eckthum verlor ihren Gatten nach nur zwei Ehejahren und kam in seinen gesamten Besitz), daß man es Edelgard nicht verdenken kann, wenn es ihre neidische Mißgunst erregte. Denn Edelgard selbst verfügte über Ansprüche auf eine Mitgift von sechstausend Mark jährlich, zuzüglich ungeheurer Mengen an edler Tisch- und Bettwäsche aus Leinen. Immerhin ermöglichte ihr dies – sie war bereits vierundzwanzig, als ich sie heiratete –, eine gute Partie zu machen. Dennoch kann sie nicht begreifen, durch welche List es diesen Schwestern, die weder einen roten Heller noch ein einziges Tischtuch besaßen, gelungen war, sich mit achtzehn Jahren diese reichen Männer zu angeln. Sie sieht eben nicht, daß die Schwestern reizvolle, anziehende Frauen sind – »waren« wäre das richtigere Wort im Falle der hageren Schwester. Leider ist dieser Typus Frau zu ihrem eigenen so konträr, daß Edelgard es wohl nie begreifen wird. Ich stimme Edelgard jedoch zu, daß es einer verheirateten Frau, die auf die Dreißig zugeht (wie es im Falle der hageren Schwester wohl zutreffen muß), besser geziemen würde, eine glatte Knotenfrisur zu tragen und zumindest die Ansätze einer angemessenen Leibesfülle zur Schau zu stellen. Schließlich wollen wir keine Ehefrauen, die aussehen wie Leutnants eines Kavallerieregiments. Und Edelgard hat nicht ganz unrecht, wenn sie sagt, daß beide, sowohl Frau von Eckthum als auch ihre hagere Schwester, sie fatal an diese schlanken, eleganten jungen Herren erinnern. Diese grazilen Frauen mit ihren ruhelosen Gliedern und Gehirnen sind in der Tat weit entfernt von der weichen Fülle und den gemächlichen Bewegungen beispielsweise einer Edelgard – das Idealbild eines Eheweibs, wie es jeder klassenbewußte Deutsche im Herzen trägt. Insgeheim habe ich natürlich ein gewisses Verständnis für die Wahl dieses Engländers, und noch besser kann ich die des verstorbenen Eckthum verstehen. Niemand kann leugnen, daß seine Witwe zweifellos . . . aber lassen wir das, kehren wir zu unserer Geschichte zurück.

Wir haben natürlich jedem, den wir trafen, von unserem Vorhaben erzählt, und es war höchst amüsant zu sehen, welche Verwunderung es allenthalben hervorrief. Eine angeknackste Gesundheit für den Rest unserer Tage war das geringste der Übel, das man uns als Folge unserer Unternehmung prophezeite. Auch unsere Verdauung wurde viel bemitleidet. »Oh«, erwiderte ich darauf mit fröhlicher Unbefangenheit, »wir werden uns von gekochten Igeln und Mäusesuppe als Vorspeise ernähren« – denn ich hatte den Eintrag *Zigeuner* in unserer Enzyklopädie ausführlich studiert und dabei entdeckt, daß die genannten Speisen oft von Zigeunern verzehrt werden.

Die Gesichter unserer Freunde waren ein Anblick für die Götter, wenn ich mich ihnen in dieser schalkhaften Stimmung präsentierte. »Gott im Himmel«, riefen sie aus, »was wird aus Ihrer armen Gattin werden?«

Ein gesunder Sinn für Humor hilft einem Mann über alles hinweg; und ich gestattete mir nicht, mich durch irgend etwas schrecken zu lassen. Wenn mich des Nachts dennoch eine gewisse Nachdenklichkeit beschlich, so sagte ich mir, es sei in der Tat wenig wahrscheinlich, daß Frau von Eckthum, die doch so offensichtlich von zarter Natur war, sich dazu fände, Igel zu essen, oder riskierte, die Blüte ihrer attraktivsten Jahre siechend auf einem Krankenlager dahinschwinden zu lassen.

»Nun ja, aber Frau von Eckthum . . .!« war die immergleiche, von einem Schulterzucken begleitete Antwort, die ich von den Damen unseres Kreises erhielt, wenn ich auf diese Sachverhalte hinwies.

Ich weiß natürlich, daß Frau von Eckthum in Storchwerder nicht sehr beliebt ist. Dies nicht zuletzt deshalb, weil die Kunst der Konversation hier am Ort sehr hoch entwickelt ist, Frau von Eckthum sich aber konstant weigert, daran teilzunehmen. Sie besucht die Bälle nicht, sie lehnt Einladungen zum Abendessen ab, und den Kaffeekränzchen zeigt sie die kalte Schulter. Nur mit Mühe ist sie zu bewegen, sich an den Treffen unserer philanthropischen Zirkel zu beteiligen, und hat sie sich tatsächlich einmal verleiten lassen, eine Einladung anzunehmen, so verabsäumt sie regelmäßig, zur gegebenen Zeit zu erscheinen. Sie bleibt einfach zu Hause. Sie ist nun einmal ganz anders als die Damen der Stadt mit ihren strengen, glatten Knotenfrisuren und den hochgeschlossenen Kleidern, die als gottesfürchtige Ehefrauen und Mütter sich um ihre Kinder kümmern und zu ihren Gatten aufschauen, Frauen, die in der Küche außerordentliche Intelligenz zeigen, aber nicht einen Funken derselben außerhalb. Ich weiß, dies ist der Frauentyp, der unsere große Nation zu dem gemacht hat, was sie ist: Diese Frauen haben die Nation auf die breiten Schultern derer gehoben, die allein befähigt sind, sie zur ersten Nation der Welt zu machen. Hilflos wären wir der Gnade des Himmels ausgesetzt, sollten wir an diesen Umständen je rütteln und etwas ändern. Und doch ist Frau von Eckthum eine sehr anziehende und reizende Dame.

Was für eine herrliche Sache ist es doch, seine Gedanken und Ansichten so ganz frei und ungehindert zu Papier bringen zu können, ohne sich dem Risiko irritierender Unterbrechungen aussetzen zu müssen. Ich hoffe nur, meine Zuhörer werden mich nicht unterbrechen, wenn ich diese Passagen vorlese! Jetzt, da ich das Werk, das ich seit Jahren in die Tat umzusetzen gedachte, endlich in Angriff genommen und begonnen habe, ein Buch zu schreiben, sehe ich, welche Überlegenheit dem Schreiben gegenüber dem Sprechen zukommt. Es ist dieselbe Art der Überlegenheit, die der Kanzelredner gegenüber der (mit Recht) mundtot gehaltenen Gemeinde genießt. Sobald ich nämlich während meines Aufenthaltes auf britischem Boden Bemerkungen von der hier eben niedergeschriebenen Art über unsere deutschen Frauen und Mütter hatte fallenlassen, und seien diese Bemerkungen noch so konzis gewesen, pflegte die hagere Schwester mich unverzüglich durch lästige Zwischenfragen zu unterbrechen. Das war höchst ärgerlich. Doch davon mehr an angebrachter Stelle. Noch befinde ich mich an dem Punkt meines Berichtes, an dem die hagere Schwester noch gar nicht in meinen Gesichtskreis getreten und folglich noch alles freudige Erwartung war.

Wir verließen das Haus, pünktlich, wie wir es geplant hatten, am 1. August, nach Tagen harter Arbeit, in deren Verlauf die Polstermöbel ausgeklopft und mit Naphthalin (gegen die Motten) bestäubt, die Vorhänge abgenommen und ordentlich zusammengelegt, die Bilder mit Zeitungspapier abgedeckt sowie die Lebensmittel sorgfältig abgewogen und dann weggeschlossen worden waren. Ich verbrachte diese letzten Tage vor der Abreise im Offizierskasino, denn mein Urlaub hatte am 25. Juli begonnen, und im Hause gab es nichts für mich zu tun. Allerdings muß ich hier betonen, daß ich der unappetitlich erhitzten und unansehnlich zerzausten Edelgard nichts als die größte Langmut entgegenbrachte, wenn ich des Abends in diese höchst ungemütliche Wohnung zurückkehrte, um zu Bett zu gehen. Sie bemerkte dies und war mir unendlich dankbar dafür. Was freilich jetzt ihre Dankbarkeit hervorrufen könnte, wäre schwer zu sagen. Auch diese letzten anstrengenden Tage kamen schließlich zu ihrem natürlichen Ende, und der Morgen des 1. August sah unsere Abreise. Unter vielen letzten Ermahnungen und Befehlen an Clothilde, die unseren Abschied mit einer Besorgnis begleitete, die uns zur Ehre gereichte, hatten wir das Haus um zehn Uhr verlassen. Kurz darauf befanden wir uns auf dem Perron des Bahnhofs. Hermann stand in respektvollem Abstand hinter uns, unser Handgepäck in beiden behandschuhten Händen und das, was er nicht tragen konnte, um seine Füße aufgebaut. Von den Gesichtern der wenigen auf dem Bahnhof anwesenden Fremden ließ sich ablesen, daß man unsere Zugehörigkeit zu einer guten Familie oder, wie man in England sagen würde, den *Upper Ten* erkannte. Wir hatten unser Gepäck nicht aufgegeben, weil man auf Grund einer neuen Zollbestimmung nach Gewicht und nicht mehr nach Anzahl der Gepäckstücke zahlen muß. Um alles selbst tragen zu können, hatten wir uns für zwei solide, gut gefüllte Reisetaschen und einen ledernen Handkoffer entschieden. In diesen dreien hatten wir fast all die Dinge unterbringen können, von denen Frau von Eckthum gesprächsweise hatte verlauten lassen, daß wir sie brauchen würden. Edelgard ist eine versierte Packerin. Sie brachte in den Taschen sehr viel mehr unter, als ich für möglich gehalten hätte, und was danach noch übrigblieb, verstauten wir in verschiedenen Beuteln und Körben. Wir hatten auch einen ansehnlichen Vorrat an Vaseline und Verbandszeug dabei. »Denn«, bemerkte ich gegenüber Edelgard, die sich dieser Anweisung übermütig zu widersetzen suchte, »nichts Genaues kann man nie wissen«, wobei ich die Worte des modernsten (wenngleich in Storchwerder zu Recht mißbilligten) der englischen Schriftsteller zitierte. Außerdem hatten wir eine Ochsenzunge von ansehnlicher Größe in unserem Gepäck, die unser Storchwerder Metzger speziell für uns gepökelt und geräuchert hatte. Wir wollten sie in unserem Wohnwagen versteckt halten – für den eventuell nötigen heimlichen Verzehr bei Nacht.

Der Zug sollte erst um 10 Uhr 45 abfahren, aber wir hatten beizeiten auf dem Bahnhof sein wollen, um uns von denjenigen unserer Bekannten gebührend verabschieden zu können, die gekommen sein mochten, uns gute Reise zu wünschen. Es erwies sich als sehr gut, daß wir so früh zum Bahnhof geeilt waren, denn kaum eine Viertelstunde war verstrichen, da bemerkte ich mit

Schrecken, daß ich den Panamahut zu Hause vergessen hatte. Es war natürlich Edelgards Schuld. Sie hatte mich nämlich überredet, während der Reise eine Schirmmütze zu tragen und den Panama in der Hand zu halten. In der hitzigen Geschäftigkeit des Aufbruchs hatte ich den Hut auf irgendeinem Tisch abgelegt und dann vergessen. Ich war sehr verärgert, denn der besondere Effekt der von mir gewählten Aufmachung wäre ohne den Panama völlig verpufft. Ich stieß einen lauten Ruf der Verärgerung aus, und die nachfolgende Erklärung meines Ausrufs machte Edelgard ihr Verschulden so deutlich klar, daß sie puterrot anlief.

Es gab keine andere Möglichkeit, ich mußte sie alleine auf dem Bahnsteig zurücklassen und mit einer Droschke zu unserer verlassenen Wohnung eilen. Im Sturmschritt hastete ich die Treppe hinauf, jeweils zwei Stufen auf einmal nehmend, öffnete die Tür und fand meinen Panama sogleich auf dem Kopf meines Burschen, eines einfachen Soldaten meines Bataillons. In meinen Sessel gefläzt, saß der Kerl an jenem Frühstückstisch, den ich kaum eben verlassen hatte, und ließ sich von der unglückseligen Clothilde mit unseren Lebensmitteln verwöhnen. Sie selbst saß dabei auf Edelgards Stuhl und äffte auf das Schamloseste das Betragen ihrer Herrin nach, das diese an den Tag legt, wenn sie mich liebevoll überreden möchte, doch noch ein wenig mehr zu essen.

Der niederträchtige Bursche versuchte wohl, so möchte ich annehmen, mich nachzumachen, denn er nannte Clothilde einen teuren kleinen Hasen. Damit benutzte er ein Kosewort, mit dem ich gelegentlich meine Frau bedenke. Er setzte es als Antwort auf die Anrede ein, die Clothilde ihrerseits Edelgard abgeschaut hatte, denn diese nennt mich (oder vielmehr nannte mich) in ihren sanfteren Augenblicken eine süße Schnecke. Während der Bursche mit seiner Imitation meiner Person eine sehr schwache Vorstellung gab, traf Clothilde meine Frau überraschend gut und genau, und beide Kreaturen waren so fröhlich in ihr Spiel verstrickt, daß sie weder hörten noch sahen, wie ich da wie vom Donner gerührt in der Tür stand. Da die Uhr an der Wand aber genau in diesem Augenblicke die halbe Stunde schlug, mich damit an die Notwendigkeit sofortiger Handlung gemahnend, sprang ich vor, riß dem verdatterten Burschen den Panama vom Kopf, schleuderte Clothilde wütend ihre sofortige Kündigung entgegen und war aus dem Haus und wieder in der Droschke, bevor sie auch nur um Gnade winseln konnten. Wieder am Bahnhof, nahm ich Hermann beiseite und informierte ihn, daß Clothilde das Haus innerhalb einer Stunde zu verlassen habe. Sodann meinen Ärger mit der jovialen Geste des Mannes von Welt hinunterschluckend, war ich in der Lage, mit den Freunden, die zu unserem Abschied gekommen waren, höflich und freundlichst zu plaudern, ja sogar zu scherzen, geradeso, als wäre überhaupt nichts geschehen. Natürlich berichtete ich Edelgard die ganze Angelegenheit, sobald das letzte Lächeln hinter den Coupéscheiben verschwunden, das letzte Taschentuch winkend gezückt und das letzte Versprechen, viele bunte Ansichtskarten zu schicken, gemacht war und unsere Freunde nurmehr eine schwarze, formlose Masse auf dem Grau des sich entfernenden Perrons bildeten. Edelgard war so fassungslos und aufgeregt, daß sie gleich an der nächsten Station aussteigen und, alle Urlaubspläne in den Wind schlagend, nach Hause zurückkehren wollte, um in ihrem Haushalt nach dem Rechten zu sehen.

Merkwürdigerweise war es aber gar nicht der Umstand, daß der Bursche sich auf unsere Kosten an unseren Nahrungsmitteln gütlich getan und, während er sich so reich verköstigen ließ, auch noch meinen neuen Panama getragen hatte, der Edelgard so erregte; nein, es war vielmehr die Tatsache, daß ich Clothilde auf der Stelle entlassen hatte.

»Wo und wann kriege ich denn ein neues Hausmädchen?« war die Frage, die sie mit larmoyantem und auf die Dauer ermüdend wirkendem Gezeter wiederholte. »Und was wird während unserer Abwesenheit aus all unseren Sachen?«

»Ja, hätte ich sie denn etwa nicht unverzüglich entlassen sollen?« schrie ich schließlich, von dieser Beharrlichkeit aufs äußerste gereizt. »Muß man sich jede Schamlosigkeit bieten lassen? Wenn dieses Frauenzimmer ein Mann und von meinem eigenen Stande wäre, so würde die Ehre es gebieten, daß ich mich mit ihr duellierte!«

»Aber du kannst dich doch mit einer Köchin nicht duellieren«, versetzte Edelgard einfältig.

»Habe ich denn nicht ausdrücklich gesagt, daß ich es nicht kann?« gab ich zurück; und da nun jener Punkt erreicht war, an dem Geduld in Schwäche umschlägt, sah ich mich gezwungen, ihr mit lautstarkem Nachdruck zu erklären, daß ich nicht nur kein Narr sei, sondern mir auch verbäte, wie ein solcher angesprochen zu werden. Nachdem das erledigt war und es keinen weiteren Anlaß zur Fortführung der Diskussion gab, schwiegen wir beide während des Restes der Strecke bis Berlin.

Dies war kein strahlender Anfang meines Urlaubs, und mit einer gewissen Schwermut dachte ich an den Unterschied zwischen dem Jetzt und dem Beginn vor fünfundzwanzig Jahren mit meiner armen Marie-Luise. Damals hatte es keine Clothilde gegeben und keinen Panamahut (denn sie waren noch nicht in Mode), und alles war Frieden und Eintracht. Als wir in Berlin die Droschke bestiegen, mit der wir ans andere Ende der Stadt zum Potsdamer Bahnhof fahren mußten (von wo der Zug abging, der uns via Flushing nach London bringen würde), wollte ich Edelgard nicht länger in Acht und Bann lassen. Ich nahm also ihre Hand und wandte ihr (nicht ohne mir einen Ruck geben zu müssen) ein ungetrübtes Gesicht zu, sagte ihr eine kleine Nettigkeit, die ihr zeigen sollte, daß ich ein weiteres Mal willens sei, über ihre Unzulänglichkeiten hinwegzusehen und ihr zu verzeihen.

Nun bin ich nicht geneigt, unsere ganze Reise nach London zu beschreiben. So viele unserer Freunde kennen Leute, die diese Reise bereits unternommen haben, daß es mir unnötig scheint, mich länger bei der Beschreibung aufzuhalten, als es bedarf, um zu sagen, daß sie für uns, die wir Neulinge waren, nicht ohne Reiz war – zumindest solange der Speisewagen geöffnet hatte und auch auf den diversen Bahnhöfen Tabletts mit verlokkenden Kleinigkeiten an die Zugfenster gebracht wurden. Über das, was dann im Verlaufe des späteren Abends und der Nacht geschah, möchte ich ungern sprechen: Es muß genügen, wenn ich sage, daß ich mir nicht hinlänglich klargemacht hatte, wie immens und scheinbar endlos weit die Entfernung zwischen England und dem Festland unseres guten alten Kontinents ist. Edelgard verhielt sich dann auf dem ganzen Weg bis nach London geradeso, als hätte sie England überhaupt noch nicht erreicht. Schließlich sah ich mich erneut gezwungen, ihr Verhalten mit sehr ernsten Worten zu rügen, denn es erschien mir deutlicher einer halsstarrigen Eigenwilligkeit zu entspringen als jedes andere Verhalten, das ich je bei ihr beobachtet hatte.

Durchgefroren, unwohl und schlechter Stimmung erreichten wir London zur denkbar unbequemsten Stunde, so gegen acht Uhr morgens. Obwohl es erst der 2. August war, durchwehte bereits ein feuchter Herbstwind die Bahnhofshalle. Vor Kälte schlotternd, begaben wir uns in eine Art Pferch, wo man unser Gepäck nach zollpflichtigen Waren durchwühlte. Während dieser Prozedur besaß Edelgard die Rücksichtslosigkeit, es mir allein zu überlassen, die Taschen und Koffer zu öffnen und wieder zu verschließen. Sie selbst drückte sich in eine Ecke und setzte (sehr geziemend!) eine Leidensmiene auf. Als es mir nicht gelingen wollte, den Schlüssel in das Schloß ihres Reisekoffers zu stecken, erinnerte ich sie mit scharfem Ton daran, daß ich schließlich keine Kammerzofe sei, doch selbst das brachte sie nicht auf die Füße. Sie blieb einfach apathisch in die Ecke gekuschelt sitzen. Es ist ein typisches Zeichen der Absurdität der Weiber, daß sie immer gerade dann zusammenbrechen, wenn es ihre Pflicht wäre, ihren Ehemännern eine helfende Hand zu reichen. Der ganzen Theorie von der Gefährtenschaft der Eheleute wird durch solches Verhalten der Boden entzogen. Und wie käme ich dazu, über die Gepflogenheiten des Zolls informiert zu sein? Ungerührt schaute Edelgard zu, während ich mich abmühte, den unordentlich herumliegenden Inhalt unserer Koffer und Taschen wieder in dieselben zu bugsieren; selbst meine Blicke, zunächst hilfeheischend, dann ungehalten und schließlich entrüstet, brachten sie nicht dazu, auch nur den kleinen Finger krumm zu machen. Es standen zu viele Fremde zwischen uns, als daß ich ihr mehr als Blicke hätte zuwerfen können; derart gezwungen, was ich zu sagen hatte, bis zu einem privateren Augenblick zurückzuhalten, gelang es mir schließlich, die Koffer wieder zu schließen. Ich befahl dem erstbesten – und wie sich zeigte auch dümmsten – Dienstmann (der obendrein auch noch taub zu sein schien, denn jedesmal, wenn ich etwas zu ihm sagte, antwortete er völlig unsinnig mit dem ersten Buchstaben des englischen Alphabets), mich und mein Gepäck zum Erfrischungsraum zu bringen. Viel zu ungehalten über Edelgards unbotmäßiges Betragen, nahm ich keine weitere Notiz von ihr und überließ es ihr, selbst zu entscheiden, ob sie mir folgen wolle oder nicht.

Ich glaube, die Menschen müssen mir angesehen haben, daß ich ein preußischer Offizier bin, denn nicht wenige verfolgten mich mit interessierten Blicken. Ich wünschte, ich hätte meine Uniform angehabt, so hätten diese unmilitärischen Inselbewohner einmal sehen können, was ein echter preußischer Offizier ist. Es schien mir merkwürdig, mich in einer Menge zu bewegen, die ausschließlich aus Zivilisten bestand. Trotz der frühen Stunde spuckte jeder ankommende Zug Myriaden von Mitgliedern beiderlei Geschlechts aus. Doch nicht ein einziges Blitzen eines polierten Knopfes war zu sehen, nicht das einzige Rasseln eines Säbels zu hören, und – wird man es glauben? – mindestens jede dritte ankommende Person hatte einen Blumenstrauß in der Hand, oft von Papier umhüllt und immer mit solcher Vorsicht getragen, als handelte es sich um ein besonders lecker belegtes Brötchen. Dies schien mir sehr charakteristisch für das Verweiblichte, Verweichlichte und Unmilitärische dieser Nation. In Preußen tragen gelegentlich unnütze Personen, wie beispielsweise alte Frauen, Blumensträuße von hier nach dort – doch daß man Männer sehen sollte, die solches taten, Männer, die, wie Aktentaschen und ernste Gesichter vermuten ließen, auf dem Weg zum Büro oder zur Arbeitsstelle waren, das war ein Anblick, den zu erleben ich nicht erwartet hätte. Die in diesem Verhalten eklatant zutage tretende Verweichlichung traf mich wie ein Schlag. Ich hätte verstehen können, wenn sie ein Paket mit

Eßwaren dabeigehabt hätten, um die Zeit zwischen den Mahlzeiten zu überbrücken, kleine Leckereien und Knabbereien aus der Küche – aber einen Strauß Blumen! Nun ja, mögen sie nur so weitermachen mit ihrer weibisch-verweichlichten Art. Sie ist dem Fall schon immer vorausgegangen, und das fette kleine Land wird eines Tages ein leckerer Bissen für den muskulösen (und ganz sicherlich deutschen) Kiefer des Kontinents sein.

Wir hatten geplant, noch am selben Tag zu jenem Ort in Kent weiterzureisen, wo Frau von Eckthum und ihre Schwester sowie die Wohnwagen auf uns warteten. Die Sehenswürdigkeiten Londons wollten wir uns für das Ende unseres Urlaubs aufsparen, denn bis dahin sollte unser bereits jetzt ganz hervorragendes, aber noch langsames und natürlich deutlich literarisch geprägtes Englisch sich zu angemessener Behendigkeit weiterentwickelt haben. (Mit literarisch geprägtem Englisch meine ich, daß wir mehr so sprachen, wie die Sprache geschrieben wird, und uns des Gebrauchs jedweder Umgangssprache enthielten.) Da wir bis zur Abfahrt des Zuges nach Wrotham noch anderthalb Stunden Zeit hatten – angenehmerweise fuhr er vom gleichen Bahnhof ab, in dem wir auch angekommen waren –, entschieden wir uns, zunächst ein kräftiges Frühstück zu uns zu nehmen und uns dann, sollte die Zeit dazu noch reichen, ein wenig frisch zu machen. Wir begaben uns also zunächst zum Bahnhofsrestaurant, wo wir die erstaunliche Bekanntschaft von englischem Kaffee und englischer Butter machten. In der billigsten Straßenkaschemme Deutschlands würde solches Zeugs nicht einen Augenblick lang geduldet werden. Dem uns bedienenden Kellner teilte ich dies unverzüglich in deutlichen Worten mit, doch er starrte mich nur mit einem unsäglich dummen Gesicht an und sagte, als ich geendet hatte: »Ä?«

Es war genau das, was auch der Dienstmann jedesmal, wenn ich ihn ansprach, geantwortet hatte, und so hatte ich von diesem Laut, von dem ich weder wußte, wie er buchstabiert wurde, noch, was er bedeuten sollte, längst reichlich die Nase voll. »Sir«, sagte ich, bemüht, den Mann mit der mächtigsten aller Vernichtungswaffen auszulöschen, einer witzigen Bemerkung nämlich,

»Sir, was hat der erste Buchstabe Ihres Alphabets, bitte schön, mit dem zu tun, was ich sage?«

»Ä?« machte er.

»Angenommen, Sir«, versetzte ich, »ich würde mich darauf beschränken, meinen Teil der Konversation in logischer Fortsetzung dessen, was Sie begonnen haben, damit zu bestreiten, daß ich auf jedes ›Ä‹, das Sie sagen, mit einem ›B‹ antwortete – was glauben Sie wohl, wie zufriedenstellend diese Unterhaltung werden könnte?«

»Ä?« sagte er.

»Denn obgleich, Sir«, fuhr ich mit erhobener Stimme fort, weil diese absichtsvolle Impertinenz mich zu ärgern begann, »jeder Buchstabe des Alphabets soviel Wert ist wie jeder andere, kann doch keiner für sich allein den Zwecken menschlicher Konversation dienen.«

»Ä?« sagte er und schaute sich hilfesuchend um.

»Das«, richtete ich nun das Wort an Edelgard, »ist typisch. Es ist genau das, womit man in England rechnen muß.«

Der Oberkellner hatte inzwischen einen der hilfeheischenden Blicke unseres Kellners aufgefangen und kam herbeigeeilt.

»Dieser Kellner hier«, sagte ich an den Oberkellner gewandt und dabei auf seinen untergeordneten Kollegen deutend, »ist sowohl unverschämt als auch ein Schwachkopf.«

»Jawohl, Sir. Deutscher, Sir«, sagte der Oberkellner und schnickte dabei ein paar Krumen vom Tischtuch.

Nun, selbstverständlich gab ich keinem der beiden ein Trinkgeld. Dem deutschen Kellner nicht, weil er es unterlassen hatte, sich von seiner alphabetischen Gebetsmühle zu lösen: Statt seine Unfähigkeit zu englischer Konversation frank und frei zu gestehen, hatte er es auch noch vorgezogen, seine Nationalität, zu der er sich offen und freudig hätte bekennen sollen, schamhaft zu verleugnen. Und dem englischen Oberkellner verweigerte ich das Trinkgeld wegen des folgenden Dialogs:

»Man kann sie einfach nicht dazu bringen, ihre eigene Sprache zu sprechen, Sir«, sagte er, als ich empört zu wissen begehrte, warum der Kellner sich nicht seiner deutschen Muttersprache bedient habe. »Keiner von denen spricht sie, Sir. Bringen die ganze deutsche Aristokratie, die kein Englisch kann, in die größte Verlegenheit. ›Ä?‹ sagt der Kerl da – ist das erste Wort, was er in der ersten Woche aufschnappt. ›Verflucht und zugenäht‹, sagen die deutschen Herrschaften, oder so was in der Art. ›*All right*‹, sagt der Kellner, denn das schnappt er in der zweiten Woche auf, und macht damit alles noch schlimmer. Dann dreht die Aristokratie nämlich durch. Kriegen regelrecht Schaum vorn Mund, die Herrschaften. Ungeduldiges Volk, Sir . . .«

»Ich schließe daraus«, sagte ich, den Redefluß des Oberkellners mit einem Stirnrunzeln unterbrechend, »Ziel dieser armen Vertriebenen ist es, die Sprache so schnell wie möglich zu erlernen und dann in ihre Heimat zurückzukehren.«

»Oder sie schämen sich für ihre Sprache, Sir«, sagte er, wobei er die Rechnung zusammenkritzelte. »Brötchen, Sir? Acht, Sir? Danke, Sir . . .«

»Schämen sich?«

»Aber ja, doch, Sir. Ist 'ne häßliche Sprache, nur zum Fluchen geeignet. Ein junger Mann sollte sie sich gar nicht erst angewöhnen. Die meisten Wörter enthalten irgendeinen Fluch, Sir.«

»Sie sind sich vielleicht nicht im klaren darüber«, sagte ich mit eisiger Stimme, »daß Sie gerade in diesem Augenblick mit einem deutschen Gentleman sprechen!«

»*Sorry, Sir.* Is' mir nicht aufgefallen, Sir. Hatte nicht vor, Sie zu beleidigen. Zwei Kaffee, vier gekochte Eier, acht – sagten Sie, acht Brötchen, Sir? Kompliment, wirklich, mein aufrichtiges Kompliment, Sir.«

»Kompliment!« schrie ich, als er mit dem Geldschein hastig zur Kasse eilte. Als er dann mit dem Wechselgeld zurückkam, säckelte ich zeremoniös und bedächtig jede einzelne Münze ein.

»Das«, sagte ich zu Edelgard, die mich genau beobachtete, »ist die Art, wie man mit diesen Kerlen umgehen muß.«

Und sie, deren Geister sich durch den heißen Kaffee wiederbelebt hatten, antwortete darauf (wie mir schien, recht einfältig): »Ach was?«

3

Im Verlauf des weiteren Vormittags normalisierte sich Edelgards Verhalten langsam wieder, und so etwa ab elf Uhr entwickelte sie ein intelligentes Interesse an den Hopfendarren.

Diese Darren tauchen mit verläßlicher Regelmäßigkeit auf, wenn man die Grafschaft Kent durchreist. Sie sind eine erstaunliche und malerische Ergänzung der Landschaft, und da unser Baedeker sie ausführlichst beschrieb, war ich in der Lage, eine Menge darüber zu erzählen. Kent gefiel mir sehr gut. Es sah aus, als ob Geld in diesem Land steckte: viele blühende Dörfer, viele ansehnliche Gehöfte und jede Menge altersgraue Kirchen, die uns aus den sie umgebenden Baumgruppen heraus verschlagen betrachteten, gewaltige Stämme von Nutzhölzern, so uralt, daß allein die Tatsache, daß man sie noch nicht gefällt hatte, vom Reichtum der Gegend Zeugnis ablegte. Es bedurfte keiner großen Phantasie, sich den behäbigen Kirchenmann vorzustellen, der es sich da in den bequemen Winkeln seiner Pfarrei gemütlich macht und sich ob seines guten Lebens die wohlgenährten Hände reibt. Nun, laß ihn reiben. Eines Tages – und wer weiß wie bald schon? – werden wir in jeder dieser Kirchen einen anständigen Lutheranerpastor in langem schwarzem Talar den wahren Glauben predigen hören.

Kurz und gut, Kent fließt offensichtlich über von Milch und Honig, und seine Einwohner sind wohlhabend. Als ich es in unserem Reiseführer als den Garten Englands beschrieben fand, waren weder ich noch Edelgard im mindesten überrascht. In diesem Land also sollte sich, wie man uns gesagt hatte, zumindest ein Teil unseres Zigeunerlebens abspielen, denn unsere Wagen standen in einem Weiler drei Meilen vor Wrotham bereit. Von der angenehmen Aussicht, dieses Land genauer in Augenschein nehmen zu können, waren wir recht angetan, denn wenn Kent sich auch nicht gerade einer majestätischen Landschaft rühmen kann, so trägt es doch das Versprechen einer angenehmen Natur in sich. Ich bemerkte beispielsweise, daß die Straßen fest und gut ausgebaut schienen – was für unser Vorhaben ja äußerst wichtig war – und daß auch die Dörfer reichlich ausgestattet waren. Wir mußten also nicht befürchten, aus Mangel an Proviant darben zu müssen. Leider war das Wetter kein echtes Augustwetter, wie man es denn wohl am richtigsten mit dem Wort ›strahlend‹ beschreibt. Dieses Wetter war alles andere als strahlend. Die Überbleibsel der heftigen Windböen, die uns von Flushing herübergeweht hatten, bliesen noch immer in jede beliebige Richtung, mal hierhin, mal dahin, und Regen- und Hagelschauer wechselten nur zu oft mit den einzelnen wenigen Sonnenstrahlen. Es schien eher ein stürmischer Oktobertag zu sein denn ein Tag in der vollen Reife des Sommers. Während die Fenster unseres Eisenbahncoupés beängstigend klapperten, hofften wir beide inständig, unser Wohnwagen werde schwer genug sein, den Versuchungen zu widerstehen, und sich nicht, von den gnadenlosen Kräften der Natur getrieben, bei Nacht selbständig machen. Doch jedesmal, wenn die Sonne wieder einen kleinen Sieg über die tintenschwarzen Wolken davontrug und der Garten Englands uns mit der Pracht seiner anmutigen Hopfen- und Kornfelder anlächelte, konnten wir uns dem Hochgefühl einer großen Urlaubshoffnung nicht entziehen. Edelgards Stimmung hob sich mit jeder Meile. Auf ihre inständige Bitte hin hatte ich ihr bereitwillig vergeben – nachdem Sie ihre Selbstsüchtigkeit eingestanden hatte –, und jetzt fühlte ich mich ganz wie ein unbeschwerter Knabe. Als wir schließlich in Wrotham unter einem blauen Himmel und einer warmen Sonne aus dem Zug stiegen (die dicken Regenwolken verzogen sich gerade hinter den Hügeln), mußten wir uns und unsere zahllosen Gepäckstücke in einen Einspänner zwängen, so schmal und eng, daß ich mich einer witzigen Bemerkung in Englisch nicht enthalten konnte. Diese typischen Droschken, in der Landessprache als *fly* bezeichnet, sollten, so sagte ich, lieber Ungeziefer genannt werden, und Edelgard war von meiner spritzigen Bemerkung so erheitert, daß sie sich minutenlang bog vor Lachen.

Da wir die Zieladresse sauber in lateinischen Druckbuchstaben auf einen Umschlag geschrieben bei uns trugen, war es nicht schwierig gewesen, den Kutscher zur Abfahrt zu bewegen.

Tatsächlich zockelte sein Klepper unverzüglich los, als wüßte er genau, wo es hingeht. Doch nach etwa einer halben Stunde Wegs wurde der Kutscher unruhig. Er rutschte auf seinem Bock hin und her und stellte mir völlig unverständliche Fragen. Ich vermute, er sprach und verstand nur sein eigenes *Patois**, denn ich konnte dem, was er von sich gab, keinerlei Sinn entnehmen. Als ich ihn bat, sich doch klarer auszudrücken, konnte ich an seinem dummen Gesicht ablesen, daß er dazu allein von seiner Natur her gar nicht befähigt war. Eine zweite Demonstration des adressierten Kouverts beruhigte ihn wieder, und wir setzten unseren Weg auf den kreidigen, heckengesäumten Straßen fort, über die ein Wind wehte, der uns den Hut vom Kopf reißen wollte. Die Sonne blendete uns, wir hatten Staub in den Augen, und der Wind blies uns ins Gesicht. Wir schauten uns um; Wrotham war längst verschwunden, vor uns lag kreidiges Ödland. Nichts, das auch nur entfernt an einen Weiler erinnert hätte, und doch war Panthers, das Dorf, zu dem wir wollten, nur drei Meilen vom Bahnhof entfernt. Und nicht etwa, so bitte ich zu beachten, drei deutsche Vollblutmeilen, sondern ausgemergelte, anämische englische Meilen, wie sie, neben so vielem anderen, für die Seele und das Temperament dieser Nation typisch sind. Ein wenig beunruhigt fragten wir uns, ob es nicht falsch gewesen war, sich diesem Mann anzuvertrauen. Mir kam der Gedanke, daß die Kreidegruben, an denen wir vorbeifuhren, wohlgeeignete Plätze wären, um uns ungesehen auszuplündern, und ich sprach nicht fließend genug Englisch, um einer Situation, die wohl sehr raschen Dialog erforderte, gewachsen zu sein. Ganz abgesehen davon, daß mein deutsch-englischer Konversationsführer sich gänzlich darüber ausschwieg, was man angemessenerweise zu sagen hat, wenn man ermordet wird.

Zwar noch immer zum Scherzen aufgelegt, doch, wie meine Zuhörer unschwer erkennen, bereits von einem gewissen Gal-

* patois: Dialekt, Mundart (Anm. d. Ü.)

genhumor gezeichnet, teilte ich diese beiden linguistischen Tatsachen einer Edelgard mit, die sogleich zu zittern begann und vorschlug, ich solle dem Droschkenkutscher den adressierten Briefumschlag ein weiteres Mal unter die Nase halten. »Außerdem ist die Mittagszeit längst vorüber«, fügte sie hinzu. »Ich weiß es, denn mein Magen knurrt.«

Mit Hilfe wiederholter Rufe und einiger Stupser mit meinem Regenschirm gelang es mir, die Aufmerksamkeit des Kutschers zu erregen. Ich teilte ihm mit, daß nun Schluß sei mit dem Unsinn. Ich sagte ihm dies mit größter Deutlichkeit, doch auch mit jener Bedächtigkeit, die mir der Mangel an Übung aufzwang. Er hielt das Pferd an, um mich zu Ende anzuhören, dann grinste er bloß und fuhr weiter. »Selbst der jüngste der Droschkenkutscher in Storchwerder würde vor Scham im Erdboden versinken«, schrie ich Edelgard ungehalten zu, »wenn er nicht jedes Dorf, ach was, jedes Haus im Umkreis von drei Meilen mit derselben Genauigkeit kennte, wie den Inhalt seiner Westentasche.«

Dann fiel mir ein, daß nichts unserem eigenen Hermann das Hirn schneller durchputzt als die Anrede »Esel«, und so rief ich unserem Droschkenkutscher zu: »Frage, *ass*.«

Mit dem Ausdruck größter Verwunderung wandte er sich um und schaute über die Schulter auf mich herunter.

»Was?« fragte er.

»Was?« gab ich zurück, verwirrt von so viel geistiger Beschränktheit. »Na, was wohl? Nach dem Weg natürlich!«

Wieder hielt er an und drehte sich auf dem Kutschbock zu mir um.

»*Look here . . .*«, sagte er und hielt inne.

»Wohin soll ich schauen?« fragte ich, ganz selbstverständlich annehmend, er wünsche mir etwas zu zeigen.

»Mit wem sprechen Sie?« fragte er.

Die Frage war derart idiotisch, daß mich die Angst überkam, wir könnten es hier mit einem Irren zu tun haben. Edelgard empfand dasselbe wie ich, denn sie rückte noch näher an mich heran.

Zum Glück sah ich in diesem Augenblick einen Passanten

vom Ende der Straße her auf uns zukommen. Behend sprang ich aus dem Einspänner und eilte dem Mann entgegen, trotz Edelgards lautem Lamento, ich solle sie nicht allein lassen. Als ich den Mann erreicht hatte, zog ich den Hut und bat ihn höflich, uns den Weg nach Panthers zu weisen, zugleich andeutend, daß der Droschkenkutscher meiner Meinung nach an einem geistigen Defekt leide. Der Mann lauschte mir mit jener ernsten und angestrengten Aufmerksamkeit, die alle gebildeten Engländer meinen Äußerungen entgegenbrachten, eine Aufmerksamkeit, die, so vermute ich, zurückzuführen ist auf meine etwas ungeübte Aussprache, vor allem aber auf die große Variationsbreite des mir zu Gebote stehenden Vokabulars. Der Gentleman näherte sich (völlig furchtlos) dem Droschkenkutscher, zeigte in eine Richtung, die der, aus der wir gekommen waren, diametral entgegengesetzt war, und befahl ihm, dorthin zu fahren.

»Ich werd' ihn nirgendwo hinbringen«, versetzte der Kutscher mit merkwürdiger Heftigkeit. »Er hat mich einen Esel genannt.«

»Es ist ja nicht Ihr Verschulden«, sagte ich (sehr konziliant). »Sie sind, was Sie sind; Sie können es eben nicht ändern.«

»Ich werd' ihn nirgendwo hinbringen«, wiederholte der Kutscher, womöglich noch heftiger.

Der Passant blickte mit einem feinen Lächeln von einem zum anderen.

»Dieser Ausdruck«, erläuterte er dem Droschkenfahrer, »ist, müssen Sie wissen, im Lande dieses fremden Gentleman ein Wort der Anerkennung. Sie können dagegen nichts Vernünftiges einwenden, wissen Sie. Fahren Sie weiter, wie es einem klugen Mann geziemt, und stecken Sie Ihr Fahrgeld ein.«

Mit diesen Worten vor Edelgard den Hut ziehend, ging der Passant seines Weges.

Nun, wir erreichten endlich den ausgemachten Treffpunkt – wie Sie, meine Zuhörer, die ganze Zeit schon vermutet haben, denn wie sonst könnte ich diesen Text vorlesen? Allerdings hatte uns der Droschkenkutscher gezwungen, die letzten zwanzig Minuten der Wegstrecke, die steil hügelauf führte, zu Fuß zurückzulegen, da sein Pferd, wie er behauptete, anders nicht in der

Lage sei, die Steigung zu bewältigen. Die Sonne brannte heiß, während wir langsam diese letzte Hürde nahmen – eine Anstrengung, die sich um so deutlicher offenbarte, als es weit über die Essenszeit war. Nun bin ich mir bewußt, daß die englischen Uhren bezüglich der Essenszeiten anders gehen, doch was half mir das? Meine Uhr zeigte mir, daß es in Storchwerder, dem Ort, auf den meine innere Natur eingespielt ist, bereits halb drei war, eine gute Stunde über der Zeit also, in der man sich bei uns wohlgesättigt zurückzulehnen pflegt. Und keine willkürliche Theorie und keine noch so gefährliche Näherung an dieselbe kann einen Mann gegen die Beweiskraft seiner Sinne davon überzeugen, daß er keinen Hunger leide, nur weil eine fremde Uhr ihm suggerieren möchte, es sei keine Essenszeit.

Als wir den Gipfel des Hügels endlich erklommen hatten und stehenblieben, um zu verschnaufen, stellten wir fest, daß Panthers gar kein Ort im eigentlichen Sinne ist. Vielmehr handelt es sich um eine Streuung von Häusern, hier und dort hingewürfelt über eine öde und rauhe Landschaft. Es schien ein merkwürdiger, viel zu hoch gelegener Platz, um ihn als Ausgangspunkt einer Reise mit dem Wohnwagen zu wählen.

Während ich den steilen, engen Pfad hinabschaute, den wir soeben erklettert hatten, fragte ich mich, wie ein Wohnwagen hier hinaufkommen könne. Später erfuhr ich, daß auf diesem Pfad niemals irgendein Gefährt heraufkommt. Alle kämen über eine breite, mäßig steile Straße an der anderen Seite des Hügels hinauf, einen Weg folglich, den alle außer einem vollkommen schwachsinnigen Droschkenkutscher nehmen. Wir erreichten unser Ziel also sozusagen durch die Hintertür. Bemüht, wieder zu Atem zu kommen, standen wir dort auf der Bergspitze, denn ich bin nicht gerade ein schlechtgebauter Mann, sondern vielmehr, wie ich Edelgard gegenüber gern scherzend bemerke, ein lebendiges Kompliment an ihre hervorragenden Kochkünste. Und auch Edelgard selbst war von stattlicher Figur, nicht übertrieben, sondern sehr angenehm. Wir standen also, wie gesagt, nach Atem ringend dort auf der Kuppe des Hügels, als eine

Gestalt aus einem der Gartentore trat. Kaum daß sie unserer ansichtig wurde, schenkte sie uns ein breites Begrüßungslächeln.

Es war die hagere Schwester.

Ihr Erscheinen machte uns unendlich froh, war es doch der Beweis dafür, daß wir sicher angekommen waren und den Anschluß an einen Teil unserer Reisegruppe gefunden hatten. Enthusiastisch ergriffen wir sie bei beiden Händen und schüttelten diese mit freudiger Erregung. Sie lachte, als sie unseren Gruß erwiderte, und ich war so erfreut, einen bekannten Menschen getroffen zu haben, daß ich nicht bemerkte, worüber Edelgard sich später sehr indigniert auslassen sollte, nämlich, daß das Kleid der Schwester so kurz war, daß es nirgendwo den Boden berührte. Mir war dies, wie gesagt, nicht aufgefallen, vielmehr erschien mir die Kleidung der hageren Schwester sehr adrett. Und was die Rocklänge anlangte, so berührte Edelgards Kleid den Boden in einer Weise, daß sie, wo immer sie ging, eine Wolke aus Kreidestaub aufwirbelte, was für jedweden Begleiter neben ihr sehr unangenehm war.

Warum aber, werden Sie fragen, sollten wir so hocherfreut gewesen sein, diese Dame wiederzusehen? Wieso sind Menschen überhaupt erfreut, sich wiederzusehen? Ich meine Menschen, die, als sie sich zuletzt sahen, sich nicht sonderlich leiden konnten. Läßt man nur einen genügend langen Zeitraum verstreichen, so begrüßen sich, wie ich selbst schon Gelegenheit hatte zu beobachten, sogar solche Menschen mit einem Lächeln und erkundigen sich mit aufrichtigem Interesse nach dem Befinden des anderen, die sich beim letzten Treffen in einer Atmosphäre voneinander verabschiedeten, die dick war von Schwefeldunst und unausgesprochenen Verwünschungen. Ich habe dies, wie gesagt, selbst beobachtet, kann es aber nicht erklären. Nun hatte, um der Wahrheit die Ehre zu geben, bei unseren seltenen Treffen mit der Dame anläßlich der wenigen Gelegenheiten, bei denen sich bei ihr genügend Gefühl Bahn gebrochen hatte, sie zu veranlassen, ihr Fleisch und Blut in Preußen zu besuchen, niemals Schwefeldunst in der Luft gelegen. Unsere Haltung ihr gegenüber war schlicht wohlerzogene Kühle. Schließlich kann kein denkender Deutscher irgend etwas anderes als äußerste Reserviertheit hegen gegenüber einer Person, die einen derart unpatriotischen Akt beging – um ein herberes Wort zu vermeiden –, wie ihn die Verschleuderung des unschätzbaren deutschen Geburtsrechts durch die Eheschließung mit einem Engländer darstellt. Auch stellte sie persönlich nicht das dar, was Storchwerder gefallen könnte, mangelte es ihr doch zur Gänze an den Liebreizen und Rundungen, die das wenigste sind, was man mit Recht von einer Kreatur erwarten darf, die den Anspruch erhebt, dem weiblichen Geschlecht zugerechnet zu werden. Außerdem hatte sie eine Art zu sprechen, die Storchwerder aus der Fassung brachte, und niemand liebt es, aus der Fassung gebracht zu werden. Unsere Gründe, uns ihr dennoch zu einer Wohnwagenfahrt anzuschließen, lagen zunächst in der Tatsache, daß wir es gar nicht hätten verhindern können, denn von ihrer Teilnahme an der Reise hatten wir ja erst erfahren, als es bereits zu spät war. Nun handelte es sich bei dieser Reise aber um eine billige und bequeme Möglichkeit, ein neues Land kennenzulernen. Und sie mit ihren profunden Englischkenntnissen würde uns, wie Edelgard und ich mit hämischer Freude erkannten, als unbezahlte Dolmetscherin dienen. Ich entsinne mich Edelgards diebischen Vergnügens, als ihr die tröstliche Gerissenheit dieser Sichtweise dämmerte.

Aber ich bin noch immer nicht in der Lage zu erklären, warum wir ihr, als sie auf dem Hügel von Panthers so unerwartet am Gartentor erschien, mit einem Überschwang entgegeneilten, der nicht hätte überboten werden können, hätte uns Edelgards Großmutter Podhaben plötzlich dort oben gegenübergestanden. Und sie ist immerhin eine alte Dame von zweiundneunzig Jahren, der wir beide sehr herzlich zugetan sind. Sie wird, wie wohl allgemein bekannt ist, meiner Frau ihr gesamtes Vermögen hinterlassen, wenn sie (was, wie ich aufrichtig hoffe, noch lange nicht der Fall sein wird) dereinst das Zeitliche segnet. Ich kann, wie gesagt, das Phänomen unserer übermäßigen Freuden nicht erklären, aber so war es: Mit Überschwang eilten wir der hageren Schwester entgegen, und es war erst der Ruhe eines stilleren

Augenblicks zu danken, daß wir mit verständlichem Entsetzen bemerkten, wir hatten sehr viel mehr Überschwang gezeigt als sie. Nicht daß sie nicht auch erfreut gewesen wäre. Doch zwischen schlichter Freude und Überschwang klafft ein Abgrund, und derjenige zu sein, der auf der Seite des Überschwangs steht, bedeutet, derjenige in der Position des Unterlegenen zu sein, der Bittsteller, der mit Inbrunst hofft, es möge ihm etwas zukommen. Als ich später, bei einer allgemeinen Unterhaltung über ein anderes Thema, etwas sagte, das dem eben hier geäußerten Gedankengang in etwa gleichkam, rief die hagere Schwester doch sofort aus: »Oh, das zeugt aber nicht von Großmut, Baron!«

»Was zeugt nicht von Großmut?« fragte ich verblüfft. Es war nämlich unser erster Reisetag, und ich war noch nicht in der Weise, wie ich es später werden sollte, an die Eigenart der hageren Schwester gewöhnt, alles, was ich zu sagen hatte, unverzüglich zu kritisieren.

»Diese Denkungsart«, sagte sie.

Edelgard nahm gegenüber der hageren Schwester sofort eine drohende Abwehrhaltung ein (ach ja, was würde sie wohl heute diese Haltung einnehmen lassen?) und protestierte: »Otto ist die Großmut in Person. Er erlaubt mir jedes Jahr, am Silvesterabend sechs Waisenkinder einzuladen, die sich unseren Weihnachtsbaum anschauen dürfen, bevor wir ihn abschmücken. Und alle bekommen sie, ehe sie gehen, einen Krapfen und ein Glas Punsch!«

»Was?« schrie die hagere Schwester, durch Edelgards Worte weder beeindruckt noch zum Schweigen gebracht. »Punsch für Waisenkinder?« Und es entspann sich eine hitzige Debatte über a) die Auswirkung von Punsch auf Waisenkinder, b) die Auswirkung von Punsch auf Schmalzgebackenes und c) die Auswirkung von Punsch auf die Kombination von Waisenkindern und Krapfen.

Aber ich greife nicht nur vor, ich schweife ab.

Hinter dem Gatter, durch das die Dame herausgekommen war, standen die Wohnwagen und daneben ihre liebenswürdige Schwester. Ich war so erfreut, Frau von Eckthum wiederzusehen, daß mir unsere zukünftigen Ferienbehausungen zunächst gar nicht auffielen. Sie sah bemerkenswert gut aus, war bester Stimmung und, obgleich genauso gekleidet wie ihre Schwester, fügte sie ihrer Gewandung doch so viel des ihr eigenen Liebreizes hinzu, daß ein vollkommen anders Bild entstand. Jedenfalls meinte ich das. Edelgard sagte später, sie habe keinen Unterschied zwischen den beiden Schwestern feststellen können.

Nach der ersten Begrüßung wandte sich Frau von Eckthum halb zu den Wohnwagen um, und mit einer kleinen Geste der Hand und dem allerliebsten Lächeln des Besitzerstolzes verkündete sie: »Da stehen sie.«

Und tatsächlich, da standen sie.

Drei waren es; einer wie der andere nüchtern braune Karren. Freilich, wie ich mit Befriedigung bemerkte, von den gemeinen Zigeunerwagen leicht zu unterscheiden, denn saubere Vorhänge flatterten an den Fenstern, die Metallteile glänzten blank poliert und die Namen Elsa, Ilsa und Ailsa prangten mit ordentlichen Buchstaben schön gemalt auf den Seiten der Wagen. Der Moment, in dem wir zum erstenmal unsere Augen auf diesen Wagen ruhen ließen, war ein beeindruckender, erhebender Augenblick. Unter diesen zerbrechlich scheinenden Dächern würden wir also, wie Edelgard es ausdrückte, in den nächsten vier Wochen »glücklich, gesund und weise« sein. »Oder«, fügte ich schlagfertig hinzu, als ich sie das sagen hörte, »oder *vice versa.*«

Doch Frau von Eckthum gab Edelgards Prophezeiung den Vorzug und schaute meine Frau mit Bestätigung im Blick an. Meine Zuhörer werden sich sicherlich erinnern, wie angenehm die dunklen Wimpern der Dame mit ihren blonden Haaren kontrastieren. Die hagere Schwester lachte und schlug vor, wir sollten die bereits auf die Wagen gepinselten Namen durch die neuen Namen »Glück«, »Gesundheit« und »Weisheit« ersetzen. Da ich die Bemerkung jedoch nicht sonderlich witzig fand, machte ich mir nicht die Mühe, mir ein Lächeln abzuringen.

Drei kräftige Pferde würden die Wagen ziehen. Diese Tiere standen jetzt friedlich nebeneinander in einem Pferch und wurden von einem wettergegerbten Individuum mit Hafer gefüttert, das uns die hagere Schwester als den alten James vorstellte. Diese alte Person, eine höchst unordentlich gekleidete, verstaubt aussehende Kreatur, tippte sich lediglich mit der Hand kurz an die Seite der Schildmütze. Es ist dies die englische Art, gegenüber einem Höhergestellten seinen Respekt zu bekunden – und nebenbei bemerkt: ein Betragen, so unzulänglich am privaten Ende der gesellschaftlichen Skala wie jegliches Verhalten in der englischen Armee an deren militärischem Ende. Nach diesem Gruß schlurfte der Alte davon, um unser Gepäck hereinzuholen, während die hagere Schwester vorschlug, wir sollten in einen der Wagen klettern und uns das Innere unserer neuen Behausung anschauen. Wir taten dies nicht ohne Schwierigkeiten. Jeder Wagen verfügte zwar über eine kleine Trittleiter, die den Einstieg ermöglichen sollte, doch war sie weder jetzt noch später von wirklicher Hilfe, denn bis zum Ende unserer Tour gelang es niemandem herauszufinden, wie dieser Treppenersatz in angenehmem Winkel am Wagen zu befestigen sei. Ich glaube, ich hätte wahrscheinlich besser in den Wagen klettern können, hätte Frau von Eckthum mich nicht dabei beobachtet. Außerdem war ich in diesem Augenblick sowieso weniger daran interessiert, das Innere unseres Wohnwagens zu inspizieren, als vielmehr zu erfahren, wann, wo und wie wir zu unserer längst überfälligen Mittagsmahlzeit kommen würden. Edelgard benahm sich, kaum daß sie das Innere der Elsa erklommen hatte, wie ein sechzehnjähriger Backfisch. Meiner Anwesenheit völlig uneingedenk, ließ sie mich unbeachtet herumstehen, während sie jede Ecke und jeden Winkel in Augenschein nahm und mit ermüdender Iteration wieder und wieder ausrief, wie wundervoll, herrlich, putzig und *cute** doch alles sei.

»Ich wußte, daß es Ihnen gefallen würde«, sagte Frau von Eckthum, die unten vor dem Wagen stand, offensichtlich amüsiert von diesem kindischen Getue.

»Gefallen?« rief Edelgard zurück. »Aber es ist allerliebst – so sauber, so adrett, so niedlich.«

* cute: praktisch, durchdacht (Anm. d. Ü.)

»Darf ich fragen, wo wir essen werden?« warf ich ein, bemüht, die Schöße meines neuen Kleppermantels aus dem Türspalt zu befreien. Da der Wagen nämlich nicht völlig eben stand, war die Tür zugefallen und hatte meinen Mantel eingeklemmt. Ich brauchte meine Stimme nicht zu heben, denn man kann außerhalb eines Wohnwagens, selbst wenn dessen Türen und Fenster fest geschlossen sind, alles hören, was innerhalb desselben gesprochen wird, es sei denn, man greift auf die extreme Maßnahme zurück, sich eine dicke Decke über den Kopf zu legen und unter derselben nur zu flüstern. (Man beachte, daß ich hier von einem stehenden Wohnwagen spreche. Ist der Wagen dagegen in Bewegung, kann man seine Geheimnisse gefahrlos hinausschreien, denn der Lärm des in der sogenannten Speisekammer hüpfenden und zerbrechenden Steingutgeschirrs wird sie völlig verschlucken.)

Die zwei Damen schenkten meiner Frage keinerlei Beachtung. Vielmehr kamen nun auch sie in den Wagen hinein – was ihnen, wären sie nicht so gertenschlank gewesen, niemals gelungen wäre –, überfüllten den Wagen damit jedoch hoffnungslos und begannen sofort, die verschiedenen Funktionen der Einbauten zu erklären, die uns das Elend der Landstraßen erträglich machen sollten. Da sie eine ausgesprochen flinke Zunge hat, sprach vor allem die hagere Schwester, doch muß ich sagen, daß sich bei dieser Gelegenheit auch Frau von Eckthum nicht auf die Haltung beschränkte, die ich sonst so an ihr bewundere: das idealweibliche Verhalten, das sich mit Lächeln und Schweigen begnügt. Ich versuchte indessen, mich so klein wie möglich zu machen, was genau das ist, was jeder Mensch immerzu in einem Wohnwagen zu tun versucht, und setzte mich auf einen glänzend polierten gelben Kasten, der eine ganze Seite unseres »Zimmers« einnahm und Löcher im Deckel hatte sowie eine Klappe am Ende, durch die er, im Falle der Notwendigkeit, ausgeweitet und zu einem Bett für einen dritten Leidenden umgewandelt werden konnte. (Wenn ich dies laut zu Gehör bringe, werde ich das Wort ›Leidenden‹ wahrscheinlich durch den Begriff ›Reisenden‹ ersetzen und auch für das im ersten Satz dieses Absatzes erwähnte ›Elend der Landstraße‹ ein milderes Wort einfügen wie beispielsweise ›Unbequemlichkeiten‹.) In dem gelben Kasten befand sich eine Matratze, dazu Bettzeug, Handtücher und so weiter, so daß, wie die hagere Schwester launig bemerkte, uns nichts davon abhalten konnte, am Wochenende Abendgesellschaften zu geben. Da ich solche Bemerkungen nicht einmal dann liebe, wenn es sich dabei um Scherze handeln soll, bemühte ich mich, durch meinen Gesichtsausdruck deutlich zu machen, daß mir die Bemerkung mißfiel. Doch Edelgard, die sonst immer die erste ist, die erspürt, wenn das Eis dünn wird, lachte zu meiner größten Überraschung sehr herzlich, während sie ihre übertrieben erfreute Begutachtung der wundervollen Inhalte des Wagens fortsetzte.

Von keinem Mann, der zu einer Stunde, in der seine rechtmäßige Mittagszeit längst verstrichen ist, in gekrümmter Haltung auf einer gelben Kiste hocken muß, kann man verlangen, daß er sich an albernen Kindereien interessiert zeigt. Edelgard schien der Wohnwagen eine Art Puppenhaus zu sein. Gänzlich uneingedenk der Tatsache, an die ich sie so oft zu erinnern pflegte, nämlich daß ihr nächster Geburtstag ihr dreißigster sein wird, führte sie sich wie ein Kind auf, dem gerade ein närrischer, die Spendierhosen tragender Verwandter ein überaus teures Geschenk überreicht hat. Auch Frau von Eckthum erschien mir weit weniger intelligent, als sie zu sehen ich mir angewöhnt hatte. Sie lächelte zu Edelgards Begeisterung, als machte sie ihr selbst aufrichtige Freude. Sie schnatterte und plapperte in einem fort, daß ich sie kaum wiedererkannte, während sie Edelgards Aufmerksamkeit auf jene Gegenstände lenkte, die diese noch nicht bemerkt hatte. Edelgards Lebhaftigkeit verwunderte mich. Sie fragte und erkundete und bewunderte, ohne auch nur ein einziges Mal zur Kenntnis zu nehmen, daß ich, der ich da auf der Kiste hockte, von sehr nüchternen Gedanken erfüllt war. Ja, sie war derart betört und verblendet, daß sie mich mehrmals aufforderte, mich ebenfalls an dieser Schaustellung kindischer Albernheit zu beteiligen. Erst als ich sie in sehr scharfem Ton darauf hinwies, daß ich ja schließlich kein kleines Mädchen sei, kam sie zur Besinnung und befleißigte sich eines angemesseneren Verhaltens.

»Der arme Otto ist hungrig«, sagte sie, unterbrach endlich ihre wilde Jagd durch den Wohnwagen und schaute mir ins Gesicht.

»Nein, so was. Ja, dann muß er wohl gefüttert werden«, sagte die hagere Schwester mit solcher Beiläufigkeit und so geringem wahrhaftigem Interesse, als bestünde keinerlei Eile. »Sehen Sie nur – sind die nicht süß? Jede an ihrem eigenen kleinen Haken – sechs Stück und darunter die dazu passenden Untertassen hübsch sauber aufgereiht.«

Und so wäre es wohl *ad infinitum** weitergegangen, hätte nicht eine außerordentlich nette, freundliche kleine Dame ihren Kopf zur Tür hereingesteckt und sich mit einem Lächeln, das wie Balsamöl die brandenden Wogen meines Gehirns glättete, erkundigt, ob wir denn nicht schon halb verhungert seien. Nie war mir der britische Mangel an zeremoniösem Gebaren, an wohlerzogenen Vorstellungsritualen und einleitenden Phrasen willkommener gewesen als in diesem Augenblick. Ich sprang auf, stieß dabei aber leider mit dem Ellenbogen so hart gegen einen Kerzenhalter aus Messing, der an einem Haken an der Wand hing, daß ich einen Schmerzensschrei nicht unterdrücken konnte. Mich aber unverzüglich erinnernd, was sich in guter Gesellschaft geziemt, ließ ich den Schrei sehr geschickt in eine eilige Antwort auf die Frage der kleinen Dame übergehen, worauf sie mich mit charmanter Gastfreundschaft drängte, ihr in den nebenan liegenden Garten zu folgen und dort eine Kleinigkeit zu mir zu nehmen. Ich kam ihrer Einladung mit Eifer nach, nur bedauernd, daß ich ihr, da ich hinter ihr ging, nicht die Stufen der Leiter hinabhelfen konnte. (Tatsächlich mußte zum guten Schluß sie mir eine hilfreiche Hand reichen, denn die Tür des Wagens war wiederum zugeschlagen und hatte ein weiteres Mal die Schöße meines Kleppermantels hinter mir eingeklemmt.)

Edelgard, ganz erfüllt vom bezaubernden Anblick einer Ecke unter der sogenannten Speisekammer, in der – ebenfalls an Haken – sauber in einer Reihe Bürsten, Besen und Staubwedel aufgehängt waren, schüttelte nur den Kopf, als ich sie fragte, ob sie

* ad infinitum: endlos (Anm. d. Ü.)

mitkommen wolle. So überließ ich sie ihren ekstatischen Ausbrüchen und schloß mich meiner neuen Beschützerin an, die mich fragte, warum ich denn einen Gummimantel trüge, während doch kein einziges Wölkchen am Himmel stehe. Ich vermied es, ihr eine direkte Antwort zu geben, indem ich munter (aber dennoch mit vollendeter Höflichkeit) versetzte: »Warum nicht?« – denn in Wahrheit waren meine Gründe, die mit Krumpelfalten und anderen ruinösen Eigenheiten des Verstauens von Kleidung in einem Handkoffer zusammenhingen, von allzu häuslicher und privater Natur, als daß ich sie einer fremden und dazu so charmanten Dame hätte darlegen können. Zum Glück amüsierte sie meine Gegenfrage, und so lachte sie, als sie mir das Tor öffnete und mich in ihren Garten geleitete.

Hier wurde ich von ihr selbst und ihrem Mann mit der zuvorkommendsten Gastfreundschaft bewirtet. Die Flotte der Wohnwagen, die alljährlich jenen Teil Englands überschwemmt, hatte hier sozusagen ihren Hafen und Ankerplatz. Von hier zockelt der wohlgemute Wohnwagenreisende, begleitet von den besten Wünschen, los, und hierher kehrt er ernüchtert zurück und wird mit Balsam und Bandagen empfangen – zumindest denke ich, daß er diese und jede andere Form des Trostes auf Verlangen in dem kleinen Garten auf dem Hügel wird bekommen können. Ich verbrachte eine sehr angenehme und die Geister wiederbelebende halbe Stunde in dieser geschützten Ecke, in der ich mein Mahl genoß und viele Auskünfte sammelte. Auf meine Frage, ob auch meine Gastgeber selbst mit von der Partie seien, antworteten sie zu meiner Enttäuschung, daß sie nicht mitkämen. Ihre Aufgabe beschränke sich darauf, uns glücklich zu verabschieden und helfend zu unseren Diensten zu sein, wenn wir zurückkämen. Von ihnen erst erfuhr ich, daß unsere Reisegruppe außer uns dreien, das heißt Edelgard, mir und Frau von Eckthum, noch aus jener Schwester bestehen sollte, die ich bisher nur durch das Adjektiv ›hager‹ von ihrer Verwandten unterschieden habe. Auf diese Weise hoffte ich so lange wie irgend möglich der Notwendigkeit zu entgehen, sie mit jenem Namen zu benennen, den sie sich durch die Eheschließung angeeignet hatte. Denn, wie sich meine Zuhörer vielleicht erinnern werden, hat sie durch ihre Heirat mit einem Engländer einen Namen erworben, der, wenn man ihn geschrieben sieht, unaussprechlich und der, wenn man ihn hört, unbuchstabierbar ist, lautet er doch Menzies-Legh. Unsere Reisegruppe sollte also, wie erwähnt, aus besagten vier Personen und darüber hinaus aus Menzies-Leghs Nichte und deren Freundin sowie Menzies-Legh selbst und zwei jungen Männern bestehen, über die genauere Informationen einzuholen mir unmöglich war.

»Aber wie denn? Aber wo denn?« rief ich aus, eingedenk der beengten Räumlichkeiten der drei Wohnwagen Schlimmes befürchtend.

Meine Gastgeber beruhigten mich mit der Erklärung, daß die beiden jungen Herren die Nächte in einem Zelt verbrächten, das tagsüber in einem der Wohnwagen mitgeführt werde.

»In welchem?« fragte ich besorgt.

»Das müssen Sie unter sich aushandeln«, sagte der Mann lächelnd.

»Genau das tut man nämlich den ganzen Tag, wenn man mit dem Wohnwagen unterwegs ist«, erklärte die kleine Dame und reichte mir eine Tasse Kaffee.

»Was tut man den ganzen Tag?« fragte ich, darauf bedacht, so viele Auskünfte wie möglich zu erhalten..

»Nun, Dinge miteinander aushandeln«, antwortete sie. »Lediglich die groben Richtlinien sind festgelegt.«

Ich schob es auf meinen Mangel an Kenntnis der idiomatischen Phrasen der englischen Sprache, daß mir der Sinn dessen, was sie sagte, nicht ganz deutlich wurde. Da es jedoch zu meinen eisernen Prinzipien gehört, einen anderen niemals wissen zu lassen, wenn ich ihn nicht verstanden habe, machte ich nur eine kleine Verbeugung im Sitzen und zückte mein Notizbuch mit der Bemerkung, ich wolle mir erlauben, die Liste der Reiseteilnehmer aufzuschreiben, um die verschiedenen Mitglieder der Gruppe besser auseinanderhalten zu können.

Folgendermaßen sollten wir auf die Wagen verteilt sein:

1. Ein erster Wohnwagen (Elsa) sollte den Baron und die

Baronin von Ottringel aus Storchwerder in Preußen aufnehmen.

2. In einem zweiten Wohnwagen (Ailsa) sollten Mr. und Mrs. Menzies-Legh logieren, versehen mit mehreren verschiedenen Herkunftsadressen, da von lächerlich überfließendem Reichtum.

3. In einem dritten Wohnwagen sollten Frau von Eckthum, die Nichte von Menzies-Legh und deren (wie ich annehme Schul-)Freundin unterkommen. In diesem Wagen also würde der gelbe Kasten benutzt werden.

4. Ein Zelt, das von zwei jungen Männern, Name und Stand bis dato unbekannt, besetzt wird.

Jene abgerissene Person, der alte James, würde ebenfalls mit uns reisen, allerdings bei den Pferden schlafen, die seiner besonderen Aufsicht und Verantwortung unterstanden. Auf die restlichen Mitglieder der Reisegruppe (außer uns selbst, Frau von Eckthum und ihrer Schwester, die, wie ich nicht extra erwähnen muß, bereits anwesend waren) wartete man noch, ja, sie wurden gleichsam jeden Augenblick erwartet, da man bereits den ganzen Tag auf sie gewartet hatte. Und sollten sie nicht bald erscheinen, würde unsere erste Etappe, wie mein Gastgeber mir versicherte, uns nicht weiter führen als bis zum Ende der Straße, denn es war bereits vier Uhr nachmittags. Das erinnerte mich, daß mein Gepäck ausgepackt und verstaut werden mußte. Mit dem Hinweis, bei der Auspackaktion unbedingt zugegen sein zu müssen, um sie gebührend überwachen zu können, bat ich meine Gastgeber also, mich zu entschuldigen. Leidvolle Erfahrung hat mich nämlich gelehrt, daß das kontrollierende Auge des Anführers niemals abschweifen darf, sollen die Dinge nicht unwiederbringlich aus dem Ruder laufen. »Mit der Dummheit«, sagte ein großer deutscher Dichter – es muß Goethe gewesen sein, und wenn er es nicht war, so war es zweifelsohne Schiller, haben sie doch, deucht mich, zwischen sich alles gesagt, was es zu sagen gibt –, »mit der Dummheit kämpfen Götter selbst vergebens.« Und ich bitte, dies nicht als eine Reflexion über mein liebes Eheweib anzusehen, sondern vielmehr als eine Auslassung von allgemeiner Anwendbarkeit. In jedem Fall veranlaßte mich die Erinnerung an dieses Dichterwort, eiligst und federnden Schrittes zu den Wohnwagen zurückzueilen.

4

Wenn sich die Dämmerung auch noch nicht gänzlich niedergesenkt hatte, so sammelte sie sich doch bereits in der Ferne, als wir endlich zur Abfahrt bereit waren. Und die tiefhängenden Sturmwolken taten das ihre zur Dunkelheit hinzu. Zwar wären wir schon längst zum Aufbruch fertig gewesen, doch die beiden jungen Mädchen, die sich der Reisegesellschaft anschließen sollten, hatten mit der typisch englischen Manier der Mißachtung anderer entschieden, *not to turn up*, wie Menzies-Legh es in seiner unvergleichlichen Art auszudrücken beliebte. Mehrmals hörte ich ihn diese Wendung benutzen, ehe ich in der Lage war, durch sorgfältigen Vergleich mit den Gegebenheiten ihre Bedeutung zu erfassen. In dem Augenblick jedoch, in dem mir der Sinn dämmerte, erkannte ich auch die tiefe Wahrheit der Aussage: »aufgetaucht« waren sie in der Tat nicht. Und obgleich viel zu wohlerzogen, um es laut hinauszuposaunen, stimmte ich ihm doch im stillen von ganzem Herzen zu, wenn er mit langsam sich steigerndem Nachdruck wieder und wieder sagte: »Zum Kuckuck mit diesen verdammten Gören!«

In den ersten beiden Stunden freilich hatte niemand Zeit gehabt, sie zu verwünschen. Um sich eine rechte Vorstellung von dem geschäftigen Treiben zu machen, stelle sich der Zuhörer am besten eine Gruppe frisch eingezogener Rekruten vor, die ohne Vorübung oder Anleitung durch einen Vorgesetzten ein Nachtlager aufschlagen sollen. Ich weiß, sich das auszumalen erfordert viel Phantasie, aber nur wer es versucht, kann eine ungefähre Vorstellung von dem Bild erlangen, das der Hof bot, und von dem Lärm, der herrschte, während die kleine Gesellschaft (außer den beiden Mädchen, die noch immer nicht aufgetaucht waren) ihre Sachen ein- und umpackte.

Ein Augenblick des Nachdenkens genügt, sich klarzumachen, daß wir die Handkoffer etc. auf dem blanken Boden sozusagen inmitten der ungezähmten Natur öffnen mußten, wobei die schweren Regenwolken drohend über ihnen hingen und die unhöflichen Windböen erfaßten, was sie kriegen konnten, und munter im Hof herumkegelten. Ebenso klar ist, daß die Person, die draußen stand, jeden einzelnen Gegenstand einen nach dem anderen der Person im Wohnwagen zureichen mußte, damit diese ihn ordnungsgemäß verstauen konnte. Da die draußen werkelnde Person weniger zu tun hatte und folglich schneller in ihren Bewegungen sein konnte, war die Person im Inneren des Wagens geneigter, die Geduld zu verlieren. Vielleicht war dies naturnotwendigerweise so, doch wäre es unter Ausübung eines geringen Maßes an Selbstkontrolle wohl zu vermeiden gewesen.

Edelgard jedenfalls bedachte einfach nicht, daß, wenn sie auch die doppelte Arbeit des Sortierens und Verstauens zu erledigen hatte, ich meinerseits mich so unablässig bücken mußte, daß ich recht bald in einen Zustand physischer Erschöpfung geriet. Die beiden jungen Männer, die hätten helfen können und zunächst auch in der Tat Frau von Eckthum zur Hand gegangen waren (obwohl ich glaube, daß sie sich dabei in eine sehr heikle Situation manövrierten), wurden letztlich daran gehindert, von Nutzen zu sein. Der eine nämlich hatte einen Bullterrier mitgebracht, ein höchst gefährlich aussehendes Biest, und der andere einen weißen Spitz. Plötzlich, ohne die geringste Vorwarnung oder zumindest das Knurren, das ein anständiger deutscher Hund von sich gegeben hätte, der eine Attacke plant, schlug der Bullterrier seine Zähne in den Spitz und ließ nicht mehr los. Man kann sich das Jaulen des Spitz wohl vorstellen. Der Bullterrier dagegen gab nicht einen einzigen Laut von sich. Augenblicklich verzehnfachte sich das Durcheinander im Hinterhof. Sosehr sich sein Herr und Meister auch bemühte, der Bullterrier ließ nicht los. Menzies-Legh rief nach Pfeffer, und die Frauenzimmer durchstöberten in hektischer Eile die Speisekammern hinten an den Wagen, doch obgleich sie jede Menge Essig und Öl zutage förderten, gab es keinen Pfeffer. Schließlich, wohl aufgescheucht durch diesen Lärm, der nicht allein von auspackenden Reisenden verursacht sein konnte, kam die kleine alte Dame, deren besondere Gabe es zu sein schien, immer im richtigen Augenblick zu erscheinen. Sie brachte einen Topf voll gemahlenem Pfeffer mit, den sie dem Bullterrier ins Gesicht schüttete, so daß er, um niesen zu können, endlich den Spitz loslassen mußte.

Danach war es den beiden jungen Männern unmöglich, noch irgend jemandem zur Hand zu gehen, weil sie damit beschäftigt waren, sich um ihre Hunde zu kümmern: Der Besitzer des Spitz behandelte die Wunden seines Tieres, während der Besitzer des Bullterriers voll damit ausgelastet war, eine Wiederholung des Verhaltens seines Hundes zu verhindern. Und Menzies-Legh kam zu mir und sagte mit seiner unvergleichlich schleppenden, melancholischen Stimme, ob ich nicht auch der Meinung sei, es handele sich um zwei lustige Hunde, die uns sicherlich auf der Reise noch so manche erbauliche Zerstreuung bieten würden.

»Oh, sicherlich«, stimmte ich ihm zu, ohne recht verstanden zu haben, was er meinte.

Noch weniger war ich in der Lage, das Verhalten der Hundehalter zueinander zu verstehen. Jedenfalls hätte sich unsere feurige deutsche Jugend niemals so aufgeführt. In einer ähnlichen Situation wäre es zweifellos zum Handgemenge gekommen oder doch zumindest zu einem verbalen Schlagabtausch, der zur Wiederherstellung der Ehre unbedingt des in einem Duell vergossenen Blutes bedurft hätte. Diese schlaffen und kraftlosen englischen Herren jedoch – beide höchst merkwürdige, blasse Personen in derart schäbiger und schlotternder Kleidung, daß es mir unerfindlich war, wie sie es überhaupt wagen konnten, in diesem Aufzug vor Damen zu erscheinen – kümmerten sich jeder schweigend um seinen Hund. Als das erledigt war, sagte der Besitzer des angriffslustigen Bullterriers, es tue ihm leid. Statt ihn nun, wie man hätte erwarten sollen, mit der Wut eines Mannes anzugehen, dem großes Unrecht geschehen ist und dessen Männlichkeit dies zu ertragen nicht zuläßt, tat der Besitzer des

Spitz ganz so, als sei auf irgendeine mysteriöse Weise alles die Schuld seines Hundes oder gar seine eigene, weil er seinen Spitz in die Nähe des anderen Hundes hatte kommen lassen. Er versicherte demgemäß, er sei es, der, wie er sich auszudrücken beliebte, *frightfully sorry** sei.

Derart ist die Verweichlichung dieser viel zu reichen und viel zu bequemen Nation. Dieses Geschehen nur mit anzusehen, trieb mir die Schamröte ins Gesicht, doch beruhigte mich der Gedanke, daß ich ja – Gott sei Dank! – zu jener Varietät von Männern gehöre, die Deutsche sind. Später sollte ich dann entdecken, daß diese Weichlinge nicht einmal einen ehrlichen Krug Bier zu stemmen wissen und statt dessen lieber – kann man es überhaupt glauben? – Wasser trinken.

Nun darf aus dem hier Gesagten nicht geschlossen werden, ich hätte bereits an diesem Punkt aufgehört, meinen Urlaub zu genießen. Im Gegenteil, auf meine zurückgezogene, stille Weise amüsierte ich mich köstlich. Denn nicht nur habe ich ein reges Interesse an Charakterstudien, ich bin auch mit jenem außerordentlich feinen Sinn für Humor gesegnet, der durch seinen Verbund mit großer Charakterstärke einen Mann davon abhält, jemals nachzugeben – und sollte er noch so großes Verlangen danach verspüren. Daher ertrug ich, ohne einen einzigen Muckser von mir zu geben, das Auspacken der Koffer, das Einräumen der Sachen und die Ratschläge, die ich von allen Seiten erhielt, und die Fragen, mit denen mich alle belästigten, und das Geschrei hier und da und den Wind, der keinen Moment lang nachließ, und den Regen, der in regelmäßigen Abständen niederprasselte. Ich hatte für diesen Urlaub bezahlt, und so war ich entschlossen, ihn auch in vollen Zügen zu genießen. Allerdings schien es mir höchst merkwürdig, daß reiche Leute wie die Menzies-Leghs Vergnügen an dieser Form von Ferien finden sollten, hätten sie sich doch die besten Hotels in den großartigsten Rückzugsgebieten leisten können. Statt dessen bückten sie sich noch tiefer als ich in ihre Koffer und erledigten eigenhändig

* frightfully sorry: schrecklich, bekümmert (Anm. d. Ü.)

eine Arbeit, über die ihr Diener die Nase gerümpft hätte. Als wir dann während eines besonders heftigen Regenschauers kurz unsere Koffer schließen und uns in unsere jeweiligen – fast hätte ich Hundehütten gesagt, aber ich will gerecht bleiben und sage Wohnwagen –, als wir uns also, wie gesagt, in diese Wohnwagen zurückziehen mußten, brachte ich meine diesbezügliche Verwunderung Edelgard gegenüber zum Ausdruck, die mir nun ihrerseits mitteilte, Mrs. Menzies-Legh habe ihr, während ich zum Essen weggewesen sei, anvertraut, sie und ihre Schwester wünschten sich eine Zeitlang so weit wie möglich von aller Dienstbeflissenheit der Dienerschaft fernzuhalten. Sie wünschten, sagte Edelgard, Mrs. Menzies-Leghs Worte zitierend, das Bibelwort zu erfüllen und mit ihrer Hände Arbeit das Gute zu schaffen. Edelgard, die dieser Hinweis auf die Heilige Schrift sehr belustigte, stimmte mit mir, der ich mich ebenfalls köstlich amüsierte, darin überein, daß dieser Wunsch, mit den Händen arbeiten zu wollen, doch nichts anderes als ein Spiel sei. Ein Spiel obendrein, das nur denen erstrebenswert erscheinen könne, die derart mit dem Besitz wertvoller Dinge überhäuft seien, daß sie gar nicht mehr in der Lage seien, zwischen Wert und Unwert zu unterscheiden. Und es müsse, so fügte ich des weiteren hinzu, höchst interessant sein zu beobachten, wie lange die beiden verwöhnten Damen dieses Spiel wohl durchhielten. Für sich selbst hatte Edelgard natürlich keine Befürchtungen, denn sie ist eine bewundernswert geübte Hausfrau, und unser kleines Haus auf Rädern in Ordnung zu halten sollte ihr nicht schwerfallen, kann sie doch in Storchwerder eine große Wohnung in Schuß sowie eine Clothilde unter ständiger Überwachung halten und an Waschtagen sogar zur äußersten Leistung antreiben. Die beiden Schwestern dagegen hatten niemals den Vorzug eines Ehemannes genossen, der sie von Anfang an zur regelmäßigen Arbeit angehalten hätte. Ganz besonders Mrs. Menzies-Legh war ein verwöhnter Tunichtgut, von ihrem Gatten dazu ermuntert – soweit ich sehen konnte –, nichts weiter zu tun, als ihre vermeintliche Klugheit zur Schau zu stellen.

Um sechs Uhr waren wir fertig zum Aufbruch. Von sechs bis

sieben warteten wir auf die Mädchen. Ab sieben fanden ernsthafte Besprechungen darüber statt, was zu unternehmen sei. Wir mußten los, denn so freundlich sich unsere Gastgeber auch zeigten, so wollten sie doch nicht, daß wir unser Lager im Garten vor ihrem Haus aufschlugen, jedenfalls luden sie uns nicht dazu ein. Außerdem wurde es von Augenblick zu Augenblick deutlicher, daß wir eine stürmische Nacht zu erwarten hatten. Menzies-Legh fragte seine Frau wohl ein Dutzendmal und mit wachsender Unruhe, was zum Teufel – wie er sich ausdrückte – denn mit den Mädchen sei, ob sie nicht glaube, es wäre besser, er ginge sie suchen, ob sie nicht glaube, sie hätten womöglich einen Unfall gehabt, ob sie nicht glaube, sie hätten vielleicht die Adresse vergessen oder sich selbst. Sie aber antwortete auf alle diese Fragen nur, sie glaube nichts von alledem. Vielmehr nehme sie an, es seien eben einfach ungezogene Mädchen, die gehörig ausgeschimpft gehörten, wenn sie denn kämen.

An dieser Stelle erschien die kleine Dame, der der Garten gehörte, auf der Bildfläche und schlug mit dem ihr selbstverständlichen Taktgefühl vor, daß wir uns doch auf den Weg machen und – ohne einen wirklichen Marsch zu unternehmen – nach etwa einer halben Meile Straße abwärts das Lager aufschlagen sollten. Erstens nämlich sei es schon spät, und zweitens seien wir im Umgang mit Wohnwagen noch ungeübt, weshalb die Errichtung des ersten Nachtlagers sicherlich mehr Zeit in Anspruch nehmen werde als später, wenn wir alle Handgriffe gut beherrschten. Auf dieser kurzen Strecke würden wir dann, wie sie meinte, entweder die Mädchen treffen, oder sie selbst würde sie, wenn sie kommen sollten, in diese Richtung dirigieren.

Derart vernünftige Vorschläge sollte man unverzüglich beherzigen, und so waren auch wir im nächsten Augenblick alle miteinander auf den Beinen. Wir hatten recht traurig auf den Leitern zu den Wohnwagen gehockt und diskutiert (wobei wir fast den Punkt gegenseitiger Schuldzuweisung erreichten), nun packten wir die Leitern resolut weg und machten uns bereit aufzubrechen. Mit einer gewissen Mühe spannten wir die Pferde ein, die nicht von ihrer Weide wollten. Wir ketteten die Hunde hinter verschiedenen Wagen an, und auch die Leitern wollten wir unter den Wagen verstauen. Besonders letzteres war keine leichte Aufgabe. Aber einer der beiden jungen Männer kam uns in dem Augenblick zu Hilfe, als Edelgard sich anschickte, unter den Wagen zu krabbeln, um zu erkunden, wie die Leiter dort zu befestigen sei. Der junge Mann zeigte dabei so viel unerwartete Fertigkeit, daß ich geneigt war anzunehmen, er sei im Bolzen- und Schraubenhandel tätig. Mit einem Adieu und viel freundlichen, an unsere lieben Gastleute gerichteten Worten brachen wir auf.

Als erster marschierte vorn der alte James. Er führte das Pferd der Ilsa, und Menzies-Legh ging an seiner Seite, während Mrs. Menzies-Legh, deren Kopf und Hut auf merkwürdigste und ganz und gar unpraktische Weise mit Ellen und Ellen eines transparent flatternden dünnen Stoffes umwunden waren, hinter ihm schritt. Männlich und aggressiv schwang sie einen Spazierstock und erteilte mir, der ich als nächster folgte, höchst unerwünschten und unerbetenen Rat. (Zu meiner Überraschung hatte ich nämlich erfahren, daß man von mir erwartete, neben dem Wohnwagen herzulaufen und dabei das Pferd zu führen, während ich mir eigentlich vorgestellt hatte, gemütlich im Wagen sitzend zu fahren.) Der absurde Kopfschmuck – ein, wie ich später erfuhr, sogenannter Automobil-Schleier – verhinderte, daß ich irgend etwas anderes von ihrem Gesicht sehen konnte als ihre ungeheuerlich langen Wimpern und die Spitze einer neugierigen und merkwürdigerweise wenig aristokratischen Nase. Auch Edelgard trägt übrigens, getreu dem Vorbild ihrer vielen Ahnen, einen rechten Zinken im Gesicht. Größer und hagerer denn je in ihrem durchgehenden, gerade geschnittenen Gewand, schritt Mrs. Menzies-Legh kräftig an meiner Seite aus, ihr Kopf in gleicher Höhe mit dem meinen (und ich bin wahrhaftig kein kleiner Mann), und belehrte mich darüber, was ich zu tun und was ich zu unterlassen hätte bei der Erfüllung meiner Aufgabe, das Pferd zu führen. Nachdem sie das *ad nauseam, ad libitum* und *ad infinitum** (wie man sieht, habe ich

* ad nauseam, ad libitum, ad infinitum: bis zum Erbrechen, nach Belieben, bis ins Grenzenlose (Anm. d. Ü).

nichts von meiner humanistischen Bildung eingebüßt) erledigt hatte, wandte sie sich an meine Gemahlin, die friedlich auf dem kleinen Podest vor der Tür der Elsa hockte, und verkündete, daß, sollte sie dort sitzen bleiben, sie es möglicherweise bald bereuen werde.

Schon im nächsten Augenblick bereute es Edelgard zutiefst, denn mein Gaul, der entweder nicht genug bewegt worden war oder zuviel Hafer gefressen hatte, der ihn nun stach, setzte dem ersten Wagen, kaum daß dieser durch das Tor und außer Sichtweite links um die Ecke gerumpelt war, mit einem beängstigenden Willen zum Galopp nach.

Diejenigen, die das Verhalten eines Wohnwagens kennen, wissen, daß dessen Pferd niemals in Galopp fallen darf, zumindest dann nicht, wenn die im Wagen enthaltenen Gegenstände und Personen unbeschädigt bleiben sollen. Und sie wissen auch, daß englische Tore nie breit genug sind, den Wagen bequem durchzulassen, und daß der Wagen, der durch das Tor hineinfährt, niemals derselbe ist, der herauskommt, wenn der Pferdeführer beim Abschätzen von Wagenbreite und Gatterdurchfahrt nicht die außergewöhnlichste Sorgfalt walten läßt. An diesem ersten Abend war die Vorsehung auf meiner Seite, denn niemals wieder gelang es mir, mit gleicher Eleganz ein Tor oder Gatter zu passieren. Ich hatte nicht einmal Zeit, auch nur Herzklopfen zu bekommen, so rasch war das Tier draußen auf der Straße. Dort griff Mrs. Menzies-Legh in den Zügel und verhinderte so, daß das Biest ausführte, was es im Schilde führte, nämlich dem außer Sichtweite geratenen Kameraden mit einer Geschwindigkeit nachzusetzen, die die Elsa unweigerlich in Stücke gerissen hätte.

Reichlich blaß geworden, kletterte Edelgard vom Wagen. Jedesmal aufs neue bekam ich Angst beim Anblick unseres Wohnwagens, wenn er über irgendwelche Unebenheiten holperte oder schwankte oder wenn man ihn wendete. Als mein eigenwilliges Pferd sich ruhig hinter der Ilsa eingefügt hatte, fragte ich Mrs. Menzies-Legh nicht ohne Besorgnis in der Stimme, was denn wohl geschehen könne, wenn es nicht gelänge, das nächste Tor mit gleicher Leichtigkeit zu passieren.

»Alles kann geschehen«, sagte sie. »Sie können den Lack abschaben. Sie können ein Rad verlieren . . .«

»Aber das ist ja schrecklich«, rief ich. »Was machen wir denn, wenn ein Rad abgeht?«

»Bis ein neues Rad angebracht ist, können wir gar nichts machen.«

»Und wer bezahlt . . .«

Ich hielt im Satz inne. Es eröffneten sich mir Einblicke in Möglichkeiten dieser Reise, die ich noch nicht bedacht hatte.

»Es kommt darauf an«, antwortete sie auf meine unvollendete Frage, »um wessen Wagen und wessen Rad es sich handelt.«

»Und angenommen, meine liebe Gattin«, fragte ich nach einer Pause, in der ich mir die unterschiedlichsten Eventualitäten hatte durch den Kopf gehen lassen, »angenommen, meiner lieben Gattin sollte das Mißgeschick widerfahren, eine Tasse zu zerbrechen?«

»Dann muß eine neue Tasse zur Verfügung gestellt werden.«

»Und die müßte ich dann . . .? Aber angenommen, die Umstände, unter denen die Tasse zu Bruch ging, hätten sich meiner Kontrolle entzogen?«

Sie griff rasch nach dem Zügel. »Meinen Sie damit das Pferd?« fragte sie.

»Meine ich womit das Pferd?«

»Mit den Umständen? Wenn ich es eben nicht im letzten Augenblick am Zügel geschnappt hätte, dann wäre Ihr Wagen im Graben gelandet.«

»Meine sehr verehrte Dame«, rief ich gereizt, »dieser Gaul hätte nichts dergleichen angestellt. Ich habe sehr gut aufgepaßt. Und da ich Offizier bin, kann – das müssen Sie zugeben – meine Kenntnis von Pferden nicht so gering sein, wie Sie anzunehmen belieben.«

»Mein lieber Baron, wann würde eine Frau jemals etwas zugeben?«

Ein Schrei von hinten verschluckte die Antwort, die sie zum Schweigen gebracht hätte. Zumindest war ich mir dessen zu diesem Zeitpunkt noch gewiß, denn noch hatte ich nicht entdeckt, daß keine Antwort sie je zum Schweigen zu bringen vermochte.

Den Schrei hatte einer der beiden blassen jungen Männer ausgestoßen; jetzt stand er hinter unserem Wagen und gestikulierte wild.

»Laufen Sie nach hinten und sehen Sie nach, was er will«, kommandierte Mrs. Menzies-Legh, während sie, mein Pferd führend, weitermarschierte, die bereits etwas außer Atem geratene Edelgard an ihrer Seite.

Ich mußte feststellen, daß sich die Klappe unserer Speisekammer gelöst hatte und der Inhalt des Kastens, die Ochsenzunge nämlich, die wir vor den anderen geheimzuhalten gehofft hatten, vor den Augen von Frau von Eckthum und den beiden jungen Männern auf die Straße gefallen war. Dieses Mißgeschick war allein Edelgards Unvorsichtigkeit zuzurechnen, und ich war aufs äußerste verärgert über sie. An der Rückwand jedes Wagens hingen zwei verschließbare Kästen. Der eine enthielt einen Spirituskocher und Pfannen, der andere, versehen mit kleinen Luftlöchern, diente als Speisekammer, in der der Proviant verstaut werden sollte. Beide hatten als Türen nach außen aufgehende Klappen, die mit einem Vorhängeschloß zu verschließen waren. Mit schändlicher Gedankenlosigkeit hatte Edelgard, nachdem sie die Ochsenzunge hineingepackt hatte, nur die Klappe zugemacht, doch vergessen, das Schloß vorzulegen. Nachdem der Wagen lange genug über die Straße geholpert war, hatte die Klappe sich von selbst geöffnet, und die Zunge war herausgefallen. Ihr waren dann noch ein paar Schachteln Kekse gefolgt, die wir ebenfalls für uns zu behalten gedacht hatten.

Natürlich war ich aufgebracht. Jedesmal, wenn Edelgard pflichtvergessen oder nachlässig ist, verliert sie ein volles Jahr in meiner Achtung, das heißt, sie muß sich ein ganzes Jahr lang der untadeligsten Aufmerksamkeit befleißigen, um jenes Niveau meiner Zuneigung zurückzuerlangen, das sie bereits einmal erreicht hatte. Da sie das weiß, war sie sorgfältig darauf bedacht, mit meiner Liebe Schritt zu halten, wenn ich das so sagen darf.

Bis zu dem hier in der Erzählung erreichten Zeitpunkt hatte sie in ihren diesbezüglichen Bemühungen nie nachgelassen. Auch jetzt, als ich Mrs. Menzies-Legh zurief, sie solle sofort das Pferd anhalten, kam Edelgard unverzüglich angelaufen, um sich zu erkundigen, was geschehen sei. Zutiefst erschüttert betrachtete sie die Bescherung, die sie durch ihre Nachlässigkeit angerichtet hatte. Nun, Zerknirschung mag eine gute Sache sein, doch was nützte sie hier – unsere Ochsenzunge war dahin, denn bevor das Pferd, das die Ailsa zog, angehalten werden konnte, hatte es seinen großen Huf auf die am Boden liegende Zunge gesetzt und sie vollständig zermalmt.

»Wie schade«, beklagte Frau von Eckthum den Anblick der traurigen Überreste. »Aber wie lieb von Ihnen, beste Baronin, daran gedacht zu haben. Die Ochsenzunge hätte uns möglicherweise alle vor dem Hungertod bewahren können.«

»Nun, jetzt ja wohl nicht mehr«, versetzte der eine der beiden jungen Männer, spießte die Reste auf seinen Stock und warf sie in den Graben.

Edelgard sammelte die auf der Straße verstreut liegenden Kekse auf. Sofort eilten die beiden jungen Männer ihr zu Hilfe; ein plötzliches Erwachen aller Energien, das merkwürdig anmutete bei zwei Personen, die mit den Händen in den Hosentaschen dahergeschlendert waren. Ich überlegte, ob die beiden Edelgard vielleicht für jünger hielten, als sie tatsächlich war. Während wir unseren Marsch fortsetzten, kam ich zu dem Schluß, daß es anders gar nicht sein könne, denn eine derart geschäftige Hilfsbereitschaft wäre ansonsten völlig unnatürlich gewesen. Ich entschloß mich im stillen, die nächste Gelegenheit beim Schopfe zu ergreifen und die Unterhaltung auf Geburtstage zu lenken und dabei dann wie zufällig zu erwähnen, daß der nächste Geburtstag meiner Frau ihr dreißigster sei. Vor allen Dingen in diesem Bereich bin ich nicht der Mann, der einem Keime erlaubte, unerstickt zu bleiben.

Wir waren noch keine zehn Minuten unterwegs, als der alte James, der in diesem Landesteil zu Hause war, zur Rechten eine steinige Einfahrt entdeckte, von der er behauptete, sie führe zu einem Flurstück der Gemeinde. Es schien merkwürdig, das Lager einen bloßen Steinwurf vom Ausgangspunkt entfernt aufzuschlagen. Doch erstens ging der Regen gerade jetzt mit solcher Heftigkeit auf unsere ungeschützten Köpfe nieder, und zweitens blieben die Leute, die zu ihren gemütlichen Häusern eilten, trotz des Regens stehen, um uns mit verwunderter Mitleidigkeit anzugaffen, daß wir alle nichts sehnlicher wünschten, als uns hinter den Ginsterbüschen ihren Blicken zu entziehen. Hinter dem Durchgang ging es wahrhaftig nicht steil aufwärts, es handelte sich vielmehr um eine sanfte Steigung, die fast unmittelbar in eine Ebene überging. Der Weg war jedoch derart aufgeweicht und steinig, daß das Pferd der Ilsa, nachdem es seinen Wagen ein paar Meter weit hinaufgezogen hatte, steckenblieb. Menzies-Legh schob geistesgegenwärtig den Bremsklotz unter das rechte Hinterrad, um zu verhindern, daß die Ilsa zurückrollte. Kaum aber hatte er dem Wagen den Rücken gekehrt, riß die Kette des Bremsklotzes, er trudelte davon, und die Ilsa rumpelte rückwärts auf die Elsa zu, die ihrerseits rückwärts auf die Ailsa zurollte, die ihrerseites ebenfalls rückwärts zu rollen begann, und zwar in Richtung Graben.

Es war ein sehr nervenaufreibendes Spektakulum, denn man muß bedenken, daß, so klein die Wagen auch zu sein scheinen, wenn man sich in ihrem Inneren aufhält, sie doch, wenn man sie von außen sieht, recht gewaltige Monster darstellen, die die ganze Straße in ihrer vollen Breite einnehmen und selbst den Automobilisten Respekt einflößen, so daß diese mit der größten Eilfertigkeit, die unhöfliche Personen gemeinhin auch sonst an den Tag legen, wenn sie sich mit noch mächtigeren konfrontiert sehen, den Wohnwagen aus dem Weg gehen.

Menzies-Legh und die beiden jungen Männer reagierten sofort auf die laut gerufenen Anweisungen des alten James. Sie sprangen hinzu, suchten unter den herumliegenden Steinen die größten zusammen und schoben sie unter die Räder der Ilsa. Und zwar, wie ich anerkennend erwähnen muß, mit einer Behendigkeit, die ich ihnen nicht zugetraut hätte. Auf diese Weise verhinderten sie im letzten Moment eine entsetzliche Katastrophe. Da ich damit beschäftigt war, Edelgard Trost zuzusprechen, konnte ich ihnen zu meinem größten Bedauern nicht behilflich sein. Edelgard hatte mich nämlich mit unverhohlener Angst in der Stimme gefragt, ob es möglich sei, daß die Wohnwagen auch des Nachts, wenn wir friedlich darin schliefen, anfangen könnten, sich selbständig zu machen und rückwärts zu rollen. Ich tat mein Bestes, sie zu beruhigen, nur mußte ich leider auf den sehr heftigen Wind hinweisen. Als genau in diesem Augenblick auch noch ein schmutziger und sehr unappetitlich aussehender Arbeiter mit seiner Werkzeugtasche auf dem Rücken vorbeikam, das Gesicht gen Heimat gewandt, da sagte Edelgard, dem Mann fast sehnsüchtig nachstarrend: »Ach Otto, wie schön ist es doch, in ein Haus gehen zu können.«

»Kopf hoch«, sagte ich, sie aufmunternd, aber das Wetter war wahrhaftig niederschmetternd.

Wir mußten, ein Wagen in der Spurrille des nächsten, den Pfad zum Gemeindegelände hinauffahren. Es war das erstemal, daß mir dieser ominöse Ausdruck vom Fahren in der Spurrille zu Ohren kam. Wie oft ich ihn noch zu hören bekommen sollte, kann sich jeder meiner Landsleute nur zu leicht vorstellen, der je die englische Grafschaft Sussex besucht hat. Ich bezweifle allerdings, daß dies viele sein werden. Nun, in der Spurrille fahren heißt, daß man so lange mit dem eigenen Wagen am Fuße eines Hügels aufgehalten wird, bis die kombinierte Kraft aller drei Pferde jeweils einen Wagen nach dem anderen den Hügel hinaufgezogen hat, was im Normalfall pro Wagen gut und gerne eine Stunde in Anspruch nehmen kann. Bei dieser ersten Gelegenheit verhielten sich die Pferdeketten genauso, wie sich die Bremsklotzkette verhalten hatte: sie rissen. Menzies-Legh verlangte folglich nicht ohne Verärgerung von dem alten James zu wissen, wie es denn – verdammt nochmal – komme, daß alles Gerät, das sie anfaßten, zu Bruch gehe. Der alte James fühlte sich unschuldig; ohnehin war er kein sonderlich redseliger Zeitgenosse, und so ließ Menzies-Legh ihn in Ruhe. Zum Glück hatten wir noch einen weiteren Satz Ketten dabei. Doch bedeutete all dies große Verzögerungen, und als der erste Wagen endlich oben auf dem Gelände stand, da hatte der Regen bereits deutlich nachgelassen, und die Sonne, die ihre letzten blassen Strahlen durch die ausdünnenden Regentropfen schickte, ging hinter einer bleiernen Wolkenbank in einer trostlosen Ferne unter. Falls es einen meiner geneigten Zuhörer durch irgendeinen Zufall je nach Panthers verschlagen sollte, so suche er unter allen Umständen das Gemeindegelände von Gribs auf (oder Grips – trotz all meiner wiederholten Fragen war es mir nicht möglich herauszufinden, welches die korrekte Schreibweise sei). Nur so wird es ihm vergönnt sein, sich ein eigenes Bild von unserer ersten Nacht in diesem öden und freudlosen Refugium zu machen. Denn es war ein Refugium. Als Alternative wäre uns nur geblieben, blindlings bis zum kommenden Morgen durchzumarschieren, was natürlich gar keine Alternative gewesen wäre. Was für ein trüber Ort! Graue Schatten wölbten sich über ihm, kalte Winde wirbelten um uns, das Gras war – natürlich – tropfnaß, und überall zwischen den Ginsterbüschen lagen leere Sardinenbüchsen und andere Blechdosen herum, die frühere und wohl fröhlichere Besucher hier zurückgelassen hatten. Diese letzterwähnten Gegenstände erklärten sich, wie sich alsbald herausstellte, durch das Vorhandensein eines Hopfenfeldes, das sich an einer Seite an das Flurstück anschloß. Zum Glück war der Hopfen noch nicht in jenen Zustand der Reife gelangt, der die Pflükker anzog, dann nämlich wäre das Gelände wohl kaum ein Ort gewesen, zu dem feine, sich ihres Standes bewußte Herren ihre Gattinnen hätten führen können. Dem Hopfenfelde gegenüber ging es recht steil abwärts, und die Spitzen zweier Hopfendarren blickten über den Rand des Abgrunds zu uns herüber. Vor uns, verdeckt durch den Ginster und andere Büsche von stechender und sehr anhänglicher Natur, lag die Straße, auf der Menschen heimwärts eilten, die, wie Edelgard so richtig bemerkt hatte, in Häusern wohnten. Rund um uns, außer auf der Hopfenfeldseite, konnten wir sehr viel weiter über die trostlose Landschaft schauen, als uns lieb war. Die drei Wohnwagen standen in einer Reihe nebeneinander und blickten zu dem wäßrigen Sonnenuntergang hinüber. Der Wind blies vornehmlich aus Osten (obwohl er auch aus allen anderen Himmelsrichtungen wehte), und die Rückseiten der Wagen boten dem Zorn des Windes mehr Widerstand als irgendeine der anderen Seiten, befand sich doch an diesem Teil des Wagens nur ein ganz kleines Fensterchen. Alle hielten während der ganzen Reise dieses Rückfenster am Wagen sorgfältig geschlossen.

Ich hoffe, meine Zuhörer können sich die Wohnwagen *bildlich* vorstellen, wenn nicht, scheint mir alle Mühe des Vorlesens vergebens: quadratische – oder doch zumindest fast quadratische – Kisten auf vier Rädern, vorn eine Tür mit einem großen Guckloch, das man des Nachts mit einem Laden verschloß, das jedoch tagsüber einen herrlichen Ausblick zuließ (sofern es einen herrlichen Ausblick gab), je ein viel zu großes Fenster auf jeder der beiden Seiten sowie eine kahle, keinerlei Abwechslung bietende Rückwand, es sei denn man betrachtete die beiden Kästen, die Speisekammer und den anderen Kasten, der den Spirituskocher enthielt, als Abwechslung, denn das kleine, bereits erwähnte Fenster blieb dadurch, daß es geschlossen gehalten wurde, so gut wie unsichtbar. Das Innere der Wagen vermittelte den Eindruck (ich benutze auch dieses Wort mit wohlüberlegter Absicht), den Eindruck also, wie ich sagte, von gemütlicher Behaglichkeit, welchselbiger hervorgerufen wurde durch den grünen Teppich, die grünen Wandbehänge, die grünen Daunendecken auf den Betten, die grüne Portiere, die den sogenannten Wohnraum von jenem Wagenteil abtrennte, den wir als Umkleideraum benutzten, die geblümten Vorhänge, die Reihe hübsch gebundener Bücher auf dem Regal und den Glanz der polierten Kerzenhalter aus Messing, die jedesmal nach mir ausschlugen, wenn ich mich im Wagen bewegte. Wohin sich dieser Eindruck in den Augen eines vernunftbegabten Mannes entwikkelte, der zu standfest ist, sich von den Aufwallungen vorübergehender Begeisterungsstürme mitreißen zu lassen, wird der weitere Bericht erhellen.

Das Durcheinander auf dem Gemeindegelände war inzwischen unbeschreiblich. Selbst jetzt, während ich mir die Szene wieder in Erinnerung rufe, kann ich nur die Hände über dem

Kopf zusammenschlagen. Schon die drei Pferde auszuspannen war für Menschen, die an diese Art von Arbeit nicht gewöhnt sind, keine leichte Übung. Aber die drei Tische herauszuholen, sie auszuklappen und so aufzustellen, daß sie auf dem unebenen Grund nicht wackelten, war noch ungleich schwieriger. Alle Gegenstände in einem Wohnwagen haben Scharniere und Ausstellklappen, denn sie sollen ja innerhalb des Wagens so wenig Platz wie möglich einnehmen. Obgleich sie also nur wenig Raum beanspruchen, sind sie doch äußerst anspruchsvoll, was die Zeit anlangt, die man damit verbringen muß, sie aufzustellen. Und just an diesem ersten Abend, als wir ohnehin wenig Zeit zur Verfügung hatten, tat jeder Stuhl und jeder Tisch das seine dazu, das Chaos zu vergrößern. Nachdem wir Tische und Stühle endlich mit großer Mühe im nassen Gras plaziert hatten, mußten aus den Tiefen der gelben Kisten in den Wagen Tischtücher hervorgezerrt und auf den Tischen ausgebreitet werden. Jedesmal jedoch, wenn ein Tuch endlich auf einem Tisch lag, trug ein Windstoß es davon und hängte es in den nächsten Ginsterbusch. Kaum hatte man es zurückgeholt und wieder auf seinen Platz bugsiert, ging das Theater wieder von vorne los. Als ich verkündete, ein weiteres Mal würde *ich* die Tücher nicht einsammeln, kommandierte Mrs. Menzies-Legh, ich solle sie mit den Bestekken beschweren. Allerdings wußte niemand, wo die Messer und Gabeln versteckt waren. Die Suche nach ihnen verschlang wiederum einen guten Teil unserer kostbaren Zeit, denn wer hätte auch nur im Traum annehmen können, daß sie zwischen dem Bettzeug verstaut waren. Was Edelgard anging, so verlor ich vollkommen die Kontrolle über sie. Wie Wasser schien sie mir durch die Finger zu rinnen. Sie war überall und nirgends. Ich weiß nicht, was sie tat, ich weiß nur, daß sie mich vollkommen im Stich ließ, denn ich sah mich die niedersten Dinge verrichten; Arbeiten, die eines Offiziers wahrhaftig nicht würdig sind, wie beispielsweise Tassen und Untertassen holen und Löffel bereitlegen. Noch, wenn ich es nicht mit eigenen Augen gesehen hätte, würde ich je geglaubt haben, daß die Zubereitung von Rührei und Kaffee eine derart schwierige Aufgabe darstellt. Was hätte frugaler sein können als ein solches Mahl? Dennoch erforderte es die zweistündige kombinierte Anstrengung von sieben hochzivilisierten und intelligenten Wesen, dieses Essen auf den Tisch zu bringen. Edelgard meinte zwar, gerade diese gemeinsame Geschäftigkeit sei der Grund für die Verzögerung gewesen, doch ich wies sie sofort mit dem Hinweis zurecht, daß es eine vollkommen kindische Vorstellung sei, zu glauben, wenige Ungebildete seien fähiger als viele Kluge.

Als nach ungeheurer Arbeit und unendlichem Gerede diese magere Kost aus Eiern und Kaffee endlich vor uns auf den Tischen stand, war es so spät, daß wir die Sturmlampen entzünden mußten, um überhaupt etwas sehen zu können. Meine Zuhörer, die sich kaum je außerhalb der geschützten Häuser Storchwerders bewegt haben und keine Ahnung haben von dem, was ihnen widerfahren könnte, wenn sie es denn je versuchen sollten, werden Mühe haben, sich vorzustellen, wie wir da an diesem stürmischen Ort saßen, vergeblich bemüht, die Tischdecken festzuhalten, die Füße im nassen Gras und die Köpfe im böigen Dunkel. Die Petroleumlampen flackerten über den rasch erkaltenden Eiern und unseren düsteren Gesichtern. Es war in der Tat ein schlechter Anfang; es hätte gereicht, um den entschlossensten Urlauber gründlich zu entmutigen. Dies war kein Urlaub, dies war Entsagung, kombiniert mit totaler Preisgabe, denn wir waren dieser Situation hilflos ausgesetzt. Frau von Eckthum schwieg ganz und gar, und Mrs. Menzies-Legh, die zu lachen versuchte, brachte nur ein paar hohl scheppernde Töne hervor. Edelgard sprach nur ein einziges Mal, und zwar um zu sagen, daß der Kaffee sehr schlecht sei und sie darum bitte, ihn das nächstemal alleine und ohne Hilfe aufbrühen zu dürfen; eine Bitte, der man mit düsterer Zustimmung entsprach. Menzies-Legh war inzwischen wegen der Mädchen ernstlich besorgt, und obwohl seine Frau noch immer darauf beharrte, daß sie eben einfach nur ungezogene Gören seien, die gehörig ausgeschimpft gehörten, sagte sie es inzwischen mit weniger Überzeugung in der Stimme. Die beiden jungen Männer hockten, die Schultern hochgezogen bis zu den Ohren, in vollkommenem Schweigen. Niemand aber hatte mehr Mitleid verdient als ich und Edelgard, denn wir waren bereits seit dem letzten Morgen unterwegs, und niemand hätte mehr der Ruhe und eines guten Essens bedurft; dabei gab es kaum genügend Rührei für alle, waren doch die meisten Eier auf der kurzen rumpeligen Strecke längst zu Bruch gegangen. Nachdem dieses sogenannte Abendessen beendet war, gab es nicht etwa eine genußvoll zu rauchende Zigarre in der vergleichsweise komfortablen Ruhe und Trockenheit des Wohnwagens. Vielmehr – wird man es für möglich halten? – erhoben sich alle und fingen an, Geschirr abzuwaschen!

»Kein Personal! Ist es nicht herrlich, so frei zu sein?« rief Mrs. Menzies-Legh, wobei sie mir einen Lappen in die eine und eine Gabel in die andere Hande drückte und mit einer bedeutungsvollen Geste des Zeigefingers auf eine Schüssel voller heißen Wassers deutete.

Nun, es blieb mir nichts anderes übrig. Doch mögen meine Zuhörer nicht zu hart über mich urteilen. Ich bin mir durchaus bewußt, daß diese Tätigkeit eines Offiziers unwürdig ist, aber man bedenke die Ungewöhnlichkeit der Umstände. Zu meinem Befremden verrichteten auch Menzies-Legh und die beiden jungen Männer diese Arbeit – und zwar freiwillig. Als Edelgard mich derart beschäftigt sah, erstarrte sie zunächst für einen Augenblick in größtem Erstaunen, sagte dann aber natürlich sofort, daß sie mir diese Arbeit abnehmen wolle.

»Nein, nein, lassen Sie ihn nur«, ging Mrs. Menzies-Legh unverzüglich dazwischen, ganz so, als genieße sie es, mit mir zusammen in derselben Schüssel Geschirr zu spülen.

Aber ich will mich nicht bei den Gabeln aufhalten. Ich war noch mit der überraschend schwierigen und denkbar ekelhaften Aufgabe beschäftigt, sie zu reinigen, als plötzlich der Regen mit neu erwachter Wucht wieder einsetzte. Das war zuviel. Ich entschlüpfte von Mrs. Menzies-Leghs Seite in die Dunkelheit und flüsterte Edelgard zu, mir zu folgen. Nachdem ich meinen Wagen gefunden hatte und sie hinter mir hineingeklettert war, schlossen wir die Tür und legten den Riegel vor. Was mit den verbliebenen, noch ungespülten Gabeln geschah, weiß ich nicht.

Es gibt Grenzen, die ein Mann auch um einer sauberen Gabel willen nicht überschreitet. Wir entkleideten uns im Dunkeln, damit das Licht hinter den Fenstern uns nicht verriete. »Soll doch jeder einzelne von ihnen glauben, daß wir gerade dabei sind, einem der anderen zu helfen«, sagte ich mit grimmigem Humor im stillen zu mir selbst. Und dann, nachdem Edelgard in das obere Bett geklettert und ich in das untere gekrochen war, lagen wir da und lauschten darauf, wie der Regen auf das Dach nahe unseren Gesichtern (besonders Edelgards) trommelte. Schreiend versuchten wir, uns noch ein wenig zu unterhalten, doch dieser Höllenlärm, der jedes andere Geräusch von draußen verschluckte, erstickte auch unsere Stimmen.

5

Fest davon überzeugt, die ganze Nacht kein Auge zugetan zu haben, stellte ich am Morgen, als ich die Augen aufschlug, zu meiner Verwunderung fest, daß ich mich wohl getäuscht haben mußte. Ich muß geschlafen haben, und sogar recht fest, denn da stand eine schon fix und fertig angezogene Edelgard, hielt den Vorhang beiseite, der den noch im Bett liegenden Schläfer vor den Blicken irgendwelcher Neugieriger verbirgt, sollte die Tür des Wohnwagens ohne Vorwarnung aufspringen, und drängte mich, endlich aufzustehen. Da ich geträumt hatte, ich befände mich noch auf der Reise zwischen Flushing und Queenboro', mußte ich im Schlaf die Bewegungen des Wohnwagens gespürt haben, die daher rührten, daß Edelgard sich angekleidet hatte. Ein *caravan* geht nämlich bei jeder Körperbewegung mit, die in seinem Inneren von einer Person vollführt wird. Und sollten Sie jemals zusammen mit einer anderen Person einen solchen Wagen bewohnen müssen, so kann ich nur für Sie hoffen, daß dieser Wohnwagengenosse ein ruhiger Schläfer ist, besonders, wenn er das obere der beiden Etagenbetten belegt. Ja, ich mußte jetzt feststellen, daß es keineswegs zu meinem Vorteil war, das untere Bett gewählt zu haben. Während der Regen mit dem ohrenbetäubenden Getöse einer niedergehenden Steinlawine auf das Dach trommelte, hörte ich zwar nichts von Edelgard, ich fühlte lediglich jede ihrer Bewegungen. Als der Regen jedoch nachließ, hörte ich jedes Knarren und Knarzen ihres Bettes und ihrer Matratze (die ja nur etwa zwei Handbreit von meinem Gesicht entfernt war), wenn sie sich im oberen Bett umdrehte, und diese Geräusche waren derart beängstigend, daß mich höchst abschreckende Visionen heimsuchten. Ich dachte daran, daß das obere Bett möglicherweise das Gewicht, das ihm zugemutet wurde, nicht länger würde tragen können, daß es *in toto** herunterbrechen und auf den hilflos darunter ausgestreckt liegenden Körper *(meinen)* fallen könnte. Wenn das geschähe, so würde ich dabei sicherlich schwer verletzt werden. Ja, es bestand die Möglichkeit, daß ich erstickte, bevor Hilfe herbeigeholt werden konnte. Letztlich aber müssen diese Schreckensvisionen, ungeachtet meiner festen Überzeugung, kein Auge zugetan zu haben, doch in gnadenreichem Schlaf untergegangen sein. Und da zum einen mein Bett sehr bequem und ich zum anderen nach der langen Reise am Ende meiner Kräfte war, muß ich in einen tiefen und offenbar auch langen Schlaf gefallen sein. Jedenfalls schien bereits die Sonne durch das offene Fenster, und in ihrer Begleitung strömte ein herrlich frischer Duft von heißem Kaffee herein, als Edelgard kam, um mich mit der Nachricht zu wekken, das Frühstück sei fertig, und da alle schon versammelt und hungrig seien, müsse ich entweder sofort kommen, um meinen Anteil daran abzubekommen, oder ich brauchte mich gar nicht zu bemühen. Meine Kleider hatte sie mir ordentlich zurechtgelegt, aber heißes Wasser für die Morgentoilette hatte sie mir keines gebracht. Die beiden Schwestern hätten gesagt, so teilte sie mir mit, das heiße Wasser sei zu kostbar und müsse zum Geschirrspülen verwendet werden. Durch diese Auskunft ein wenig mißvergnügt, erkundigte ich mich, ob dies etwa heißen solle, ich sei weniger wichtig als Messer und Gabeln, worauf Edelgard zu meiner maßlosen Verblüffung versetzte, es komme

* in toto: gänzlich (Anm. d. Ü.)

darauf an, ob es sich um Silberbesteck handele oder nicht. Das war natürlich gefährlich nahe an einer spitzen Bemerkung, und so verließ sie den Wagen denn auch, kaum daß sie diese Worte von sich gegeben hatte, wohl wissend, daß ich in meinem unbekleideten Zustand nicht zur Tür springen und sie zurückbeordern konnte. Ich blieb also mit meinem kalten Wasser und meiner Verwunderung alleine zurück. Obwohl ich bei ihr schon des öfteren ein gewisses in diese Richtung zielendes Talent hatte beobachten können (meine Zuhörer werden sich an einzelne Fälle erinnern), war meine Person doch bisher selten das auserkorene Ziel dieses Zungenschlags gewesen. Am passenden Ort ist Schlagfertigkeit niemals fehl am Platze, doch kann der eigene Ehemann selbstverständlich unter keinen Umständen der angemessene Adressat sein. Ja, ich glaube, es ist wohl insgesamt gefährlich, wenn eine Frau sich diese Fertigkeit aneignet. Einer solchen Frau sollte man aus dem Wege gehen, denn ist nicht das, was wir an den Frauen schätzen und bewundern, ihre Fraulichkeit? Und Fraulichkeit ist, wie schon der Klang des Wortes vermuten läßt, alles das, was rund, weich, nachgiebig und geschmeidig ist. Schon wenn man das Wort Fraulichkeit über die Zunge rollen läßt, hat es einen glatten, flüssigen Klang, wie süßes Öl oder kostbarer Balsam, und so drückt es ganz und gar unser Ideal aus. Eine spitze Zunge, ein scharfer Verstand – was ist das anderes als ein Schandfleck, eine Beeinträchtigung des schönen Bildes? Dies waren (in groben Zügen) so meine Gedanken, während ich mich rasch in sehr wenig sehr kaltem Wasser wusch. Als ich dann meine Kleider anlegte, bemerkte ich mit Zufriedenheit, daß Edelgard sie wenigstens ausgebürstet hatte. Ich mußte die Fenstervorhänge sorgfältigst zusammenstecken, denn draußen waren die Frühstücksvorbereitungen in vollem Gange, und ständig lief irgend jemand am Fenster vorbei auf der Suche nach Bestandteilen der Frühmahlzeit, die entweder vergessen worden oder überhaupt nirgendwo auffindbar waren.

Ich gestehe, ich hatte gedacht, man würde mit dem Frühstück auf mich warten. Es ist möglich, daß auch Frau von Eckthum dies dachte, doch was den Rest der Reisegruppe anlangte, so hatte ich es, wie ich nun erkannte, mit Mitgliedern der rücksichtslosesten Nation Europas zu tun. Außerdem, so räsonierte ich, war es sinnlos, unter Menschen, die selbst weder Rang noch Stand hatten, nach jener Höflichkeit zu suchen, die wir in Deutschland gegenüber Rang und Stand an den Tag zu legen pflegen. Denn wer oder was war dieser Menzies-Legh? Ein Mann mit ungeheuer viel Geld (was vulgär ist), aber ohne jeglichen Titel. Weder in der Armee noch bei der Marine, noch im diplomatischen Korps war er irgend jemand. Er war nicht einmal der jüngere Sproß einer adligen Familie, was in England, wie meine Zuhörer möglicherweise schon mit Erstaunen zur Kenntnis genommen haben, dazu führen kann, daß ein Mann, der in einem anderen Land ganz selbstverständlich einen Titel verliehen bekommen hätte, hier sein Leben lang als ein nackter »Mister« durch die Welt geht. Es mag auf diesen Umstand zurückzuführen sein, daß Menzies-Legh sich gegenüber Titeln geradeso verhielt wie der Fuchs in der berühmten Fabel, der in einer ähnlichen Situation ja auch weder Ehre darin sah noch einen Grund dafür entdecken konnte, Höflichkeit zu zeigen gegenüber der Nobilität fremder Trauben. Und das ursprünglich gute deutsche Blut von Mrs. Menzies-Legh war durch die verseuchende Wühlarbeit englischer Mikroben derart unterminiert, daß ich in ihr unmöglich die Tochter einer der ältesten deutschen Familien wiedererkennen konnte. Was schließlich die beiden jungen Männer anging, so hatte ich Menzies-Legh während unseres ärmlichen, feuchten, aus viel zu wenigen Eiern bestehenden Mahls am vorhergehenden Abend gezwungenermaßen von mir aus über sie befragen müssen. Denn er hatte es nicht für nötig befunden, mich, wie es einem deutschen Herrn von Stand eine Selbstverständlichkeit gewesen wäre, bei der ersten sich bietenden Gelegenheit von sich aus über sie mit allen Einzelheiten bezüglich Einkommen, Verbindungen und so weiter zu informieren, was mich in den Stand gesetzt hätte, von Anfang an die genau richtige Dosierung von Herzlichkeit in meinem Verhalten ihnen gegenüber korrekt zu wählen. So beschied mir Menzies-Legh auf meine diesbezüglichen Fragen lediglich, daß der hohlwangige junge Mann mit der Brille und dem Bullterrier Browne sei und sich darauf vorbereite, in den geistlichen Stand zu treten, und der andere, der mit dem Spitz und dem glatten, runden Gesicht, sei Jellaby.

Was diesen Jellaby anlangte, so fügte er nichts weiter hinzu. Wer und was dieser Jellaby war, außer eben Jellaby, hätte ich selbst mühsam und schrittweise herausfinden müssen, hätte ich Menzies-Legh nicht weiter um Auskunft gedrängt, indem ich ihn fragte, ob auch Jellaby vorhabe, in den geistlichen Stand zu treten, und, falls nicht, was denn dann seine Pläne seien.

Menzies-Legh antwortete mir, doch keineswegs mit jenem lebhaft detaillierten Interesse, das ein deutscher Gentleman an den Tag gelegt hätte bei der Darlegung der persönlichen Angelegenheiten eines Freundes, sondern mit der immer zur Schau gestellten Langeweile, die er regelmäßig hervorkehrte, wenn ich versuchte, mit ihm über Themen von ernsthaftem Interesse zu sprechen. Sobald er sich aber mit reizlosen und faden Dingen beschäftigte, Marschieren etwa oder den Wohnwagen putzen oder mit den anderen über ermüdende Trivialitäten diskutieren, wie beispielsweise ein lächerliches Gedicht, das gerade erschienen war, oder die besten Küchenherde für die *cottages* genannten Häuschen, die er auf seinem Gut für alte Frauen errichtete, sobald er solchen tristen Tätigkeiten nachging, verschwand dieser ennuyante Ausdruck unverzüglich aus seinem Gesicht. Menzies-Legh antwortete mir also in gelangweiltem Ton, Jellaby werde in nichts eintreten, in dem er nicht schon drin sei – und dies sei das House of Commons, das Unterhaus, in dem er nicht nur ein Abgeordneter der Labour Party, sondern auch ein Sozialist sei.

Ich brauche nicht zu betonen, wie sehr mich diese Neuigkeit bedrückte. Seite an Seite mit einem sozialistischen Parlamentsmitglied würde ich meine Zeit verbringen müssen. Und längst schon hatte ich bemerkt, daß die durch die Wohnwagen erzwungene Form der Lebensweise eine Nähe zum Nächsten und eine Gleichmacherei fördert, die durch keine andere mir je bekanntgewordene Lebensweise erreicht wird. Man erfaßt, wie schrecklich es mir war, daß unter allen Personen auf Gottes Erdboden ausgerechnet ein Radikaler in solche Nähe zu mir gerückt war, denn für mich als preußischen Offizier und Herrn von Adelsstand versteht es sich von selbst, daß ich mich stolz den Konservativen zurechne. Man kann das eine nicht gut ohne das andere sein, jedenfalls nicht in Deutschland. Wie die drei Grazien, so gehören auch die anderen drei unverbrüchlich zusammen. Auch seine Majestät, der Preußenkönig, ist, dessen bin ich gewiß, in seinem innersten Herzen ein leidenschaftlicher Konservativer, ja selbst Gott der Allmächtige ist konservativ, wie ich jeden Grund habe zu glauben. Und vom Standpunkt des Konservativen aus (der der einzig richtige Standpunkt ist) sind alle Liberalen schlecht – schlecht, unwert und unfähig; Menschen, mit denen man nicht einmal im Traum sprechen oder gemeinsam speisen möchte, Menschen, die geistig und moralisch so tief stehen, daß ein tieferes Niveau sich gar nicht mehr ausdenken läßt. Und doch lebt in diesen tiefsten Tiefen, die jenen immerdunklen Abgründen der Meere vergleichbar sind, in denen, wie die jüngste Wissenschaft uns lehrt, Monster jenseits des Zugriffs von Licht, Luft und christlichem Anstand vegetieren, eine Kreatur: der Sozialist. Und wer könnte in dieser Sache ein neutralerer Kritiker sein als ich? Durch meinen Beruf von jeglicher Teilnahme an politischer Meinung oder Arbeit ausgeschlossen, bin ich in die Lage versetzt, die Dinge mit der ungetrübten Unvoreingenommenheit des Desinteressierten zu beobachten. Als solcher sehe ich diese Personen als eine Gefahr für mein Land, eine Gefahr für meinen König und eine Gefahr für meine Nachkommen (wenn ich sie denn hätte).

Folglich behandelte ich Jellaby mit eisiger Kälte, als er mich bei Tisch bat, ihm etwas zu reichen – ich glaube, es war das Salz. Nun hindert ihn, Gott sei Dank, seine nationale Zugehörigkeit daran, unseren deutschen Reichstag mit seinen gefährlichen Theorien zu vergiften und zu untergraben (nicht einen einzigen Tag hätte ich seine Gegenwart ertragen, wäre er ein Deutscher gewesen), doch das Prinzip ist überall das gleiche. Während ich mich nun ankleidete, dachte ich mit heftigem Groll, daß die Anwesenheit dieses Menschen aufs höchste kompromittierend sei, und leider konnte ich Frau von Eckthum den schweren – aber stillen – Vorwurf nicht ersparen, mich nicht rechtzeitig vor dieser Gefahr gewarnt zu haben.

Und dann dieser andere – der zukünftige Pastor Browne. Ein Geistlicher ist schön und gut und sogar nötig bei einer Taufe, einer kirchlichen Trauung oder einer Beisetzung – allerdings darf man sich natürlich keinesfalls auf einer gesellschaftlichen Ebene mit ihm gemein machen. Manchmal hält sich bei den großen Gesellschaften in Storchwerder ein Geistlicher im Hintergrund auf, wo er, wie es ihm angemessen ist, auch bleibt. Auch bei ein oder zwei der Essen mit unseren Bekannten auf dem Lande waren der Pastor und seine Frau zugegen gewesen. Der Pastor hatte das Tischgebet gesprochen, und seine Frau hatte geschwiegen. Und beide waren sich darüber im klaren gewesen, daß sie nicht unserer Klasse angehören, und hätten sie es nicht von selbst empfunden, so hätte alsbald jemand die Initiative ergriffen, es sie empfinden zu lassen. Das ist alles, wie es sein soll, völlig normal und angemessen. Und genauso normal und angemessen war es, daß ich, als ich erfuhr, ich solle mit einem zukünftigen Pastor der anglikanischen Kirche das veranstalten, was man wohl vertrauliches Zusammensein nennt, in meinem Innersten heftigste Einwände erhob. Während ich meine Sachen anlegte, entschloß ich mich, gegen beide, sowohl gegen Jellaby als auch gegen Browne, nichts anderes als die steifste Förmlichkeit an den Tag zu legen.

Nun soll in diesem Bericht nichts verborgen bleiben. Ich wünsche aufrichtig, daß er ein echtes und ehrliches Dokument menschlicher Erfahrung wird. Zudem bin ich der letzte, der über einen Fehler, den er zu verantworten hat, schweigend hinweggeht. Meine Freunde sollen mich sehen, wie ich bin, mit all meinen menschlichen Schwächen und mit wenigstens einigen meiner menschlichen Stärken. Nicht daß es in der Angelegenheit Browne etwas gegeben hätte, dessen ich mich hätte schämen müssen – vielmehr wäre es an Menzies-Legh gewesen, sich dafür zu schämen, mich durch seine unkommunikative Art derart leichtfertig in einen nur zu natürlichen Irrtum getrieben zu haben. Wie hätte ich denn auch wissen können, daß man in dieser einmaligen Nation die bei der Kirche Beschäftigten auf eine Ebene erhebt mit jenen, die in unserer Nation tatsächlich ein annehmbares Niveau erreicht haben: die Mitglieder nämlich der Armee, der Marine und des diplomatischen Korps?

Als ich fertig war, kletterte ich aus dem Wohnwagen und betrat das durchweichte Gras. Browne saß alleine am Tisch und frühstückte, während die anderen sich in alle Winde verstreut hatten und jenen sterilen Beschäftigungen nachgingen, die für das trostlose Leben der Wohnwagenfahrer so typisch sind. Ich zeigte dem jungen Mann gegenüber genau das Verhalten, das im Verkehr mit einem einfachen Pastor angemessen ist, der die Unverschämtheit besitzt, einen Höherrangigen wie mich wie einen Gleichgeordneten anzusprechen – das heißt, ich gab mich außerordentlich steif und förmlich.

Er schob mir die Kaffeekanne hin: Ich nahm sie mit einer knappen Verbeugung entgegen. Er sprach vom Regen in der Nacht und seiner Befürchtung, meine Frau hätte sich davon gestört gefühlt haben können: Ich antwortete mit einem ausweichenden Schulterzucken. Er sprach vergnügt von der strahlenden Morgensonne und daß sie das Versprechen auf einen schönen Tag in sich berge: Ich erwiderte nicht mehr als ein gastfreundliches »möglicherweise« oder »vielleicht« – welches von beiden ich wählte, kann ich mich jetzt nicht mehr erinnern. Er schlug vor, ich solle mich doch von einer dicken, ekelhaften Pampe bedienen, von der er selbst aß und von der er sagte, sie nenne sich *porridge*. Er und Jellaby hätten sie zubereitet, und sie sei eine hervorragende Grundlage für einen beschwerlichen Tagesmarsch. Mit Mühe unterdrückte ich eine witzige Bemerkung, die mir in den Sinn kam, und lehnte mit einem einsilbigen Wort ab. Kurz, ich war ganz der stramme Offizier.

Bilden Sie sich also selbst ein Urteil über meine Verärgerung und meine Bestürzung, als ich zehn Minuten später durch den reinsten Zufall von Mrs. Menzies-Legh etwas Ungeheuerliches erfuhr. Ich begleitete sie zum nächsten Bauernhof, um ihr beim Transport der Gemüse zu helfen, die sie dort zu erstehen wünschte, als sie ganz nebenbei erwähnte, daß der junge Herr nicht nur über einen Titel verfüge, sondern sogar der Sproß einer der bedeutendsten Adelsfamilien Englands sei. Er sei, sagte sie mir, einer der jüngeren Söhne des Herzogs von Hereford, jenes wohlhabenden und wohlbekannten Adligen, dessen Schwester (im großen und ganzen) für nicht unwert befunden wurde, den Prinzen von Großburg-Niederhausen zu ehelichen. Weit davon entfernt also, einfach Browne zu sein, wie Jellaby eben einfach Jellaby war und bleiben wird, handelte es sich bei dem jungen Mann um einen Browne, dem die total verändernden Zusätze Sigismund und Lord zukamen.

Mrs. Menzies-Legh jedoch sprach von ihm mit derselben unbedachten Gleichgültigkeit, die ich auch an ihrem Gatten beobachtet hatte, kurz und bündig als Sidge oder, wie man wohl im Deutschen sagen würde: Sigi. Dieser Sidge war, wie es schien, ein entfernter Cousin ihres Mannes. Um aber diese Details aus ihr herauszukitzeln, mußte ich sie eindringlichst und mit Nachdruck befragen, denn sie schien sehr viel mehr an der Frage interessiert, ob uns die Bauersfrau, bei der sie die Gemüse zu erwerben wünschte, wohl auch einen eisernen Kessel verkaufen würde, in dem wir die erstandenen Gemüse zubereiten könnten. Dabei ist es doch erstens von allergrößter Wichtigkeit, sich in guter Gesellschaft zu bewegen, und zweitens ist es unabdingbar, darüber informiert zu werden, daß man sich in guter Gesellschaft befindet; denn wenn man es nicht gesagt bekommt, wie um alles in der Welt soll man es dann wissen? Und meine Zuhörer, dessen bin ich mir gewiß, werden für mich, der ich mich in dieser peinlichen Situation befand, das größte Mitgefühl hegen, denn nie gab es, davon bin ich zutiefst überzeugt, einen zuvorkommenderen und höflicheren Menschen als mich selbst, bin ich doch ein Mann, der sich ganz und gar im klaren darüber ist, was er sich, seiner eigenen Herkunft und seinem Stande ebenso wie dem anderer schuldig ist. Bin ich doch ein Mann, der sorgfältigst darauf bedacht ist, all die kleinen (aber so unendlich wichtigen) namenlosen Akte der Höflichkeit auszuführen, wo und wann immer sie angebracht sind. Es schmerzte mich unendlich, auf diese Art erfahren zu müssen, daß ich die freundlichen Annäherungen des Neffen einer Tante, welche die ganze deutsche Nation so einmütig auf den Umschlägen der Billetts als ›Durchlaucht‹ anschreibt, meiner Unwissenheit zufolge so rüde zurückgewiesen hatte.

Während ich das Kochkessel genannte Eisengefäß, das ihr zu verkaufen Mrs. Menzies-Legh die Bauersfrau unglücklicherweise überredet hatte, in der einen Hand trug und in der anderen einen Korb voller großer unförmiger Gemüse, darunter Kohlköpfe sowie eine grüne glatte Variante dessen, was wir Gurken nennen, Dinger, die keine Ruhe geben konnten und ständig aus dem Korb auf die Straße purzelten, da wünschte ich, doch wenigstens dem Porridge zugesprochen zu haben. Der klebrige Brei hätte mich sicherlich nicht umgebracht, und es war ungehobelt von mir gewesen, ihn einfach abzulehnen, wobei die Art und Weise meiner Ablehnung das Ungehobelte meines Verhaltens noch gröber gemacht hatte. Ich entschloß mich im stillen, unverzüglich zu Lord Sigismund zu gehen und zu versuchen, die Dinge zwischen uns durch ein taktvolles Wort wieder ins Lot zu bringen. Eines meiner eisernen Prinzipien lautet nämlich, niemals mit Scham davor zurückzuschrecken, einen Fehler einzugestehen. So sehr war ich damit beschäftigt, mir im Geiste die richtige Wortwahl zurechtzulegen, daß ich kaum Zeit fand, mich über die Art und Größe meiner Lasten zu beklagen. Außerdem begann ich zu erkennen, daß Bürden für die Zeit unserer Reise mein Schicksal sein würden. Es gab wenig Hoffnung, ihnen entrinnen zu können, denn die anderen Mitglieder der Reisegruppe übernahmen ähnliche Bürden und schienen es obendrein für ganz selbstverständlich zu halten. So trug beispielsweise Mrs. Menzies-Legh, als sie jetzt neben mir herging, ein Päckchen Butter sowie ein Bündel Brennholz, eingewickelt in ein rotes Tuch, das die Bauersfrau ihr verkauft hatte. Und sie lief neben mir, völlig ungerührt von der Tatsache, daß sie eine sehr komische Figur abgab. Es bekümmerte sie überhaupt nicht, daß möglicherweise uns zufällig begegnende Edelleute des Distrikts einen völlig falschen Eindruck von ihr bekommen könnten. Dabei sollte man, meine ich jedenfalls, immer, wenn man sich gehenlassen will, der Tatsache eingedenk sein, daß die Welt ein sehr kleiner Ort ist und daß der allerletzte Mensch, den man sich als Zeugen wünscht, just der sein kann, der einen aus einem Busch heraus, die Brille auf die Stirn geschoben, beobachtet. Ganz abgesehen davon, daß kein Vergnügen darin liegt, sich zu benehmen, als wäre man ein Dienstbote. In jedem Fall wäre es Aufgabe des alten James gewesen, uns zu begleiten und unsere Einkäufe zu den Wagen zu tragen. Wozu auch ist ein Diener, und mag er noch so ungepflegt sein, gut, wenn er nirgends zu sehen ist, sobald der Abwasch oder das Einkaufen beginnt? Da ich gezwungen war, einen Moment zu verschnaufen und den Kessel abzusetzen (denn meine Hand schmerzte), erkundigte ich mich sehr gezielt bei meiner Begleiterin, was sie wohl vermute, daß die Einwohner Storchwerders sagen würden, könnten sie uns in diesem Augenblick sehen.

»Sie würden überhaupt nichts sagen«, antwortete sie – aber ihr Lächeln kommt dem der Schwester in keiner Weise gleich, denn sie hat nur ein Wangengrübchen –, »sie würden in Ohnmacht fallen.«

»Genau«, bestätigte ich mit bedeutungsvollem Nachdruck und fügte nach einer kleinen Pause hinzu: »Und zwar mit Recht.«

»Lieber Baron«, sagte sie und täuschte mit wimpernreichem Augenaufschlag einen Blick voll unwissender Unschuld vor, »halten Sie es denn für falsch, einen Kochkessel zu tragen? Wenn Sie dieser Meinung sind, dann sollten Sie diesen Kessel nicht schleppen. Niemand sollte jemals tun, was er in seinem tiefsten Inneren für falsch hält. Das ist es, was man seine Seele verkaufen nennt – es kommt einem Meineid gleich und ist eine schrecklich schlimme Sache. Sie nehmen doch nicht etwa an, daß ich von Ihnen verlange, Ihre Seele eines armseligen Kochkessels wegen zu verraten? Lassen Sie ihn um Gottes willen stehen. Rühren Sie das verdammte Ding nicht mehr an. Lassen Sie ihn hier im Graben liegen, oder hängen Sie ihn dort an die Hecke, ich werde Sidge schicken, ihn zu holen.«

Sidge schicken? Sofort schnappte ich mir das Ding und bemerkte, daß, was ein Lord Sigismund holen, ein Baron von Ottringel wohl genausogut auch tragen könne. Darauf wußte sie keine andere Antwort, als hinter ihrem Automobilistenschleier einen kleinen dünnen Ton zu produzieren, dessen Natur – ob Zustimmung und Fügung oder Mißbilligung und Widerspruch – ich nicht zu ergründen vermochte, denn als wir unseren Gang fortsetzten, konnte ich von ihrem Gesicht nichts weiter sehen als eine neugierige Nasenspitze, ein leicht trotziges Kinn und die aufwärtsgerichtete Kurve einer Reihe lächerlich langer Wimpern.

Wir fanden unseren Lagerplatz in genau dem Zustand vor, in dem wir ihn verlassen hatten – nämlich in völligem Durcheinander. Obgleich sich alle den Anschein gaben, hart zu arbeiten, sah es doch nicht anders aus als vor einer Stunde. Tatsächlich scheinen Stunden im Leben der Wohnwagenreisenden herzlich wenig Bedeutung zu haben: Selbst Stunden über Stunden scheinen nichts zu besagen, und erst, wenn man halbe Tage in Betracht zieht, wird eine Veränderung feststellbar. Auch unsere allmorgendlichen Vorbereitungen zur Abfahrt schienen mir nie enden zu wollen, hätte es nicht plötzlich eine verzweifelte Entschlossenheit gegeben, die Vorbereitungen abzubrechen und einfach loszufahren. Die beiden jungen Mädchen, die am Abend zuvor bis zu dem Augenblick, als ich mich entschlossen zurückgezogen hatte, noch immer nicht »aufgetaucht« waren, wie Menzies-Legh sagte, hatten endlich zu uns gefunden. Sie mußten, so vermutete ich, am frühen Morgen zu uns gestoßen sein, nachdem sie mit ihrer Gouvernante in einem Gasthof in Wrotham genächtigt hatten, eine Aufsichtsperson, die es als umsichtiges Wesen vorgezogen hatte, nicht in Dunkelheit und Regen nach etwas zu suchen, das sich beim Auffinden als häßlich erweisen könnte. Die Gouvernante war nach unserem Frühstück eingetroffen, hatte ihre Schützlinge übergeben und war wieder abgereist. Die jungen Mädchen waren, wie ich sofort sah, mitnichten junge Damen, sondern vielmehr jene undefinierbaren Wesen mit dicken Zöpfen und verunsichernd starrenden Blicken, die wir in Deutschland Backfische zu nennen pflegen und die man in England, wie man mir sagte, als *flapper* bezeichnet.

Lord Sigismund war – in Hemdsärmeln halb auf der Tischkante sitzend – damit beschäftigt, Stiefel zu putzen, während die beiden unbeschriebenen Blätter eng nebeneinander standen und ihm zuschauten. Ich war tief bewegt, als ich feststellte, daß der Schuh, den er gerade im Augenblick der Rückkunft zu unserem Lager in Arbeit hatte, eine von Edelgards Stiefeletten war. Was für eine edle Hochherzigkeit. Mehr denn je bedauerte ich die Angelegenheit mit dem Porridge. Hastig stellte ich Kochkessel und Korb ab und eilte zu ihm hinüber.

»Ich bitte Sie, erlauben Sie mir . . .«, sagte ich, schnappte mir einen der Stiefel, der neben ihm auf dem Tisch stand und stupfte eine ebenfalls dort liegende Bürste in die Schuhwichse.

»Der ist schon fertig«, murmelte er, die Pfeife im Mund.

»O ja . . . ich bitte vielmals um Verzeihung. Sind diese . . .?«

Ich hob – etwas verunsichert – ein anderes Paar hoch, denn die geputzten und die ungeputzten hatten eine sehr große Ähnlichkeit miteinander.

»Nein, die noch nicht«, sagte er und fügte dann hinzu: »Sie sollten lieber den Mantel ausziehen, das ist eine schweißtreibende Arbeit, Baron.«

Das tat ich unverzüglich. Und da ich aus seinem Ton zu meiner großen Erleichterung heraushörte, daß er mir nichts nachtrug, setzte ich mich neben ihn auf die Tischkante. Hätte noch vor einer Woche mir jemand gesagt, daß der Tag nahe sei, an dem ich Stiefel putzen würde, so hätte ich diese Person ohne zu zögern zum Duell gefordert, hätte ich doch keine andere Wahl gehabt, als die Ungeheuerlichkeit einer solchen Äußerung als eine absichtliche Beleidigung auszulegen.

Nun aber ergab es sich, daß ich meine Freundschaft mit Lord Sigismund sozusagen mit Schuhwichse zementierte. Ich denke, er hielt mich für einen durch und durch guten Kerl, der sich lediglich, wie es eben die Eigenart mancher Menschen ist, beim Frühstück ein wenig steif und brummig gibt. Als ich ihm nun beim Schuheputzen half, saß ich, den Hut aus der Stirn geschoben, locker neben ihm, ließ das eine Bein baumeln und unterrichtete ihn, während ich schrubbte und bürstete, in munterem Plauderton darüber, welche inferiore Stellung der Klerus in deutschen Augen einnimmt. Ich bin ganz sicher, daß ihn dies sehr interessierte, denn zu wiederholten Malen unterbrach er seine Arbeit, um mich über den Rand seiner Brille mit großer Aufmerksamkeit zu betrachten. Was die beiden unbeschriebenen Blätter anging, so ließen sie ihre ungewöhnlich runden, niemals blinzelnden Augen nicht eine einzige Sekunde von mir.

6

Es war bereits zwölf Uhr, als wir das Gemeindegelände von Gribs (oder Grips) verließen; schlingernd rollten die Wagen einen grasigen Pfad hinunter zur Straße, die Richtung Mereworth führte. Erst sehr viel später entdeckten wir, daß wir bei unserem Aufbruch eine nicht geringe Anzahl von Ausrüstungsgegenständen zurückgelassen hatten.

»Was für eine wunderschöne, funkelnde Welt!« schwärmte Mrs. Menzies-Legh, die kam, um an meiner Seite zu marschieren. Ich kämpfte mit den Launen meines höchst eigensinnigen Pferdes und konnte folglich nur ein kurzes Wort der Zustimmung keuchen.

Die Straße war schmal und wand sich zwischen Hecken hindurch, die der Dame wohl anziehend schienen, denn alle naselang blieb sie stehen und pflückte Grünzeug, das sie in einem immer dicker werdenden Bund mit sich trug. Die schweren Regenfälle der Nacht hatten natürlich alles naß hinterlassen, und da nun eine strahlende Sonne schien, konnte es gar nicht ausbleiben, daß die auf den Gräsern und an den Blattspitzen hängenden Tropfen im Licht funkelten. Dies hatte aber meiner Ansicht nach überhaupt nichts Bemerkenswertes, und wahrscheinlich wäre es mir auch gar nicht weiter aufgefallen, hätte sie sich nicht dauernd mit diesem Ausdruck überschwenglichen Entzückens umgeschaut und die Luft eingesogen, als befände sie sich in einer Luxusparfümerie Unter den Linden, wo es wirklich und wahrhaftig etwas zu schnuppern gegeben hätte. Auch schien sie der Ansicht, es sei etwas ganz außerordentlich Wunderbares an diesem Himmel, denn sie starrte mit dem größten Vergnügen immer wieder zu ihm hinauf, dabei war er von genau jenem ordinären Blau und bestückt mit weißen Schäfchenwolken, wie man es in der Sommerzeit von einem anständigen Himmel erwarten darf.

»Schwärmernatur«, sagte ich zu mir selbst und amüsierte mich im stillen über sie.

Meine Zuhörer werden wohl mit mir übereinstimmen, daß solche Ausbrüche einem kleinen Mädchen in seinem weißen Kleidchen und seiner jungfräulichen Blässe anstehen mögen, ehe die Liebe, der große Künstler, die blassen Wangen mit zartem Rosa überhaucht, aber – und auch hier werden meine Zuhörer mir zustimmen – eine ältere und dazu verheiratete Frau sollte zu allen Zeiten stille schweigen. Ausrufe poetischer oder gar ekstatischer Natur sollten in der Regel nicht über ihre Lippen kommen. Beim Anblick eines neugeborenen Säuglings (sofern es ihr eigener ist) mag sie sich zu Ausrufen hinreißen lassen, aber dies sollte auch die eine und einzige Ausnahme sein, für die es noch dazu einen weiteren guten Grund gibt, sind doch die Mütter neugeborener Säuglinge im allgemeinen selbst von zartem Alter. Doch glaube ich, daß es nicht angemessen ist, wenn eine Frau über ihr, sagen wir, zehntes Neugeborenes in Freudenrufe ausbricht. Denn das Kind mag zwar ausreichend frisch und jung sein, nicht aber die Mutter, die zu diesem Zeitpunkt schon das angemessene Phlegma ihres Alters erreicht haben sollte, weshalb sie, außer um dem Dienstpersonal Anweisung zu geben, stillschweigen müßte. In der Tat spricht die perfekte Frau überhaupt nicht. Wer will schon hören, was sie zu sagen hat? Wir erwarten nicht mehr von ihr, als daß sie uns – sofern wir dies wünschen – mit Intelligenz lauscht, sollten wir ihr zur Abwechslung unsere eigenen Gedanken mitteilen wollen. Ansonsten soll sie still zur Hand sein, wenn wir irgend etwas benötigen. Das ist doch wahrhaftig nicht zuviel verlangt. Streichhölzer, Aschenbecher und die eigene Frau sollten, sozusagen, auf jedem Tisch bereit sein. Die perfekte Frau bemüht sich darum, das Verhalten von Streichhölzern und Aschenbechern nachzuahmen, indem sie Nützlichkeit mit Schweigen verbindet.

Dies sind meine Ansichten, und während ich meinen Wohnwagen über die Schotterstraße geleitete, dachte ich tief versunken über sie nach. Der grobe, maßlos überfütterte und viel zuwenig bewegte Ackergaul war ständig bemüht, die Aisla, die vor mir herzockelte, zu überholen. Da dies auf dem schmalen Pfad bedeutet hätte, die Elsa über die Böschung zu ziehen, mußte ich das Biest ständig zurückhalten. Die Sonne brannte heiß, und da ich (wenn ich es einmal so sagen darf) ein leicht dahinschmelzender Mann bin, war ich das andauernde Zerren und Ziehen bald leid. Ich schaute mich nach Edelgard um, damit sie das Pferd führe. Sie war aber nirgendwo zu sehen.

»Haben Sie etwas fallen lassen?« fragte Frau von Eckthum, die ein paar Schritte hinter mir ging.

»Nein«, sagte ich und fügte geistesgegenwärtig hinzu, »meine Frau hat mich fallenlassen.«

»Oh?« hauchte sie.

Ich hielt das Pferd an, bis sie an meiner Seite war, während die dünnere Schwester, die ihren Schritt nicht verlangsamte, vorausging. Dann erläuterte ich Frau von Eckthum meine Theorie bezüglich Frauen und Streichhölzern. Sie lauschte mir aufmerksam, in genau der Weise, in der eine kluge Frau, die weiß, wie sie uns am besten beeindrucken kann, zuzuhören hat: nämlich indem sie sich nur damit beschäftigte, die Blumen, die sie am Wegrand gepflückt hatte, zu einem Strauß zu binden, nicht aber auf etwas derart Närrisches verfiel, wie mich zu unterbrechen.

Gelegentlich, während ich Punkt um Punkt meine Gedanken darlegte und mich dabei für meine Ansichten immer mehr erwärmte, blickte sie mich mit nachdenklichem Interesse an. Es war das reinste Vergnügen. Ich vergaß darüber das ärgerliche Pferd, die Hitze der Sonne, die Kälte des Windes, das schlechte Frühstück und all die anderen Unannehmlichkeiten, und ich erkannte, wie nett eine Wohnwagenreise sein kann. »Vorausgesetzt«, sagte ich, »das Wetter stimmt und man ist von den richtigen Leuten umgeben, so kann ein solcher Urlaub recht angenehm sein.«

Es war zweifelsohne ein schöner Tag, und was die richtigen Leute anlangte, so waren sie zur ausreichenden Gänze durch die Dame an meiner Seite repräsentiert. Noch nie zuvor hatte ich eine so gute Zuhörerin gefunden. Sie hörte sich alles an, und sie ließ sich nicht verleiten, die unvermeidlichen Atempausen in der hinterhältigen Absicht zu nutzen, mir ins Wort zu fallen und ihre eigenen Beobachtungen einzuflechten, wie es sonst die schlechte Gewohnheit von Frauen ist. Allein die Art, wie sie mich anschaute, wenn eine bestimmte Äußerung sie besonders überraschte, reichte völlig, mir zu zeigen, mit welch lebhaftem Interesse sie mir folgte. In der Tat gibt es nichts Erfreulicheres, als eine Unterhaltung mit einer kompetenten Zuhörerin. Die ersten fünf Meilen vergingen nachgerade wie im Fluge. Es schien mir, als hätten wir Gribs (oder Grips) eben erst verlassen, als wir vor einem Landgasthof haltmachten, auf die vor dem Haus aufgestellten Bänke niedersanken und nach etwas Trinkbarem riefen.

Alle anderen tranken entweder Milch oder eine graue, perlende Flüssigkeit, die sie *Ginger-beer* nannten: ein klebrigsüßes, für Kinder geeignetes Zeug, das überhaupt kein wahres Bier enthält und für den Magen eines echten Mannes weiß Gott absolut ungeeignet ist. Jellaby brachte Frau von Eckthum ein Glas von diesem *Ginger-beer* und versorgte auch die beiden unbeschriebenen Blätter mit Erfrischungen. Und diese Gören nahmen diese Aufmerksamkeit als eine Selbstverständlichkeit hin, statt sich der sehr viel angemesseneren deutschen Sitte zu befleißigen, sich ihrerseits um die Bedürfnisse des stärkeren und demzufolge auch durstigeren Geschlechts zu kümmern.

Die Straße erstreckte sich, so weit der Blick reichte, gerade und weiß in beide Richtungen. Aufgereiht auf der Straße standen unsere Wohnwagen, einer hinter dem anderen. Der alte James tränkte die Pferde; wir saßen im Schatten des Gasthauses und ruhten uns aus. Zu meiner Fassungslosigkeit blieben die drei Engländer auch während dieser Ruhepause in Hemdsärmeln; ein Aufzug, in dem sich ein deutscher Herr in Anwesenheit von Damen niemals blicken lassen würde.

»Warum nicht? Hat er so viele Löcher im Hemd?« fragte das jüngere und rotwangigere der beiden Küken, als es meine diesbezügliche Bemerkung aufschnappte. Ich hatte sie allerdings an Mrs. Menzies-Legh gerichtet, die mich mit einem Blick anschaute, der ernstes Interesse ausdrückte.

Natürlich ging ich auf diese schnippische Bemerkung gar nicht ein, im stillen aber kritisierte ich die Erziehung der englischen Kinder. Es ist typisch für diese Nation, daß Mrs. Menzies-Legh nicht einmal ein »Pst!« übrig hatte, um die unbeschriebenen Blätter unverzüglich zum Schweigen zu bringen.

Zur Rechten – die Richtung, in die wir unsere Reise fortzusetzen gedachten – führte die Straße hinunter in ein Tal, hinter dem sich in der Ferne ein paar Hügel erhoben. Die Reisegesellschaft konnte sich, während alle an ihrer Milch nippten, nicht genug tun in ihrer Begeisterung über das Blau der Ferne. Und sie redeten auch viel über das Grün der Wälder von Mereworth, die sich zur anderen Seite hin erstreckten, und über die Art, wie die Sonne schien, als ob Wälder im Sommer je etwas anderes als grün gewesen wären und als ob die Sonne, wenn sie denn überhaupt zu sehen ist, irgend etwas anderes tun könnte als eben scheinen!

Ich war drauf und dran, über dieses Gerede ungehalten zu werden, und wollte gerade sagen, daß sie vielleicht aufhören sollten, Milch zu trinken, dann würden sie auch die Dinge anders sehen, als Frau von Eckthum, ihr *Ginger-beer* in der einen Hand, einen Keks in der anderen (auch er auf der Basis von Ingwer hergestellt, dennoch ließ mich der bloße Gedanke, wie die beiden zusammen schmecken mußten, schaudern), neben mir auf der Bank Platz nahm und mit ihrer reizenden Stimme sagte: »Ich hoffe, Sie werden Ihren Urlaub genießen. Ich fühle mich verantwortlich dafür, wissen Sie«, wobei sie mich mit ihrem hübschen Lächeln anschaute.

Diese edle Dame erschien mir wie eine Art Muttergottes, und so gab ich ihr in vollendet höflicher Form eine ritterliche Antwort und fragte mich zugleich, was es wohl ist, das den Frauen anderer Männer einen Charme verleiht, den die eigene Ehefrau niemals hatte, niemals hat und niemals haben wird. Genau in diesem Augenblick ging die Tür der Elsa auf, und Edelgard, deren Abwesenheit bei unserer *siesta** mir gar nicht aufgefallen war, trat heraus auf die kleine Plattform des Wagens.

Sofort sprangen Lord Sigismund und Jellaby auf, lösten die Trittleiter aus ihrer Verhakung und halfen Edelgard die wenigen Stufen herunter. Auch Menzies-Legh ging zu ihr hinüber und bot ihr den Arm. Nur ich blieb natürlich, wie es mir zukommt, kerzengerade sitzen; schließlich bin ich ihr Ehemann. Außerdem ist es fatal, einer Frau, die seit ihrem achtzehnten Lebensjahr keine Aufmerksamkeiten dieser Art mehr erfahren hat, Flausen bezüglich ihrer Bedeutung und Wichtigkeit in den Kopf zu setzen.

Darüber hinaus war ich über ihre Erscheinung so erstaunt, daß ich ohnehin gleichsam wie angewurzelt auf der Bank saß. Kein Wunder, daß sie nirgendwo zu sehen gewesen war, als es ihre Pflicht gewesen wäre, mir zur Seite zu stehen und mit dem störrischen Pferd zu helfen. Nicht einen einzigen Schritt dieser fünf heißen Meilen hatte sie zu Fuß zurückgelegt. Vielmehr hatte sie gemütlich im Wagen gesessen, ihren Rock gekürzt, ihre Frisur verändert und sich überhaupt in ein völliges Ebenbild von Mrs. Menzies-Legh und ihrer Schwester verwandelt.

Klein war nun in der Tat die Ähnlichkeit mit der christlichen Dame, als die man die eigene Ehefrau zu sehen wünscht, und kaum mehr wahrnehmbar waren die preußischen Spuren. Ich muß gestehen, wäre sie mir zufällig auf irgendeiner Straße über den Weg gelaufen, ich hätte sie nicht erkannt. All dies, man beachte, hatte sie zu tun gewagt, ohne vorher meine Erlaubnis einzuholen oder auch nur nach meiner Meinung zu fragen! Ihr hübscher neuer Filzhut mit der Fasanenfeder war fast völlig unter einem voluminösen Schleier verschwunden, der ganz nach der den Schwestern abgeguckten Mode um ihren Kopf gewunden

* siesta: Ruhepause (Anm. d. Ü.)

war. Weiß der Himmel, aus welchem anderen – jetzt natürlich vollkommen ruinierten – Gewand sie den Stoff dafür herausgeschnitten hatte! Und was ist der Sinn und Zweck einer Fasanenfeder, wenn man sie unter einem Schleier verbirgt? Ihr Haar, sonst unverdächtig glatt nach hinten genommen und zum Knoten gebunden, war gelöst, und ihr gekürzter Rock ließ beide Stiefeletten fast zur Glänze des Schaftes sehen. Ihre gesamte Erscheinung war der der beiden Schwestern merkwürdig ähnlich, nur war sie etwas molliger, und alles war ein wenig übertrieben.

Was mich am meisten wurmte, war die in all dem verborgene Gleichgültigkeit gegenüber meiner Autorität. Vor meinem beleidigten geistigen Auge sah ich das Fingerschnipsen, mit dem sie sich über mich hinweggesetzt hatte. Schließlich ist die eigene Ehefrau eine Sache für sich. Es ist gut und schön und dem Auge wohlgefällig, wenn die Frauen anderer Männer reizvoll und attraktiv sind. Doch die eigene Frau sollte mit nichts anderem geschmückt sein als einem bescheidenen und stillen Geist, der sich mit einer einzigen anderen Zier verbinden sollte: dem nie endenden Wunsch, dem ihr von Gott gegebenen Gatten Glück und Zufriedenheit zu spenden. Ohne diese beiden kann eine Ehefrau nicht als ein passendes Objekt angesehen werden, das einem Manne von Stand zur Ehre gereicht. Ich sah es jedenfalls als rundum unmöglich an, meine Ehre in diesem Rock gespiegelt zu sehen. Ich weiß nicht, was sie mit ihren Füßen gemacht hat, doch als sie von den drei Herren geleitet die Stufen herunterkam, erschienen sie mir viel kleiner, als ich sie in Erinnerung hatte. Der Inhalt meines noch vollen Bierglases tropfte von mir unbemerkt auf die Straße, während ich wie ein Tölpel diese Erscheinung anstarrte. Dann riß ich mich zusammen und legte mir rasch die Sätze zurecht, die ich zu ihr sagen würde, sobald wir allein miteinander wären. Sie war dabei, die Erde rund um die Wurzeln jenes Baumes aufzugraben, der die Autorität eines Mannes schützt; dem mußte unverzüglich ein Ende gemacht werden.

»Armes, dummes Schaf«, murmelte ich, denn diese Tiere kamen mir als logische Fortsetzung des Bildes vom autoritätsschützenden Baum in den Sinn. Dann merkte ich, daß dieses Bild einem Zitat entsprang, das Horaz oder Vergil zuzuschreiben war – vage Schreckgespenster meiner Knabenzeit – und das ich gerne hier eingesetzt hätte, wenn ich mich nur des genauen Wortlauts hätte erinnern können. Ich bedauerte, das Zitat nicht einmal leise vor mich hin murmeln zu können, geschweige denn, es laut genug zu äußern, daß die Dame an meiner Seite es hätte hören können. So hatte sie das gehört, was ich tatsächlich gesagt hatte, nämlich: »Armes, dummes Schaf.« Sie blickte mich fragend an, und ich beantwortete diesen Blick, indem ich sagte: »Selbst wenn ich es zu erklären versuchte, liebste Dame, würden Sie es nicht begreifen.«

»Oh?« machte sie.

»Ich dachte in Symbolen.«

»Oh!« hauchte sie.

»Es ist einer meiner geistigen Schachzüge«, erläuterte ich, und meine Augen verengten sich zu strengen Schlitzen, als sie auf Edelgards sich nähernde Gestalt fielen.

»Oh?« sagte Frau von Eckthum.

Gewiß ist sie eine stille Dame. Aber wie stimulierend. Ihre einsamen »Ohs« sind ausdrucksreicher und vielsagender als die stundenlangen Tiraden manch anderer Frauen.

Auch Frau von Eckthum beobachtete Edelgard, als sie über das sonnenbeschienene Stückchen Straße zu uns herüberkam; sie hatte den Kopf ein wenig von mir abgewandt, doch ich sah genug von ihrem Gesicht, um ein Lächeln auf ihren Zügen erkennen zu können. Selbstverständlich amüsierte sie diese sklavische Imitation, doch mit ihrer ungewöhnlichen, großherzigen Freundlichkeit rückte sie auf der Bank ein wenig zur Seite, um für Edelgard Platz zu machen, und ohne auch nur ein Wort über die Verwandlung zu verlieren, schlug sie ihr vor, eine Erfrischung zu nehmen.

Während Edelgard sich setzte, warf sie mir aus der Ecke ihrer voluminösen Kopfumhüllung einen merkwürdigen Blick zu. Erstaunt mußte ich feststellen, daß wenig bis gar nichts in diesem Blick darauf schließen ließ, daß sie meine Verzeihung heischte.

Auch suchte ich auf ihren Wangen vergeblich nach den roten Flecken, die sonst dort zu erscheinen pflegen, wenn sie sich bewußt ist, Unrecht getan zu haben, das nicht ungesühnt bleiben kann. Durch die zwischen uns sitzende Frau von Eckthum war sie vor sofortigen Schritten meinerseits geschützt, und als Jellaby nun kam und ihr ein Glas Milch anbot, da nahm sie es doch tatsächlich entgegen, ohne auch nur zu fragen, ob sie nicht lieber ein Glas Bier haben könne.

Das war zuviel. Ich warf den Kopf in den Nacken und lachte so herzlich, wie man selten einen Mann hat lachen hören. Edelgard und Milch! Ich glaube, Edelgard hat seit dem Tage ihrer Entwöhnung keinen Tropfen reine Milch mehr getrunken – und jetzt dieser plötzliche Wandel in Geschmacksdingen. Edelgard nahm eine eigene Haltung ein – und was für eine Haltung! Gütiger Himmel, was für eine Haltung. Edelgard, eine Tochter Preußens, eine Tochter aus preußischem Adel, zog ein Glas Milch einem ehrlichen Krug Bier vor und nahm obendrein diese Milch aus der Hand eines Sozialisten in Hemdsärmeln entgegen! Wie eine Vision stieg das Bild Storchwerders vor mir auf, Storchwerder, das beobachtete, was hier vorging. Natürlich lachte ich aus vollem Halse, doch nicht, das bitte ich zu beachten, ohne einen Beigeschmack von Bitterkeit, denn ein Lachen kann bitter und herzlich zugleich sein. Dennoch glaube ich, trotz der Provokation, der ich ausgesetzt war, im großen und ganzen meinem unfehlbaren Sinn für Humor gerecht geworden zu sein, denn ich lachte, bis sogar die Pferde die Ohren aufstellten, den Kopf nach mir umdrehten und mich anstarrten.

Die anderen freilich lächelten nicht einmal. Im Gegenteil – und folglich kann es unmöglich wahr sein, daß Lachen ansteckend wirkt –, sie beobachteten mich mit ernsten, belustigend ernsten, Gesichtern voller Überraschung. Nur Edelgard schaute mich nicht an, dazu war sie zu klug. Sie verbarg ihr Gesicht sozusagen hinter dem Milchglas – wohl ahnend, daß dies der beste Platz dafür sei – und war unfähig, das Glas wieder abzusetzen, denn sobald sie aufgehört hätte zu trinken, wären ihre Augen unweigerlich den meinen begegnet. Frau von Eckthum beäugte mich mit dem gleichen aufmerksamen Interesse, das sie auch auf dem Marsch gezeigt hatte, während ich ihr meine Ansichten auseinandersetzte – meine Ansichten über Ehefrauen meine ich. Die Menzies-Legh-Nichte (sie wurde Jane genannt) starrte mich an, eine Banane zum Abbeißen bereit im Mund; ihre Freundin, die auf den ausgefallenen Namen Jumps hörte (wir wollen hoffen, es war nur ihr Spitzname), vergaß, sich weiterhin gierig den Mund mit Keksen vollzustopfen, und da sie auch vergaß, daß er noch sperrangelweit offenstand, ließ sie ihn so. Mrs. Menzies-Legh sprang auf und machte mit ihrem Fotoapparat einen Schnappschuß von mir. Menzies-Legh beugte sich vor und sagte, als mein Lachen langsam zu verebben begann: »Kommen Sie, Baron, lassen Sie uns teilhaben an diesem Witz«, doch seine melancholische Stimme strafte seine Worte Lügen, und als ich mich zu ihm umwandte, da schien es mir, als habe er wenig Interesse, an irgend etwas teilhaben zu wollen. Ich habe nie zuvor ein derart feierlich ausdrucksloses Gesicht gesehen; allein dieses Gesicht zu sehen ließ meine ganze Fröhlichkeit zu nichts zusammenschrumpfen. So zog ich nur die eine Schulter ein wenig hoch und sagte, es handele sich um einen deutschen Witz.

»Ah«, machte Menzies-Legh und drängte mich nicht weiter. Und Jellaby, der sich mit der Hand über die Stirn wischte (in die ihm unablässig eine Haarsträhne fiel, die er unablässig wieder aus der Stirn strich, weil sie ihn dort scheinbar störte, doch nur scheinbar, denn fünf Sekunden unter den Händen eines versierten Barbiers hätten ihn von der lästigen Plage ein für allemal befreit), Jellaby also fragte Menzies-Legh in seiner weibischen Tenorstimme, ob die Grünschattierungen des Waldes dort drüben ihn nicht auch an das Werk eines malenden Freundes erinnerten. Und dann fingen sie an, über Gemälde zu fachsimpeln, als wären Gemälde genauso wichtig wie die wahrhaft großen Dinge des Lebens: Reichtum, Krieg und der Fuß im Nacken anderer Nationen.

Nun, es war schier unmöglich, sich den Gegensatz zwischen ihrer Trägheit und dem Verhalten einer deutschen Reisegruppe unter ebendiesen selben Bedingungen wirklich vorzustellen.

Eine deutsche Gruppe hätte Edelgard mit brüllendem Gelächter empfangen, hätte sie es gewagt, vor ihnen in ihrem neuen Aufzug zu erscheinen. Man hätte sie mit Fragen und spöttischen Bemerkungen bombardiert, und ich hätte meine eigene Mißbilligung sofort frei und offen äußern können, denn sie wäre allen Anwesenden nur zu natürlich erschienen. Hier allerdings, in diesem Lande der Heuchler, taten alle so, als wäre ihnen die Veränderung überhaupt nicht aufgefallen. Ihre langen Gesichter und ihre hohlen Wangen hatten etwas derart Deprimierendes, daß ich nach meinem einen kurzen Ausbruch homerischen Gelächters außerstande war, zu einem neuen Lachen anzusetzen. Ein Witz verliert seinen Reiz, wenn niemand sonst ihn versteht. Schweigend trank ich mein Bier und erkannte, daß ich von diesem Land zu Recht die denkbar schlechteste Meinung hatte.

Vor allem Menzies-Legh und Jellaby haben meine Quecksilbersäule auf Null sinken lassen, sinnierte ich, als wir unseren Marsch fortsetzten. Man gewinnt Eindrücke, man weiß nicht, wie und warum, und man weiß nicht, wann sie einen überfallen. Mit beiden hatte ich bisher kaum ein paar Worte gewechselt, und doch war da dieser untrügliche Eindruck, den ich von ihnen hatte. Es war wenig wahrscheinlich, daß ich mich täuschte, denn ich glaube, ein preußischer Offizier ist unter allen Menschen der Welt am wenigsten anfällig für Täuschungen. Er ist viel zu gewieft, viel zu schnell, hat eine viel zu disziplinierte Intelligenz, um sich täuschen zu können. Es sind diese Qualitäten, die ihn im Wipfel des europäischen Baumes halten, Qualitäten, die sich mit einer weiteren paaren, nämlich der, die ganze Kraft seines Wesens darauf zu konzentrieren, sich auch an dieser Spitze zu halten. Um noch ein weiteres Mal diese Allegorie zu bemühen, so sehe ich Menzies-Legh, Jellaby und all die anderen maulfaulen und denklahmen Engländer hilflos auf den niederen, dafür aber um so breiteren und bequemeren Ästen dieses Baumes der Nationen hocken und mit den Flügeln schlagen. Ja, sie sind dort geschützter und sicherer, sie haben geräumigere Nester, sind weniger dem Sturm und der Sonne ausgesetzt, haben einen kürzeren Weg zum Gewürm im Moos, von dem sie sich ernähren.

Aber oben in dem Baumwipfel sitzt der preußische Adler, sein Schnabel blitzt im strahlenden Licht, sein scharfes Auge ist immer wachsam auf sie gerichtet. Eines Tages, wenn sie wie gewöhnlich vor sich hin dösen, wird er auf sie niederstoßen, sie aus ihren bequemen Nestern werfen und den Platz selbst einnehmen. Dann wird er, wie der Titel des berühmten Bildes es nennt (denn auch ich vermag durchaus auf Bilder anzuspielen), in all seiner Glorie *Enfin seul** sein.

Die Straße führte gerade, lang und weiß in die Ebene hinunter. Hohe, staubige Hecken umschlossen uns auf beiden Seiten. Am anderen Ende des Talgrundes lag in unabschätzbarer Entfernung das Blau, das die Milchtrinker so bewundert hatten. Die drei Wohnwagen rumpelten quietschend über den losen Schotter. Ihr brauner Lack glänzte blendend in der prallen Sonne, die Pferde trotteten mit hängendem Kopf, zweifellos niedergedrückt von der endlos sich hinziehenden Zahl der Stunden. Es war halb vier Uhr nachmittags, und weit und breit waren weder ein Lagerplatz noch ein Essen in Sicht. Es gab nicht das geringste Anzeichen dafür, daß wir in absehbarer Zeit irgend etwas anderes tun würden als in diesem Staub mit schmerzenden Füßen, ausgedörrten Kehlen, brennenden Augen und leeren Mägen marschieren und immer weiter marschieren.

7

Ein Mann, der ein Buch schreibt, sollte freie Hand haben. Als ich mit dieser Aufzeichnung begann, war mir das noch nicht so recht klar, jetzt aber weiß ich es um so besser. Ich habe Edelgard die Erlaubnis entzogen, mir beim Schreiben über die Schulter zu schauen. Auch lasse ich das Manuskript nicht mehr offen auf meinem Schreibtisch liegen; ich schließe es weg, wenn ich ausgehe. Edelgard vertröste ich mit dem Versprechen, daß sie alles hören wird, wenn das Buch fertig ist. So kann ich einfach

* Enfin seul: Endlich allein! (Bild von Emil Toffana; Anm. d. Ü.)

drauflosschreiben, ohne Zeit damit zu verschwenden, mir zu überlegen, was der einen oder anderen Person behagen wird oder nicht.

Am Ende wird natürlich der Rotstift gezückt werden müssen. Ein aufmerksamer Zensor wird die Seiten überfliegen und Ausrufezeichen als Gefahrensignale an den Rand setzen. Wenn ich dann bei unseren Bierabenden beim Verlesen der Seiten die bewußten Stellen erreiche, werde ich eine kurze Pause machen, vielleicht mich räuspern, bis meine Augen den Punkt gefunden haben, an dem ich gefahrlos fortfahren kann. Unsere Gäste werden vermuten, ich hätte mir eine Erkältung geholt, und ich werde dieser Vermutung nicht widersprechen; denn was auch immer man einem Freund im Vertrauen auf dessen Stillschweigen beispielsweise über die eigene Ehefrau mitteilt, letztlich ist man doch verpflichtet, sie vor der Allgemeinheit in Schutz zu nehmen.

Ich hoffe, ich habe mich klar ausgedrückt. Manchmal fürchte ich, daß meine Worte unklar bleiben. Doch die Sprache, so las ich kürzlich in einem Zeitungsartikel, ist nun einmal ein nur unzureichendes Vehikel zum Transport von Gedanken. Schieben wir also alle Schuld auf dieses unzureichende Vehikel, das ohnehin schon überladen ist mit alldem, was ich zu sagen habe, und überdecken wir es mit einer Zeltplane oder sonst einem wasserdichten Stoff und stecken wir diesen sorgfältig an allen Ecken fest. Und bedenken Sie bitte auch, daß dies der Jungfernflug meiner Muse ist, und selbst wenn er es nicht wäre, so kann man von einem schlichten Edelmann nicht verlangen, daß er mit derselben Glätte und Gewandtheit schreibt, wie sie Journalisten und andere professionelle Schreiberlinge an den Tag legen.

An diesem ersten Tag unserer Wohnwagenreise fanden wir erst gegen sechs Uhr abends einen geeigneten Lagerplatz (viel zu spät, meine Freunde, sollten Sie sich je in der beschwerlichen Notwendigkeit finden, Derartiges unternehmen zu müssen), und dabei konnten wir von Glück sagen, denn fast hätten wir überhaupt keinen gefunden. Dies ist in der Tat die schwarze Seite des Wohnwagenlebens: Kampierplätze sind unauffindbar, wenn sie dringend gebraucht werden, und man sieht sie im Überfluß, wenn man gerade keinen Bedarf an ihnen hat. Nicht einmal, nicht zweimal, nein, mehrmals mußte ich, dem die Mittagssonne senkrecht auf den Kopf schien, an einem höchst angenehmen Lagerplatz vorbeiziehen, der alles aufwies, worüber ein solcher Platz verfügen sollte, nämlich schattenspendende Bäume, ein plätscherndes Bächlein zum Geschirrabwaschen, eine Farm mit Hühnerhof in der Nähe, wo es Butter, Eier und Sahne zu kaufen gegeben hätte, nur weil meine Begleiter meinten, es sei noch zu früh am Tage und wir hätten uns unser Essen noch nicht verdient. Unser Essen noch nicht verdient? Nun, was mich anging, so hatte ich das meine bereits verdient, wenn ich den Übernachtungsplatz der letzten Nacht verließ, sofern Erschöpfung auf Grund eines Übermaßes an Arbeit das Kriterium war, das sie für den Verdienst zugrunde legten. Ich bedaure einen jeden Pedanten. Ich bedaure einen Geist, der am frühen Morgen schon gemacht wird wie ein Bett und den ganzen Tag unbenutzt bleibt, bis eine bestimmte, festgelegte Stunde am Abend erreicht ist. Meiner Meinung nach ist es ein Zeichen des großen, freien, weitschweifenden Geistes des Mannes von Welt, wenn er sich nicht durch derart strikte Festlegungen binden und behindern läßt, sondern vielmehr jederzeit bereit ist, das neue Lager aufzuschlagen. Wäre ich mir selbst überlassen gewesen, so hätte ich mich angesichts eines geeigneten Platzes schon zehn, ach was, fünf Minuten nach Verlassen des alten Platzes spontan auf den neuen gestürzt. Aber wie kann man von Menschen, die sich von ihren verkrusteten Vorurteilen nicht lösen können, erwarten, daß sie sich spontan auf etwas stürzen?

An diesem zweiten Tag staubigen Strebens, die Grafschaft Sussex zu erreichen, die in der so viel beschwärmten blauen Ferne lag und blieb, kamen wir lediglich an einem einzigen möglichen Biwakierplatz vorbei. Dieser freilich mußte einem jeden, der seit dem frühen Morgen Hitze und Hunger erlitten hatte, höchst erstrebenswert scheinen: ein schattiges Farmhaus, dessen Erscheinung den Damen allein schon deshalb größtes Vergnügen bereitete, weil es von reichstem Blumenschmuck überfloß. Neben dem Haus lag ein Obstgarten, übervoll mit Früchten, die an feinste Desserts denken ließen. Nicht weit entfernt murmelte ein Flüßchen, dessen klares Wasser ein erfrischendes Fußbad versprach, und fette Hühner in großer Zahl scharrten im Hof, deren Anblick einem Visionen von schönsten Ragouts, von Saucen, in die man das Brot taucht, ja sogar von Salaten vorgaukelten.

Aber die Bauersfrau war übellaunig. Schlimmer, sie war unmenschlich. Sie war ein Monster an Gleichgültigkeit gegenüber den Bedürfnissen ihrer Mitmenschen, taub gegenüber allen Angeboten guter Bezahlung, unerbittlich im Angesicht unserer Leiden. Während wir mit ihr verhandelten und stritten, mußten wir vor der Härte ihrer kurz angebundenen Verweigerungen Schritt um Schritt unsere schönen Visionen aufgeben. Weder würden wir unser Lager unter den Pflaumenbäumen aufschlagen noch saftige Früchte zum Nachtisch essen. Auch die Hühnchen mit allem Drum und Dran würden ein Traum bleiben, ja selbst um die Eier mußten wir Stück um Stück kämpfen, dabei waren wir so sicher gewesen, sie würde sie uns in großer Zahl verkaufen, da wir sie doch so dringend benötigten.

Dreist schwor sie, sie habe keine Eier. Dabei stolzierten doch genau vor unseren Augen die fetten Hühner herum, zum Bersten voll mit Eiern. Wo waren denn die Eier vom Morgen, und wo waren die Eier von gestern? Auf diese Frage, die ich ihr stellte, antwortete sie schnippisch, daß mich das nichts angehe. Verfluchtes britisches Frauenzimmer – das sicherlich keine Dame, möglicherweise nicht einmal Frau, nachdrücklich aber *Weib* war – von häßlichster Erscheinung und unbestimmbarem Alter. Mögen auch ihr Ruhe und Nahrung verweigert werden, wenn sie ihrer nach einem beschwerlichen Fünf-Stunden-Marsch in sengender Sonne an der Seite eines rebellischen, eigenwilligen Pferdes dringend bedürfte und sie sogar bereit wäre, dafür zu zahlen.

Sie schlug die Tür zu, während wir noch protestierend davorstanden. Schweigend trotteten wir auf dem kopfsteingepflasterten Pfad zu unseren Wohnwagen zurück, die so hoffnungsvoll auf der Straße unten auf unseren Ruf warteten, hinaufzukommen zu diesem idyllischen Ruheplatz. Ja, wir schritten auf unserem Weg zwischen Rosenbüschen hindurch, die mit genau jener Zuwendung gepflegt waren, die diese Frau ihren Mitmenschen verweigerte.

Niedergeschlagen setzten wir unsere Wanderung fort. Dies ist ein Charakteristikum derer, die mit Wohnwagen unterwegs sind: Am Nachmittag sind sie niedergeschlagen; soviel Unbill ist ihnen bis dahin schon widerfahren. Ganz abgesehen davon, daß sie täglich in jenen physischen Zustand geraten, den die Ärzte als Erschöpfung bezeichnen. Niedergeschlagen also trotteten wir auf dieser platten, unländlichen Straße dahin, die einen durch die immer häufiger auftauchenden Villen eher an die Ausläufer einer großen Stadt erinnerte als an die stillen Rückzugsorte, in denen zu lagern unser Ziel gewesen war. Schließlich kamen wir zu einer breiten, höchstem Anspruch gerecht werdenden Brücke, auf der wir einen Fluß überquerten, von dem jemand sagte, es sei der Medway.

Häuser und Geschäfte standen zur Rechten entlang dem Ufer, zur Linken erstreckte sich ein weites, unfruchtbares Feld, auf dem sich zwei Esel mühevoll ein mageres Abendessen aus halbverdorrten Kräutern zusammensuchten. In der Gosse gegenüber einem Landgasthof stand ein Pianola und stieß jene schrillen, aber wenig überzeugenden Töne der Heiterkeit aus, die diesen Instrumenten eigen sind. Dieser Lärm vermischte sich mit dem Surren irgendeiner Maschine, und in der Luft lag ein derart beißender Geruch, daß er Frau von Eckthum zu einem ganzen Satz provozierte – ein trauriger und mit schwacher Stimme gesprochener, langer Satz, in dem sie ihre Überzeugung ausdrückte, es müsse sich hier ganz in der Nähe eine Lohgerberei befinden, und dies sei im höchsten Maße unangenehm. Ihre Wehklage verstärkte sich um das Hundertfache, als Menzies-Legh erklärte, daß wir um jeden Preis der Welt jetzt und hier unser Lager aufschlagen müßten, oder die Nacht würde über uns hereinbrechen.

Wir machten mitten auf der Straße halt, während Lord Sigismund sich bei den Anwohnern erkundigte, welcher von ihnen wohl willens sei, uns ein Feld zur Verfügung zu stellen.

»Aber doch nicht hier?« quengelte Frau von Eckthum und hielt sich ihr kleines Taschentuch vor die Nase.

Es war aber doch genau hier. Und zwar auf dem Feld – beschied uns Lord Sigismund bei seiner Rückkehr –, auf dem die beiden Esel standen. Für das Privileg, mit diesen Tieren das kahle, keinerlei Schutz bietende Feld teilen zu dürfen, wobei wir obendrein jenen sozialen Liebenswürdigkeiten des Ortes ausgeliefert waren, zu denen das Pianola ebenso zählte wie die Geschäfte und das in Arbeit befindliche Leder sowie die Gesellschaft ganzer Rotten von Kindern, für dieses zweifelhafte Vorrecht wollte uns der Besitzer des Feldes pro Nacht und Wohnwagen eine halbe Krone abknöpfen, vorausgesetzt, wir entpuppten uns nicht – was er offensichtlich sehr befürchtete – als Wanderzirkus.

Mit einer Entschiedenheit, die ich ihr nicht zugetraut hätte, weigerte sich Frau von Eckthum, die Nacht auf dem Eselfeld zu verbringen. Mrs. Menzies-Legh, die zunächst damit beschäftigt gewesen war, die immer größer werdende Schar der uns umlagernden Kinder und Tagediebe mit ihrer Kamera zu fotografieren, stampfte plötzlich mit dem Fuß auf und sagte, auch sie werde nicht hier nächtigen.

»Die Pferde können keinen Schritt mehr weiter«, wandte Menzies-Legh ein.

»Und ich werde nicht bei den Eseln schlafen«, sagte seine Frau und machte einen weiteren Schnappschuß.

Ihre Schwester schwieg und hielt sich nur wie zuvor das Taschentuch vor die Nase.

Jellaby, der am anderen Ende des Feldes eine Hecke bemerkte, bei der ein paar Weiden standen, und der sich zweifelsohne in diesem Moment seiner im Parlament oft geübten Praxis der Überredung erinnerte, verkündete, er werde bei dem Besitzer des Feldes die Erlaubnis einholen, uns für die Nacht in diesen Winkel zurückziehen zu dürfen. Lord Sigismund ließ Zweifel am Erfolg dieses Unternehmens laut werden, denn der Mann, so sagte er, sei offensichtlich der leibliche Bruder des Weibes, das uns eben erst abgewiesen hatte, und wenn nicht deren Bruder, so doch in jedem Falle ein verwandter Geist. Jellaby blieb eine geraume Weile fort, während derer die Walzer des Pianolas die Trostlosigkeit des Ortes noch deutlicher hervorhoben. Als er endlich zurückkam, teilte er uns zu unser aller Überraschung mit, es sei in Ordnung.

Später erfuhr ich dann, daß das, was Jellaby als »in Ordnung« bezeichnet hatte, darauf hinauslief, daß wir genau das Doppelte der zuvor für das Eselfeld vereinbarten Summe für die Exklusivität des von Hecken und Weiden gesäumten Feldstückchens berappen sollten. Nun, da er Menzies-Leghs Gast war, brauchte er ja nicht zu zahlen – kein Wunder also, daß er die Vereinbarung für »in Ordnung« hielt. Aber ich nenne es eine monströse Unverschämtheit, daß ich für die Benutzung einer sumpfigen, stechmückenverseuchten, brennesselübersäten Wiese genausoviel hinblättern sollte, wie ich für ein trockenes Schlafzimmer ohne Gras auf dem Fußboden in einem erstklassigen Hotel in Berlin bezahlt hätte.

Dabei wurde mir das ganze Ausmaß dieser Ungeheuerlichkeit erst im späteren Rückblick richtig klar. An jenem Abend war ich viel zu müde, um noch irgend etwas wahrzunehmen, und ich hätte, dessen bin ich gewiß, ohne mit der Wimper zu zucken ganze fünf Schilling gelöhnt, allein für das Privileg, mich in sitzende Haltung niederlassen zu dürfen, egal wo, und in ihr zu verharren. Aber genau wie ich befürchtete, gab es noch viel zu tun und noch mehr zu leiden, ehe ich niedersinken durfte – beispielsweise gab es da das Tor zum Eselfeld, durch das wir die Wagen hindurchbugsieren mußten (während die ganze Meute der Dorfbewohner drumherumstand und Maulaffen feilhielt), sowie die erfreuliche Aussicht, daß ich jedweden Schaden zu ersetzen hatte, den mein Wohnwagen nehmen sollte, würde es nicht gelingen, ihn unbeschadet durch das viel zu enge Gatter zu lavieren. Außerdem mußte Edelgard wieder zur Vernunft gebracht werden. Und was, wenn sie sich weigerte, sich zur Vernunft bringen zu lassen? Nun, ihre Flausen würden bald wieder vergehen; letztlich hegte ich keine Befürchtungen, sie wieder hinzukriegen.

Jetzt kam erst einmal das Gatter. Da es meine ungeteilte Aufmerksamkeit erforderte, schob ich alles andere beiseite – damit würde ich mich beschäftigen, wenn wieder Muße eingekehrt wäre. Der alte James brachte, unterstützt von Menzies-Legh, die Ailsa sicher durch das Zauntor, und unter dem Applaus der gaffenden Menge rumpelte sie über die Maulwurfshügel im Feld hin zu der Stelle, wo fern am Horizont die Weiden standen. Dann rief Menzies-Legh Jellaby herbei, und zusammen halfen sie mir, die Elsa durch das Tor zu bringen, während Lord Sigismund beim dritten Pferd und Wagen, die den ganzen Tag schon unter seiner Obhut gestanden hatten, wartend verharrte. Es schien zwar sehr freundlich von ihnen, daß sie mir zu Hilfe eilten, aber sämtliche Kratzer im Lack, die dabei auf ihr Konto gingen, würden meinem Konto zu Buche schlagen. Ich, nicht sie, würde für jede ihrer Unvorsichtigkeiten zu zahlen haben, und so verfluchte ich heimlich mit einem bekannten und voluminösen preußischen Fluch all jene Schwachköpfe, die für die Errichtung der engen britischen Gatter verantwortlich sind.

Und genau wie ich befürchtet hatte, setzten die beiden zu viel von jenem *zèle** ein, von dem jemand (sicher ein Franzose) jemand anderem (wahrscheinlich einem Engländer) geraten hatte, ihn überhaupt nie zur Schau zu stellen. Unter einem mächtigen, von den Zuschauern ausgestoßenen Geschrei von *whoas* – was auf diesem Eiland das Gegenstück zu unserem sehr viel prägnanteren *brrr* darstellt – sowie ein oder zwei spitzen Schreien Edelgards, die es nicht ertragen konnte, unser Steingutgeschirr zu Bruch gehen zu hören, zerrten Menzies-Legh und Jellaby das Biest derart stark zur einen Seite hinüber, daß es allein dem Einsatz meiner ganzen Kräfte zu danken war, daß ein schrecklicher Unfall verhindert wurde. Denn hätte ich ihnen ihren Willen gelassen, der ganze Karren wäre gegen den rechten Gatterpfosten gefahren, wodurch – wie man sich leicht vorstellen kann – nicht nur die ganze Breitseite verkratzt, sondern vielleicht sogar ein Rad abgerissen worden wäre. Gott sei Dank aber gelang es mir,

* zèle: Eifer, Beflissenheit (Anm. d. Ü.)

noch rechtzeitig rettend einzugreifen. Freilich um den Preis, daß nun der linke Gatterpfosten ein gehöriges Stück Lackfarbe von der Flanke (um es mal so zu sagen) der Elsa riß.

»Herrgott«, sagte der Sozialist, als alles vorüber war, und strich sich die ewige Strähne aus der Stirn, »Sie hätten nicht so stark am Zügel reißen dürfen.«

Die schamlose Unverfrorenheit, mit der er mir die Schuld in die Schuhe schob, machte mich sprachlos.

»Genau«, stimmte ihm Menzies-Legh bei. »Sie hätten sich am besten vollkommen rausgehalten!«

Er auch! Erneut war ich sprachlos, sie aber wandten sich, ebenfalls ohne ein weiteres Wort, Lord Sigismund zu, um nun ihm (der Himmel sei ihm gnädig!) zu helfen, die Ilsa durch das Tor zu bringen.

Währenddessen rumpelte die mit peinlichster Sorgfalt von mir geführte Elsa über das Feld, wobei jeder der zahllosen Maulwurfshügel von unserem Geschirr sozusagen mit donnerndem Applaus begrüßt wurde. Da es sich um englisches Geschirr handelte, schien es sich nämlich ein diebisches Vergnügen daraus zu machen, mit voller Absicht auf meine Rechnung in tausend Scherben zu zerfallen.

Sie, die Sie Tassen nur in ihrer Eigenschaft als wohlgefüllte Trinkgefäße kennen, die still in einer Reihe stehen, werden sich kaum vorstellen können, was diese fähig sind anzustellen, sobald man ihnen in einem Wohnwagen ihren Willen läßt. Manchmal war ich bereit anzunehmen, daß sogenannte tote Gegenstände bei weitem nicht so tot sind, wie man zu denken geneigt ist, daß sie vielmehr von Charakterzügen besessen sind, die sich lediglich bei den niederträchtigsten und bösartigsten Vertretern des Menschengeschlechts wiederfinden. Ich glaube, fast jeder, der sich an jenem Abend im letzten August an meiner Stelle befunden und den Lärm gehört hätte, den die Tassen und Teller veranstalteten, während ich das Pferd der Elsa über die Unebenheiten jenes Feldes führte, das zwischen mir und den Weiden in der Ferne lag, hätte das gleiche Empfinden bezüglich der Belebtheit der Gegenstände gehabt. Was mich angeht, so kann ich nur sagen, daß jedesmal, wenn ich eine Tasse oder ein anderes Geschirrteil anrühre, dies so deprimiert darüber zu sein scheint, daß es unverzüglich zerbricht. Folglich ist es völlig sinnlos, wenn Edelgard mich auffordert, vorsichtiger zu sein oder gar (was sie gelegentlich tut, wenn sie schlechter Laune ist) durchblicken läßt, sie halte mich für ungeschickt und unbeholfen. Ich bin, im Gegenteil, von ausgesuchter Vorsichtigkeit. Und was die Ungeschicklichkeit anlangt, so ist dem schon damit widersprochen, daß ich das beste Auge habe und der beste Schütze meines Regiments bin. Aber es sind nicht nur die Tassen. Wenn ich, während ich mich an- oder auskleide, ein Kleidungsstück oder einen anderen Gegenstand auf den Tisch oder über die Stuhllehne werfe, so kann ich so genau zielen, wie ich will, der Gegenstand wird unweigerlich sofort herunterfallen oder nach kurzem Zögern sanft heruntergleiten und dann am Boden liegend mich verächtlich grinsend anschauen. Und je mehr ich in Eile bin, mit desto größerer Sicherheit befleißigen sich die Dinge dieses Verhaltens. Ein Hirngespinst? Vielleicht. Doch lassen Sie mich an das erinnern, was der englische Dichterfürst Shakespeare durch den Mund Hamlets seinem Freund Horatio ins Ohr sagen läßt, nämlich daß es mehr Dinge zwischen Himmel und Erde gebe . . . und so weiter. Mit diesem Hinweis möchte ich schlicht dem Wunsch Ausdruck geben, daß auch Sie hätten gehört haben sollen, in welch stürmischen Beifall die Tassen in unserem Geschirrschrank ausbrachen, während ich mit unserem Wohnwagen die Maulwurfshügel überquerte.

Edelgard, von Schuldgefühlen geplagt, blieb zurück. Das heißt, sie machte keine ängstliche Rechnung darüber auf, was das bedeutungsschwere Geschepper uns kosten werde, wie sie es unter anderen Umständen wohl sicherlich getan hätte. Ein Mann, der überredet wurde, eine bestimmte Form des Urlaubs zu wählen, weil sie angeblich besonders billig sei, mag entschuldigt sein, wenn er sich trüben Gedanken hingibt angesichts der Erkenntnis, daß die Sache ihn im Gegenteil sehr teuer zu stehen kommen wird. Unter anderem hegte ich auch ein paar böse Gedanken über den Besitzer des Feldes, der aus lauter Trotz gegenüber den Regeln der Gesundheit und des Wohlergehens den Maulwürfen erlaubte, seinen Grund und Boden derart heimzusuchen. Zumindest vermutete ich dies (obwohl ich kein Landwirt bin und folglich hierauf nicht Brief und Siegel geben kann). Hätte er seine Pflicht getan, so wären meine Tassen nicht zerschmettert worden, denn die Erdhügel, die diese Tiere aufgeworfen hatten, waren so zahlreich, daß mindestens immer eines der vier Räder der Elsa über einen solchen Hügel fuhr, meist aber waren es zwei oder gar drei Räder gleichzeitig.

Es ist schade, daß die Menschen fast nie wissen, was andere über sie denken. Unglücklicherweise gilt es als rüde und unhöflich, es ihnen ins Gesicht zu sagen. Doch wenn – von einem Marconi* des Geistes sozusagen – eine Möglichkeit entwickelt würde, es ihnen drahtlos zu telegrafieren, wie freundlich und bescheiden würden sie alle werden. Dieser Bauer saß wahrscheinlich gemütlich bei Tisch und verzehrte in aller Seelenruhe sein Abendessen, vollkommen im Unwissenden darüber, daß genau in diesem Augenblick ich mich abmühte, meinen Karren über sein Feld zu zerren, wobei ich ihn mit einer derart ätzenden Kritik überhäufte, daß er, hätte er nur davon geahnt, völlig zerknirscht ein neues Kapitel im Buch seines Lebens begonnen hätte.

Mrs. Menzies-Legh stand am anderen Tor und hielt es offen. Der alte James hatte eben gerade sein Pferd hindurchgeführt. Als er mich kommen sah, eilte er herbei, ergriff den Zügel und führte auch mein Pferd hindurch. Dann ließ er es den Wagen so parallel zur Ailsa ziehen, daß die Türen der Wagen zum Fluß blickten. Mit der Geschicklichkeit, die man von einem Mann erwarten darf, der schon alt ist und seiner Lebtage nichts anderes getan hat, schirrte er das Pferd aus. Mrs. Menzies-Legh zündete sich eine Zigarette an und reichte mir ihr Etui. Sie setzte sich in das lange und feucht aussehende Gras und bedeutete mir mit einer Handbewegung, ich solle mich neben ihr niederlassen. So saßen wir schweigend und rauchend nebeneinander – denn ich war viel zu erschöpft, um diese Einladung abzulehnen oder mich

* Marconi: italienischer Physiker (Anm. d. Ü.)

in einer Unterhaltung zu ergehen. Der schlammige Fluß rauschte träge zwischen den Weiden an uns vorüber, und Myriaden von Stechmücken umschwirrten uns in den schräg einfallenden Sonnenstrahlen.

»Müde?« fragte sie nach einer Pause, die sie ihrer Länge wegen wohl zweifellos überraschte.

»Zu müde«, erwiderte ich kurz angebunden.

»Aber nicht doch«, versetzte sie und schaute mich an. Ihre hochgezogenen Augenbrauen brachten ein gespieltes Erstaunen zum Ausdruck.

Das brachte mich in Wut. Diese Frau war unmenschlich. Denn hinter dem vorgetäuschten Erstaunen der gelupften Brauen sah ich nur zu deutlich das Hohnlachen in ihren Augen, und seit der Einführung des Christentums ist bekannt, daß es nichts Barbarischeres gibt, als das schadenfrohe Lachen über körperliche Mängel anderer Menschen.

Ich sagte ihr das. Dann warf ich die kaum entzündete Zigarette im hohen Bogen von mir, denn es war mir unmöglich, eine Zigarette weiterzurauchen, die sie mir unter solchen Umständen angeboten hatte. Auch das sagte ich ihr mit jener preußischen Gründlichkeit, deren es bedarf, möchte man zugleich ehrlich und ein perfekter Gentleman sein. Keine Frau (mit Ausnahme meiner eigenen) wird je Gelegenheit haben, behaupten zu können, ich hätte mich ihr gegenüber nicht mit aller einem Herrn gebotenen Korrektheit verhalten. Meine Zuhörer werden also mehr denn je von der unerklärlichen Härte dieser Mrs. Menzies-Legh überzeugt sein, wenn sie erfahren, daß meine Rede nicht den geringsten Eindruck auf sie machte. Eine Rede, die bei aller Geschliffenheit doch der klaren Worte nicht entbehrte, die ich im Rahmen der angemessenen Vornehmheit und, so muß ich hinzufügen, im teuren Rahmen der Feinheit meines Wesens hielt.

Meine Rede, wie gesagt, verfing in keiner Weise, vielmehr schaute sie mich unverwandt an und sagte: »Teuerster Baron, wie kommt es bloß, daß Männer, die ein klein wenig weiter laufen mußten, als sie wollten, und die ein klein wenig hungriger sind, als es ihnen gerade gefällt, gleich so häßlich und ausfallend werden müssen?«

Eine unverzügliche Replik war mir verwehrt, da in diesem Augenblick der Rest der Reisegesellschaft mit der rumpelnden Ilsa über das Feld kam.

»Hullo«, rief Jellaby, der uns, dem Anschein nach, gemütlich zusammen im Gras sitzen sah, »amüsiert Ihr Euch gut?«

Ich vermute, es handelt sich bei dieser Redewendung um eine sozialistische Grußformel, denn kurz, wie die Zeit meiner Bekanntschaft mit ihm war, hatte er diese Formulierung doch schon mehrmals mir gegenüber benutzt. Vielleicht ist es die Art und Weise, in der die Mitglieder dieser Sekte diejenigen, die nicht Mitglieder sind, daran erinnern, was für eine unfruchtbare und freudlose Einschätzung der Pflichten anderer Menschen sie haben. Zumindest ist ein Sozialist, wie ich feststellen konnte, offensichtlich ein Mensch, der sich niemals setzt. Und wenn er es doch tut, dann schreit die ganze düstere Masse, die er die Genossen nennt, sofort laut auf. Wahrscheinlich befürchtet sie, daß der, der sitzt, sie um die Früchte der Arbeit betrügt, die er hätte produzieren können, hätte er sich nicht hingesetzt. Als ich einmal (durchaus wohlmeinend) Jellaby gegenüber bemerkte, daß in einer sozialistischen Gesellschaft aus Mangel an Leuten, die sitzen wollten, die Stühle produzierende Industrie wohl die erste sei, die den Bach runter (oder vor die Hunde) gehen werde – ich kann mich nicht mehr erinnern, welche der beiden Formulierungen ich wählte –, da entgegnete er nicht ohne Heftigkeit . . . aber das ereignete sich erst später auf unserer Reise, und ich werde zweifellos an der entsprechenden Stelle darauf zurückkommen.

Auf Jellabys Frage hin, ob wir uns gut amüsierten, sprang Mrs. Menzies-Legh, gleichsam als hätte ihr Gewissen sie dazu ermahnt, sofort auf und eilte an die Speisekammer ihres Wagens. Hastig zerrte sie Töpfe und Pfannen heraus. Und ich, der ich spürte, daß man dies von mir erwartete, machte mich bereit, mich zu erheben (die englische Gesellschaft orientiert sich nämlich an derart künstlichen Leitlinien, daß jedesmal, wenn eine

Frau eine Arbeit beginnt, auch der Mann zumindest so tun muß, als beschäftigte auch er sich mit einer Arbeit). Ich wollte mich also auch erheben, merkte jedoch, daß mein kurzer Aufenthalt auf dem feuchten Gras meine völlig übermüdeten Glieder so steif hatte werden lassen, daß es mir nicht gelang aufzustehen.

Die beiden unbeschriebenen Blätter, die gerade vorbeihüpften, blieben neugierig starrend stehen.

»Kann ich Ihnen behilflich sein?« fragte endlich die eine, die sie Jumps nannten, als ich meinen zweiten vergeblichen Versuch unternahm. Mir eine knochige Hand entgegenstreckend, kam sie zu mir herüber.

»Darf ich Ihnen meinen Arm reichen?« sagte auch die andere, Jane genannte, und hielt mir einen dürren angewinkelten Ellenbogen hin.

»Danke, vielen Dank, liebe Kinder«, sagte ich mit der unverblümten Herzlichkeit, die man – aus einem mir unerfindlichen Grunde – gegenüber dem Nachwuchs von Fremden an den Tag legt. Gezwungen, mich ihrer Hilfe zu bedienen (denn Mangel an Übung macht es mir immer schwer, mich von bodennahen Oberflächen zu erheben, und in dieser Situation machte meine Steifheit das Schwierige ganz und gar unmöglich), kam ich irgendwie auf die Füße.

»Danke, vielen Dank«, wiederholte ich und fügte scherzend hinzu: »Ich fürchte, ich bin wohl schon zu alt, um auf dem Boden zu sitzen.«

»Genau«, sagte Jane.

Das kam so unerwartet, daß ich einen Anflug von Verärgerung nicht unterdrücken konnte, der sich unverzüglich in einem gewissen Sarkasmus ausdrückte.

»Ich bin den beiden jungen Damen wohl zu höchstem Dank verpflichtet«, sagte ich folglich und zog mit großer Geste meinen Panama, »daß sie einem armen alten Mann so selbstlos und freundlich zu Hilfe eilten.«

»Och«, sagte Jumps ganz ernst und viel zu dickfellig, um meinen Sarkasmus erkannt zu haben, »machen Sie sich nichts draus, ich bin daran gewöhnt. Meinem Großpapa muß ich auch immer helfen, er ist auch schon sehr alt.«

»Aber sicherlich«, sagte ich, meinem Sarkasmus nun einen spielerischen Anstrich gebend (doch auch das zu erkennen, waren sie viel zu dickfellig), »sicherlich ist er längst nicht so alt wie ich.«

»Doch, ungefähr so«, erwiderte Jumps und beäugte mich von oben bis unten.

»Und wie alt«, erbat ich Auskunft von Jane, denn Jumps hatte mich zu sehr verärgert, als daß ich weiterhin direkt mit ihr hätte sprechen wollen, »wie alt dürfte der verehrte Herr Großpapa deiner Freundin wohl sein?«

»Och, so ungefähr sechzig oder siebzig oder achtzig«, versetzte sie schulterzuckend.

8

»Die englischen Kinder ...«, hob ich zu einem Gespräch mit Lord Sigismund an, nachdem die beiden Mädels mit untergehakten Armen davongesprungen waren. Einen Eimer in der Hand, eilte er gerade an mir vorbei zum Fluß. Statt aber stehenzubleiben, unterbrach er mich mit der über die Schulter zurückgeworfenen Frage: »Wollen Sie hierbleiben und Feuer machen, oder möchten Sie mit uns kommen und Nahrungsmittel besorgen?«

Feuer machen? Ja, wozu sind denn die Weiber da? Selbst mein Diener Hermann würde (zu Recht) aufbegehren, sollte er – und nicht Clothilde – das Feuer anzünden. Aber andererseits Lebensmittel auftreiben? Über das ganze riesige Feld zurückmarschieren und dann von Laden zu Laden gehen auf Füßen, die ohnehin schon kaum mehr in der Lage waren, den zugehörigen Menschen zu tragen? Und dann die beschwerliche Rückkehr, belastet mit dem Ergebnis der Aktion.

»Verstehen Sie was vom Feuermachen, Baron?« fragte Mrs. Menzies-Legh, die unerwartet hinter mir aufgetaucht war.

»So viel, nehme ich an, wie man von Intelligenz, der es an Übung mangelt, erwarten darf«, versetzte ich ungehalten.

»Aber natürlich verstehen Sie etwas davon«, sagte sie und drückte mir das Bündel Feuerholz in dem roten Tuch, das sie am Morgen erworben hatte, in die eine Hand und eine Schachtel Streichhölzer in die andere. Es war eine dieser Schachteln, die jene riesigen englischen Hölzer enthalten, die nie verfehlen, meine amüsierte Verachtung zu erwecken, denn sie entzünden kein einziges Feuer und keine einzige Kerze besser als ihre kleinen, handlichen kontinentalen Brüder.

»Natürlich verstehen Sie was vom Feuermachen«, wiederholte sie, »Sie müssen es in den Kriegen doch oft genug geübt haben.«

»Welche Kriege?« fragte ich scharf. »Sie meinen doch wohl nicht, daß ich . . .«

»Oh, waren Sie etwa zu jung für Sedan und all das?« fragte sie und überquerte schnellen Schrittes einen sehr langen, sehr grünen Streifen Gras, der sich vor einem Graben erstreckte. Ich ahnte, sie erwartete von mir, daß ich ihr folgte.

»Ich war so jung«, entgegnete ich mit einer Gereiztheit, die Sie, meine Zuhörer, möglicherweise kaum nachempfinden können; ich bitte Sie jedoch zu bedenken, daß ich sehr müde war und folglich nicht mehr in der Lage, viel zu ertragen, »ich war so jung, daß ich nicht einmal geboren war.«

»Nicht möglich!« rief sie aus.

»Doch!« versetzte ich. »Ich verbrachte meine Geburtstage noch unter den Engeln.«

Dies entsprach nun nicht im strikten Sinne der Wahrheit, doch ist man in Gegenwart einer Dame, die ihren *Gothaer Almanach* nicht zur Hand hat, leicht geneigt, ein paar Jahre abzuziehen. Außerdem war es eine malerische Vorstellung – ich meine das Bild von den Geburtstagen und den Engeln.

»Nicht möglich!« wiederholte sie kopfschüttelnd.

Und was soll das ganze Gerede von Alter und Jugend, dachte ich, während ich neben ihr herging. Wenn ein Mann in seinen Vierzigern nicht jung ist, wann wird er es dann je sein? Ich habe aus meinem Alter, das sich zwischen fünfundvierzig und sechsundvierzig Jahren bewegt – plus ein oder zwei Jahre –, niemals ein Geheimnis gemacht. Da ich aber von meinen Geburtstagen prinzipiell wenig Aufhebens mache, ist es ebensogut möglich, daß ein oder zwei Jahre abgezogen werden könnten. In jedem Fall werden weltweit die Vierziger von allen Menschen, die sich gerade in ihnen befinden, als die Blüte der Jahre oder, besser gesagt, als der Beginn der Blüte der Jahre angesehen, als der Beginn der letzten Entfaltung der letzten Knospe.

Ich hatte geglaubt, dieser Stand der Dinge sei nur zu deutlich an mir abzulesen und jedem durchschnittlichen Betrachter mühelos sichtbar. Ich habe weder ein einziges graues Haar noch eine einzige Falte. Mein Schnurrbart ist so durchgehend blond, wie er immer war. Mein Gesicht ist vollkommen glatt. Und wenn ich meinen Hut trage, so ist absolut überhaupt kein Unterschied zwischen mir und einer Mannsperson von dreißig. Natürlich bin ich weder ein schmales Handtuch noch ein Waschlappen wie Jellaby, der völlig unfähig wäre, meine Kleider auszufüllen. Aber es ist einfach lächerlich, daß meine schiere Leibesfülle diese beiden Küken dazu hatte verleiten können, mich in dieselbe Schublade zu packen, in der sich bereits ein höchst ehrenwerter, doch offensichtlich verkrüppelter alter Herr befand.

Diese grobe Fehleinschätzung hatten ihren Grund vermutlich darin, daß englische Kinder schlecht erzogen und obendrein ungebildet sind, weil man ihnen erlaubt, ihre unausgegorenen Ansichten beizubehalten. Es muß so sein, denn nur ganz wenige der englischen Kinder tragen Brillen. Ganz offensichtlich wird die Erziehung hier nicht mit der rigorosen Systematik vorangetrieben, die bei uns üblich ist, denn mit Ausnahme von Lord Sigismunds hatte ich in keinem Gesicht diese künstliche Sehhilfe entdecken können, wohingegen in Deutschland mindestens zwei Drittel der jungen Menschen entweder Brillen oder die *pince-nez* genannten Kneifer tragen – als Ergebnis ihres unermüdlichen Lerneifers. Sie haben also allen Grund, stolz darauf zu sein. Sind sie doch der sichtbare Beweis für eine mit

Büchern verbrachte Jugend und somit für das gehobene Niveau eines ordentlichen, von Lernbegier geprägten Lebens.

»Die englischen Kinder . . .«, hob ich Mrs. Menzies-Legh gegenüber mit Nachdruck an, denn es war mein dringender Wunsch, einer Dame, die ihrer deutschen Herkunft wegen darüber nicht ungehalten sein konnte, ein paar meiner heftigsten Einwände gegenüber diesen Kindern und ihrer Erziehung zum Ausdruck zu bringen. Doch auch sie fiel mir rüde ins Wort. »Das hier ist der windgeschützteste Platz«, sagte sie und zeigte auf den trockenen Graben. »Dort drüben in dem kleinen Waldstück werden sie mehr Zweige und Kleinholz finden. Sie werden eine ganze Menge brauchen.«

Mit diesen Worten drehte sie sich um und ging.

Nun, ich habe in meinem ganzen Leben noch kein offenes Feuer entfacht. Einen Augenblick lang stand ich unschlüssig da und überlegte, wo und wie ich anfangen solle. Niemand aus unserer Gruppe, die da drüben bei den Wohnungen so fieberhaft und ameisengleich herumwuselte, sollte behaupten können, ich sei unwillig gewesen. Doch um irgendeine Sache zu machen, muß man sie zunächst anfangen; da es aber ganz zweifellos verschiedene Möglichkeiten gibt, ein Feuer zu entzünden – wie es ja für alle Dinge im Leben verschiedene Möglichkeiten des Anpackens gibt –, stand ich verunsichert da und fragte mich, welche der verschiedenen Möglichkeiten (die mir, das muß ich gestehen, allesamt unbekannt waren) ich am besten wählen sollte.

Auf der gegenüberliegenden Seite des Grabens stand eine Hecke, durch eine Lücke in derselben sah ich das Wäldchen mit seinen kleinen Lichtungen voller Unterholz aus Adlerfarn und Brombeersträuchern. Die Sträucher rankten sich rund um verbliebene Baumstümpfe; bei diesen würde ich, wie Mrs. Menzies-Legh gesagt hatte, mehr Brennholz finden. Das erste, was ich folglich zu erledigen hatte, war die Suche nach weiterem Kleinholz, denn das rote Taschentuch enthielt nicht mehr als eine Handvoll. Am Ende eines Tages ohne eine anständige Mahlzeit würde sich diese Suche zwischen den Brombeersträuchern wahrscheinlich als höchst beschwerliche Aufgabe entpuppen, die noch dazu den Ruin meiner Strümpfe bedeuten konnte.

Die bei den Wohnwagen verbliebenen Gruppenmitglieder schälten Kartoffeln und putzten das Gemüse, das wir am Morgen erstanden hatten. Sie erledigen diese Arbeit mit einer Geschicklichkeit, die beweist, in welchem Maße der Hunger in der Lage ist, über die Erschöpfung zu triumphieren. Jellaby rannte mehrmals hintereinander mit einem Eimer zu einer kleinen, zwischen den Farnsträuchern verborgenen Quelle und holte Wasser. Menzies-Legh und Lord Sigismund waren in jener Ferne entschwunden, die zu den Läden führte. Der alte James versorgte die Pferde. Dann entdeckte ich auch die beiden Küken, die mit gesenkten Köpfen und roten Backen im Gras saßen und Kohl schnitten. Mrs. Menzies-Legh widmete sich mit unglaublicher Energie der Aufgabe, Kartoffeln zu schälen, wohingegen ihre zarte Schwester – zu meinem großen Bedauern – mit den Zwiebeln beschäftigt war. Nirgendwo aber – sosehr ich mich auch nach ihr umschaute (denn ich hätte ihrer dringendst bedurft) – konnte ich meine Frau sehen.

Da hob Mrs. Menzies-Legh unvermittelt ihre Augen von den Kartoffeln. Da sie mich bewegungslos dort stehen sah, rief sie mir zu, daß das Gemüse in Kürze für das Feuer bereit sei, sie aber fürchte, daß, sollte ich mich nicht beeilen, das Feuer nicht bereit sei für das Gemüse. Derart von ihr gehetzt, schüttete ich, ganz entgegen meiner ursprünglichen Absicht, erst weiteres Holz zu sammeln, das Feuerholz aus dem Tuch auf den Boden und begann unverzüglich mit meinen Bemühungen, es zu entfachen.

Es wollte aber nicht anbrennen. Streichholz um Streichholz flammte kurz auf und erlosch. Es war ein windiger Abend, und ich sah keinen Grund zu der Annahme, daß auch nur ein einziges Zündholz lange genug brennen würde, um eines der Stöckchen zu entflammen. Ich ließ mich auf die Knie nieder und brachte meinen eigenen Körper zwischen Brennholz und Wind, doch obwohl die Streichhölzer nun bis zu jenem bitteren Ende herunterbrannten, an dem sich meine Finger befanden, kümmerte es das Brennholz nicht mehr, als wäre es aus Eisen gewesen. Ich verlor die Geduld. Sehr laut sagte ich etwas – wie ich fürchte, nicht sehr Höfliches – über Ehefrauen, die ihre Pflichten vernachlässigen und die ehelichen Pfade mit Füßen treten, die unter gekürzten Röcken hervorschauen, als Edelgards Stimme wie aus heiterem Himmel von der anderen Seite der Hecke her antwortete: »Aber *dearest** Otto, ist es vielleicht meine Schuld, wenn du das Papier vergessen hast?«

Augenblicklich reckte ich mich zu meiner vollen Größe auf und blickte zu ihr hinüber. Sie war schon auf der Suche nach kleinen Ästen und Zweigen gewesen, denn als sie sich jetzt der Lücke in der Hecke näherte, sah ich, daß sie ihre ganze Schürze voller Holz hatte. Ich muß gestehen, ich bewunderte ihren Mut, sich mir in dieser Weise alleine zu nähern, denn sie mußte sich darüber im klaren sein, daß ich auf das höchste verärgert über sie war und nur auf die passende Gelegenheit lauerte, es ihr deutlich zu sagen. Sie aber, mit der Verschlagenheit, die den Weibern eigen ist, nannte mich *dearest* Otto, ganz so, als ob nichts gewesen wäre, und versuchte, ohne auf meine Bemerkung weiter einzugehen, mich mit Brennholz zu beschwichtigen.

Ich schaute sie folglich mit eiskaltem Blick an und sagte scharf: »Nein, ich habe das Papier keineswegs vergessen.«

Und das entsprach der reinen Wahrheit, denn um Papier (oder irgend etwas anderes) vergessen zu können, muß man ja zu einem früheren Zeitpunkt bereits einmal daran gedacht haben – ich aber hatte niemals an Papier gedacht.

»Möglicherweise«, sagte ich, und die Kälte in meiner Stimme sank weit unter jenen Nullpunkt, der bei unseren sinnvoll eingerichteten Thermometern nach Celsius und Réaumur – nicht aber nach dem unsinnigen Quatsch von Fahrenheit – dem Gefrierpunkt entspricht, »möglicherweise könntest du, da du ja so furchtbar gescheit bist, die Güte haben, das Feuer selbst zu entzünden. Denn jeder«, fuhr ich mit Emphase fort, »kann kritisieren. Deshalb werden wir jetzt, bitte sehr, die Plätze tauschen,

* dearest: liebster (Anm. d. Ü.)

und du kannst deine fraglos großen Gaben in dieser Sache zur vollen Entfaltung bringen, während ich die Rolle übernehme, die meinen geringen Fähigkeiten entspricht, nämlich die des bloßen Kritikers.«

Dies waren natürlich bittere Worte. Doch war meine Bitterkeit nicht gerechtfertigt? Leider werde ich ausgerechnet diese Passage bei der lauten Verlesung des Manuskripts überspringen müssen, und so werde ich den Urteilsspruch meiner Freunde nie erfahren. Aber auch ohne ihr Urteil (das, wie ich weiß, eindeutig zu meinen Gunsten ausfiele, denn sie alle haben Ehefrauen), selbst ohne dieses bestätigende Urteil kann ich meine Bitterkeit ehrlicherweise für gerechtfertigt erklären. Ganz abgesehen davon hatte ich meine Worte sehr gut gesetzt. Edelgard hörte mir schweigend zu und sagte dann nur: »Ach, Otto.« Daraufhin kam sie zu mir herunter in den Graben, beugte sich über das Brennholz und arrangierte es locker im Kreis über einen Stein, den sie sich gesucht hatte.

Ich wollte mich nicht hinsetzen und rauchen. Zu Hause hätte ich das wahrscheinlich sinnvollerweise getan (vorausgesetzt, Ottringels beim Entzünden einer Feuerstelle im Freien wäre eine in Storchwerder im Bereich des Vorstellbaren liegende Situation). Hier aber hätte Mrs. Menzies-Legh ganz bestimmt sofort ihre noch zu schälenden Kartoffeln fallen lassen und einen lauten Ausruf getan, und Jellaby wäre daraufhin mitsamt seinen Eimern gerannt gekommen, um sich zu erkundigen, ob ich mich gut amüsierte. Nicht daß ich auf die Meinung der anderen auch nur einen *farthing** gäbe. Ohnehin verabscheue ich die gesamte englische Einstellung gegenüber den Frauen leidenschaftlich und aufs tiefste. Aber ich bin ein fairgesonnener Mann und glaube, daß es vernünftig ist, der bekannten Maxime zu folgen, sich in Rom zu verhalten, wie es die Römer tun.

Ich stellte mich also nur mit dem Rücken zu den Wohnwagen und beobachtete Edelgard. In weniger Zeit als ich brauche, um dies niederzuschreiben, hatte sie die Scheite und Zweige aufge-

* farthing: (englische Münze) Pfennig (Anm. d. Ü.)

schichtet, ein Stück Zeitungspapier, das sie unter der Schürze hervorzog, zerknüllt, unter das Holz geschoben und diese zerknüllte Zeitung mit Hilfe (wie ich bemerkte) eines einzigen Streichholzes angesteckt. Und siehe da, schon züngelten die Flammen und sprangen, je nachdem, wie der Wind wehte, hier und da hin.

Kein Beweis, wenn es denn überhaupt noch eines solchen bedürfte, hätte die Stellung, die den Frauen von Natur aus zukommt, überzeugender bestätigen können. Alle ihre Instinkte sind von der Feuer entfachenden Art, denn Aufgabe der Frauen ist das Dienen und Behüten. Dem Manne hingegen, dem edlen Träumer, ist jener Ort im Leben vorbehalten, wo Raum ist und Würde, jedoch keinerlei störende Unterbrechung. Wie sonst sollte er träumen können? Und ohne Träume gäbe es keine nachfolgende Kristallisierung derselben. Alles aber, was wir heute als gut und großartig und Reichtum bringend bewundern, war zunächst ein ungestörter Mannestraum.

Nun, das ist Philosophie. Und Sie, meine Freunde, die Sie jenen hehren Odem atmen, den Ihnen unsere Hegels und Kants zufächeln, Sie, die Sie in diese Luft hineingeboren sind, die Sie, ob Sie wollen oder nicht, mit jeder Pore seit Ihren Säuglingstagen aufnehmen, Sie brauchen nicht dem Ottringelschen Echo Ihrer eigenen, Ihnen zutiefst vertrauten Gedanken zu lauschen. Wir in Storchwerder sprechen selten von diesen hehren Dingen; dazu sind sie uns zu selbstverständlich. Folglich brauche ich an dieser Stelle auch nicht bis ins Detail all das zu beschreiben, was mir durch den Kopf ging, während ich auf dieser einsamen Wiese stehend beobachtete, wie meine Frau im Lichte der sinkenden, alles mit besonderem Glanz überstrahlenden Sonne Brennholz aufschichtete und ein Feuer entfachte.

Tatsächlich waren die Gedanken, die mir durch den Kopf gingen, von gemischter Natur. Es schien so merkwürdig, hier zu sein, so merkwürdig, daß diese Wiese mit all ihrer Feuchtigkeit und den hohen Hecken an drei ihrer Seiten, der Reihe von Weidenbäumen, die über dem trüben, träge fließenden Fluß brüteten, ihrem Wald an der einen Seite und der unfruchtbaren Weite eines maulwurfverseuchten Feldes zur anderen, die den Blick auf eine weitere Wiese freigab, die hinter einer genau gleichen Reihe von Weiden jenseits des Medway lag, es schien so merkwürdig, daß all dies weiß der Himmel seit wie vielen Jahren schon genauso hier gelegen hatte. Genau diese Stelle, an der Edelgard und ich uns jetzt befanden, hatte in all dieser Zeit unseres Storchwerder Ehelebens und in der Zeit meines früheren Ehelebens mit Marie-Luise nur auf ihre Beute gelauert, während wir, ferne von diesem Ort und von seiner Existenz nichts ahnend, einem Leben nachgegangen waren, das uns schließlich und endlich hierhin verschlagen sollte. Was für eine merkwürdige Frucht der Jahre. Und mysteriöser noch die Verschlingungen des Lebens, die uns hierhergeführt hatten. Am merkwürdigsten aber scheint mir die Unfähigkeit des Menschen, einem solchen Schicksal zu entfliehen. Betrachtete man es als die Frucht der Jahre, so war es zweifelsohne ein Ergebnis von schäbiger Wertlosigkeit, ein absolut unproportionales Schicksal. Aus Pommern, einer sehr fernen Gegend also, maß man den Abstand vom Medway aus, war ich hierher verschlagen worden, bloß um eines Abends mit nassen Füßen an diesem Punkt zu stehen. Ein Mensch, werden Sie ausrufen, der an Vorherbestimmung glaubt? Mag sein. Doch wie auch immer, mit diesen (und anderen, ganz ähnlichen) Reflexionen beschäftigt, beobachtete ich mein Ehegespons, wie sie schweigend ausführte, wozu sie gemacht und gedacht ist, und mit einemmal spürte ich, wie sich meine Gefühle ihr gegenüber erweichten. Ich begann zu entschuldigen, nachzugeben, zu vergeben. Ich habe wirklich versucht, meine Pflicht zu erfüllen. Niemals bin ich ihr gegenüber hartherzig, es sei denn, sie zwingt mich dazu. Es entspricht meiner festen Überzeugung, daß niemand außer einem Ehemann einer Frau helfen und sie leiten kann. Ich bin älter als sie, und habe ich nicht reichlich Erfahrung mit Ehefrauen? Schließlich hatte ich deren zwei, und eine davon für die lange (manchmal schien es mir, für die endlose) Zeit von zwanzig Jahren.

Selbstverständlich hielt ich mich in diesem Augenblick mit sanfteren Äußerungen noch zurück, bin ich mir doch des Vorteils bewußt, den es bringt, wenn man den Dingen Zeit gibt und die strenge Haltung erst ihre Wirkung tun läßt, ehe man zur Vergebung voranschreitet. Da nun Jellaby den eisernen Kochkessel brachte, den Mrs. Menzies-Legh am Morgen gekauft hatte – oder vielmehr: ihn mühsam heranschleppte, denn er ist, wie ich schon sagte, ein schwaches Kerlchen –, wobei er das meiste Wasser, das der Kessel enthielt, auch noch verschüttete, da blieb mir nichts anderes übrig, als ihm zu helfen, den Kessel aufs Feuer zu setzen. Indem ich Steine zusammenschob, suchte ich den Kochkessel zu stützen. Bei der Bemühung, die Steine unter das Kochgeschirr zu schieben, verbrannte ich mir allerdings ganz furchtbar die Finger.

»Aber ich bitte Sie, bemühen Sie sich nicht, Baronin«, sagte Jellaby zu Edelgard, als sie anfing, Holz nachzulegen. »Wir machen das schon. Sie bekommen ja nur den Rauch in die Augen.«

Als ob uns Männern der Rauch nicht in die Augen stiege! Und würden nicht Augen, die durch Mangel an Küchenarbeit an Rauch überhaupt nicht gewöhnt sind, sehr viel mehr in Mitleidenschaft gezogen, als Augen, die dem Qualm des Feuers täglich ausgesetzt sind? Denn ich gehe davon aus, daß die Feuer in den Küchen von Storchwerder ebenfalls Rauch entwickeln und Edelgard folglich bestens daran gewöhnt ist.

»Oh«, sagte Edelgard mit dem lieben kleinen Stimmchen, das zu haben ihr gelingt, wenn sie mit einer Mannsperson spricht, die nicht ihr Ehemann ist, »das ist doch keine Mühe. Der Rauch macht mir nichts aus.«

»Aber hören Sie, wozu sind wir denn da?« meinte Jellaby und nahm ihr das schon bereitgehaltene Holz aus der Hand.

Wieder ging mir der Gedanke durch den Kopf, daß Jellaby sich zu Edelgard hingezogen fühlen mußte, ja, fast schien es mir, alle drei Herren waren von ihr angezogen, denn das eben erwähnte war nur ein weiteres Beispiel für die Art, wie sie alle drei seit Beginn der Reise Edelgard mit ihrer Aufmerksamkeit überschüttet hatten. Wie unvorstellbar es auch scheinen mochte, war es doch so. Und das aller Unvorstellbarste war die Tatsache, daß es kühn und frech unter den Augen ihres eigenen Ehemannes geschah. Ich jedoch, der ich wußte, daß man einem Fremden und dazu einem Ausländer niemals trauen darf, entschloß mich erneut, das Gespräch so bald wie möglich auf Geburtstage zu bringen. Noch bei unserem heutigen Abendessen wollte ich alle Anwesenden wissen lassen, daß Edelgards nächster Geburtstag ihr dreißigster sein werde. Doch als das Abendessen nach über anderthalb Stunden quälender Wartezeit endlich auf dem Tisch stand, war ich zu erschöpft, um mein Vorhaben auszuführen. Wir waren alle sehr schweigsam. Die uns verbliebene Kraft wich von uns wie die Flamme einer Kerze, die der Wind ausbläst, als wir erkannten, wie lange es dauert, bis Kartoffeln gar sind. Alles war zusammen in den großen Topf gewandert, denn Mrs. Menzies-Legh hatte verkündet, dies sei die schnellste und überhaupt einzige Möglichkeit, ein Essen zu kochen; hatten die zu den Wohnwagen gehörenden Spirituskocher und die kleinen Pfannen doch schon am gestrigen Abend ihre Unzulänglichkeit unter Beweis gestellt. Nun läge unsere ganze Hoffnung im Kochkessel, sagte Mrs. Menzies-Legh und warf dabei die Kartoffeln, den Kohl, die von ihrer zarten Schwester geschnittenen Zwiebeln, ein Stück Butter, eine Handvoll Salz und den Schinken, den ihr Mann und Lord Sigismund von ihrem Ausflug zum Dorf mitgebracht hatten, in das Eisengeschirr. Es kam alles gleichzeitig hinein, aber es kam nicht alles gleichzeitig heraus, denn nachdem schon längere Zeit aus dem Kessel aufsteigende Düfte uns den Mund wäßrig gemacht hatten, stellten wir durch wiederholte Probeentnahmen fest, daß zwar der Kohl und der Schinken gar waren, die Kartoffeln jedoch auf die Stiche verschiedener ungeduldiger Gabeln mit gleichbleibend trotziger Härte reagierten.

Wir hielten eine kurze Beratung ab, versammelten uns um den Kessel und berieten, was wohl am besten zu tun sei. Wenn wir Schinken und Kohl weiterhin im Topf ließen, würden sie fraglos zu Brei zerkochen und sich womöglich – was für ein schrecklicher Gedanke – ganz und gar auflösen. Andererseits war es unmöglich, die Kartoffeln, den Hauptbestandteil unserer Abendmahlzeit, einfach aufzugeben. Nach langem Hin und Her entschlossen wir uns daher, alles, was schon gar war, aus dem

Kessel herauszulöffeln und so lange auf Tellern aufzubewahren, bis auch die Kartoffeln endlich fertig seien. Im letzten Moment würden wir das Herausgelöffelte zum Wiedererhitzen noch einmal in den Topf geben.

So machten wir es. In der Zwischenzeit hockten wir alle im Gras und warteten. Dies wäre nun zwar der richtige Augenblick gewesen – denn alle waren schweigend im Kreis versammelt –, das Gespräch auf Geburtstage zu lenken, doch fand ich mich selbst so geschwächt und die anderen derart teilnahmslos und unempfänglich, daß ich mich, nach einem zögerlichen Anfang, der mir bloß ein paar gelangweilte Blicke eintrug, leider gezwungen sah, mein Vorhaben aufzugeben. Tatsächlich waren unser aller Gedanken einzig auf das Essen konzentriert. Und wenn ich jetzt zurückschaue, dann scheint es mir fast unglaublich, daß dieses frugale Mahl ein derart gespanntes Interesse zu wecken vermochte.

Während wir dort saßen, sprach keiner ein Wort, alle lauschten nur gebannt auf das Blubbern im Topf. Hin und wieder schob einer der beiden jungen Männer neue Scheite ins Feuer. Längst war die Sonne untergegangen, der Wind hatte nachgelassen, die Wiese schien noch feuchter zu werden, und während unsere Gesichter vom Feuer glühten, drohten unsere Rücken zu vereisen. Die Damen legten ihre Wollstolen um, die Herren taten für ihr Wohlbefinden, was sie aus Höflichkeit nicht über sich brachten: Sie zogen ihre Jacketts an. Ich, der ich mein Jackett natürlich nie abgelegt hatte, holte mir meinen Kleppermantel und hängte ihn mir über die Schultern, allerdings vorsichtig darauf bedacht, ihn so weit wie möglich vom Feuer fernzuhalten, weil ich fürchtete, er könnte sonst schmelzen.

Schon längst hatten die Damen den Tisch gedeckt, Berge von Brot geschnitten und mit Butter bestrichen, und eine von ihnen – es muß wohl Frau von Eckthum gewesen sein – hatte aus Scheiben eines Sandkuchens, den sie aus mir unerfindlichen Gründen *sponge* – Schwamm – nannte, geschlagener Sahne, Himbeermarmelade und Brandy (zusammen mit dem Schinken, aber mit Ausnahme des Brandys alles Ergebnisse der Futtersuchaktion im Dorf) eine Nachspeise zusammengestellt, die jetzt ebenfalls auf dem Tisch stand.

Zu diesem Tisch nun wanderten unsere hungrigen Blicke immer wieder, und da wir auch nur Menschen waren, wanderten wir alsbald in Gänze unseren Blicken hinterher.

Wir aßen die gebutterten Brote.

Dann aßen wir den schon aus dem Kessel geschöpften Schinken und den Kohl, alle darin übereinstimmend, daß es zu schade sei, diesen Teil unseres Essens noch kälter werden zu lassen. Schließlich machten wir uns über die Nachspeise her, die sie jetzt, da alle wieder in der Lage waren zu sprechen, als *trifle* – Kleinigkeit – bezeichneten.

Und dann – es ist so unglaublich, dies zu berichten, wie es schwierig ist, es zu glauben – kehrten wir zum Kessel zurück und verputzten die gesamten, nun endlich gar gekochten, dampfenden Kartoffeln. Und niemals, das kann ich mit aller Sicherheit behaupten, hat es je etwas Köstlicheres gegeben. Von den verschiedenen Essenserlebnissen besänftigt und von einer Tasse hervorragenden Kaffees, den Edelgard zubereitet hatte, zusätzlich milde gestimmt, doch deutlich empfindend, daß mir der Rückzug vor der Konfusion des Abwaschs gerechterweise zustand, kam ich in den Wohnwagen. Dort fand ich meine Frau, über die Tiefen der gelben Kiste gebeugt, nach einem Geschirrtuch suchen. Ich stand in der engen Mitte des Wagens und zündete mir eine Zigarre an. Als sie brannte, bemerkte ich, daß ich nicht nur nahe bei Edelgard stand, sondern auch, daß wir allein waren. Nun ist man in diesen Vehikeln niemals fern von irgend etwas, doch bei dieser Gelegenheit ließ die Nähe, gepaart mit unserer Abgeschiedenheit, den Augenblick für gekommen erscheinen, ihr die Worte zu sagen, von denen ich beschlossen hatte, daß sie sie hören müsse – freundliche (nicht harte, wie ich mir zuerst vorgenommen hatte), aber notwendige Worte.

Ich streckte meinen Arm nach ihr aus, in der Absicht, sie als Vorboten meines Friedensangebots an mich zu ziehen.

Aber sie weigerte sich, zu mir zu kommen.

Aufs höchste überrascht – denn derart abweisendes Verhalten

hatte bis dato noch nicht zum Repertoire ihrer Mängel gehört –, öffnete ich den Mund, um zu sprechen, doch sie kam mir zuvor und sagte: »Hättest du bitte die Freundlichkeit, hier drin im Wohnwagen nicht zu rauchen?«

Noch mehr erstaunt, ja geradezu verwundert (denn ihre Forderung war kleinlich), doch noch immer entschlossen, mich nicht aus meinem freundlichen Konzept bringen zu lassen, hob ich sanft an: »Meine liebe Frau . . .« und wollte gerade fortfahren, als sie mir ins Wort fiel.

»Mein lieber Mann«, sagte sie, mich doch tatsächlich nachäffend, »ich weiß, was du sagen willst. Ich weiß immer, was du sagen willst. Ich weiß alles, was du je gesagt hast und je sagen wirst.« Sie hielt kurz inne und fügte zuletzt mit fester Stimme und mir gerade ins Auge blickend hinzu: »In- und auswendig!«

Und ehe ich meine Geistesgegenwart wiederfand, war sie schon durch den Vorhang geschlüpft, die Stufen der Leiter hinuntergestiegen und mit dem Geschirrtuch in der Hand in der Dunkelheit verschwunden.

9

Das war ein Umsturzversuch.

Noch ehe ich allerdings Zeit hatte, mir zu überlegen, wie einem solchen Verhalten am besten zu begegnen sei, gewann die Bewußtlosigkeit eines tiefen und langen Schlafes, wie er das Los des Wohnwagenreisenden ist, die Oberhand. Fast augenblicklich, nachdem Edelgard den Wagen verlassen hatte, fiel ich, nur mehr ein Bündel schmerzender Glieder, in meine Koje und schlief ein. In diesem quasi bewußtlosen Zustand verharrte ich, bis Edelgard am folgenden Morgen die Elsa verlassen hatte.

Am Abend also hatte ich praktisch keine Zeit gehabt, über diese neue Seite ihres Charakters nachzusinnen, die das englische Klima hervorgekehrt hatte, noch fand ich im Laufe des Tages die Muße und die Zurückgezogenheit, deren ich bedurft hätte, um in Ruhe darüber nachdenken zu können. Während ich an der

Seite meines Pferdes über breite und dann wieder schmale Straßen marschierte, über gerade und kurvenreiche, über flache, bequeme und dann wieder hügelige, ermüdende Straßen, die Augen dabei prinzipiell fest auf den Boden geheftet, denn wenn ich aufschaute, so waren zur Rechten und Linken nur Hecken und vor mir nur die breite Rückfront der Ailsa, die jeden Blick versperrte, den es vielleicht hätte geben können, während ich also so marschierte, hatte ich das Gefühl, daß sich eine bleierne Abstumpfung über mich legte, eine Art dumpfer Geduld, wie ich sie (der ich ja alles beobachte) bei Ochsengespannen als hervorstechendsten Charakterzug bemerkt habe. Ich spürte eine Tendenz, mit jeder zurückgelegten Meile immer mehr die Züge einer für das Rindvieh typischen Schicksalsergebenheit anzunehmen.

Das Wetter an diesem Tag war scheußlich. Es wehte ein starker Wind, über uns hing ein bleigrauer Himmel, und sandiger Staub blies uns ins Gesicht. Als ich nach dem Aufstehen zwischen den Vorhängen hindurch nach draußen spähte, sah alles sehr kalt und ungemütlich aus. Der Medway – ein höchst mißlauniger Fluß – war schlammiger denn je. Die Blätter der Weidenbäume flatterten wild und zeigten ihre grauen Unterseiten. Es war schwierig, sich vorzustellen, daß man sich wahrhaftig hier befand, daß man wahrhaftig in diese Unbehaglichkeit hinausgehen mußte, um zu frühstücken, statt sich die Morgenmahlzeit zusammen mit der Zeitung in einem normalen Eßzimmer mit einem Ofen servieren zu lassen. Doch als ich schließlich aus dem Wagen trat, stellte ich fest, daß es gar nicht so unerträglich kalt war, wie es zunächst den Anschein gehabt hatte. Auch hatte kein Regen in der Nacht das hohe Gras durchnäßt und so kein weiteres unseren schon bestehenden Leiden hinzugefügt.

Alle saßen bereits unter den Weiden beim Frühstück, hielten sich mit der einen Hand die Hüte fest und versuchten, mit der anderen zu essen. Und alle miteinander schienen sie sehr vergnügt. Edelgard, die den Kaffee unter ihrem Kommando hatte, ging gerade mit der Kanne herum und füllte die Tassen frisch auf, wobei sie – obwohl sie mich kommen sah – über irgend etwas herzlich lachte, das gerade jemand zu ihr sagte. Wenn man bedenkt, unter welchen Umständen wir uns am Abend zuvor voneinander getrennt hatten, so wird man verstehen, daß mir diese Fröhlichkeit, gelinde gesagt, merkwürdig vorkam.

Ich nahm mir vor, unverzüglich um Porridge zu bitten. Zum Glück hatte der alte James die Milch nicht rechtzeitig besorgt, und so gab es keinen Porridge. Dadurch noch einmal davongekommen, aß ich Brot mit Corned beef und mit Marmelade, doch meine Füße waren vom gestrigen Tagesmarsch noch so wund, daß ich nicht in der Lage war, mein Frühstück zu genießen. Das Tischtuch wehte mir ins Gesicht, und mein Kleppermantel wäre vom Wind fast in den Fluß getragen worden, als ich ihn einen Augenblick losließ, um nach dem Sahnekännchen zu greifen. Ich gestehe, es war mir recht unerfindlich, wie sie alle so vergnügt sein konnten. Ich bin davon überzeugt, daß ich genauso gewillt bin, vergnügt zu sein, wie jeder andere Mensch, aber was soll amüsant sein an einem Frühstück auf einer zugigen Wiese, wenn alles flappt und flattert und der Kaffee bereits kalt ist, noch ehe man den ersten Schluck nimmt? Und doch waren sie alle ganz glücklich. Sogar Menzies-Legh, ein grauhaariger, ziemlich schlecht erhaltener Mann, ganz sicherlich ein gehöriges Stück älter als ich, machte Scherze und lachte mit den beiden Küken über seine eigenen Witze. Lord Sigismund und Jellaby beschrieben in den schillerndsten Farben, wie frisch und tatkräftig sie sich fühlten nach einem Bad, das sie um fünf Uhr früh im Medway genommen hatten.

Was für ein Aufenthaltsort für eine so frühe Morgenstunde! Der bloße Gedanke ließ mich schaudern. Nun, was den einen Mann tatkräftig macht, kann das Ende des anderen bedeuten; und ein Bad in diesem kalten, unfreundlichen Fluß hätte zweifellos mein Ende bedeutet. Ich konnte daraus nur schließen, daß die beiden, käsig und schwächlich, wie sie äußerlich erschienen, heimlich im Inneren aus dem zähesten Juchtenleder gemacht sein mußten.

Die Entdeckung überraschte mich. Nicht so sehr, daß Jellaby innerlich von lederner Natur sein mußte, denn wäre er es nicht gewesen, wie hätte er dann Sozialist sein können? Nein, daß ein Sohn aus einem so noblen Hause wie dem der Herefords nicht die dünnste und empfindlichste aller denkbaren Häute hatte, das erstaunte mich. Zweifellos aber vereinigte Lord Sigismund in sich – wie ein Rennpferd aus edelstem Geblüt – die zarte Haut einer Frau mit einer Charakterstärke und einem Geist, die sich von nichts und niemand einschüchtern ließen. Jedenfalls schüchterte ihn zumindest an diesem Morgen ganz sicher nichts ein, denn er saß am Kopfende des Tisches und betrachtete die Gesellschaft und das Essen mit so zufrieden strahlenden Blicken durch seine Augengläser, als spräche er, unbewußt bereits seiner zukünftigen Profession folgend, ein nicht endendes Tischgebet.

Ich glaube, sie müssen alle schon sehr früh auf den Beinen gewesen sein, denn außer den im Moment noch benutzten Tassen und Tellern war bereits alles verstaut. Sogar das Zelt lag schon sauber eingerollt bereit; es brauchte nur noch in einem der Wohnwagen verstaut zu werden. Soviel Geschäftigkeit nach den Strapazen des vorausgegangenen Tages erstaunte mich. Mehr aber noch überraschte mich der Umstand, daß ich von dem Lärm nichts mitbekommen hatte, der diese Aktivitäten doch unweigerlich begleitet haben mußte.

»Wie geht es Ihnen heute morgen?« erkundigte ich mich besorgt bei Frau von Eckthum, als ich sie allein hinter ihrem Wagen antraf. Ich hoffte, wenigstens sie hatte nicht zu hart arbeiten müssen.

»O danke, ausgezeichnet«, sagte sie munter.

»Nicht zu müde?«

»Ganz und gar nicht.«

»Ah – die Jugend, die Jugend«, flötete ich und schüttelte verspielt den Kopf, denn sie sah an diesem Morgen ganz besonders reizend und anziehend aus.

Sie lächelte, stieg in ihren Wohnwagen, ergriff den Staubwedel, und singend fing sie an, die Sachen im Wagen zu entstauben.

Einen Augenblick lang überlegte ich, ob auch sie ihre Tatkraft aus einem frühen Kontakt mit dem Medway gewonnen haben könnte (natürlich würde sie dafür einen abgelegeneren Teil desselben aufgesucht haben), so ungewöhnlich war diese Wortflut. Aber die bloße Vorstellung, daß dieser zarte Körper vom rüden Volumen des schlammigen Flußwassers eingehüllt und gar hin und her gestoßen worden sein könnte, war, wie mir schien, einfach unmöglich. Und doch, warum sollte sie so tatkräftig sein? Hatte nicht auch sie gestern die ganze weite Strecke zu Fuß in diesem Staub zurückgelegt? War es möglich, daß auch sie – trotz ihres poetischen Äußeren – innerlich aus Juchtenleder bestand? Was Frauen anbelangt, so habe ich meine Ideale. Außerdem glaube ich, daß irgendwo tief in mir ein Dichter versteckt ist. Und diese Dame ist von der Körperlosigkeit eines Mondstrahls, von einer Geistigkeit, die mitunter schon zur Verschwommenheit gerät, dies wiederum macht es mir eigentlich unmöglich, mit ihr ein Wort wie Juchtenleder in Verbindung zu bringen. Und doch, wäre sie nicht zäh wie Leder, wie könnte sie . . . aber ich schob diese Gedanken resolut beiseite und begann, mich auf die Abfahrt vorzubereiten, wobei ich mich mechanisch bewegte wie in einem trüben und eisigen Traum.

Das ist eine schreckliche Brücke, die die Engländer da über den Medway gebaut haben. Eine riesige, grau gestrichene Eisenkonstruktion, über die hinweg die staubige Straße verläuft und unter der hindurch der schlammige Medway fließt. Ich hoffe, daß ich sie nie wieder sehen werde, es sei denn in beruflicher Mission an der Spitze meines Bataillons. Am anderen Flußufer lag ein Ort namens Paddock Wood, auch dies, so schien mir, als ich ihn an jenem Morgen an der Seite meines Pferdes durchquerte, ein trostloser Flecken. Gerade durchbrachen ein paar Sonnenstrahlen die Wolkendecke, und der Wind mit dem unvermeidlich dazugehörigen Staub nahm zu. Was für ein August, dachte ich, was für ein Wetter, was für ein Ort. Ein August, ein Wetter und ein Ort, wie man sie nur auf den Britischen Inseln zu finden vermag. In Storchwerder herrschte jetzt das sommerliche Klima der Erntezeit, und so war es zweifellos auch in der Schweiz, wohin wir uns beinahe begeben hätten, und ganz sicherlich war es so in Italien. War das etwa eine angemessene Art, seine Silberhochzeit zu feiern, durch einen Ort namens Paddock

Wood zu trotten, ohne daß irgend jemand Notiz von mir genommen hätte, nicht einmal sie, die die rechtmäßige Partnerin dieses Jubiläums war? Die einzige Antwort, die ich bekam, als ich mir die Frage selbst stellte, war ein Mundvoll Staub.

Niemand kam, um neben mir zu gehen, und solange das so war, lief ich ziemlich abgeschnitten von den anderen, eingekeilt zwischen der Ailsa und der Ilsa, ohne die Möglichkeit, die Elsa zu verlassen, die, genau wie eine Frau, sofort auf Abwege geriet, sollte ich es nur versuchen. Da die Rückseite der Ailsa mir den Blick versperrte, war es mir nicht möglich zu sehen, wer mit wem vorne ging. Erst an einer scharfen Kurve sah ich etwas, und was ich sah, war Frau von Eckthum, die neben Jellaby ging, und neben diesem schritt an dessen anderer Seite – jawohl, bittesehr: Edelgard. Der junge Sozialist schlenderte gemütlich, die Hände in den Hosentaschen und die knochigen Schultern bis zu den Ohren hochgezogen, zwischen den beiden Damen und lauschte offensichtlich auf das, was Frau von Eckthum erzählte, denn er blickte sie immer wieder an, und zwischendurch lachte er, als amüsierte ihn, was sie sagte. Auch Edelgard, bemerkte ich, stimmte so unbeschwert in das Lachen ein, als gäbe es nichts in dieser Welt, womit sie ihre Gedanken belasten müßte. Als auch die Elsa in die Kurve einbog und mir dadurch der Blick nach vorn wieder verstellt war, schaute ich über die Schulter zurück nach hinten und sah, wie respektvoll und ganz seiner Herkunft verhaftet Lord Sigismund an der Seite seines Pferdes blieb und dabei gedankenverloren, allein von seinem Hund begleitet, seine Pfeife rauchte.

Hinter Paddock Wood und seiner flachen und trostlosen Umgebung begann die Straße langsam in Serpentinen anzusteigen. Sie wurde enger und weniger zugig und gab hier und da den Blick frei auf ein grüneres Land in der hügeligeren Ferne. Ja, die Landschaft verbesserte sich zusehends, je mehr wir uns Sussex näherten. Die ganze Zeit war ich alleine marschiert, und ich war vom beschwerlichen Marsch des Vortages noch zu müde, um irgend etwas anderes als düstere Beanstandungen zu haben. Es wäre nur zu natürlich gewesen, wäre ich Edelgards anhaltenden

Trotzes wegen aufs höchste ungehalten gewesen oder hätte mich die Gerissenheit wütend gemacht, mit der sie die ganze Last der Führung des Wohnwagens mir allein überließ, während sie dort vorne fröhlich mit Jellaby schäkerte. Die anderen freilich hätten sie, soviel war mir inzwischen schon klargeworden, kein Pferd führen lassen, selbst wenn sie sich freiwillig dazu erboten hätte. Immerhin aber wäre es ihre Pflicht gewesen, an meiner Seite zu gehen und sich, wenn meine Stimmung eben danach war, mein Murren anzuhören. Nun, ein vernunftbegabter Mann versteht zu warten. Er ist schließlich keine Frau, also verdirbt er eine Ehekrise nicht voreilig, indem er die Dinge überstürzt. Und wenn sich auf unserer Tour wochenlang keine Gelegenheit ergeben würde, blieben uns nicht Jahre in unserer Wohnung in Storchwerder, Jahre, die aus nichts anderem als guten Gelegenheiten bestehen würden?

Außerdem taten mir die Füße weh. Edelgard mußte wohl eine Stelle meines Strumpfes zu hastig gestopft haben, jedenfalls drückte diese Stelle mir auf die Zehen und gab mir das Gefühl, die Schuhe wären zu klein. Hinzu kam, daß mir dauernd kleine Steinchen in die Schuhe gerieten. Mit traumwandlerischer Sicherheit fanden sie die einzige Stelle, durch die sie hineinschlüpfen konnten, krabbelten dann Stück um Stück nach unten, mir bei jedem Abschnitt ihrer Wanderung neues Unbehagen schaffend, bis sie sich endlich unter die Socke vorgearbeitet hatten, wo sie blieben und mir bis zur nächsten Rast die größte Pein machten. Diese physischen Qualen, zu denen sich die endlose mechanische Marschiererei hinter der Rückseite der Ailsa gesellte, machten aus mir, wie ich schon sagte, gleichsam einen stumpfen, schicksalsergebenen Ochsen. Ich hörte auf, mich zur Wehr zu setzen. Ich dachte nicht mehr, ich schleppte mich einfach nur noch mühsam weiter.

Oben auf dem Hügel, an einem Kreuzungspunkt von vier Straßen, der ›Die Vier Winde‹ hieß (warum, wo es doch vier Straßen waren, die hier zusammentrafen, wissen wohl nur die Engländer), kam uns ein Automobil entgegen.

Das Vehikel röhrte mit einem unverschämten Schrei seines

Hupapparates um die Ecke, doch blieb dem Automobil der heisere Schrei sozusagen im Halse stecken, als es sah, was ihm da den Weg versperrte. Es zögerte, blieb stehen, fuhr schließlich respektvoll rückwärts, denn an dieser Stelle hätte es unmöglich an uns vorbeifahren können. Und in ein derart massives Objekt, wie ein Wohnwagen es darstellt, hineinzufahren, wäre einem Unterfangen gleichgekommen, dem selbst ein blutrünstiges Automobil sich nicht ausgesetzt hätte. Ich berichte die Begebenheit, weil es das ein und einzige erfreuliche Erlebnis jenes Morgens war. Als ich nämlich an der Reihe war, an dem Ding vorbeizumarschieren, da tat ich es mit gerade zurückgenommenen, straffen Schultern und hocherhobenen Hauptes, und ich sagte leise (aber sehr deutlich und betont): *»Roadhog!«*

Menzies-Legh hatte dieses Wort am Tag zuvor gebraucht, als er davon berichtete, wie eine solche »Wildsau der Straße« nicht weit von seinem Gut entfernt eine Frau überrollt hatte und, ohne auch nur Notiz von der armen Seele zu nehmen, weitergefahren war. Zwei volle Stunden hatte die verletzte Frau leidend auf der Straße gelegen, ehe ein Passant vorbeikam, gerade noch rechtzeitig, um sie sterben zu sehen. Und dabei hatte es sich um eine ziemlich junge Frau gehandelt, hübsch obendrein . . .

(»Ich begreife nicht, was das eine mit dem anderen zu tun haben soll«, versetzte der einfältige Jellaby auf meine Fragen, mit denen ich Menzies-Legh diese zusätzlichen Informationen über die überfahrene Frau entlockt hatte.)

Eingedenk also dieser schockierenden Begebenheit, trug ich größte Sorge, sehr deutlich zu artikulieren, als ich mein *roadhog* flüsterte, denn ich bin persönlich ein großer Verächter dieser Transportmittel, die ausnahmslos Eigentum der unverschämt Reichen sind. Die beiden Insitzer mit ihren Schutzbrillen müssen mich genau gehört haben, daran besteht kein Zweifel, denn sie schreckten regelrecht hoch, und sogar ihre Brillen schienen vor Scham zu schrumpfen. Während ich meinen Weg fortsetzte, belebte sich mein Geist mit jenem Wohlgefühl, das im allgemeinen denjenigen überkommt, der sich bewußt ist, den Mut gefunden zu haben, laut zu sagen, was er von einer schlechten Sache hält.

Auf dem Wegweiser, dem wir nun folgten, stand Dundale geschrieben, und während wir in Serpentinen abwärts gingen, verbesserte sich die Szenerie zusehends. Wälder zu unserer Linken schützten uns vor dem Wind, und zu unserer Rechten lagen ein paar hübsche Hügel. In der Talsohle – eine Senke, die wir nur mit Mühe und großer Vorsicht erreichten, denn lose Steinbrokken gefährdeten die Sicherheit der Hufe meines Pferdes, außerdem mußte ich dauernd hin und her springen und die Bremsenfunktion regulieren – fanden wir ein Gehöft mit einer Hopfendarre vor, der ein bequemes und in der Tat sehr einladendes Feld gegenüberlag.

Weit und breit war kein anderes Haus zu sehen. Keine Bevölkerung. Keine Eisenbrücke. Keine Esel. Kein Leierkasten. Nur weite Maisfelder, so reif, daß – obgleich der Himmel sich bewölkt hatte – sie aussahen, als strahlte die Sonne auf sie nieder. Zwischen diesen goldenen Maisfeldern lagen durch angenehmes Grün sich abhebende Hopfenfelder und kleine Wäldchen, die sich an die Hügel schmiegten. Es war ein geschützter Ort, und der Hof sollte uns zweifellos mit Lebensmitteln versorgen können. Allerdings fürchtete ich, meine pedantischen Reisegefährten könnten sich trotz der widrigen Erfahrungen des gestrigen Tages weigern, schon das Lager aufzuschlagen, da es erst ein Uhr war. Trotzdem ergriff ich kurz entschlossen die Initiative und dirigierte meinen Wagen direkt vor das Tor des Bauernhauses. Dadurch war die Ilsa hinter mir gezwungen, ebenfalls anzuhalten, und die Ailsa, die schon dabei war, vor mir um die Kurve zu biegen, wurde von meinem lauten und meisterhaften *Brrr* gestoppt.

»Ist was nicht in Ordnung?« fragte Lord Sigismund, der besorgt von hinten angerannt kam.

»Was ist los?« wollte auch Menzies-Legh wissen, der von vorn auf mich zukam.

Merkwürdigerweise hörten sie auf die Argumente der Vernunft; und doch wieder nicht so merkwürdig, denn ich habe schon oft bemerkt, daß Menschen bereit sind nachzugeben, wenn sie mit der festgefaßten, unerschütterlichen Absicht eines anderen konfrontiert werden. Man muß wissen, was man will – das ist das ganze Geheimnis. In einer Welt des beständigen Wechsels und der Unentschlossenheit ist allein der Fels in der Brandung derjenige, der bekommt, was er will.

Jellaby (der sich für unwiderstehlich hielt) erbot sich, zum Bauern zu gehen und bei ihm die Erlaubnis zu erbitten, auf seinem Feld biwakieren zu dürfen. Es freute mich ungemein zu sehen, daß er offensichtlich einen ziemlich dubiosen Eindruck gemacht hatte. Jedenfalls wollte der Bauer sich offensichtlich erst einmal durch eigenen Augenschein vergewissern, daß es sich bei der Gefolgschaft dieses merkwürdigen Vorboten um respektable Leute handele, ehe er irgend etwas zugestand, denn er kam zusammen mit Jellaby aus dem Haus. Ich wage zu behaupten, er hätte sich gegen uns entschieden, hätte er lediglich den Anblick Jellabys und der anderen Herren genossen, die wiederum hemdsärmelig dahergekommen waren. Als er jedoch meiner ansichtig wurde, der ich gut und vollständig gekleidet war, zögerte er nicht länger. Bereitwillig ließ er uns das Feld benutzen; empfahl uns sogar einen Abschnitt im unteren Teil desselben, weil er näher beim Wasser liege. Dann drehte er sich um und wollte wieder ins Haus gehen, um, wie er sagte, sein Essen nicht kalt werden zu lassen.

Doch wir, die wir ebenfalls zu speisen wünschten, konnten nicht mit dem bloßen Angebot eines Feldes zufrieden sein, sondern begannen sozusagen mit einer Stimme zu fragen, ob er Geflügel zu verkaufen habe.

Er sagte, er habe keins.

Eier vielleicht.

Er sagte, er habe keine.

Dann (verzweifelt) wenigstens Butter.

Auch die, sagte er, habe er nicht. Er kratzte sich am Kopf und hielt blöde nach einem Versteck Ausschau; dann fiel ihm ein, daß er ja sein Essen auf dem Tisch stehen hatte. Erneut auf diesen Umstand hinweisend, drehte er sich auf dem Absatz um und wollte zum Haus zurück.

Ich folgte ihm.

»Bringt die Wohnwagen zum Feld, ich werde mich um Proviant kümmern«, rief ich und gab ihnen Handzeichen. Die Vorstellung nämlich, einem Manne zu folgen, der zu seinem Mittagessen zurückkehrte, trieb mich zu noch größeren Meisterleistungen an.

Meine rasch gemachte Kalkulation war kurz die, daß er, auch wenn er vielleicht nicht genug für zehn Gäste hatte, doch sicherlich genügend für einen Gast haben mußte. Außerdem war er bestimmt froh, einen interessanten Fremden einladen zu können, der ihm hülfe, sein sonst einsames Mahl in Gesellschaft einzunehmen.

Auf dem kurzen Weg von der Straße zur Hintertür des Hauses (die Vordertür war durch wild wucherndes Unkraut verwachsen) plauderte ich freundlich und sehr flüssig von den Eiern und der Butter, die wir zu kaufen wünschten, wobei ich einen jovialen »Nun-komm-schon-Junge«-Ton anschlug.

»Ausländer?« fragte er, während ich noch sprach, und blieb auf der Türschwelle stehen, ganz so, als hätte er vor, sich hier von mir zu verabschieden.

»Jawohl, und stolz darauf«, antwortete ich, dabei in Gedanken vor meinem fernen Vaterland den Hut ziehend.

»Ah«, sagte er. »Na ja, über Geschmack läßt sich nicht streiten.«

Das war eine herbe Enttäuschung, denn ich meinte, es herrsche Einverständnis zwischen uns. Aber sein Verhalten war typisch britisch. Ich hätte sofort Konsequenzen gezogen, hätte mir nicht, als er die Tür öffnete, ein derart appetitanregender Duft in die Nase gestochen. In einem Zimmer mit geschlossenen Fenstern am Tisch zu sitzen und – ohne vorher erst dafür arbeiten zu müssen – ein Essen zu verspeisen, das zwischen Teller und Mund nicht kalt wurde, schien mir in diesem Augenblick ein so gesegnetes Schicksal, daß mir beinahe die Tränen in die Augen traten.

»Haben Sie denn niemals . . . Gäste?« fragte ich eilig und der Verzweiflung nahe, denn er war drauf und dran, mir die Tür vor der Nase zuzuschlagen.

Er stierte mich an. Rotgesichtig und bullig, wie er da stand, verlangte es seine persönliche Sicherheit, daß er nicht versuchte, dieses Mahl da drin alleine zu beenden.

»Gäste?« wiederholte er dumm. »Nä, ich hab' keine Gäste nich.«

»Armer Kerl«, sagte ich mit Bedauern in der Stimme.

»Ich weiß nix von 'nem armen Kerl«, polterte er und lief noch dunkler an.

»Aber ja doch, Sie sind der arme Kerl. Insofern nämlich, als ich annehmen muß, daß sie an diesem abgelegenen Ort niemals Gäste haben können und so verhindert sind, den hervorragendsten und edelsten aller Riten auszuüben, den der Gastfreundschaft nämlich.«

»Oho, Sie sind wohl einer von diesen verdammten Sozialdemokraten?«

»Sozialdemokraten?« echote ich.

»Na, die Typen, die rumgehen und uns so lange die Ohren vollquatschen damit, was richtig und was falsch ist, bis wir vor lauter Unzufriedenheit die Wut kriegen – weil das so ziemlich das einzige ist, was wir je kriegen«, sagte er mit einem Griemeln, das zugleich voller Spott war. Und – patsch! – schlug er die Tür zu.

Erfüllt von zwei Gewißheiten, zum einen der, völlig mißverstanden worden zu sein, und zum anderen, daß er mich mit größter Freude willkommen geheißen hätte, hätte er auch nur geahnt, daß ein Mitglied des Adels einer der ersten Nationen der Welt auf seiner Schwelle stand, welches bereit war, sein Gast zu sein – eine Chance, die er aller menschlichen Wahrscheinlichkeitsrechnung nach nie wieder bekommen würde –, klopfte ich heftig an seine Tür.

»Lassen Sie mich rein. Ich bin hungrig. Wissen Sie denn nicht, wer ich bin?« rief ich laut.

»Also gut«, sagte er und öffnete nach einer Weile, in der ich ihn drin hatte herumkramen hören, die Tür einen winzigen Spalt breit, »hier haben Sie ein Viertel Butter. Mehr hab ich nich. Is gesalzene. Frische hab ich nich. Schick sie immer gleich zum Markt, sobald sie fertig ist. Kostet *fourpence*. Sagen Sie's Ihren Herrschaften! Sie können's bezahlen, wenn Sie sich auf dem Feld eingerichtet haben.«

Und er drückte mir ein Stück weiche, ölige Butter auf einem Fetzen Papier in die Hand und schloß die Tür.

»Mann«, schrie ich aufs äußerste erregt und rüttelte am Türgriff, »Sie wissen nicht, wer ich bin. Ich bin ein Gentleman ... ein Offizier ... ein Adliger ...«

Er schob von innen den Riegel vor.

Als ich zu ihnen zurückkam, hatten meine Reisegefährten in einer Ecke am anderen Ende des Feldes, so nahe wie nur möglich im Schutz einer Hecke, bereits das Lager aufgeschlagen. Meine Butter wurde mit homerischem Gelächter begrüßt (wobei Jellaby am lautesten lachte). Dann machten er und die beiden Küken sich gleich zu einer neuen Tour auf, in Beherzigung meines guten Rates allerdings in eine andere Richtung. Doch alles, was sie zurückbrachten, war das Versprechen auf ein Huhn, abzuholen bei einem anderen Bauern am nächsten Morgen um sechs. Was aber sollte uns ein Huhn am nächsten Morgen um sechs? Hungrig waren wir jetzt! Folgerichtig war es nun an mir, ein homerisches Gelächter anzustimmen, und ich tat es ausgiebig. Doch schien ich mit meiner Vergnügtheit wenig Glück zu haben, denn die anderen waren nie zur selben Zeit vergnügt wie ich, und so lachte ich mal wieder alleine.

Jellaby, der so tat, als könnte er sich überhaupt nicht denken, was mich lachen machte, guckte verdutzt und sagte wie gewöhnlich: »Hallo, Baron, amüsieren Sie sich?«

»Natürlich«, versetzte ich schlau, »bin ich nicht allein zu diesem Behufe nach England gekommen?«

Wir aßen an diesem Tag die Reste des Schinkens und der Kartoffeln. Ein Versuch, die Kartoffeln zu braten – »als kleine Abwechslung«, wie Lord Sigismund mit naivem Humor verkündete –, schlug selbstverständlich fehl, denn der Wind blies so heftig, daß das Feuer nicht die nötige Temperatur erreichte. So gegen drei Uhr gaben wir den Versuch endgültig auf, kochten die Kartoffeln und verzehrten sie mit der Butter und dem Schinken. Aus Gründen, die uns allen unerfindlich blieben, war es diesmal der Schinken, der halb roh blieb.

Es war ein schlechter Tag. Ich hoffe nie wieder nach Dundale zu kommen. Das Feld, das sich oben auf der Anhöhe trocken und mit kurzgeschnittenem Gras präsentierte, war ausgerechnet an der Ecke, an der zu kampieren wir gehalten waren, genauso hoch bewachsen und ebenso sumpfig, wie es die Wiese beim Medway gewesen war, und obendrein war es hier genauso windig. Wir hatten (theoretisch) die Hecke zwischen uns und dem Wind, aber der Wind kümmerte sich nicht um die Hecke. Außerdem gab es hier einen ziemlich schwarzen, tief unter ein paar Erlenbäumen und Brombeersträuchern träge dahinfließenden Bach, der offenbar von einer besonders bösartigen Mückenart besetzt war. Während wir noch darüber nachdachten (zumindest ich grübelte darüber nach), was wir tun würden, um die Stunden bis zur Schlafenszeit totzuschlagen, und was für ein (wenn überhaupt irgendein) Essen wir haben würden, und wir darüber reflektierten (jedenfalls tat ich das), wie deprimierend doch das Grün und die Größe des Feldes waren, angesichts der Tatsache, daß dräuende Regenwolken tief über unseren Köpfen hingen, kam plötzlich das Mädchen Jumps durch die Brombeersträucher die Böschung dieses Baches heraufgeklettert und schrie, sie sei von einem wahrscheinlich unbekannten Insekt gestochen worden. Dann warf sie sich in das nasse Gras und begann sofort furchtbar anzuschwellen.

Alle waren bestürzt. Ich gestehe, auch ich war nicht unbewegt, denn ich habe noch nie in meinem Leben irgend etwas so schnell anschwellen sehen. Ihr Gesicht und ihre Arme bedeckten sich, während sie dort lag, mit dicken, roten, sich hoch aufwölbenden Flecken, und aus ihren unzusammenhängenden Äußerungen mußten wir schließen, daß genau dies auch mit dem Rest ihres Körpers geschah. Mir kam der Gedanke, daß wir mit dem Schlimmsten rechnen müßten, sollte es uns nicht gelingen, sie dazu zu bringen, aufzuhören derart anzuschwellen. Ich teilte Menzies-Legh meine diesbezüglichen Befürchtungen mit.

»Unsinn«, schnauzte er mich an. Aber ich nahm es ihm nicht übel, denn offensichtlich fürchtete er insgeheim dasselbe. Sie brachten das Mädchen in die Ilsa und legten es, wie ich erfuhr, ins Bett. Ich erwartete, nun mit allen anderen in alle Himmelsrichtungen ausschwärmen zu müssen, auf der Suche nach einem Arzt. Doch da kam glücklicherweise Mrs. Menzies-Legh aus dem Wagen und verkündete, Jumps habe zwischen ihren wilden Juckanfällen hervorkeuchen können, daß sie immer anschwelle, wenn sie von irgendeinem Viech gestochen werde, und daß man nichts weiter tun könne, als sie sich in Ruhe so lange kratzen zu lassen, bis der Anfall vorüber sei und sie wieder ihren normalen Umfang habe.

Ich atmete auf, denn die Suche nach einem Arzt zwischen Hecken und feuchten Gräben wäre sicherlich ein wenig erfolgreiches, dafür aber um so ermüdenderes Unterfangen gewesen. Erleichtert setzte ich mich auf den bequemsten der drei überhaupt verfügbaren Stühle und verbrachte den Nachmittag in bruchstückhafter Diskussion mit Jellaby, der immer mal wieder vorbeikam, und einer nicht unterbrochenen (und, wie ich wohl meinen darf, auch nicht unerfolgreichen) Unterhaltung mit Lord Sigismund, mit dem ich meine Freundschaft dergestalt zu vertiefen suchte, daß eine Einladung zu einem Treffen bei seiner durchlauchtigsten Tante, der Prinzessin zu Großburg-Niederhausen, als harmonisches Ergebnis daraus erfolgen würde.

Die Damen suchten nach Mitteln und Wegen, dem unglücklichen, noch immer trotzig geschwollenen Küken rasche Erleichterung zu verschaffen.

Außer Ingwerkeksen gab es nichts zum Abendessen.

»Aber das kannst du auch nicht erwarten«, erwiderte Edelgard empört, als ich sie (sehr zurückhaltend) deswegen befragte. »Schließlich haben wir eine Schwerkranke im Haus.«

»In was für einem Haus?« konterte ich, verständlicherweise kurz angebunden.

Ich hoffe, Dundale nie wiederzusehen.

10

Ich möchte an dieser Stelle alle meine Zuhörer, die – möglicherweise angefeuert durch mein Beispiel – den Wunsch hegen, eine ähnliche Reise zu unternehmen, dringend davor warnen, je nach Dundale zu gehen. Es ist ein trostloser Ort, ein Ort, an dem man Hunger leidet, ein Ort, der obendrein von einer allgegenwärtigen grauen Wolke eingehüllt ist, die unablässig einen feinen Nieselregen absondert. Abgesehen davon, daß dieser feine Regen ständig alles durchfeuchtet, wird er von neunmalklugen Leuten vom Schlage eines Jellaby als »Küstennebel« bezeichnet.

Wahrscheinlich bin ich ganz außerordentlich begriffsstutzig, denn es wollte mir nicht einleuchten, warum es einen Küstennebel geben solle, wo es doch weit und breit kein Meer gab.

»Nun, wissen Sie, wir befinden uns jetzt in Sussex«, entgegnete Jellaby auf meine diesbezügliche Bemerkung.

»Was Sie nicht sagen«, antwortete ich höflich. Als hätten Jellabys dumme Worte die Dinge erklären können; was sie selbstverständlich nicht taten.

Bis zu diesem Zeitpunkt waren wir, von der ersten Nacht abgesehen, trockenen Fußes vorangekommen. Nun setzte der Regen ein, und eine Wohnwagenreise bei Regen ist ein Erlebnis, dem man mit aller einem zu Gebote stehenden Charakterstärke und all seiner Philosophie entgegentreten muß. So groß der Vorrat an moralischer Kraft aber auch sein mag, er schwindet unwiederbringlich dahin, sobald einem die Regentropfen Stunde um Stunde in den Kragen rinnen. Und auch unten am anderen Körperende steigt die Nässe höher und höher. Denn während man seinen sogenannten häuslichen Pflichten nachkommt, stapft man ja durch hohes, völlig durchnäßtes Gras. Wenn dann schließlich die absteigende und die aufsteigende Nässe sich in der Mitte treffen, ist der ganze Mann bloß mehr ein unglücklicher Schwamm. Vermag er dann noch immer Begriffe wie »gesund« und »lustig« über die Lippen zu bringen, ist er entweder ein wahrer Philosoph vom Schlage eines Diogenes – und sollte unverzüglich in die wohlverdiente Tonne umziehen –, oder er ist ein Heuchler und Lügner. Ich hörte die beiden genannten Adjektive sehr oft an diesem Tag und teilte diejenigen, die sie gebrauchten, im stillen in die jeweils passenden Kategorien ein. Was mich selbst betraf, so zog ich es vor, nichts zu sagen, sondern lieber als Reaktion auf den anhaltenden Regen private Blüten des Stoizismus hervorzubringen.

Zum erstenmal war ich froh, laufen zu können, froh, mich vorwärts zu bewegen, froh über alles, das nicht Hilfestellung bedeutete für tropfende Damen, die tropfendes Frühstücksgeschirr unter einem tropfenden Regenschirm wegräumten, den elegant über ihren und meinen tropfenden Kopf zu halten ich mich bemühte. Wie gesund und lustig die Nässe auch sein mochte, sie machte die Gesellschaft deutlich schweigsamer als die Trockenheit. Als wir den Marsch wiederaufnahmen, taten wir es fast gänzlich wortlos. In gedrückter Stimmung wanderten wir im Sprühregen in südwestlicher Richtung durch Pinienwälder voller nasser Farnkräuter bis zu einem Ort namens Frant. Das kranke Küken lag noch immer zu Bett, und noch immer, wie man mir glaubhaft versicherte, kratzte es sich. In Frant schlugen wir, einem unerklärlichen Impuls Mrs. Menzies-Leghs folgend, eine südliche Richtung ein, wie es denn auf unserer ganzen Tour die unergründlichen Kapricen dieser Dame gewesen waren, die uns hierhin und dahin verschlugen.

Ständig studierte sie die Landkarten, und immer hatte sie während des Marsches eine Karte unterm Arm, aus der sie laut die Namen der Orte verlas, durch die wir kommen sollten. Jedesmal aber, wenn wir uns endlich entschlossen hatten, ihr Glauben zu schenken, stolperten wir über einen Wegweiser, der ihr konträr widersprach, indem er einen völlig anderen Ort anzeigte, einen Ort zumeist, von dem sie behauptet hatte, er sei abgelegen und befinde sich ohnehin in einer ganz anderen Gegend.

»Aber das macht doch nichts«, sagte sie dann mit einem Lächeln, dem zumindest ich mich niemals anschloß, denn ich habe meine eigene Meinung über das Weiberregiment, »die Hauptsache ist doch, daß wir unterwegs sind.«

Und so waren wir denn unterwegs und schwenkten, ihrer Eingebung folgend, nach Süden Richtung Frant. Dies aber bedeutete, daß wir eine einigermaßen bequeme Straße für die Unwägbarkeiten eines schmalen, hügeligen Feldwegs aufgeben mußten.

»Feldwege«, rief sie aus, »sind doch so unendlich viel schöner.«

Allerdings! Aber sie sind im allgemeinen auch unendlich viel hügeliger und meist so schmal, daß ein Wohnwagen, wenn er sich erst einmal auf diesem Pfad befindet, vorwärts muß, egal, was auch immer geschieht. Man kann nur noch still beten, es möge ihm auf seinem Weg, bis er nach vielen durchstandenen Ängsten wieder Zuflucht auf einer Landstraße nehmen kann, kein gerädertes Fahrzeug entgegenkommen. Dieser Feldweg verlief in der Tiefe zwischen turmhohen Hecken und bot auf einer Strecke von fünf Meilen keine einzige Ausweichmöglichkeit. Niemand wird glauben, wie lange es dauerte, diese fünf Meilen zu bewältigen, denn keiner unter den Zuhörern weiß – wie sollte er denn auch? –, was es heißt, drei Wohnwagen durch das Mittel des in der Spurrillefahrens einen Hügel hinaufzuexpedieren. Mrs. Menzies-Leghs Begeisterung für das Schöne (die in diesem Fall, muß ich betonen, unbefriedigt blieb, weil der sogenannte Küstennebel sich wie ein nasser grauer Umhang um uns legte) hatten wir es zu danken, daß wir auf einen schon fast gebirgigen Pfad gerieten. Die ganze Zeit mußten wir in der Spurrille fahren, das heißt, immer nur ein Wohnwagen kam mit der kombinierten Kraft aller drei Pferde voran. Er blieb dann beim jeweils erreichten Etappenziel stehen, während wir mit den Pferden zu den anderen Wagen zurückkehrten, die am Fuße des Hügels warteten. Ich habe noch nie in meinem Leben eine solch endlose Kette von Hügeln gesehen. Wenn das Spurrillenfahren einen Mann keine Geduld lehrt, dann wüßte ich gern, was denn sonst dies vermöchte.

Als man mein Pferd ausschirrte, um es vor die Ailsa zu spannen, gedachte ich eigentlich, mich in der Elsa auf der gelben Kiste auszustrecken und, während ich auf die Rückkehr meines Tieres wartete, gemütlich eine Zigarre zu rauchen. Leider fand ich Edelgard im Wagen vor, die damit beschäftigt war, ihre Strümpfe zu stopfen.

Das war sehr unangenehm, denn ich hatte seit ihrem merkwürdigen Benehmen an jenem Abend beim Medway kaum mit ihr gesprochen, und wenn, dann nur mit der reserviertesten Höflichkeit. Doch festen Willens, der Herr in meinem eigenen Haus (sozusagen) zu bleiben, hätte ich meinen Entschluß trotz ihrer Anwesenheit ausgeführt, hätte sich nicht die Stimme von Menzies-Legh, von dem ich dachte, er wäre mit den anderen den Hügel hinaufgegangen, in unmittelbarer Nähe meines Wagens mit der hartnäckigen Frage vernehmen lassen, wo ich denn stecke. Ich bedeutete meiner Frau mit Hilfe des hastig auf die Lippen gelegten Zeigefingers, still zu sein.

Hält man es für möglich? Sie blickte mir doch tatsächlich voll ins Gesicht, und mit den Worten: »Warum solltest du nicht auch helfen?« riß sie das Fenster auf, um hinauszuposaunen, daß ich mich im Wagen befände!

»Kommen Sie, Baron, legen Sie ein bißchen Hand an«, sagte Menzies-Legh von draußen. »Es geht steil aufwärts, wir müssen von hinten schieben, und wir brauchen alle nur denkbare Hilfe.«

»Bin sofort zur Stelle«, rief ich, freudigen Übereifer demonstrierend. Aber im Hinausgehen warf ich Edelgard rasch einen aussdrucksstarken, ärgerlichen Blick zu.

Sie freilich tat so, als wäre sie ganz in ihre Arbeit versunken.

»Ihr Sozialisten«, sagte ich zu Jellaby, an dessen Seite zu schieben ich eingeteilt war, »haltet wohl nichts von der Ehe, was?«

»Wir – halten – nichts – von – Tyrannen«, keuchte er so kurzatmig, daß ich ihn verdutzt anblickte, denn ich selbst hatte jede Menge Luft. Jedoch ganz abgesehen davon – was für eine Antwort!

Ich zuckte still die Achseln und ging schweigend weiter. Oben auf dem Hügel angekommen, war er so erhitzt und außer Puste, daß er überhaupt nicht sprechen konnte, und genauso ging es den anderen, während ich nicht nur völlig ruhig atmete, sondern sogar zum Plaudern aufgelegt war.

»Na, meine Herren«, hänselte ich diese keuchenden Memmen, die sich die schweißtropfenen Stirnen wischten, »Sie sind wohl nicht sonderlich in Übung, wie?«

»Aber Sie, Baron – Sie sind es ganz zweifellos«, japste Menzies-Legh. »Sie sind völlig frisch.«

»O ja«, stimmte ich bescheiden zu. »Ich bin in bester Kondition. In unserer Armee sind alle Männer in guter Kondition, bereit, jeden Moment . . .«, aber ich hielt inne, denn ich war drauf und dran gewesen zu sagen: »Die Engländer zu verputzen«, als mir einfiel, daß es wohl besser wäre, die zukünftige Beute nicht vorzeitig über ihr Schicksal zu informieren.

»Zuzuschlagen und zu siegen«, beendete Lord Sigismund meinen Satz.

»Und Europa in die Luft zu jagen«, ergänzte Jellaby.

»Mobil zu machen«, mischte sich jetzt auch Menzies-Legh ein. »Und zwar zu Recht und gründlich.«

»Nein, nein, sehr zu Unrecht«, sagte Jellaby. »Du weißt«, fuhr er mit jener hitzigen Kampfbereitschaft an seinen Gastgeber gewandt fort, die den Männern des Friedens typischerweise eigen ist (denn der einzig wirklich ruhige und gelassene Mensch ist unser gut durchtrainierter und bestens ausgerüsteter Soldat), »du weißt sehr gut, und du stimmst doch auch mit mir darin überein, daß der Krieg eine höchst unnötige . . .«

»Hören Sie mal, junger Freund«, unterbrach ich und streckte die Brust raus, »vergessen Sie bitte nicht, daß Sie sich in Gegenwart eines seiner Repräsentanten befinden . . .«

»Laßt uns den nächsten Wagen holen«, fiel mir Menzies-Lengh ins Wort und drückte mir dabei den Zügel meines Pferdes in die Hand. Während ich nun den Gaul den Hügel hinunterführte, war ich so ängstlich darauf bedacht zu verhindern, daß das Biest stolpert und ich dann weiß der Himmel was für Summen aufzuwenden hätte, um seine gebrochenen Knochen richten zu lassen, daß ich für den Moment unfähig war, Jellaby meine vernichtenden Argumente entgegenzuschleudern.

Gegen vier Uhr am Nachmittag fanden wir uns durchweicht und hungrig in den Außenbezirken eines Ortes namens Wadhurst. Es schien klug, nicht näher zu gehen, es sei denn, wir wären bereit gewesen, durch den ganzen Ort hindurchzuziehen. Seinen Villenvorort hatten wir bereits erreicht; die ersten hinter ordentlichen Zäunen stehenden Rhododendronbüsche ließen schon das auf ihnen gesammelte Regenwasser auf uns tropfen, während wir an ihnen vorbeizockelten. Zu ermüdet, um den Zug durch die ganze Stadt in Angriff zu nehmen, um so zu den dahinterliegenden Feldern zu gelangen, wählten wir das erstbeste Feld zur Linken der braunen, von Pfützen übersäten Straße. Es war ein gelbes Stoppelfeld, zwar knatschig, doch längst nicht so durchfeuchtet wie das lange Gras. Obwohl es nichts zu bieten hatte außer einer baumlosen Hecke, die uns vor den neugierigen Blicken etwaiger Wanderer schützen konnte, hatte es doch zumindest ein außerordentlich günstig gelegenes, ungewöhnlich breites Gatter. Man beachte diese Wichtigkeit, die Felder und Gatter bekamen! In der Tat hat alles, was sonst keinerlei Bedeutung hat, mit einem Male die höchste Wichtigkeit – das ist die Tragödie des Reisens im Wohnwagen!

Diesmal begab sich das Ehepaar Menzies-Legh auf die Suche nach dem Eigentümer, dessen Erlaubnis zu erbitten war. So erniedrigt waren wir – und konnte die Erniedrigung noch weiter gehen? –, daß wir mit dem Hut in der Hand um Erlaubnis betteln mußten, ein ärmliches Feld ein paar Stunden lang okkupieren zu dürfen. Ja, es durfte unseren Stolz nicht verletzen, bei Personen um Gunstbezeigungen bitten und betteln zu müssen, die oft genug ungebildet, des Lesens und Schreibens nicht mächtig, doch von einer unvergleichlichen Selbstsucht und Gier getrieben waren, wie beispielsweise mein Freund in Dundale.

Während sie unterwegs waren, warteten wir anderen, eine traurige Kette von Vehikeln und Menschen in einer Welt aus Schlamm und Sprühnebel. Frau von Eckthum, die mich hätte aufmuntern können, blieb fast den ganzen Tag unsichtbar, denn sie kümmerte sich (zweifellos mit engelhafter Geduld) um das kränkelnde Küken. Edelgard und Jane verzogen sich ins Innere der Elsa und lehrten einander Sprachen. Ich lehnte am Gatter und starrte vor mich hin. Der alte James, ein Bild tropfender Geduld, blieb bei seinem Pferd, und Lord Sigismund und Jellaby, ganz so, als hätten sie noch nicht genug Bewegung gehabt, gingen auf der Straße auf und ab und unterhielten sich.

Vom Klang ihrer sich nähernden und dann wieder entfernenden Schritte abgesehen, war die Stille durch nichts unterbrochen. Es war ein lautloser Regen, er pladderte nicht, dennoch rann das Wasser über die Flanken der Pferde und über die Außenwände der Wohnwagen, ja, es drang, wie ich später entdeckte, durch den grünen Wandbehang der Elsa und hinterließ vom Dach bis zum Fußboden einen langen schwarzen Streifen.

Ich frage mich, was meine Freunde zu Hause wohl gesagt hätten, wenn sie mich so hätten sehen können. Kein Schutz, kein Rückzugsort, keine Ruhe. Diese drei Negativa fassen meiner Meinung nach das Erlebnis eines Urlaubs im Wohnwagen vollständig und ziemlich genau zusammen. Du kannst nicht rein in den Wagen, denn wenn du es tust, dann findest du ihn entweder schon von deinem Eheweib besetzt, oder, solltest du dich während der Fahrt darin aufhalten, wird bestimmt wie aus dem Nichts plötzlich ein Jellaby auftauchen, um dir vom Fenster aus zuzurufen, ob du nicht bemerkt habest, daß dein Pferd ganz in Schweiß sei. An jedem Rastplatz gibt es nichts als Arbeit – und, meine lieben Freunde, was für eine Arbeit! Arbeit, von der man sich in seinem geordneten häuslichen Leben nichts hätte träumen lassen. Und nichts, absolut nichts, außer dieser Arbeit, denn muß man nicht essen? Und kaum daß man sein Essen verzehrt hat, geht es gleich weiter, ohne Pause und ohne jegliche Muße oder ein wenig Meditation, die doch so empfehlenswert sind nach dem Essen, denn es beginnt jene schrecklichste und verfluchteste Art der Aktivität, der Abwasch nämlich. Wie es überhaupt dazu kam, daß diese Aufgabe nicht von vornherein den Frauen vorbehalten blieb, ist mir unerfindlich. Sie sind doch von Natur aus für diese Arbeit vorgesehen und empfinden sie folglich nicht als unangenehm. Da ich mich jedoch in der Minderheit befand, verfügte ich nicht über die Macht der Einmischung. Auch gelang es mir nicht immer, mich der Verpflichtung zu entziehen. Schlugen wir das Lager sehr früh auf, so enthüllte das Tageslicht einen jeden meiner Schritte. Und war endlich alle Arbeit erledigt, schien das Bett der einzige Ort zu sein, an den man sich zurückziehen konnte. Nun hegt ein intelligenter Mann kein Bedürfnis, um acht Uhr zu Bett zu gehen. Worin aber sollte das Vergnügen bestehen, bei diesem unfreundlich kalten Wetter draußen vor der Tür zu sitzen?

Wir hätten, was das Wetter anlangte, unglaubliches Pech, versicherte man mir. Nun, schon während des Tages hatte ich überreichlich frische Luft geschnappt. Wenn dann der Abend hereinbrach, waren frische Luft und Aufenthalt im Freien die beiden Dinge, die mir am verhaßtesten waren. Außerdem gab es nur drei einigermaßen bequeme Stühle, in denen ein Mann sich hätte ausstrecken können, um gemütlich seine Zigarre zu rauchen. Diese freilich nahmen, ohne auch nur ein vorheriges Angebot an die anwesenden Herren zu richten, ganz selbstverständlich die Damen für sich in Beschlag. Es kam der totalen Verkehrung guter alter Sitten gleich, als ich Edelgard auf einem der bequemen Stühle Platz nehmen sah, so völlig gleichgültig gegenüber dem, was ich dabei denken oder empfinden mochte, daß sie nicht einmal in meine Richtung schaute. Wie lebhaft erinnerte ich mich bei solchen Gelegenheiten meines Ruhesessels in Storchwerder, der, einem Heiligtum gleich, von ihr während meiner Anwesenheit nicht einmal berührt wurde. Sicher wagte sie, dessen bin ich gewiß, auch während meiner Abwesenheit nicht, sich in diesem Sessel niederzulassen, so groß war einst ihre Achtung vor mir.

Nun, unser Sprichwort, das den deutschen Gentleman, der sich anschickt, auf seine wohlverdiente Urlaubsreise zu gehen, so treffend beschreibt, ist heute so klug und weise wie an dem Tag, als es geprägt wurde, lautet es doch: »Wer seine Frau liebt, der läßt sie zu Hause.« Ich jedenfalls begann zu begreifen, daß es aus dem Wald zurückschallte, wie ich hineingerufen hatte.

Die Menzies-Leghs kamen freudestrahlend zurück – und ich bitte den Grund dieses Strahlens und die zugleich implizierte Armseligkeit zu beachten! Die Frau des Feldbesitzers war nicht rüde und abweisend gewesen, vielmehr hatte sie ihnen, außer ihnen die Erlaubnis zur Benutzung des Feldes einzuräumen, auch noch ein Kilo Bratwürste verkauft, dazu die kalten, von ihrem Mittagsmahl übriggebliebenen Kartoffeln, eine Kanne Milch, ein Stück Butter sowie ein Bündel Feuerholz. Außerdem waren die beiden an einem Bäckerkarren vorbeigekommen und hatten einige Laibe Brot erstanden.

Dies war so weit, so gut – besonders die Kartoffeln, die weder geschält werden mußten noch Geduld erforderten, bis sie sich bequemten, gar zu sein. Ich bitte freilich zu beachten, daß all dies nur einen weiteren Beweis für unsere niedrige Einstufung durch den Rest der wohlversorgten Menschheit darstellte. Hier in meinem eigenen Haus in Storchwerder, wo diese Ereignisse in blauer Ferne liegen – wie Menzies-Legh und Jellaby es wohl ausdrücken würden –, erscheint es mir höchst befremdlich, daß bloße Bratwürste und kalte Kartoffeln mich zu Jubelrufen hatten animieren können.

Wir begaben uns sofort auf das Feld in der Nähe der Hecke, und im Schutz der Ilsa (die als letzte hereingekommen war) entfachten wir unser Feuer. Auf Grund des unglücklichen Umstandes, der einzige zu sein, der einen Regenschirm mitgebracht hatte, war ich dazu verurteilt, diesen Schirm schützend über die Bratpfanne zu halten, während Jellaby auf einem der Spirituskocher die Bratwürste zubereitete. Meiner persönlichen Wahl entsprach dieser Dienst wahrhaftig nicht, denn der Schutz der Würste bedeutete zwangsläufig – auch wenn ich mich sehr um das Gegenteil bemühte – den Schutz dieses Jellaby. Was für eine groteske Situation für einen Offizier von adligem Stande und feiner Bildung, der voll ist mit aristokratischem Gedankengut und möglicherweise (denn ich bin ein sehr gerechter Mensch) auch das eine oder andere Vorurteil hegt – Folge edler Geburt und Erziehung, denn eine andere Form der Geburt und Bildung erkenne ich nicht an –, was für eine haarsträubende Situation, dastehen und mit einem Schirm einem britischen Sozialisten den Rücken trockenhalten zu müssen!

Leider kann man diesen und anderen Abnormitäten nicht entfliehen, wenn man mit dem Wohnwagen reist. Ständig tauchen sie auf, und sosehr man auch versuchen mag, sich ihnen zu entziehen, die Wasser peinlich kompromittierender Situationen brechen sich unablässig Bahn und zerren an den Nerven eines feinfühligen Menschen. Nur zu gern hätte ich dem Regen seinen Willen auf Jellabys Rücken gelassen, doch was wäre dann aus den Würsten geworden? Als sie sich in der Pfanne drehten und wanden, ganz der sie leitenden Gabel ergeben, da konnte ich mich nicht dazu finden, das melodiöse Brutzeln auch nur durch einen einzigen Wassertropfen zu stören. Also stand ich da und tat mein Bestes, nur froh, daß mir jegliche gesellschaftliche Peinlichkeit durch den Umstand erspart blieb, daß keiner meiner Freunde mich sehen oder beoabachten konnte. Die beiden anderen Herren waren inzwischen damit beschäftigt, die Kartoffeln aufzuwärmen, um sie dann in Püree zu konvertieren, während sich die Damen – nach dem Wohlgeruch zu urteilen, der den Wagen entströmte – darum bemühten, Kaffee zu kochen.

Trotz des Regens hatte sich eine kleine Meute Schaulustiger beim Gatter versammelt. Auf ihren Gesichtern lag sowohl Staunen als auch Mitleid, doch waren dies Gesichtsausdrücke, an die wir uns längst gewöhnt hatten, denn – ausgenommen schöne Tage –, waren das die Ausdrücke, die jedes Gesicht, das uns beobachtete, unverzüglich annahm. Es sei denn, es wäre das Gesicht eines kleinen Jungen gewesen. Ein solches Frätzchen überzog sich alsbald mit größter Freude und Begeisterung; eine Begeisterung freilich, die sich aus dem Vergnügen speiste, ein würdiges Objekt zum Steineschmeißen gefunden zu haben, eine Tätigkeit, die, wenn wir vorbeizockelten, meist zusätzlich von einem Bombardement wüster Ausdrücke begleitet wurde.

»Gleich werden sie knusprig braun werden«, verkündete Jellaby, der bei der Pfanne hockte und die Würste unermüdlich mit seiner Gabel wendete.

»Ja«, stimmte ich ihm zu. »Was für ein schöner Anblick, wenn man hungrig ist.«

»Das walte Gott«, sagte er. »Das Reisen im Wohnwagen lehrt einen Dankbarkeit für die kleinen Dinge, nicht wahr?«

»Ja«, versetzte ich, »wenn es denn welche gibt.«

Schweigend drehte er die Würstchen mit der Gabel.

»Sie sind noch immer sehr blaß«, bemerkte ich nach einigen Minuten.

»Ja«, gab er zu.

»Meinen Sie, daß es gut ist, sie so unablässig zu wenden?«

»Na ja, aber sie sollen doch rundum braun werden.«

»Im Augenblick sind sie aber nur rundum rosa.«

»Geduld, mein lieber Baron. Es wird schon werden.«

Ich beobachtete ihn während eines weiteren Schweigens von einigen Minuten.

»Verfügen Sie, mein lieber Jellaby«, fragte ich schließlich, »wahrhaftig über die nötige Kenntnis, wie eine Wurst zu behandeln ist?«

»Aber ja doch; sie müssen jeden Moment Farbe annehmen.«

»Aber sehen Sie doch nur, mit welcher Hartnäckigkeit sie völlig blaß bleiben. Wäre es in Anbetracht der vorgerückten Stunde nicht klüger, meine Frau zu bitten, die Würste zu braten?«

»Waaas? Die Baronin hier draußen auf dem nassen Stoppelfeld?« rief er mit solchem Nachdruck, daß mir die Stunde gekommen schien, endlich den Schlag zu führen, der so lange schon hatte warten müssen.

»Wenn eine Dame«, führte ich mit größter Dezidiertheit aus, »bereits vierzehn Jahre lang ohne Unterbrechung gekocht hat – und zwar seit ihrem sechzehnten Lebensjahr –, dann darf man diese Aufgabe, wenn sie die Dreißig erreicht hat, wohl getrost weiterhin ihren Händen überlassen.«

»Unglaublich!« rief er.

Zuerst dachte ich, er spiele auf die Enthüllung bezüglich des Alters von Edelgard an und auf die Tatsache, daß er sich darüber gründlich getäuscht hatte. Da er aber seinem Ausruf nichts weiter hinzufügte, fragte ich schließlich: »Was ist unglaublich?«

»Wieso sollte sie für uns kochen? Wieso sollte sie hier in diese nasse Kälte herauskommen, um für uns zu kochen? Wieso sollte überhaupt irgendeine Frau vierzehn Jahre lang ohne Unterbrechung kochen?«

»Sie tat es freudig, bester Jellaby, zum Wohle und zum Erhalt ihres Ehemannes, wie es übrigens jede tugendhafte Frau tun sollte.«

»Ich glaube«, versetzte er, »es würde mich ersticken.«

»Was würde Sie ersticken?«

»Das Essen, das von einer unablässig schuftenden Ehefrau zubereitet wird. Warum sollte sie wie eine Dienstmagd behandelt werden, wenn sie nicht einmal Lohn erhält oder das Privileg hat, kündigen und dann gehen zu können?«

»Keinen Lohn? Ihr Lohn, junger Herr, ist das Wissen, daß sie ihrem Ehemann gegenüber ihre Pflicht erfüllt hat.«

»Mager, sehr mager«, murmelte er und bohrte seine Gabel in die Wurst.

»Und was das Weggehen anbelangt, so muß ich schon sagen, es erstaunt mich, daß Sie diesen Gedanken mit einer ehrbaren, tugendhaften Dame in Verbindung bringen.«

Tatsächlich war das, was er da von sich gegeben hatte, derart lächerlich und jugendlich unausgegoren, so offensichtlich unverheiratet, daß ich in meinem Mißvergnügen den Schirm einen Augenblick lang schiefhielt. Die dicken Tropfen, die sich am Ende der Speichen der einen Seite gesammelt hatten, fielen Jellaby auf den gekrümmten Rücken und in den quasi kragenlosen Nacken (denn er trug ein Flanellhemd, das mit flapsiger Entschuldigung lediglich einen weichen Kragen aus demselben Material aufwies).

»Hallo«, rief er, »Sie lassen ja die Würste ganz naß werden, Baron.«

»Sie sprechen, mein lieber Jellaby«, setzte ich meine Ausführungen mit größter Ruhe fort, dabei jedoch leider gezwungen, den Schirm wieder in seine ursprüngliche Position zu bringen, »mit abgrundtiefer Ignoranz. Was wissen Sie denn schon vom Eheleben? Ich dagegen bin bestens qualifiziert, mich darüber auszulassen, denn ich habe, wie Sie wahrscheinlich nicht wissen werden, da die Familienchroniken des *Gothaer Almanachs* wohl nicht gerade in den Bereich der von Ihnen bevorzugten Lektüre fallen, bereits die zweite Ehefrau.«

Ich muß mich wohl geirrt haben, aber einen Moment lang

bildete ich mir ein, gehört zu haben, wie er mit leiser Stimme etwas murmelte, und zwar: »Gott stehe Ihnen bei!« Ich war natürlich sehr bestürzt; mit gebotener Förmlichkeit erkundigte ich mich: »Ich bitte um Entschuldigung, wie sagten Sie soeben?«

Doch er grummelte nur Unverständliches über seiner Pfanne, und so mußte ich vermuten, ihm Unrecht getan zu haben. Die Würste seien nun fertig, verkündete er plötzlich mit einem Unterton von Trotz in der Stimme, was allerdings nichts anderes hieß, als daß ihr Füllsel, aus welchem unerfindlichen Grund auch immer, sämtlich aus der Pelle gequollen war (die nun schlaff und leblos und noch immer rosafarben in der Pfanne lag) und die Würste nun eher einem Haschee aus Hackfleisch glichen. Er erhob sich aus seiner hockenden Stellung, löffelte das Haschee in eine Schüssel, verlangte weiterhin die ununterbrochene Begleitung meines Schirms und machte die Runde zu den Fenstern der Wohnwagen, aus denen heraus die Damen sich bedienten.

»Ja und wir?« verlangte ich schließlich zu wissen, denn als er beim dritten Fenster angelangt war, kehrte er erneut zum ersten zurück. »Was ist mit uns?«

»*Uns* wird gleich was kriegen«, blaffte er – unter Mißachtung aller Grammatik – und reichte die bereits traurig geleerte Schüssel zum Fenster der Ilsa hinein.

Frau von Eckthum lächelte und schüttelte den Kopf, denn zum Glück schien das kranke Küken sich noch immer mit Ekel von allem Eßbaren abzuwenden. Lord Sigismund folgte uns mit seinem Kartoffelpüree, und als Gegenleistung für diese Art der Bedienung ließ Edelgard sich dazu herab, uns Tassen voll dampfenden Kaffees durch ihr Fenster zu reichen, während Mrs. Menzies-Legh uns mit Butterbroten versorgte.

Meinen geneigten Freunden fällt vielleicht die merkwürdige Beständigkeit und Geduld auf, mit der wir Kaffee tranken. Ich höre sie schon sagen: »Warum dieser ewige Kaffee?« Und ich kann sie auch fragen hören: »Wo war der Wein, das Getränk für Herren? Wo blieb das Bier, das richtige Getränk für den Mann mit Mark und Muskeln?«

Die Antwort darauf heißt schlicht: nirgends. Keiner von ihnen trank je irgend etwas Aufmunternderes als Wasser oder jene merkwürdige Flüssigkeit, die angeblich so belebend sein soll und den vielversprechenden Namen *Ginger-beer* führt. Allein zu trinken hatte ich keine Lust. Schließlich war da Frau von Eckthum, die mich beobachtete und die schon bei Beginn unserer Tour ihrem Erstaunen darüber Ausdruck gegeben hatte, daß irgendein Mensch ein Getränk zu sich zu nehmen wünsche, das sie als »berauschend« bezeichnete.

»Meine liebe Dame«, hatte ich protestiert – sehr zart, versteht sich –, »Sie wollen doch wohl nicht, daß ein Mann Milch trinkt?«

»Warum nicht?« hatte sie geantwortet. Doch selbst wenn sie sich derart dumm zeigt, hört sie nicht auf, äußerst attraktiv zu sein.

Während des Marsches freilich fand ich oft Gelegenheit, mich für die Phasen der Abstinenz schadlos zu halten, indem ich rasch in einen der Gasthöfe schlüpfte und dort heimlich einen ehrlichen Krug Bier stemmte, während die saftlosen Memmen draußen blieben, ihre Bananen mümmelten und an ihrer Milch nippten.

Sie, meine Freunde, werden natürlich fragen: »Wieso heimlich?«

Nun, ich war in der Minderheit; eine Position, die einem Mann gehörig den Spaß verderben kann – jedenfalls den öffentlichen Spaß. Und da, wie berichtet, meine Frau sich entschlossen hatte, mir in den Rücken zu fallen, besetzte ich die gesamte Minorität völlig allein. Nun bin ich aber ein sehr rücksichtsvoller Mann, der nicht gerne etwas tut, was gegen den Strich geht (den Strich anderer Leute), denn ich bin immer der Tatsache eingedenk, wie sehr ich darunter leide, wenn Menschen etwas tun, was mir gegen den Strich geht. Außerdem (aber das werden Sie nicht verstehen und nachvollziehen können, denn ich weiß, Sie können sie nicht ausstehen) war Frau von Eckthum immer zugegen und beobachtete mich.

11

In jener Nacht änderte der Regen seinen Charakter. Die Vorspiegelung, bloß ein Nebel zu sein, legte er ab und prasselte donnernd mit dicken Tropfen auf das Dach des Wohnwagens. Ein solches Höllenspektakel veranstaltete er, daß ich davon erwachte. Ich riß ein Streichholz an und stellte fest, daß es drei Uhr in der Frühe war und ich einen furchtbaren Alpdruck gehabt hatte – mir träumte, ich nähme ein Bad. Nun erkannte ich den Grund dafür: Das Wasser drang durch die Wagenplanken ein und tropfte mir langsam, aber regelmäßig auf den Kopf.

Es war die schiere Trostlosigkeit. Um drei Uhr morgens kann ein Mann nur ein wenig Initiative aufbringen, und es kam mir einfach nicht der Gedanke, mein Kopfkissen an das Fußende des Bettes zu legen, wo alles trocken war. Erst am Morgen, als ich sah, daß Edelgard zu dieser Maßnahme gegriffen hatte, kam auch mir unverzüglich dieser Geistesblitz. Doch dann tröstete ich mich mit der Einsicht, daß eines meiner beiden Enden in jedem Falle naß geworden wäre. Selbst wenn also mein Kopf trocken geblieben wäre, so hätten doch meine Füße (wenn man den Ärzten Glauben schenken darf, sehr viel empfindlichere Körperteile) die Spritzer abbekommen. Übrigens war auch ich nicht ganz und gar hilflos gewesen angesichts dieser neuen Kalamität. Nachdem ich erwacht war, hatte ich Edelgard zugerufen, daß ich aufgewacht sei und, obgleich ich mich doch ganz offensichtlich im Inneren des Wagens befände, ich dennoch irgendwie im Regen stünde – ein Umstand, der mich wahrhaftig verwirrte. Edelgard hatte darauf nicht geantwortet, entweder weil sie mich bei diesem Getöse nicht hatte hören können, oder sie hatte mich nicht hören wollen, vielleicht aber auch hatte sie tatsächlich fest geschlafen. Jedenfalls blieb jede Reaktion von ihr aus, und so erhob ich mich selbst und holte meine Kulturtasche (ein neuer und sehr geräumiger Beutel), leerte ihren Inhalt aus und stülpte sie mir über den Kopf.

Ich behaupte, das war Findigkeit. Ein Kulturbeutel ist nur eine Kleinigkeit, genauso wie es eine Kleinigkeit ist, sich seiner zu erinnern. Doch sind es nicht Kleinigkeiten dieser Art, die bei den entscheidenden Schlachten der Weltgeschichte zu den Siegen führten? Es sind solche Kleinigkeiten, die Hinweise auf die Qualitäten eines Mannes geben, der noch sehr viel entscheidendere Schlachten schlagen könnte, wenn man ihm nur die Gelegenheit dazu einräumte. So mancher große General – und damit so mancher große Sieg – gingen unserem Kaiserreich schon verloren, nur weil es unfähig war, das Potential zu erkennen, das in so manchem verkannten Major schlummert und den folglich angemessen zu (be)fördern das Vaterland sich weigerte.

Wie der Regen trommelte! Selbst durch die dämpfende Toilettentasche hindurch konnte ich ihn hören. Der Gedanke an Jellaby in seinem wäßrigen Zelt, der in dieser Nacht mit ihren fortschreitenden Stunden anhaltenden Niederschlags bald nicht länger liegen, sondern auf dem Wasser treiben würde, hätte mich sicherlich aufgemuntert, hätte nicht der bedauernswerte Lord Sigismund *nolens volens** auch dahinschwimmen müssen.

Von diesem Gedanken kam ich irgendwie auf meine Ausgangsideen zurück, und je länger ich wach lag, desto deutlicher prägten sie sich aus. Ich bin einer der liebendsten und loyalsten Söhne, die das Vaterland je hervorgebracht hat. Doch welcher Sohn wünschte nicht, nach einer angemessenen Probezeit, einen Ring am Finger zu sehen, feinere Kleidung zu tragen, die väterliche Umarmung zu spüren, die Einladung zum Festmahl zu erhalten? Mit anderen Worten (und alle Metaphern beiseite), welcher Sohn des Reiches, der treu seinen Dienst unter der Spreu der Majore geleistet hat, wünschte nicht, in die Herde der gemästeten Kälber der Obersten aufgenommen, sprich befördert zu werden? Bereits seit geraumer Zeit erwarte ich täglich just diesen Akt, und wenn das Ereignis nicht bald eintritt, dann ist es durchaus möglich, daß meine Geduld sich in einen solchen Ärger wandelt, daß ich mich ganz und gar weigern werde, auf meinem Posten zu verharren: Ich werde

* nolens volens: wohl oder übel (Anm. d. Ü.)

meine Demission einreichen. Obwohl, das muß ich schon zugeben, mir zuvor noch ein Schlag gegen die Engländer nicht unangenehm wäre.

Einmal in das Fahrwasser dieser Überlegungen geraten, konnte ich die Augen nicht wieder schließen. Während der restlichen Nachtstunden lag ich hellwach. Dabei herrschte um mich herum ein Radau, wie ich ihn in meinem Leben noch nicht gehört hatte. Bereits in jenem Abschnitt, der sich mit der auf dem Gemeindegelände von Grips zugebrachten Nacht befaßte, habe ich sie beschrieben, die Auswirkungen, die heftiger Regen hat, wenn man in einem Wohnwagen nächtigt. Ich muß hier also nur wiederholen, daß man vermeint, der Wagen wäre einem Trommelfeuer mit kleinen, ungewöhnlich harten Steinen ausgesetzt. Edelgard, wenn sie denn tatsächlich schlief, muß von einer schreckerregenden Abgestumpftheit sein, denn das Dach, auf dem dieses Bombardement niederging, war ja nur wenige Zentimeter von ihrem Kopf entfernt.

Als der kalte Morgen zwischen den Falten der Fenstervorhänge hindurch in den Wagen kroch, der Lärm sich aber in keiner Weise legte, begann ich sehr ernsthaft darüber nachzudenken, wie um alles in der Welt es mir möglich sein sollte, mich unter derart widrigen Umständen zu erheben, hinauszugehen und ein Frühstück zu mir zu nehmen. Gut, da war mein Kleppermantel, und ich besaß auch Galoschen, aber ich konnte mich Frau von Eckthum doch unmöglich mit der Kulturtasche auf dem Kopf zeigen, obgleich sie unter den Gegebenheiten der Witterung die einzig vernünftige Kopfbedeckung darstellte. Und was konnten Galoschen in einer solchen Sintflut bewirken? Das Stoppelfeld war inzwischen sicherlich ein einziger See, in dem unmöglich ein Feuer zu entzünden war, ein Sumpf, in dem kein Spirituskocher stehen konnte. Wäre es nicht besser, bei solchem Wetter nach London zurückzukehren, Räume in einem wasserdichten Gasthof anzumieten und die Trockenheit der Museen aufzusuchen? Natürlich wäre es besser! Besser? Ist nicht alles in der Welt besser als das Schlimmste?

Aber leider, leider war ich ja gezwungen gewesen, für die Elsa im voraus zu bezahlen und außerdem die volle Verantwortung für ihre und ihres Pferdes sichere Rückkehr zum Ausgangspunkt zu übernehmen. Selbst wenn ich mich dazu hätte durchringen können, die bereits gezahlte Summe in den Wind zu schreiben, so kann man doch einen Wohnwagen nicht einfach in der Landschaft stehenlassen, als wäre er – wie unsere Nachbarn jenseits der Vogesen sagen – eine bloße Bagatelle. Er ist eben keine Bagatelle; im Gegenteil, er ist ein großer und komplizierter Mechanismus, den der Mensch mit sich führen muß wie die arme Schnecke ihr Haus. Sobald man sich einmal darauf eingelassen hat, gibt es Tag und Nacht kein Entrinnen mehr. Wie weit war Panthers inzwischen? Panthers mit seiner freundlichen, hilfsbereiten kleinen Dame. Der Himmel allein mochte es wissen, nach all den Zickzackkursen, die wir genommen hatten. Selbständig wiederfinden konnte ich es auf keinen Fall, denn nicht nur waren wir in treuer Ergebenheit den mäandernden Launen Mrs. Menzies-Leghs gefolgt, ich war auch die meiste Zeit wie ein Somnambuler dahinmarschiert, ohne irgend etwas anderes zur Kenntnis zu nehmen als mein wachsendes Bedürfnis, mich niederzusetzen.

Es war schon beinahe sechs Uhr, die Stunde, in der der Rest der Gesellschaft in Geschäftigkeit auszubrechen pflegte, und ich fragte mich düster, ob auch heute wieder allenthalben die Ausrufe »gesund« und »lustig« erschallen würden. Ich behaupte, es gibt einen Punkt, an dem die Gegebenheiten so exzessiv gesund und lustig werden, daß sie ganz und gar aufhören, das eine oder das andere zu sein. Rasch zog ich die Vorhänge meiner Schlafkoje zu und tat so, als schliefe ich fest, denn ein großer Aufruhr über meinem Kopf sagte mir, daß meine Frau dabei war, aufzustehen und sich anzukleiden. Schlaf schien mir eine ungeheuer sichere Sache. Einen Mann, der nicht aufwacht, kann man nicht dazu bewegen, aufzustehen und seinen vermeintlichen Pflichten nachzukommen. Der einzig freie Mensch, reflektierte ich mit fest geschlossenen Augen, ist der Mensch, der schläft. Als ich meine Überlegungen ein wenig weitertrieb, erkannte ich zu meiner nicht geringen Überraschung, daß die wahre Freiheit und Unabhängigkeit eigentlich nur bei den Bewußtlosen anzutreffen ist – eine Rasse (oder Sekte, nennen Sie es, wie Sie wollen), die keinem Gesetz unterliegt, sondern weit über ihm steht. Und ich ging noch einen Schritt weiter, und es traf mich wie der Blitz, als ich es erkannte: Die vollkommene Freiheit, die perfekte Enthebung von allen Fesseln und Zwängen erreicht nur der Mensch, der nicht nur bewußtlos, sondern auch tot ist. Dies natürlich ist, wie ich meinen Zuhörern nicht erst erläutern muß, reine Metaphysik. Ich werfe mich nicht oft in ihre beunruhigenden Wogen, denn im Grunde bin ich ein praktisch veranlagter Mensch. Bei dieser Gelegenheit jedoch war mein Ausflug in die Philosophie nicht so fruchtlos wie gewöhnlich, denn der Gedanke an einen toten Menschen ließ sofort den Gedanken an einen Menschen aufkommen, der das dem Tode vorangehende Stadium der Krankheit durchläuft. Ein Kranker ist ebenfalls bis zu einem gewissen Grade frei, insofern nämlich, als niemand von ihm verlangen kann, er solle aufstehen, in den Regen hinausgehen und seinen Schirm über einen Jellaby halten, der seinen unsäglichen Porridge zusammenrührt. Ich entschloß mich, das Gefühl des Unwohlseins, das mich ja fraglos bereits ergriffen hatte, ein wenig zu übertreiben und mir im Hafen meines Bettes einen freien Tag zu gönnen. Sollten sich doch die anderen mal um mein Pferd kümmern; ein Mann, der zu Bett liegt, kann kein Pferd führen. Noch wäre es überhaupt eine Übertreibung, denn von jemandem, der die halbe Nacht wach gelegen hat, kann man nur schwerlich behaupten, er sei bei bester Gesundheit. Und überhaupt, wenn man es einmal so betrachtet: Wer ist denn von normaler Gesundheit? Niemand, würde ich sagen. Sicherlich kaum jemand. Und wenn man die Jugend als sicheres Zeichen der Gesundheit bemüht, nun, so frage ich, was könnte jünger und doch zugleich ganz offensichtlich von größerer Qual geplagt sein als ein neugeborenes Kind? Kaum jemand, behaupte ich, kann sich ohne Ruhepause wohl fühlen. Man vergißt seinen Zustand wegen der schmerzstillenden Wirkung der Arbeit, der Gesellschaft oder anderer Aufregungen. Nimmt man aber einem Menschen seine Arbeit oder seinen gesellschaftlichen Umgang, so wird man alsbald feststellen, daß er mindestens an Kopfweh leidet.

Als Edelgard soweit fertig war, daß sie anfangen konnte, im Wohnwagen aufzuräumen und meine Kleider zu ordnen, als sie das von ihr benutzte Waschwasser zum Fenster hinausgeleert und durch frisches für mich ersetzt hatte, da zog ich den Bettvorhang vorsichtig ein wenig beiseite, winkte sie zu mir heran und machte ihr lautstark (denn der Regen trommelte noch immer aufs Dach) verständlich, daß ich mich auf das äußerste geschwächt fühle und unmöglich aufstehen könne.

Sie schaute mich besorgt an, starrte dann ziemlich blöde auf die Kulturtasche, schob sie schließlich beiseite und legte mir die Hand auf die Stirn. Ihre Hand fühlte sich für mein Empfinden heiß an, und sofort stieg in mir die Angst auf, wir könnten beide zugleich krank sein. Dann fühlte sie meinen Puls, blickte mich schließlich mit einem ängstlichen Ausdruck im Gesicht an und sagte – ich konnte es nicht hören, erkannte aber die protestierende Form, die ihr Mund annahm: »Aber Otto . . .«

Ich schüttelte nur schwach den Kopf und schloß die Augen. Man kann einen Mann nicht zwingen, die Augen aufzumachen. Schließe die Augen, und du schließt die ganze hastende und sich sorgende Welt aus; du trittst ein in eine ruhige Höhle des Friedens, solange du die Augen geschlossen hältst – niemand kann dich drängen. Ich spürte, daß sie eine Weile unschlüssig neben dem Bett stand und auf mich niederschaute, ehe sie ihren Umhang um die Schultern schlang und sich bereit machte, sich den Elementen zu stellen. Ich hörte, wie die Tür entriegelt wurde. Ein frischer, nasser Windstoß fegte herein, der Wohnwagen schwankte – Edelgard war auf das Stoppelfeld hinuntergesprungen.

Nur eine kurze Weile war ich in der Lage, über diese wachsende Behendigkeit nachzudenken. Noch vor vier Tagen wäre sie, genau wie jede andere deutsche Dame aus guter Familie, völlig unfähig gewesen, von irgendwo herunterzuspringen. Auch das Kostüm, das sie sich in Berlin bestellt und das ihr nicht nur wie angegossen gepaßt hatte, sondern in das sie sich nachgerade mit Mühe hatte hineinzwängen müssen, auch dieses Kostüm schien sich in einen Sack zu verwandeln. Es wurde immer weiter und schlabbriger, und Teile, die zuvor glatt angelegen hatten, erschienen nun ausgebeult. Nun, ich war, wie ich sagte, unfähig, über all das lange nachzudenken, denn, völlig erschöpft, fiel ich in tiefen Schlaf.

Wie lange ich geschlafen hatte, wußte ich nicht; jedenfalls wurde ich plötzlich sehr unsanft von harten, heftigen Stößen geweckt, und als ich einen raschen Blick durch die Vorhänge meiner Koje warf, sah ich eine nasse Hecke am Fenster vorbeiziehen.

Wir waren also auf dem Marsch.

Matt sank ich auf das Kissen zurück und fragte mich, wer wohl mein Pferd führte. Wenigstens ein Frühstück hätten sie mir bringen können. Auch war das Schlingern und Rumpeln des Wagens sehr unangenehm, und ich spürte bereits die Kopfschmerzen heranziehen. Nachdem der Wagen erst eine schwindelerregende Kehre gemacht hatte und dann eine Pause eintrat, in der ich von draußen Stimmengewirr hörte, begriff ich augenblicklich, daß wir das Gatter passiert hatten. Der Wagen war also über das Stoppelfeld gerumpelt und dann in die Straße eingebogen. Nachdem diese erst einmal erreicht war, wurden die Bewegungen des Wagens erträglicher – viel erträglicher, sagte ich zu mir selbst, als im Regen zu marschieren. Trotzdem empfand ich es als sehr merkwürdig, daß niemand von ihnen daran gedacht hatte, mir ein Frühstück zu bringen. Und was meine Frau anbelangte, so war dieses Versäumnis mehr als merkwürdig, es war nachgerade ungesetzlich. Wenn schon die Liebe sie nicht mit heißem Kaffee und ein paar (weichgekochten) Eiern an meine Bettkante führte, so hätte doch zumindest das Pflichtgefühl sie dazu veranlassen sollen! Ein verhungernder Mann fragt nicht danach, ob Liebe oder Pflichtgefühl der Auslöser der Zuwendung ist, solange eins von beidem eine Handlung bewirkt.

Mein erster Impuls war, ärgerlich die Klingelschnur zu ziehen, aber er erstarb, als ich mich entsann, daß es ja gar keine Glocke gab. Ich konnte sehen, daß der Regen leichter geworden war und sich wieder in einen Nieselregen verwandelt hatte. Von draußen hörte ich fröhliches Reden von Leuten, die offensichtlich genau unter meinem Fenster liefen. Eine der Stimmen schien Jellabys zu sein, aber wie war das möglich? Wie konnte er nach der Nacht, die er durchgemacht haben mußte, fröhlich sein? Die andere Stimme war zweifellos die einer Frau – Edelgards, dachte ich bitter. Edelgard, die sich mit einem zünftigen Morgenmahl aufgewärmt und gekräftigt hatte und sich keinen Deut darum scherte, daß ihr Ehemann keinen Steinwurf weit weg von ihr darniederlag wie in einer kalten, vergessenen Gruft.

Inzwischen zogen statt der Hecke Mauern und Gartentore am Fenster vorbei, dann folgten Häuser, einzelne erst, dann lange, ununterbrochene Häuserfronten. Ich stützte mich auf die Ellenbogen, zählte zwei und zwei zusammen und kam zu dem Schluß, dies müsse Wadhurst sein.

Und so war es. Zu meiner Verwunderung blieb der Wohnwagen mitten im Dorf stehen. Wiederum stützte ich mich auf einen Ellenbogen, um hinauszuschauen. Ich war aber gezwungen, mich sofort wieder flach hinzulegen, denn ich sah mich einer Reihe neugieriger Visagen gegenüber, die unverschämt gegen die Scheibe gepreßt in das Innere des Wagens starrten, das natürlich mich einschloß, der ich zwischen den Vorhängen meiner Schlafkoje hervorgespäht hatte.

Das war sehr unangenehm. Wiederum suchte ich instinktiv und verzweifelt nach der Klingelschnur, die nicht da war. Wie lange noch sollte ich so mitten auf einer Dorfstraße hinter nichtgeschlossenen Fenstervorhängen dem unverhüllten Blick des Pöbels ausgesetzt sein? Ich konnte ja nicht aufstehen und die Fenstervorhänge selber schließen, denn ich bin ein unverbrüchlicher Anhänger des Nachthemdes, das jetzt so rasch aus der Mode zu kommen scheint, das aber doch, Gott sei Dank, das nächtliche Charakteristikum eines jeden ehrlichen Deutschen geblieben ist. Mit anderen Worten, ich kleide mich nicht, wie es englischer Sitte entspricht, in Jacke und Hose, wenn ich zu Bett gehe. In diesem Augenblick allerdings wünschte ich inständig, ich hätte diese merkwürdige Kombination angelegt, dann nämlich hätte ich aus meiner Koje springen und mit einem Ruck die Vorhänge zuziehen können. Leider aber läßt das deutsche Nachtgewand keinen Raum für einen beherzten Sprung. Bei der Sachlage der Dinge konnte ich also nichts anderes tun, als still zu liegen und wenigstens die Bettvorhänge fest geschlossen zu halten, bis es meiner lieben Frau einfallen würde, mir die Ehre ihres Besuches zu erweisen.

Das tat sie, nachdem mindestens eine gute halbe Stunde verstrichen war, mit dem völlig unschuldigen Gesicht einer Person, die meint, sich keine Vorwürfe machen zu müssen. Mit einer Tasse schwachen Tees in der einen und einer dünnen Scheibe gerösteten Weißbrots in der anderen Hand trat sie zu mir an die Koje. Dabei weiß sie sehr genau, daß ich niemals Tee trinke. Außerdem muß es als völlig absurd bezeichnet werden, einem gestandenen Mannsbild eine einzige Scheibe Toastbrot ohne Butter zum Frühstück zu bieten.

»Wozu halten wir hier?« fragte ich sofort, als sie hereinkam.

»Wir frühstücken hier«, antwortete sie.

»Was?«

»Weil draußen alles so feucht ist, frühstücken wir heute dort drüben in dem Gasthof. Oh, es ist so schön dort, Otto. Tischtücher, Servietten und alles. Und Blumen auf den Tischen. Und kein Abwasch hinterher. Wie schade, daß du nicht dabeisein kannst. Geht es dir schon besser?«

»Besser?« echote ich mit einem Hauch gerechtfertigen Zorns in der Stimme, denn der Gedanke, daß die anderen auf festen Stühlen an richtigen Tischen in einem geschlossenen Raum bei einem anständigen Morgenmahl saßen, verstimmte mich ungemein. Warum hatte mir niemand Bescheid gesagt? Warum, im Namen aller Pflichterfüllung, hatte *sie* mir nicht Bescheid gesagt?

»Ich dachte, du schläfst«, antwortete sie mit Unschuldsmiene auf meine Frage nach den Gründen dieser Unterlassung.

»Habe ich ja auch; aber das . . .«

»Und ich weiß, daß du es gar nicht leiden magst, wenn man dich beim Schlafen stört«, fuhr sie – eine ziemlich lahme Entschuldigung wählend – fort, denn es kommt ja entscheidend darauf an, weshalb man gestört wird, und selbstverständlich wäre ich aufgestanden, wenn ich *das* gewußt hätte.

»Ich kann dieses Zeug nicht trinken«, sagte ich und schob die Tasse beiseite. »Warum soll ich mich von lauwarmem Wasser und trockenem Brot ernähren?«

»Aber . . . sagtest du nicht, du seist krank?« fragte sie, Überraschung vortäuschend. »Ich denke, wenn jemand krank ist, dann . . .«

»Würdest du bitte die Fenstervorhänge schließen?« sagte ich, denn der Plebs drängte sich am Fenster, um nur ja nichts zu verpassen. »Und nimm dieses Zeugs da weg. Es wäre besser«, fügte ich hinzu, als die Gesichter verdeckt waren, »du würdest zu deinem Frühstück zurückkehren. Mach dir meinetwegen nur keine Sorgen. Laß mich hier, ob ich krank bin oder nicht. Es spielt keine Rolle. Du bist meine Frau und durch das Gesetz verpflichtet, mich zu lieben, aber ich werde keine Forderungen an dich stellen. Laß mich ruhig allein hier liegen und geh zu deinem Frühstück zurück.«

»Aber Otto, ich konnte doch vorhin nicht bei dir hier drin bleiben. Das arme Pferd hätte doch niemals . . .«

»Ich weiß, ich weiß. Stell nur das Pferd über deinen Ehemann. Stell alles und jedes über deinen Ehemann. Laß ihn alleine hier. Mach dir nur keine Gedanken. Geh zurück zu deinem zweifelsohne exzellenten Frühstück.«

»Aber Otto, warum bist du denn so ungehalten?«

»Ungehalten? Wenn ein Mann krank ist und sich vernachlässigt fühlt, dann ist jedes Wort, das er zu sagen wagt, ein Zeichen von Ungehaltenheit, was? Nimm dieses Zeug da weg! Geh zu deinem Frühstück! Wenigstens ich weiß Rücksicht zu nehmen, ich wünsche nicht, daß deine Omeletts und all die anderen Köstlichkeiten kalt werden.«

»Aber ich esse doch keine Omeletts«, sagte Edelgard. »Warum bist du nur so unvernünftig? Warum willst du den schwarzen Tee nicht trinken?« Und wieder hielt sie mir die Tasse mit der strohgelben Flüssigkeit hin.

Ich drehte das Gesicht zur Wand, fest entschlossen, mich

durch nichts, was sie sagen oder tun würde, aus der Ruhe bringen zu lassen. »Geh jetzt«, war alles, was ich mit einer begleitenden Handbewegung sagte.

Einen Moment lang stand sie, genau wie am frühen Morgen, unschlüssig da, dann verließ sie den Wagen. Irgend jemand nahm ihr draußen die Tasse ab und half ihr die Leiter herunter. Die Gewißheit, daß es kein anderer als Jellaby sein konnte, jagte eine solche Welle gerechten Ärgers über mich, daß ich nun, da die Menge mich nicht mehr beobachten konnte, aus der Koje stieg und mich rasch und zornig ankleidete.

»Guck, da isser ja!« schrie eins der vielen Kinder aus dem Pulk, als ich angekleidet in der Tür des Wohnwagens erschien und mich anschickte, die Stufen der Leiter hinunterzusteigen.

»Isser doch noch außem Bett gekomm'.«

Ich zog die Stirne kraus.

»Der is aber spät aufgestanden«, schrie ein anderes Kind.

Ich kräuselte die Stirn noch mehr.

»Siehter jetz nich ganz anders aus?« rief wieder ein anderes.

Ich legte die Stirn in noch tiefere Falten.

»Der geht's locker an, was?« schrie ein vierter Knirps, »obwohl daß er so tut, als wie wenner en Zigeuner wär.«

Ich schritt die Stufen hinunter und bahnte mir mit Hilfe der Ellenbogen einen geraden Weg zur Tür des Gasthauses. Dort blieb ich einen Augenblick auf der Schwelle stehen und schaute jeden einzelnen in der Rasselbande an, indem ich jedem einen individuell zurechtweisenden Blick zuwarf.

»Ich war krank«, sagte ich knapp.

Aber in England hat man vor einem Offizier keinen Respekt. In meinem eigenen Land würde ich, sollte es jemand wagen, mich in dieser Weise anzusprechen und sich derart respektlos über mich auszulassen, sofort meinen Säbel ziehen und denjenigen bestrafen. Schließlich hätte er in meiner Person ja Seine Majestät beleidigt, deren Uniform ich trage. Und für den Beleidiger wäre es sinnlos, Klage zu führen, denn kein Gericht würde ihm sein Ohr leihen. Doch wenn dich in England jemand zur Zielscheibe seines Spottes machen will, dann kann er das ungehindert tun, solange sein sprühender Geist genügend Spott produziert. Natürlich wußte der Pöbel von Wadhurst Bescheid. Soviel mein Kleppermantel auch von mir verbarg, war es doch ganz offensichtlich, daß es sich bei meiner Person um einen Offizier handelte. Militärisches Gebaren läßt sich nicht verheimlichen. Aber zu ihrem eigenen billigen Vergnügen taten sie so, als hätten sie von meinem Offiziersrang nichts bemerkt, und als ich mich mit dem ganzen Ernst meiner Würde zu ihnen umwandte und sagte: »Ich war krank«, was meinen Sie, haben diese Bauerntölpel da geantwortet? Sie sagten: »Bäh!«

Ein Blick in ihre Gesichter zerstreute jeglichen Zweifel, den ich wegen dieser Äußerung ganz kurz hegte: Nein, es war eindeutig ein rüder und unverschämter Ausdruck. Ich drehte mich auf dem Absatz um und ließ diese Flegel unbeachtet stehen. Es ist nicht meine Aufgabe, den Mitgliedern einer fremden Nation Manieren beizubringen.

Meine Stirnfalten glätteten sich freilich unverzüglich, als ich den komfortablen Frühstücksraum betrat und von einem Chor freundlicher Stimmen willkommen geheißen wurde.

Frau von Eckthum rückte beiseite, damit ich neben ihr Platz nehmen konnte, und kümmerte sich höchstpersönlich um meine Bedürfnisse. Mrs. Menzies-Legh lachte und lobte die Vernunft meiner Entscheidung, doch aufzustehen und der Krankheit tapfer Paroli zu bieten. Das Frühstück war überreichlich und ausgezeichnet. Und ich fand heraus, daß es der immer freundliche und aufmerksame Lord Sigismund gewesen war, der Edelgard aus dem Wohnwagen geholfen hatte, während Jellaby sich der harmlosen Beschäftigung des Schreibens von Ansichtskarten an seine (so nahm ich an) Wählerinnen und Wähler widmete.

Nachdem ich meine dritte Tasse Kaffee genossen hatte, war ich in der Lage – so wohltuend ist der Effekt dieser gesegneten Bohne –, Edelgard im stillen zu vergeben. Ja, ich war sogar bereit, alle Verhaltensfehler, die sie seit dem Abend am Medway an den Tag gelegt hatte, großzügig zu übersehen und ganz von vorne anzufangen. Als wir dann so gegen elf als harmonisch vereinte Gruppe den Marsch fortsetzten (denn das Mädchen Jumps war ebenfalls wiederhergestellt), da hatte auch der Regen aufgehört, und die Straßen begannen unter der raschen Effizienz einer unbewölkten Augustsonne zu trocknen.

Das war ein angenehmer Marsch. Der beste, den wir bisher gehabt hatten. Vielleicht lag es am Wetter, das ebenfalls das beste war, das wir bisher gehabt hatten, oder an der Landschaft, die – das konnte man nicht leugnen – auf eine anheimelnde und anspruchslose Art hübsch war, wenn auch nicht zu vergleichen mit dem, was wir von der höchsten Spitze des Rigi oder von einem Boot auf einem der italienischen Seen aus zu Gesicht bekommen hätten. Trotzdem war es eine recht nette Umgebung, oder viellicht empfand ich es auch nur so, weil Frau von Eckthum neben mir ging und Lord Sigismund mir mitteilte, wir würden den kommenden Tag, weil ein Sonntag, ganz und gar in dem Lager verbringen, das wir am Abend aufschlügen, und außerdem nähmen wir ein ordentliches Sonntagsmahl in einer nahe gelegenen Gaststätte zu uns. All dies mag zusammengekommen sein, um in mir dieses angenehme Gefühl zu erwecken.

Man befreie mich von Ärgerlichkeiten und Sorgen, und ich bin der denkbar freundlichste und gutmütigste Mensch von der Welt. Mehr noch, ich kann alles in vollen Zügen genießen, und ich bin jederzeit zu einem kleinen Scherz aufgelegt. Ich weiß, daß ich im Grunde meines Herzens ein gutgelaunter Mensch bin; doch gerade deshalb gerate ich jedesmal so aus dem Gleichgewicht, wenn Edelgard oder irgendein widriger Umstand mich in einen Zustand des Zorns oder der Verärgerung zwingen, der meinem Wesen so ganz und gar nicht entspricht. Ich werde nicht gerne mit Ärger konfrontiert; es geht mir völlig wider die Natur, unleidlich sein zu müssen. Und ich denke, es ist ein schwerer Fehler vieler Menschen, daß sie andere zwingen, erbost und ärgerlich zu sein, die dies gar nicht zu sein wünschen. Das ist einer der Gründe, weshalb ich die Gesellschaft von Frau von Eckthum so sehr schätzte. Sie brachte das Beste in mir zum Vorschein, das, was ich – mit Ihrer gütigen Erlaubnis – den Duft meines bessern Selbst nennen möchte, denn wenn dieser Ausdruck auch die Vermutung zuläßt, mein besseres Selbst sei ein blütengleiches Wesen, so beinhaltet er doch auch, daß Frau von Eckthum die wärmende, belebende und diese Düfte erst zur Entfaltung bringende Sonne darstellte.

Oben auf dem Hügel, den zu erklimmen wir uns gerade bemühten, befinde sich, so behauptete Mrs. Menzies-Legh, ein Tauweiher, dessen Wasser kein Wasser, sondern reinster Tau sei.

Natürlich glaubte ich ihr kein Wort – welcher vernunftbegabte Mann hätte solchen Unsinn geglaubt? Am Ufer dieses Weihers aber saßen nun Frau von Eckthum und ich im Schatten einer Eiche, während die drei Pferde den dritten Wohnwagen von unten heraufzogen. Es war zwar unsere Aufgabe, die zwei Wagen im Auge zu behalten, die schon oben standen, doch wir hatten uns in diese hübsche Nische zurückgezogen, ohne sie zu beachten, denn unter allen Dingen in der Welt, die ein abgestellter, pferdeloser Wohnwagen zu tun vermag, ist Stillstehen das Wahrscheinlichste. So ruhten wir uns also aus, und ich erheiterte sie mit Scherzen. Ich weiß wirklich nicht mehr, was ich im einzelnen sagte, doch ich erinnere mich, daß ich großen Eindruck auf sie machte, denn die Ohs, mit denen sie auf meine Worte reagierte, waren so anfeuernd und mit so viel geschickter Intelligenz plaziert, daß jedes einzelne Bände sprach.

Sie war an allem interessiert, insbesondere jedoch an dem, was ich über Jellaby und seine Doktrinen zu sagen hatte, über die ich mit größter Verve herzog. Sie lauschte mir mit höchster Aufmerksamkeit, als ich all die Täuschungen bloßlegte, denen er in seiner Verblendung unterliegt. Zum Schluß war sie offensichtlich so vollkommen von meiner Meinung überzeugt, daß ich mir fast wünschte, der junge Mann wäre ebenfalls anwesend gewesen und hätte meinen Ausführungen ebenfalls lauschen können.

Insgesamt ein angenehmer, stärkender Tag. Als wir so gegen drei auf einem Feld einen schönen Kampierplatz fanden, der gen Norden von einem Niederwald auf ansteigendem Gelände geschützt war und vor uns einen recht beachtlichen weiten Ausblick eröffnete, da hatte ich zum zweitenmal seit unserer Abfahrt in Panthers Grund zu der Vermutung, daß das Reisen im Wohnwagen nicht ganz ohne empfehlenswerte Seiten sein könnte.

12

An jenem Abend speisten wir unter dem offenen Sternenzelt, zu unseren Füßen das leicht abschüssige Feld, das sich bis in das diesige Abendrot des Sussex Wealds erstreckte. Zur Abendmahlzeit gab es Huhn mit Reis und Zwiebeln, und es mundete köstlich. Der Wind hatte sich gelegt, es war kühl. Es sei wie ein Abend in Norddeutschland, wo der Wind den ganzen Tag lang stöhne, doch mit der Abenddämmerung setze plötzlich befreidende Kühle und klare Ruhe ein.

Letzteres waren größtenteils Zitate aus einer Unterhaltung zwischen Frau von Eckthum (die an diesem Abend merkwürdig gesprächig war) und Jellaby. Die beiden saßen während des Essens in meiner Nähe, so daß ich sie hören konnte. Statt ihrem Mahl zuzusprechen, wie ich es tat, zogen sie es vor, ihr Essen kalt werden zu lassen, zugunsten eines Blicks auf den Weald von Sussex (ich hätte gerne gewußt, was ein Weald sein soll, auch Kent hatte angeblich einen), den Frau von Eckthum soeben so poetisch mit der extrem flachen und bekanntermaßen langweiligen Landschaft rund um Storchwerder verglichen hatte. Von ihrer Beschreibung her hätte ich die Landschaft wahrhaftig nicht wiedererkannt, und doch war sie mir in jeder Einzelheit so vertraut wie ihr. »Blaue Lüfte, blaue Himmel, blaue Wasser und nur hier und da das Aufblitzen einer weißen Schwinge« – so beschrieb sie die Landschaft, und der arme Jellaby war völlig hingerissen und murmelte mit seiner dümmlich-lahmen Stimme nur immerzu: »Wunderschön, wunderschön« und vergaß dabei, sein Huhn zu essen, den Reis und die Zwiebeln und hatte obendrein keine Ahnung, wie sie noch Stunden zuvor über ihn gelacht hatte.

Ich lauschte amüsiert und nachsichtig. Man darf eine hübsche Dame nicht zu sehr beim Wort nehmen. Vieles von dem, was ich in diesem Kapitel bisher zu Papier brachte, waren Zitate dessen, was ich Frau von Eckthum hatte sagen hören, doch müssen Sie, meine Zuhörer, mir glauben, wenn ich Ihnen versichere, es klang bei weitem nicht so albern, wie man meinen könnte. Alles hängt vom Sprecher (oder in diesem Fall von der Sprecherin) ab. Frau von Eckthums beinahe poetische Weise, das Verhalten unseres Klimas zu beschreiben, hatte eine merkwürdige Anziehungskraft, die ich in den Auslassungen meiner lieben Frau, die sich nun mit wachsender Häufigkeit ebenfalls im Quasipoetischen versuchte, überhaupt nicht zu entdecken vermochte. Quasipoetisch nenne ich (sicher in Übereinstimmung mit anderen) eine Ausdrucksweise, die mit Gewalt ein normales Wort, sagen wir *per exemplum** ›rollen‹, aus seinem natürlichen Kontext reißt, um es beispielsweise auf die Ebenen und Felder rund um Storchwerder anzuwenden. Ein Schiff rollt in schwerer See, aber – Gott sei Dank – doch kein Feld! Man mag auch mit vollkommener Angemessenheit von einer Teigrolle im Zusammenhang mit einer Küche sprechen, und man mag mit Fug behaupten, daß ein rollender Stein kein Moos ansetzt. Natürlich weiß ich, daß wir alle uns bei entsprechender Gelegenheit dazu hinreißen lassen, Ausrufe zu tun wie: *kolossal* und *großartig*, aber das ist eine kurze, geschäftsmäßige Angelegenheit; wir tun, was von uns erwartet wird, es ist eine Pflicht, die rasch und pünktlich erfüllt wird. Aber Begeisterungstaumel, gar nicht endende Phasen der Verzückung sind nicht meine Art und waren – bis dato – auch nicht Edelgards. Die Engländer sind oberflächlicher als wir, schwächlicher, verweiblichter, zimperlicher. Es gibt hier keine anständigen Bierhallen, in denen ihre weibische Bewunderung im guten, gesunden Anblick einer Flut von Bier ertränkt werden könnte, und da sie dieses natürlichen Bremsklotzes entbehren, erstreckt sich ihre Bewunderung ins Grenzenlose. So ließ denn Jellaby sein Abendessen nicht nur eiskalt werden, in seinem Bemühen, Frau von Eckthums Stil mit seinen Antworten zu übertrumpfen, vergaß er das Essen überhaupt. Dann mußte sich na-

* per exemplum: zum Beispiel (Anm. d. Ü.)

türlich auch Edelgard einmischen und sagen (ich habe es genau gehört), daß das Leben in Storchwerder staubig und einengend sei und daß man vor lauter qualmenden Schornsteinen und Schloten *the Dear Lord above** nicht sehen könne.

Aufrichtig empört (denn ich bin ein religiöser Mensch) rettete ich sie vor weiteren blasphemischen Äußerungen durch einen lauten Ruf nach einem Nachschlag, und ganz mechanisch stand sie auf, um mich zu bedienen.

Jellaby jedoch, dessen Vorstellung es zu sein scheint, daß eine Frau niemals irgend etwas tun solle (ich frage mich, wer denn dann die Arbeit erledigen soll?), kam ihr mit der urplötzlichen Behendigkeit zuvor, die er bei solchen Gelegenheiten immer an den Tag legte und die um so mehr überraschte, als seine Kleidung und seine gesamte Schlaffheit ein solches Tempo nie vermuten ließ, und präsentierte mir eine zweite Portion.

Ich dankte ihm höflich, konnte mir aber nicht verkneifen, eine ironische Verbeugung zu machen und mich, ebenso ironisch, zu entschuldigen, ihn gestört zu haben.

»Soll ich Ihnen den Teller halten, während Sie essen?« bot er daraufhin an.

»Wieso denn das?« fragte ich, leicht verwirrt.

»Nun, wäre es denn nicht bequemer für Sie, wenn ich es täte?« gab er zurück. Und da begriff ich, daß er derjenige war, der irritiert war, und zwar zweifellos, weil ich mir die meisten Kissen gesichert hatte, während er – immer den Don Quixotte spielend – seine Kissen an meine Frau abgetreten hatte. Das wiederum stellte eine reine Verschwendung dar, denn Edelgard versicherte mir immer, sie ziehe harte Sitze vor.

Nun, es gibt wohl wenige Dinge unter der Sonne, die noch unwichtiger sind als Jellabys Verwirrung. So machte ich nur ein freundliches Gesicht und aß, was er mir gebracht hatte. Leider fand ich an diesem Abend keine Gelegenheit mehr, auch nur noch ein einziges weiteres Wort mit Frau von Eckthum zu wechseln. Unbeweglich saß sie zwischen Jellaby und meiner

* the Dear Lord above: der liebe Gott dort oben (Anm. d. Ü.)

Frau am Saum des Abhangs und sprach mit immer gedämpfterer Stimme, während die Abenddämmerung in die Nacht überging und die Sterne anfingen, hell und klar zu leuchten.

Komischerweise machte die ganze Gesellschaft einen niedergeschlagenen Eindruck. Sogar beim Abwasch flüsterten sie nur. Und hinterher streckten sich die beiden unbeschriebenen Blätter still neben den Gluten des von Lord Sigismund so kunstreich entfachten und noch immer schwelenden Feuers aus und lauschten dem Gespräch, das Menzies-Legh und Lord Sidge miteinander führten, an dem ich mich jedoch nicht beteiligte, denn sie hatten mal wieder ihr Lieblingsthema gewählt: die Verbesserung der Lebensumstände jener langweiligsten und unwertesten Spezies – der Armen.

Ich stellte meinen Teller so ab, daß irgend jemand ihn sehen und folglich abwaschen mußte. Dann zog ich mich in den Schutz und die Bequemlichkeit einer Hecke zurück und zündete mir eine Zigarre an. Die drei Gestalten am Rande des Hügels fielen langsam in vollkommenes Schweigen. Kein Blatt an meiner Hecke bewegte sich. Es war so still, daß man die Stimmen der Menschen von dem fernen Bauernhof, wo wir unsere Hühner erstanden hatten, hören konnte, und das Gekläff eines Hundes, das aus dem Weald herüberdrang, klang erschreckend nah. Es war wirklich außergewöhnlich still. Das stillste Ding aber in diesem allgemeinen Schweigen war jene Engländerin, die ursprünglich hervorragendster deutscher Zucht entsprungen war: Mrs. Menzies-Legh. Sie saß ein paar Schritt von mir entfernt im Gras, die Arme um die angezogenen Knie geschlungen, das Gesicht gen Himmel gewandt, als verstünde sie etwas von Astronomie.

Ich glaube, eine halbe Stunde lang bewegte sie sich nicht. Ihr Profil leuchtete weiß in der Dämmerung. Die Umrisse dieses Profils erinnerten mich irgendwie an die Kamee, die wir zu Hause in unserem bequemen Wohnzimmer in Storchwerder in einer mit rotem Samt ausgeschlagenen Schatulle auf dem Tisch liegen haben. Diese Erinnerung brachte einen kurzen Anflug von Heimweh mit sich. Ich schüttelte ihn rasch ab und widmete mich ganz der Beobachtung der Dame. Faul daliegend, rekonstruierte ich zu meiner Zerstreuung aus den Überresten, die ich da vor mir sah, die Erscheinung, die sie vor zehn Jahren geboten haben mochte, als sie in der Blüte ihrer Jahre wenigstens Andeutungen jener Rundungen gehabt haben mußte, die sie als Frau auswiesen und nicht als eine Art hochaufgeschossenen Jüngling.

Der Schnitt ihres Gesichtes ist sicherlich ganz passabel, und in jener Nacht erschien er mir im Halbdunkel sogar so passabel, wie nur je der Gesichtsschnitt einer griechischen Statue sein konnte – Objekte freilich, für die ich mich nie hatte erwärmen können. Es ist durchaus möglich, daß sie irgendwann einmal schön war. Schön *war*! Doch worin liegt der Wert des Gewesenen? Ein Fingerschnipsen, nichts weiter. Wenn die Weiber doch nur erkennen würden, daß, sobald einmal der Glanz der ersten Jugend verweht ist, ihre einzige Chance zu gefallen darin besteht, anmutig und zurückhaltend in der Sprache zu sein, taktvoll, geschickt – mit einem Wort: entschuldigend. Es wäre ihnen dann eher vergönnt, bei vernunftbegabten Männer wir mir einen guten Eindruck zu hinterlassen. Ich hatte keinerlei Bedürfnis, mich mit Mrs. Menzies-Legh zu streiten. Aber ihre Zunge und die Art und Weise, wie sie sie einzusetzen pflegte, konnte mich jedesmal aufs neue in eine Wut versetzen, wie es bisher noch keinem Mitglied eines Storchwerder Damenkränzchens gelungen war.

Sie so vollkommen still und unbeweglich sitzen zu sehen war ausgesprochen ungewöhnlich. Trauerte sie etwa ihrer verlorenen Jugend nach? Erfüllte es sie mit Bitterkeit, daß sie unfähig war, in einer Weise anziehend auf mich zu wirken, die mich, der ich doch nur wenige Schritte von ihr entfernt saß, wenigstens dazu gebracht hätte, die Mühe auf mich zu nehmen, ein Gespräch mit ihr zu beginnen? Kein Zweifel. Tja – armes Ding. Sie tun mir leid, die Frauen, aber was kann man machen, da es die Natur ihnen nun einmal bestimmt hat, daß sie alt werden.

Ich stand auf, glättete die Falten meines Kleppermantels – ein höchst nützliches Kleidungsstück in diesen feuchten Gefilden – und warf den Stumpen meiner Zigarre ins Gebüsch. »Ich werde mich jetzt für die Nacht zurückziehen«, erklärte ich, als sie mir, aufgeschreckt durch die Geräusche, ihr Gesicht zuwandte. »Und wenn ich Ihnen einen guten Rat geben darf, dann bleiben auch Sie nicht hier sitzen, bis Ihnen der Rheumatismus in die Glieder kriecht.«

Sie schaute mich an, als hätte sie mich entweder nicht gehört oder nicht verstanden. In diesem Licht war ihre Erscheinung wirklich ganz passabel. Gerade so passabel wie eine der Statuen, um die so viel Aufhebens gemacht wird; nur freilich hatte sie echte Augen statt der hohlen Leere der Statuen, Augen, die noch dazu garniert sind mit dieser ihrer besonderen Spezialität: ihren lächerlich langen Wimpern. Aber ich wußte ja, wie sie am hellichten Tage aussah; ich wußte, wie dürr sie war, und so bestand keine Gefahr, daß ich auf irgendwelche dummen Tricks des Lichtes hereinfiel. So beiläufig wie möglich, dabei aber ganz gezielt die Gelegenheit beim Schopfe ergreifend, auf die ich schon lange gewartet hatte, um ihr ein wenig Bosheit unter die Nase zu reiben als Rache für die völlig ungerechtfertigten Attacken, die sie ständig gegen mich ritt, sagte ich: »Es wäre nicht klug von Ihnen, noch weiter hier sitzen zu bleiben. Der Boden ist feucht, und Sie und ich sind wohl kaum so jung, wie wir einmal waren, nicht wahr?«

Jede normale Frau, die soviel Dame zu sein wünschte, wie sie es tatsächlich war, wäre augenblicklich zusammengezuckt. Sie aber bestätigte mir nur mit einer gewissen Geistesabwesenheit, daß es in der Tat traurig sei, und wandte ihr Gesicht wieder den Sternen zu.

»Suchen wohl den Großen Bären, hm?« bemerkte ich, ihrem Blick nach oben folgend, während ich meinen Mantel zuknöpfte.

Bewegungslos starrte sie gen Himmel. »Nein. Aber sehen Sie denn nicht, wie die Glorie Christi die Himmel erfüllt?« sagte sie. Eine ebenso profane wie sinnlose Bemerkung, und ihr Gesicht glich in diesem Licht den Bildern in Kirchenfenstern, und ihre Stimme klang, als schliefe sie.

So eilte ich denn von dannen, mich in Morpheus Arme zu begeben (da heute offensichtlich Dichtung in Mode war) und lag eine Weile schlaflos in meinem Bett. Da ich nicht einschlafen konnte, dachte ich an Menzies-Legh, der mir aufrichtig leid tat, denn keinem Mann kann es gefallen, mit einer Frau geschlagen zu sein, vor der es einem graut.

Doch (zum Glück) gilt, was unsere Wankelmütigen, manchmal jedoch durchaus glücklichen Nachbarn jenseits der Vogesen zu sagen pflegen: *autres temps autres mœurs**, und so wurden am nächsten Morgen sämtliche Dichtkünste der Reisegesellschaft, dem Himmel sei Dank, mit einer großen Portion Porridge zugekleistert.

So war es immer beim Frühstück. Alle waren merkwürdig vergnügt, doch niemals poetisch. Die Dichtkunst entwickelte sich immer erst später am Tage, wenn die Sonne sich senkte und die Stimmung gedrückt war. Zu ihrer vollen Blüte entfaltete sie sich freilich erst, wenn die Sterne und der Mond am Himmel standen. An jenem Morgen, unserem ersten Sonntag, blies eine frische Briese vom Weald herüber, und eine wolkenlose Sonne blendete uns, als sie auf das weiße Tischtuch fiel, das jemand – ich glaube, Mrs. Menzies-Legh – aufgelegt hatte, um das möglichste aus der Sonne zu machen. So mußten wir, während wir frühstückten, mit der einen Hand unsere Hüte festhalten und mit der anderen unsere Augen schützen.

Unbequem? Natürlich war das unbequem. Niemand, der seine Bequemlichkeit liebt, sollte je eine Reise im Wohnwagen unternehmen, noch ist es dem zu raten, der Anstand und Ordnung liebt. Sie dürfen mir glauben, es herrscht dabei niemals irgendeine Ordnung, und noch weniger gibt es irgendwelchen Anstand. Zur Veranschaulichung werde ich ein Beispiel von jenem Sonntag heranziehen: Ich saß mit den Damen bei Tisch, auf einem Stuhl, der (wie gewöhnlich) zu tief für mich war und der (ebenfalls wie üblich) auf dem unebenen Grund schief stand. Meine etwas zu kalten Füße standen auf feuchtem Boden, und mein etwas zu heißer Kopf war schutzlos der sengenden Sonne ausgesetzt. Das durch all dies ausgelöste generelle Gefühl leichten

* autres temps autres mœurs: andere Zeiten, andere Sitten (Anm. d. Ü.)

Ungemachs, welches das Grundcharakteristikum dieser Form der Vergnügung darstellt, intensivierte sich an diesem Morgen durch den Anblick Jellabys, der, wie ich sehen konnte (und desgleichen natürlich auch die Damen!), in Hemdsärmeln aus seinem Zelt trat, einen Handspiegel am Dach der Plane befestigte und anfing, sich dort mitten auf dem freien Feld das Gesicht mit Rasierseife einzuschäumen und sich den Bart zu schaben.

Edelgard, ihrer guten Erziehung eingedenk, schlug sofort die Augen nieder und war sorgsam darauf bedacht, sie während des restlichen Frühstücks gesenkt zu halten. Die anderen freilich schien dieses ungebührliche Betragen überhaupt nicht zu kümmern – im Gegenteil, Mrs. Menzies-Legh holte ihren Fotoapparat hervor, nahm Jellaby genau ins Visier und machte einen Schnappschuß von ihm.

Stumpften diese Leute, während die Tage vergingen, ab gegenüber den Feinheiten und nötigen Vorsichtsmaßnahmen im sozialen Umgang miteinander? Schon öfter hatte es meine stille Indignation erregt, diese sogenannten Herren bei der Gepflogenheit zu beobachten, in bloßen Hemdsärmeln herumzulaufen. Noch war es mir nicht gelungen, mich an diesen Anblick zu gewöhnen, nun aber auch noch Jellaby dabei zuschauen zu müssen, wie er in aller Öffentlichkeit auf freiem Feld seine Morgentoilette verrichtete, war mehr als ich schweigend zu ertragen vermochte. Denn wenn, so fragte ich mich rasch, Jellaby sich nicht scheut, sich morgens im Freien anzukleiden (und ich sehe die Rasur als einen Teil dieses Prozesses), was wird ihn dann davon abhalten, das Gegenteil am Abend zu vollführen? Wo ist die Grenze? Wo soll man die logische Grenzlinie ziehen? Drei Tage waren wir erst unterwegs, und schon waren wir so weit gekommen. Wo, dachte ich, würden wir in weiteren sechs Tagen landen? Wo würden wir, sagen wir, am nächsten Sonntag gelandet sein?

Eine promiskuitive Häuslichkeit kann ich mir in keiner Weise als wünschenswert denken, und ich gehöre zu denen, die ihren schlimmsten Auswuchs, das gemischte oder sogenannte Familienbad nämlich, strikt ablehnen. Man muß nur einmal sehen, wie es an unseren sonst so anständigen Stränden am Tage des Familienbades von quasi unbekleideten Kreaturen beiderlei Geschlechts wimmelt. Niemals habe ich Edelgard erlaubt, sich dieser Frivolität hinzugeben, noch habe ich je selbst daran teilgehabt. Es ist ein beklagenswertes Spektakulum. Stundenlang haben wir gesessen und es von ferne mit einem stetig wachsenden Gefühl des Abscheus und Ekels durch unsere Feldstecher beobachtet. Oftmals war es sogar beinahe unmöglich, Stühle zu finden, so viele unserer ebenfalls zutiefst angeekelten Freunde fanden sich ein.

Aber diese Geschöpfe der Tiefe, die sich an jenem Punkt zusammenrotten, an dem die absolute Tiefe das Familienbad ist, sind eben durch und durch schamlose Kreaturen. Was kann man da schon erwarten? Jellaby aber, trotz all seiner anderen Charakterschwächen, war mir bisher nicht schamlos erschienen. Er war, deucht mich, alles andere als eine schamlose Kreatur – diese krönende Infamie konnte ich ihm nun doch nicht nachsagen. Aber keine solche zu sein und doch die Laxheit einer solchen in Gegenwart der restlichen Reisegruppe zur Schau zu stellen war völlig unentschuldbar. »Gibt es etwa keine Hecken hier beim Feld?« rief ich mit empörtem Sarkasmus, wobei ich beziehungsreich nacheinander jede der vier Hecken, die das Feld umgaben, anschaute und die Stimme hob, damit er mich auch hörte.

»Ach, lieber Baron, es ist doch Sonntag«, sagte Mrs. Menzies-Legh, jetzt längst nicht mehr eine hübsch aussehende, wenn auch unbedeutende Kamee in einer Samtschatulle, sondern voller morgendlicher Militanz. »Seien Sie bis morgen doch einmal weniger ärgerlich und mürrisch. Heben Sie sich's auf, oder was wollen Sie am Montag machen?«

»Sehr wohl in der Lage sein, zwischen dem Erlaubten und dem Unerlaubten so gut zu unterscheiden wie heute!« war meine unverzügliche Antwort.

»Oh, oh«, sagte Mrs. Menzies-Legh, schüttelte den Kopf und lächelte, als spräche sie zu einem Kind oder einem Schwachsinnigen, und dann hob sie ihre Kamera und machte eine Aufnahme von mir.

»Hätten Sie wohl die Güte«, verlange ich mit gerechtfertigter Verärgerung zu wissen, »mir zu erklären, warum ich, ohne mein Einverständnis gegeben zu haben, fotografiert werden sollte?«

»Weil Sie«, sagte sie, »so unwiderstehlich mürrisch aussehen. Ich möchte Sie so in meinem Reisetagebuch haben. Sie haben eben gerade genau wie ein Säugling ausgesehen, den ich kenne.«

»Was für ein Säugling?« fragte ich, die Stirn kräuselnd, weil ich mir im unklaren darüber war, wie ich mit dieser Sache auf bloßer Konversationsebene umgehen sollte. Denn immerhin hockte da Edelgard und war ganz Ohr. Wenn eine Frau sieht, daß ihr Ehemann von einer anderen Frau respektlos behandelt wird, ist es dann nicht sehr wahrscheinlich, daß sie bald in dieselbe Kerbe schlagen wird? »Was für ein Säugling?« wiederholte ich; aber ich fühlte mich verunsichert.

»Oh, ein sehr respektables Baby«, sagte Mrs. Menzies-Legh so leicht dahin, legte die Kamera beiseite und wandte sich wieder ihrem Frühstück zu, »aber sehr reizbar und anspruchsvoll, wenn es um sein Fläschchen und ähnliches geht.«

»Ich begreife nicht, was ich mit Fläschchen zu tun haben soll«, versetzte ich noch gereizter.

»Aber nein – Sie doch nicht! Das Kind schaut seine Amme nur genauso an, wie Sie es gerade taten, wenn die Flasche zu spät kommt oder nicht voll genug ist.«

»Aber ich habe doch nach keiner Amme gesehen«, sagte ich verärgert, und mein Zorn wuchs, weil alle (einschließlich meiner Frau) lachten.

Ich erhob mich abrupt. »Ich werde mich zum Rauchen zurückziehen.«

Natürlich hatte ich in dem Augenblick, als ich sprach, auch begriffen, was sie mit dem Säugling und der Amme und alldem gemeint hatte. Aber es ist unentschuldbar, wenn über einen Mann gelacht wird, bloß weil er nicht sofort dem Sinn (oder richtiger: dem Unsinn) einer in kindische Albernheiten abschweifenden Konversation zu folgen vermag. Ich bin der letzte, der nicht über wirklich lustige Sätze oder Begebenheiten lachen würde. Da ich selbst jedoch weder ein Satz noch eine Begebenheit bin, sehe ich nicht ein, warum man über mich lachen sollte. Es ist einfach unwürdig, wenn erwachsene Frauen und Männer übereinander lachen, wie es alberne Kinder tun. Es ist der Ruin aller Anmut gesellschaftlichen Umgangs, das Ende all jener Höflichkeit, die den Wohlgeborenen doch zu jeder Zeit auszeichnen sollte. Aber ein kindischer Geist durchwehte die ganze Reisegesellschaft (mit Ausnahme meiner eigenen Person), und täglich schien er sich zu verstärken, ein Geist sinnentleerter Fröhlichkeit und ein Hang zu Streichen, wie er wohl für sehr junge und sehr gesunde Kinder charakteristisch ist. Selbst Edelgard wurde von Tag zu Tag alberner und näherte sich bereits bedenklich jenem Niveau, das anfänglich nur von den beiden unbeschriebenen Blättern eingenommen worden war, jenes Niveau, auf dem man anfängt, idiotische und erhitzende Spiele zu spielen, wie jenes, das die Engländer *Blind Man's Buff* nennen (ein ganz eindeutig blödsinniger Name, denn was, bitte, soll ein *buff* sein?) und das bei uns den so sehr viel sinnvolleren Namen Blindekuh trägt. Da ich also keine Absicht hegte, in meinem Alter und bei meinem Rang mich an Kindereien zu beteiligen oder sie auch nur durch meine Anwesenheit zu unterstützen, sagte ich also entschieden: »Ich werde mich zum Rauchen zurückziehen« und ging, dieses Vorhaben auszuführen.

Eine der Damen rief mir die Frage hinterher, ob ich nicht mit ihnen zur Kirche kommen wolle, aber ich tat, als hätte ich sie nicht gehört und eilte mit großen Schritten dem Schutz der Hecke zu. Dabei warf ich im Vorbeigehen Jellaby einen Blick zu, der jeden anderen geschlagen und reumütig in sein Zelt hätte kriechen lassen, wo er dann geblieben wäre, bis sein Gesicht fertig rasiert und sein Kragen umgelegt gewesen wäre. Jellaby aber, der statt einer normalen Haut jenen juchtenledernen Ersatz trägt, der für Menschen typisch ist, die gegenüber der Ordnung, der Moral und der Kirche eine Abwehrhaltung einnehmen, rief mir mit einer Jovialität zu, die aus der Unverschämtheit erwächst, es sei ein wunderschöner Morgen. Auch davon nahm ich selbstverständlich keinerlei Notiz.

Unter der Hecke an der Ostseite des Feldes saß Lord Sigismund neben seiner *batterie de cuisine** im trockenen Graben und bewachte mit unverständlicher und wahrhaftig unangebrachter Liebenswürdigkeit den Porridge und den Kaffee, die auf Jellaby warteten. Während er hier aufpaßte, rauchte er seine Pfeife, kraulte seinen Hund und summte mit einer Freude, die den Guten, den Glücklichen und Hochwohlgeborenen auszeichnen, Melodienfetzen vor sich hin, die wohl Psalmen intonierten.

In seiner Nähe lag Menzies-Legh, das ernste, ja düstere Gesicht über ein Buch gebeugt. Während er nur kurz und wortlos nickte als Antwort auf meinen gezogenen Hut und den Morgengruß, den ich beiden entbot, fragte mich Lord Sigismund, wie immer voll der Güte der adligen Herkunft, ob ich eine gute Nacht gehabt hätte.

»Eine gute Nacht und ein exzellentes Frühstück, das ich wohl Ihnen zu danken habe, Lord Sidge«, erwiderte ich, wobei der Anflug von Munterkeit, der sich in der von mir gewählten Kurzform seines Namens spiegelte, der höfischen Korrektheit meiner Verbeugung, mit der ich mich neben ihm im Graben niederließ, eine gewisse Leichtigkeit verlieh.

Menzies-Legh stand auf und ging weg. Es war gleichsam ein Charakterzug seiner Person. Kaum daß ich mich ihm näherte, fiel ihm prompt irgend etwas ein, das er dringend zu erledigen hatte. Während einer der Flauten, die eine Meinungsverschiedenheit von der nächsten schied, erwähnte ich diesen Tatbestand gegenüber Edelgard. Wenn sie sich Menzies-Legh zugeselle, falle ihm nie ein, daß er dringend etwas zu erledigen habe, sagte sie darauf.

»Liebe Frau«, erklärte ich ihr geduldig, »du hast eben weniger Macht als ich, ihn an seine unerfüllten Pflichten zu erinnern.«

»So muß es wohl sein«, gab Edelgard zu.

»Und es ist nur natürlich, daß es so ist. Macht, ganz gleich von welcher Spielart, ist in jedem Falle ein maskulines Attribut. Ich wünsche mein kleines Frauchen keinesfalls mit derselben ausgestattet zu sehen.«

* batterie de cuisine: Küchengeschirr (Anm. d. Ü.)

»Ich auch nicht«, sagte sie.

»Ah – hier spricht mein gutes kleines Frauchen.«

»Ich meine, wenn sie von dieser Spielart ist.«

»Was für eine Spielart, liebe Frau?«

»Die Art, die Leute zwingend daran erinnert, daß sie noch etwas zu erledigen haben, wenn ich in ihre Nähe komme.«

Sie schaute mich mit jenem merkwürdigen Blick an, den ich während unseres englischen Urlaubs zum erstenmal bei ihr beobachtete. Seither habe ich ihn noch oft gesehen, aber ich kann mich nicht entsinnen, ihn früher schon bemerkt zu haben. Da ich spürte, daß wir wohl irgendwie aneinander vorbeiredeten, klopfte ich ihr freundlich auf die Schulter, denn selbstverständlich kann sie mir nicht immer ganz folgen, obwohl ich zu ihren Gunsten sagen muß, daß sie sich gemeinhin immer sehr tapfer schlägt.

»Na, na«, sagte ich und tätschelte ihr die Wange. »Wir wollen doch keine Wortklauberei betreiben. Du bist doch mein gutes kleines Frauchen, nicht wahr?«

Und mit dem Zeigefinger hob ich ihr Kinn und küßte sie.

Aber das ist eine Abweichung. Ich glaube, es hängt damit zusammen, daß es mein erster Ausflug in literarische Gefilde ist – deshalb schweife ich so leicht ab. Jedenfalls bin ich mir des Umstands bewußt, was, wie ich meine, in sich schon ein Zeichen für meinen literarischen Instinkt ist. Immerhin hat meine Muse, sozusagen, bis in ihre mittleren Jahre hinein ununterbrochen zu Bett gelegen. Nun wird sie plötzlich aufgefordert, sich zu erheben und zu laufen. Eine solche Muse hat unausweichlich zunächst einen unsicheren Schritt. Ich werde mich aber bemühen, diese Schwankungen zu bändigen, denn ich merke, daß ich ohnehin schon mehr geschrieben habe als bequemerweise an einem einzigen Abend vorgelesen werden kann. Und wenn ich auch nichts dagegen einzuwenden hätte, daß die Freunde noch zu einem zweiten Leseabend kämen, so empfinde ich doch keinerlei Bedürfnis, sie auch an einem dritten hier zu haben. Man denke bloß an die Unmengen belegter Brote, die von ihnen verzehrt würden.

(Von diesem letzten Absatz wird dieser Teil, beginnend bei »und wenn ich auch« und endend bei »verzehrt würden«, vor der öffentlichen Lesung natürlich gestrichen werden.)

Aus den eben dargelegten Gründen werde ich die Unterhaltung, die ich mir Lord Sigismund im Graben führte, nicht ausführlich wiedergeben. Ich sage nur, daß es ein äußerst interessantes Gespräch war, geführt – von seiner Seite (und wie ich hoffe auch von meiner) – mit jenem gesellschaftlichen Schliff, der den perfekten Gentleman auszeichnet.

Durch die Ankunft von Jellaby und seiner Töle wurde es leider beendet. Lord Sigismunds Hund stürzte sich sogleich auf den Jellabys, denn sehr zu Recht verübelte er diesen unerwünschten Besuch, und die beiden Tiere blieben untrennbar ineinander verbissen, während ein nicht mehr enden wollendes Gejaule einsetzte, das die Sabbatruhe empfindlich störte und sich mit den fernen Kirchenglocken vermischte. Ein Gewinsel und Gekläff, das freilich einzig von Jellabys Köter stammte, während Lord Sigismunds Rassehund, eine treue Kopie seines Herrn, das, was er zu tun hatte, mit der schweigenden Selbstbeherrschung vollführte, die den, wenn ich so sagen darf, Hund von Welt auszeichnet.

Die ganze Gesellschaft der Wohnwagenreisenden, einschließlich des alten James, kam schreiend herbeigerannt und versuchte, die beiden Hunde voneinander zu lösen. Jellaby, wahrscheinlich durch das Wissen, daß die Augen der Damen auf ihm ruhten, zu dieser heroischen Tat getrieben, unternahm schließlich eine ungeheure Anstrengung und riß die beiden Kämpfer auseinander. Allerdings verletzte er sich die eigene Hand dabei nicht unerheblich.

Menzies-Legh half Lord Sigismund, den verständlicherweise wütenden Bullterrier wegzuzerren, und Jellaby, der sich hilfesuchend umschaute, bat mich, seinen Hund zu halten, während er gehen und sich die blutende Hand waschen wollte. Dies war einmal mehr ein typisches Beispiel für die brutale Gleichgültigkeit gegenüber den Vorlieben und Abneigungen anderer Menschen, die die gesamte britische Nation auszeichnet. Wieso fragte er mich und nicht den alten James, der da tatenlos herumlungerte? Aber was sollte ich machen? Da standen die Damen, die mich beobachteten, unter ihnen Edelgard, die übrigens keinen Finger rührte, sondern mich ganz meinem Schicksal überließ, dabei versteht sie viel mehr von Hunden als ich. Jellaby hatte die Bestie beim Halsband geschnappt, also dachte ich, sie beim Schwanz zu packen wäre vielleicht keine schlechte Idee. Nun war allerdings der Schwanz dieses Köters der reinste Stummel. Wenigstens aber befand er sich an dessen anderem Ende, weit weg von den schnappenden Zähnen. Ich griff also beherzt danach, wenn auch nicht ohne Schwierigkeiten, denn aus irgendeinem unerfindlichen Grund fing der Köter just in diesem Augenblick an, mit dieser Stummelrute zu wedeln.

»Nein, nein – nehmen Sie ihn beim Halsband. Er ist ganz brav, er wird Ihnen nichts tun«, rief Jellaby grinsend, dabei aber seine eigene verwundete Hand schlau von ihm fernhaltend. Die beiden Küken rannten los, um Wasser zu holen.

Tatsächlich verhielt sich das Biest ganz ruhig. Dennoch hätte unter den gegebenen Umständen Edelgard mir durchaus helfen können, schließlich weiß sie, daß ich Hunde nicht ausstehen kann. Hätte sie zum Beispiel seinen Kopf gehalten, dann hätte es mir nichts ausgemacht, das Tier weiterhin beim Schwanz zu nehmen, und zu Hause hätte sie sich auch ganz sicher in dieser Weise nützlich gemacht. Hier jedoch tat sie nichts dergleichen, im Gegenteil, sie fing an, ein frisches und obendrein noch sehr gutes Taschentuch in Streifen zu reißen, um damit doch wahrhaftig Jellaby die Hilfe zu leisten, die sie ihrem eigenen Ehemann verweigerte. Ich nahm, wie gesagt, den Spitz beim Halsband, denn ein anderer Weg stand mir ja nicht offen, und erkannte zu meiner großen Erleichterung, daß er zu müde und zu verletzt war, um mir etwas zu tun. Aber ich bin noch nie ein Hundefreund gewesen und habe diese Tiere aus meiner Wohnung in Storchwerder immer ferngehalten. Auch den Dachshund, den Edelgard als junge Frau besessen hatte und den sie mit in die Ehe bringen wollte, verkaufte ich unverzüglich. Ich erinnere mich sehr genau, wie lange es dauerte, der damals noch wenig angepaßten und aus sehr rohem Material geschnitzten Edelgard einsichtig zu machen, daß ich sie, nicht aber ihren Dackel geehelicht hätte. Man stelle sich die Entnervung vor, die es bedeutete, daß ihre einzige und immergleiche, wie von einem Papagei wiederholte Antwort auf meine Einlassungen lautete: »Aber er ist doch so süß!« Wahrhaftig ein schwaches Argument, verglichen mit der messerscharfen Logik meiner Gründe. Sie vergoß Tränen in einer Quantität, die einer Vierzehnjährigen besser angestanden hätte als einer Vierundzwanzigjährigen (wie ich ihr deutlich auseinandersetzte). Schließlich, nachdem ich sie immer wieder mit der diesbezüglichen Frage bedrängt hatte, gab sie zu, daß in der Tat die teuren Möbel und Teppiche zweifellos wichtiger seien als ein Hund. Trotzdem konnte sie sich lange Zeit einer Tendenz nicht enthalten, die endlich zu unterdrücken mich nicht wenig Mühe kostete, nämlich mit ermüdender Wehmütigkeit immer wieder darauf anzuspielen, daß der Käufer (ich hatte den Hund versteigern lassen) ein Wurstmacher gewesen sei und daß sie das Tier nie wieder in den Straßen gesehen habe. Auch rührte sie noch Monate nach dem Verkauf des Hundes keinerlei eingemachte Fleischwaren an, obwohl sie gerade diese vorher besonders gemocht hatte. Und wieder mußte ich sie mir vorknöpfen und ihr sehr ernst ins Gewissen reden.

Während ich mich sehr rasch mit Jellabys Hund allein gelassen und unbeachtet fand, avancierte dessen Herrchen zum umflatterten Mittelpunkt der Aufmerksamkeit sämtlicher anwesender Damen, die gemeinschaftlich seine Wunde versorgten. Meine Frau wusch sie aus, Jumps hielt die Wasserschüssel, Mrs. Memzies-Legh verband die Wunde, Frau von Eckthum steuerte eine von ihren Sicherheitsnadeln bei, um den Verband zu schließen (ich sah, wie sie sie vom Revers ihrer Bluse nahm), und Jane gab ihre Schärpe, aus der eine Armschlinge wurde. Was Lord Sigismund anging, so kam er, nachdem er die Wunden seines eigenen Hundes versorgt hatte (die ihm alle ausschließlich Jellabys Hund beigebracht hatte), mit wahrer christlicher Güte auf mich zu und bot an, sich um Jellabys Hund und dessen Verletzungen zu kümmern. Seine Haltung während dieser Hundekämpfe war in der

Tat derart, wie sie nur ein Mensch von höchstem Adel an den Tag legen kann. Niemals kam auch nur ein einziges Wort der Beschuldigung über seine Lippen, dabei war es ganz offensichtlich: Wäre Jellabys Hund nicht dagewesen, es hätte überhaupt nie zu einem Kampf kommen können. Auch zeigte Lord Sigismund sich wirklich ernsthaft besorgt wegen Jellabys Verletzung, während Jellaby selbst, dickhäutig, wie er nun mal war, bloß lachte und erklärte, er spüre gar nichts. Was ohne Zweifel auch stimmte, denn solche Typen empfinden, dessen bin ich ganz gewiß, bei weitem nicht so stark wie wir feinfühligeren Menschen.

Am Ende dieser schönen Episode eines friedlichen Sonntagmorgens brachte Jellaby seinen Hund zum nächsten Dorf, in dem ein Veterinär praktizierte, und Menzies-Legh wurde im Graben gefunden, fast so grün wie das ihn umgebende Gras. Er konnte nämlich – kann man es glauben? – den Anblick von Blut nicht vertragen!

Meine Zuhörer werden darüber sicherlich sehr amüsiert sein. Nun, die meisten Briten sind wohl aus diesem weichen Holz geschnitzt, denn es ist sehr unwahrscheinlich, daß ich während der wenigen Tage meines Aufenthalts ausgerechnet dem einen und einzigen zartbesaiteten Exemplar über den Weg gelaufen sein sollte. Beim Anblick dieses Musters von englischer Mannhaftigkeit, das da halb bewußtlos im Graben lag, weil es einen Kratzer gesehen hatte, aus dem ein wenig Blut tropfte, konnte ich ein herzliches Lachen nur mühsam unterdrücken. Was werden er und seinesgleichen auf dem Schlachtfeld tun, wenn ihnen, wie ich mit fester Überzeugung annehme, in gar nicht so ferner Zukunft die tapferste aller Armeen gegenüberstehen wird? Was der arme Menzies-Legh dann zu sehen bekommt, werden keine Kratzer sein; und ich mache mir ernsthafte Sorgen um seine Gesichtsfarbe.

Jeder rannte in eine andere Richtung, um nach Brandy zu suchen. Noch nie habe ich einen Mann mit so grünem Gesicht gesehen. Wenigstens schämte er sich offensichtlich dafür. Als ich mich – da alle nach Brandy gerannt waren – unversehens allein mit ihm fand und er nicht in der Verfassung war, sich einer

Pflicht zu erinnern und davonzueilen, sprach ich ein ernstes Wort mit ihm über die verweiblichende Wirkung von allzuviel Poesie, Kunstbewunderung und Bekümmerung um die Belange der Armen. Mit so etwas, erklärte ich, hätten die Spartaner ihre Zeit nicht vertan, noch hätten die alten Römer in ihrer größten Zeit sich solchen Vergnügungen hingegeben.

»Sie zum Beispiel empfinden die Situation der Armen viel stärker, als die Armen selbst sie spüren«, sagte ich. »Sie erlauben sich den Luxus, sich über die Verbesserung der armseligen Lebensbedingungen der Armen den Kopf zu zerbrechen, dabei sind die Armen diese Bedingungen gewohnt und bemerken sie deshalb überhaupt nicht. Und dann, was ist die Kunst? Was sind Dichtung und Poesie? Und was, wenn man es recht bedenkt, sind Armut und Armseligkeit? Schwächen Sie doch nicht die Muskeln Ihres Geistes, indem Sie sie ständig mit diesem Brei Ihrer eigenen Sentimentalität und der Sentimentalität anderer füttern. Reißen Sie diese künstlichen Schutzschilde nieder. Seien Sie ein Mann. Gewöhnen Sie sich daran, den Fakten, ohne auszuweichen, ins Gesicht zu sehen. Nehmen Sie sich ein Beispiel am Verhalten der jungen Japaner, die ihre Kinder zu öffentlichen Hinrichtungen mitnehmen und die ihnen zu Hause bei der Rückkehr den Mittagsreis mit blutrotem Kirschsaft übergossen servieren, damit die Kinder sich vorstellen können . . .«

Aber Menzies-Legh wurde nur noch grüner, und dann fiel er in Ohnmacht.

13

Ich bin gewohnt, mich meiner sozusagen himmelwärts gerichteten Verpflichtung pünktlich zu entledigen, denn ich bin davon überzeugt, daß es die Aufgabe eines jeden Mannes ist, durch gutes Beispiel zu verhindern, daß einem Schwächeren ein allzuschwerer Mühlstein um den Hals gelegt wird. Auch bin ich im besten Sinne des Wortes ein religiöser Mensch. War es nicht Bismarck, der jenen Ausspruch tat, der unverzichtbarer

Teil im Mark der Nation wurde: »Wir Deutschen fürchten Gott, sonst nichts auf der Welt«? In genau derselben Weise und, so möchte ich hinzufügen, in genau gleichem Grade wie Bismarck bin auch ich religiös. In Storchwerder, in dem ich jedermann bekannt bin, gehe ich jeden zweiten Sonntag zur Kirche. Dortselbst gestatte ich dem Pastor, mich zu belehren und zu ermahnen, denn ich bin bereit anzuerkennen, daß er bei dieser Gelegenheit und an diesem Ort das Recht dazu hat, wird er doch ausdrücklich dafür bezahlt, dies zu tun. Andererseits reklamiere ich für mich selbst das Recht, während der dazwischenliegenden vierzehntägigen weltlichen Perioden meinerseits den Pastor an seinen ihm zukommenden Platz zu verweisen und ihn dort zu halten. Vor unseren täglichen Mahlzeiten spreche ich das Tischgebet, eine rare und rühmliche Ausnahme in einem Haushalt, in dem es keine Kinder gibt, um deren Erziehung man sich sorgen müßte. Und wenn ich nicht, wie es in strengeren Haushalten durchaus übliche Gewohnheit sein mag, die tägliche Familienandacht abhalte, so nur deshalb, weil ich Andachten nicht ausstehen kann.

Schließlich gibt es Grenzen, an denen das Pflichtgefühl dem persönlichen Geschmack eines Mannes weichen muß. Wir sind ja keine Maschinen, nur darauf ausgerichtet, Verpflichtungen zu erfüllen. Ich sehe widerspruchslos ein, daß es sehr gut und vielleicht sogar nötig ist, daß die Köchin und die Hausfrau zusammen beten. Meinethalben soll auch der Hausdiener daran teilnehmen. Aber ich kann nicht einsehen, daß die aktive Unterstützung des Hausherrn bei dieser Übung erforderlich ist.

Ich bin, wie gesagt, religiös im besten und höchsten Sinne des Wortes, ein Sinn, der weit über dem täglichen Familiengebet schwebt, ein Sinn, der sich jeder Erklärung entzieht, wie denn auch alle anderen höheren Dinge unerklärlich sind. Je höher man in den Regionen des Denkens steigt, desto schweigsamer wird man und desto untätiger. Die Tat ist, wie alle Personen von hohem Intellekt wohl wissen, gegenüber dem Akt des Denkens von sehr inferiorer Qualität und darüber hinaus sehr viel mehr geeignet, einen zu erhitzen und in Wut zu bringen. Freilich sind die kühlen Ausflüge in die Gefilde des Intellekts kein Thema, über das man mit Frauen oder Mitgliedern der niederen Klassen spricht. Was würde geschehen, sollten auch sie der Untätigkeit den Vorzug geben? Für sie sind Glaube und Kirche positive Notwendigkeiten, und je einfacher und strikter, desto besser. Die frommen Armen und die frommen Familienmütter sind unverzichtbar für die Freiheit und Bequemlichkeit der anderen. Je weniger man besitzt, desto größer die Notwendigkeit, sich bescheiden zu können, und nichts leistet dies so gründlich wie die Doktrin von der absoluten Bescheidenheit. Es wäre wahrhaftig ein Unheil sondergleichen, sollten all die Ungebildeten und im Geiste Schwachen – das heißt die Proletarier und die Weiber – ihre Frömmigkeit verlieren und ebenfalls nach anderen Dingen verlangen. Frauen, das ist wahr, sind vor unangemessenen Forderungen relativ sicher, solange sie jedes Jahr ein Kind bekommen: der Weg der Natur, sie schweigend zu halten. Doch ich bin ganz und gar mit Schrecken erfüllt, wenn ich von Unzufriedenen im Lager des männlichen Teils des Proletariats höre.

Diesen Leuten das Stimmrecht gegeben zu haben ist der eine und einzige Fehler, den dieser große und so besonders typische Deutsche, der für immer von uns gegangene und zu betrauernde Bismarck, begangen hat. Der Gedanke, daß sich in den Händen dieses Abschaums der Menschheit Macht sammeln könnte, irgendeine Macht, und sei es auch nur der kleinste Splitter derselben, alarmiert mich so ernsthaft, daß ich regelmäßig an jedem Sonntagmorgen, an dem ich mich eigentlich entschieden habe, den Kirchgang ausfallen zu lassen, um zu Hause der Ruhe zu pflegen, während meine Frau alleine zum Gottesdienst geht, ich sofort die Uniform anlege, den Paradehelm aufstülpe und in fiebriger Hast aus dem Haus eile, um im Kasino mitzuhelfen, die Säulen der Gesellschaft zu stützen.

In der Tat ist es von überragender Wichtigkeit, daß wir an der Kirche und ihren Lehren festhalten. Vor allem müssen wir darauf achten, daß unsere Frauen daran festhalten. Und wir müssen darauf bestehen, daß unsere Dienstboten daran festhalten. Diese Reflexionen eines Sonntagmorgens, die mir nun einfallen, während meine Gedanken sechs Monate weit zurückwandern zu jenem ersten Sonntag außerhalb unseres Vaterlandes, sind so eindringlich, daß ich, während ich schreibe (und es ist jetzt Dezember, und draußen fällt pappiger Schneeregen), die Sommerbrise über das Gras fächeln und meine Wange streifen fühle, die Vögel zwitschern höre (ich weiß nur nicht, wie sie heißen) und Frau von Eckthum in der Sonne über das Feld kommen und mit ihrem hübschen Lächeln bei mir stehen bleiben sehe. Und ich höre, wie sie mich fragt, ob ich mitkäme zur Kirche. Natürlich ging ich mit. Denn sie war (und ist, ganz gleich, was man in Storchwerder auch immer behaupten mag) eine höchst anziehende Dame.

Wir gingen also zusammen, bis auf Jellaby, der sicher und weit entfernt im Behandlungszimmer des Viehdoktors weilte. Edelgard folgte uns – Frau von Eckthum und mir – zusammen mit den beiden Küken, die eine ungewöhnlich adrette Erscheinung boten und weit mehr von der ersten Jungmädchenblüte zur Schau stellten, als mir bisher an ihnen aufgefallen war. Lord Sigismund und Mrs. Menzies-Legh blieben bei unserem Patienten, der sich inzwischen so weit erholt hatte, daß er in einem Liegestuhl im Schatten ruhen konnte, während man ihm vorlas – wollen wir hoffen, aus einem für einem Mann geziemenden Buch. Allerdings muß ich es bezweifeln, denn die Stimme seiner Frau erklang in jenem typischen Singsang, der die Stimme desjenigen befällt, der laut Poesie vorträgt. Und genau so mäanderte sie noch eine Weile hinter uns her.

Nach unserem Vagabundenleben der letzten Tage schien es merkwürdig, ohne ein Pferd zu führen wie eine Respektsperson zu marschieren und sich dabei anderen ehrbaren Menschen anzuschließen, die dem gleichen Ziel zustrebten. Sie schienen in uns die staubigen Wohnwagenfahrer wiederzuerkennen, die gestern vorbeigezockelt waren, denn man begaffte uns schamlos. Sogar in der Kirche musterte uns eine aufdringliche Dame, die in der Bank vor uns saß, indem sie sich zur Seite drehte und uns mit ruhiger Aufmerksamkeit durch ihr Lorgnon anschaute. Sie tat dies sowohl bevor der Gottesdienst begann als auch während desselben, wenn das Ritual wieder eine Phase erreicht hatte, in der die Gemeinde sich setzte. Sie war, wie wir später in Erfahrung brachten, die Gutsherrin und eine der wichtigsten Persönlichkeiten dieses Sprengels. Das Feld, auf dem wir biwakierten, gehörte ihr. Am selben Nachmittag erfuhren wir von dem Pachtbauern, daß sie am Abend zuvor zusammen mit ihrem Verwalter und ihren Hunden heimlich unser Lager besucht hatte, um uns – wiederum mit Hilfe ihres Augenglases – über die Hecke zu beobachten, als wir gerade um unser Essen versammelt saßen. Auch sie befürchtete nämlich, wir seien ein Zirkus, der natürlich unverzüglich zum Weiterfahren hätte genötigt werden müssen. Ich denke, das Ergebnis ihrer intensiven Musterung in der Kirche muß sie sehr befriedigt haben. Es konnte ihr keinesfalls entgehen, daß sie es in meiner Person mit einem Gentleman von nobelster Abstammung zu tun hatte, aber auch die Damen, deren kurze Röcke von den Kirchenstühlen gnädig verdeckt wurden, präsentierten immerhin Ohrringe, die ihnen zu jedem nur denkbaren Vorteil gereichten. Unsere Blicke trafen sich so oft, daß ich mich schließlich ganz unwillkürlich, weil einem eingeborenen Instinkt folgend, verbeugte – nur ganz unauffällig und wenig, versteht sich, eingedenk der Situation und des Ortes. Sie erwiderte diesen Gruß nicht, drehte sich danach aber auch kein weiteres Mal mehr um, vielmehr wandte sie sich für den Rest des Gottesdienstes ihren bis dahin vernachlässigten Gebeten zu.

Meine Zuhörer werden ebenso überrascht sein, wie ich es war – wenn auch bei weitem nicht so ermüdet –, wenn ich berichte, daß man von mir erwartete, den größten Teil des Gottesdienstes auf den Knien zuzubringen. Wir Deutsche sind an unsere Knie nicht gewöhnt. Und ich hatte meine ganz sicherlich noch nie zum Zwecke des Gebetes eingesetzt. Später dann erfuhr ich, daß die gesamte Nation allabendlich vor den Betten kniet, um vor dem Schlafengehen ein Nachtgebet zu sprechen.

Es war jedoch nicht allein das Knien, das mich so schockierte (denn wenn man Schmerzen leidet und ganz steif wird, wie soll man da beten können? Nun, Satan mußte das zweifellos gewußt haben, als er diesen Menschen einblies, dieser Praxis zu folgen). Es war darüber hinaus auch die außergewöhnliche Geschwindigkeit, mit der die Andacht durchgepeitscht wurde. Wir begannen um elf, und schon um Viertel vor zwölf waren wir, sozusagen mit abgenommener Beichte, wieder entlassen. Keine Herde kann bei solchem Nahrungsangebot fett werden. Wie anders werden doch die Herden des Vaterlandes gefüttert! Die können sich wirklich an den weit ausholenden Stegreifreden ihres Pastors weiden, zumindest haben sie jede Möglichkeit, es zu tun, wenn sie es wünschen. Denn spricht er sie nicht mindestens eine Stunde lang an? Was keinen Augenblick zu kurz ist für ein Mahl, dessen Wirkung ja sieben Tage vorhalten muß.

Der englische Pastor, gekleidet in ein weißes Gewand mit zwei bedeutungslosen roten Bändern, die ihm über den Rücken fielen, predigte sieben Minuten lang, womit er, wie ich schnell durchkalkulierte, jedem Tag der kommenden Woche eine Portion von einer Minute Erbauung zuwies. Weh und Ach für die armen Schafe Englands; das heißt, ausschließlich vom allgemeinmenschlichen Standpunkt aus gesehen, doch selbstverständlich nicht aus jeder anderen Sicht, denn ihr Nachteil muß immer unser Vorteil sein. Und ein von der Kirche ausgehungertes britisches Schaf, das auf diese Weise in den Sozialismus und den Bürgerkrieg getrieben worden ist, ist für uns fast noch wertvoller als ein mit Glauben gemästetes, fettes deutsches Schaf.

Der Pastor, ganz offensichtlich ein militanter Mensch, predigte gegen die Sünde der Bigotterie. Das war soweit völlig in Ordnung, und ich hätte ihm denn auch mit all der Toleranz gelauscht, die ich üblicherweise Kanzelreden entgegenzubringen pflege, hätte er nicht im gleichen Atemzuge – und für mehr als einen war kaum Zeit – den Zorn des Himmels herabbeschworen auf alle, die sich anderen Formen des Gottesdienstes und des Glaubens zuwenden als dem anglikanischen. Diese anderen Formen schließen natürlich, wie ich nicht lange erläutern muß, die lutherische ein. Es fiel mir wirklich schwer, ob der Torheit des armen Mannes ein mitleidiges Lächeln zu unterdrücken. Ich ersehnte die persönliche Anwesenheit des wiedererstandenen Luther (etwas, das ich, soweit ich mich erinnern kann, noch nie getan habe), damit er diesen verblendeten Herrn von seiner Kanzel vertreibe. Doch kaum hatte ich in meinen Gedanken diesen Punkt erreicht, gab es auch schon einen hastigen Segensspruch, dann wurde noch schnell eine Hymne gesungen und rasch noch das Gegenstück zu unserem deutschen Klingelbeutel herumgereicht, und vorbei war der Gottesdienst.

Ich war wahrhaftig schockiert von dieser Atemlosigkeit. Und Sie, meine lieben Zuhörer, die Sie keinen anderen kennen als den geruhsamen Gottesdienst, wie er in Storchwerder und überall sonst in unseren geliebten preußischen Landen üblich ist (ich spiele hier nicht weiter auf den römisch-katholischen Kult an, als nötig ist, um ganz im Geiste der toleranten Menschheit zu sagen: Ihr Ärmsten!), auch Sie wären, dessen bin ich gewiß, sehr schockiert gewesen. Sind Sie doch genauso wie ich an eine gänzlich andere Form der Andacht gewöhnt, ordentliche und gemütliche Gottesdienste, die den ganzen Morgen füllen, bei denen man fast die ganze Zeit sitzt, so daß keine Ermüdung der Füße oder Knie die Gedanken von der zur Diskussion stehenden Sache ablenkt, bei denen man sitzend dem Klang der Choräle folgt, langsamer und würdiger Hintergrund uralter Gefühle, die zwischen den einzelnen Strophen weiten Raum gewähren, die angemessenen Gedanken zu denken, wobei darüber hinaus auch noch die meditative Stimme der Orgel helfend eingreift, Gottesdienste in denen man nur zum Gebet sich erhebt, steht beim Gebet, wie es Männer tun, die keine Sklaven sind ... kurz und gut, auch Sie wären entsetzt gewesen – und ich kam zu dem Schluß, daß hier zweifellos einer der Schlüssel zu finden ist für die manifeste Dekadenz des britischen Charakters. Ehrfurcht und Geschwindigkeit passen einfach nicht zusammen.

Respektlosigkcit gegenüber seinen Glaubensvorstellungen ist ein untrügliches Zeichen dafür, daß eine Nation sich auf jener schiefen Ebene befindet, die sie schließlich in den Rachen von (sagen wir) Deutschland schliddern läßt. Nun, so sei es! Obgleich Respektlosigkeit ganz sicherlich ein Übel ist und ich der erste bin, der sie verurteilt, kann ich sie doch nicht so sehr verurteilen, wie ich müßte und möchte, ist sie doch letztendlich Auslöser dieser Rutschpartie. Und was für ein grünes und fruchtbares Land ist dies! Es wird gut munden, wie wir Männer mit gesundem Appetit zu sagen pflegen. Wir gingen zu Fuß nach Hause – ein Ausdruck, der mir immer wieder als höchst ironisch erschien, bestand doch unser sogenanntes Zuhause nur aus Gras und Hecken – und diskutierten unterwegs die eben erwähnten Dinge. Das heißt, ich legte meine Ansichten dar, und Frau von Eckthum sagte: »Oh?« Aber diese in ihrer Stimme mitschwingende Sympathie, die darin enthaltene Übereinstimmung mit meiner Sicht der Dinge, die Anerkennung für die Art und Weise, wie ich meine Meinung zum Ausdruck brachte, das vollkommene gegenseitige Verständnis, all dies kann ich unmöglich beschreiben, selbst wenn ich es gegenüber Ihnen, meinen voreingenommenen Kritikern, versuchen sollte.

Edelgard schritt zusammen mit den beiden jungen Mädchen vor uns her. Sie und ich gingen uns so gut wie möglich aus dem Wege. Denn da auch ich nur ein Mensch bin, war ich es gelegentlich leid, weiterhin geduldig zu sein. Und doch bleibt einem innerhalb der vier Wände eines *caravans*, die so dünn sind, daß alle Welt einen hören kann, nichts anderes übrig, als Geduld zu üben. Noch kann man inmitten eines freien Feldes ungeduldig sein. Um sich bequem seiner Ungeduld hingeben zu können, muß man sich mindestens auf der anderen Seite einer Hecke befinden. Daher war es insgesamt einfach am besten, wenn wir sowenig wie möglich zusammen waren.

Bei Frau von Eckthum dagegen hatte ich nicht das geringste Verlangen, irgend etwas anderes zu sein als der mildeste aller Männer, und so schritten wir wie die personifizierte Harmonie Richtung Heimat. Doch bei unserer Ankunft stellten wir fest, daß, obwohl wir uns in keiner Weise vertrödelt hatten, der überagile Pastor bereits vor uns die Wohnwagen erreicht hatte.

Mit welcher Hast er seine roten Bänder abgestreift und welche Abkürzungen über was für Gräben er genommen hatte, kann ich nicht sagen. Jedenfalls, da war er. Gemütlich hingestreckt in einen der Liegestühle, sprach er mit den Menzies-Leghs, als kennte er sie schon ein Leben lang.

An diesen Mangel an jeglichem Zeremoniell, an diese sofortige Vertrautheit, wie sie in englischen Kreisen vorherrscht, werde ich mich nie gewöhnen. Bei uns wäre der Pastor erstens einmal überhaupt nicht erschienen, und zweitens, wäre er doch gekommen, so hätte er sich zum Zeitpunkt unserer Ankunft noch im Stadium der zeremoniösen Einleitungsreden befunden und wäre aus diesen vorausgeschickten Entschuldigungen nur aufgetaucht, um zu einer Serie von Bitten um Vergebung überzuleiten, die seinen Besuch abgerundet und zugleich beendet hätten. Es wäre also gar keine Zeit gewesen, das Eis auch nur zu erreichen, geschweige denn, es zu brechen. Und ich bin konservativ und aristokratisch genug, das Eis zu mögen – es ist so ein hervorragender Schutz.

Mrs. Menzies-Legh fütterte ihren invaliden Gatten mit Milch und Keksen. »Möchten Sie?« fragte sie den Pastor und hielt ihm eine Tassevoll von diesem reizvollen Getränk hin, ohne diese Handlung auch nur andeutungsweise mit der Anmut einer einleitenden Rede zu umkleiden.

Er seinerseits nahm die Tasse entgegen, ohne vorher die Zeremonie höflichen Ablehnens durchzuspielen, die wiederum sie herausgefordert hätte, ihn mit ein wenig mehr Nachdruck zu drängen, doch ruhig zuzugreifen, was ihn dann endlich bewogen hätte, mit aller gebotenen taktvollen Zurückhaltung ihr Angebot anzunehmen. Nicht so der Pastor, er ergriff die Tasse, ohne nur seine Unterhaltung mit Menzies-Legh zu unterbrechen, und streckte die Hand nach den Keksen aus, um sich auch hier zu bedienen, obwohl niemand ihm davon angeboten hatte.

Nun, was wohl kann die Zukunft einer Nation sein, die absichtlich sämtliche Schranken niederreißt, die das gute Benehmen so wohlweislich errichtet, um das Tier in uns im Zaume zu halten? Darf es erlaubt sein, daß ein Mann die innere Bestie losläßt, damit sie sich an der Keksdose eines anderen gütlich tut? Die Hürde des Anstands erscheint mir sehr notwendig, um die Bestie zu bändigen, denn sie lebt in uns allen, ganz gleich, aus welchem Lande wir stammen. Wir Deutschen, die wir mit besonderem Feingefühl erspüren, wie nahe an der Oberfläche sie sich aufhält, legen besonders peinlichen Wert auf jedes winzigste Detail der Etikette. Denn die Erfahrung hat uns gelehrt, daß die einzige Möglichkeit, der Bestie Herr zu werden, die ist, das Netz der gesellschaftlichen Verhaltensregeln so engmaschig zu halten wie irgend möglich. Also machen wir die Maschen eng und verwenden ein dickes Garn. Und wie ängstlich hüten wir unsere Ehre, indem wir sie zuerst innerhalb dieses engmaschigen, starken Netzes der Regeln bewahren und dann uns selbst bereithalten, uns bei der geringsten Annäherung an sie zu erheben und zu ihrem Schutz unser eigenes (vorzugsweise aber anderes) Blut zu vergießen. Abgesehen von anderen wilden Tieren wird mit Hilfe dieses starken Netzes das Karnickel Sozialismus mit seinen beiden Abkömmlingen Güterteilung und Freie Liebe erfolgreich ferngehalten. Jellaby und seinesgleichen, die in Britannien so offen toleriert werden, tun sich schwer, die sorgfältig und weitreichend aufgebauten Mauern der Förmlichkeit und des zeremoniösen Verhaltens, wie sie in anderen Ländern beachtet werden, zu untergraben. Ihre furchterregenden Doktrinen können gegen eine solche Rüstung wenig ausrichten. Nicht, daß ich nicht modern und aufgeschlossen genug wäre, mein Eigentum mit einem anderen Menschen zu teilen; allerdings erbitte ich mir das Recht, die Person, mit der ich teile, selbst auswählen zu dürfen. All diese jüdischen Bankiers in Berlin und Hamburg zum Beispiel – wenn ich mir vorstelle, mit diesen teilen zu müsen, so sehe ich darin keinerlei Schaden, vielmehr beinahe eine gewisse Wohltat. Doch mit, sagen wir, meiner Ordonnanz Hermann zu teilen oder mit dem Mann, der täglich den Beutel mit den Frühstücksbrötchen an den Griff unserer Hintertür hängt, erscheint mir eine gänzlich andere Sache. Und was die Freie Liebe anbelangt, so läßt sich nicht leugnen, daß es auch dazu so einiges zu sagen gäbe, aber natürlich nicht hier. Kommen wir also zurück. Kommen wir von einem Gegenstand, den zu diskutieren unter Männern selbstverständlich legitim wäre, auch wenn er einer gewissen Schlüpfrigkeit nicht entbehrt, zu jenem englischen Pastor zurück, der sich an unseren Keksen gütlich tat, und stellen wir uns für einen Moment vor, wie dieselbe Szene sich in der näheren Umgebung Storchwerders abgespielt hätte, vorausgesetzt, es wäre erstens überhaupt denkbar, daß eine Gruppe hochwohlgeborener Deutscher auf einem deutschen Feld kampieren würde, und daß zweitens die Vertreter der Staatsgewalt nicht längst aufgetaucht wären, um sie, nach Verhängung eines gehörigen Bußgeldes, zu vertreiben, und drittens der Pastor der nächstbesten Kirche gewagt hätte, noch erhitzt von der Kanzelrede, zu ihnen zu gehen und sich ihnen aufzudrängen.

PASTOR *nähert sich Menzies-Legh und seiner Frau (für den Augenblick in zwei deutsche Aristokraten verwandelt) mit dem Hut in der Hand und mit respektvollen Verbeugungen, die er beginnt, sobald er der beiden ansichtig wird:*

Ich erflehe die tausendfache Vergebung der Herrschaften, daß ich mich Ihrer Aufmerksamkeit in dieser ungehobelten Weise aufdränge. Ich bitte Sie, verübeln Sie es mir nicht. Es ist in der Tat eine beispiellose Schamlosigkeit meinerseits – aber, darf ich unterwürfigst darum bitten, mich vorstellen zu dürfen? Mein Name ist Schultz.

PASTOR *vollführt nun gegenüber jedem der beiden* MENZIES-LEGHS *zwei oder drei Verbeugungen. Nachdem diese ihn natürlicherweise überrascht angestarrt haben – denn welche Entschuldigung könnte der Mann für sein Erscheinen wohl haben? –, erheben sie sich und begrüßen ihn mit ernster Würde, und zwar mit der Andeutung einer leichten Verneigung, doch ohne ihm die Hand zum Gruß zu bieten. Wiederum tief dienernd und noch immer den Hut in der Hand, wiederholt er:*

Mein Name ist Schultz.

MENZIES-LEGH *(der, es sei wiederholt, für den Augenblick in die Rolle eines deutschen Adligen geschlüpft ist) murmelt möglicherweise an dieser Stelle leise:*

Der meine, Gott sei Dank, nicht.

Aber selbstredend spricht er nicht so laut (denn er ist ja äußerst korrekt), daß der Pfaffe ihn hören könnte. Er nennt dann seinen eigenen Namen – mit dem zugehörigen Adelsprädikat (Fürst, Graf oder Ba-

ron) – und erläutert, daß es sich bei der Dame an seiner Seite um seine Frau Gemahlin handelt.

PASTOR *mit weiteren und, sofern überhaupt möglich, noch tieferen Verbeugungen:*

Ich flehe die Herrschaften an, mir mein Erscheinen zu verzeihen und hoffe inständig, man wird mich nicht für aufdringlich halten oder mir mein Erscheinen in irgendeiner Weise verübeln.

Mrs. MENZIES-LEGH *(jetzt mindestens eine Gräfin):*

Möchten der Herr Pastor nicht Platz nehmen?

PASTOR *mit allen Anzeichen überschwenglichster Freude:*

Oh, tausend Dank! Die gnädige Dame ist zu gütig. Wenn es mir wahrhaftig gestattet sein soll, Platz zu nehmen – einen winzigen Augenblick nur –, nachdem ich mich in dieser schamlosen Weise . . .

PASTOR *wird, da er weiterhin zögert, von* MENZIES-LEGH *mit majestätischer Höflichkeit zum dritten Sessel dirigiert, in den er sich niederläßt, aber erst, nachdem er gesehen hat, daß auch die Herrschaften sich anschicken, sich wieder in ihren Sesseln niederzulassen.*

Mrs. MENZIES-LEGH *erklärt mit graziöser Geste die grüne Gesichtsfarbe und das Schweigen von* MENZIES-LEGH:

Mein Herr Gemahl ist heute ein wenig unpäßlich.

PASTOR *mit allen Anzeichen lebhaftesten Interesses und größter Anteilnahme:*

Oh, das betrübt mich zutiefst. Haben Herr Graf sich möglicherweise überanstrengt? Haben Herr Graf sich vielleicht eine Verkühlung zugezogen? Leiden Herr Graf an einem empfindlichen Magen?

MENZIES-LEGH *mit gravitätischer Handbewegung, denn selbstredend hegt er nicht den Wunsch, den Grund seiner grünen Gesichtsfarbe zu enthüllen:*

Nein-nein.

Mrs. MENZIES-LEGH:

Ich wollte ihn gerade mit ein wenig Milch erfrischen. Darf ich mir erlauben, auch dem Herrn Pastor ein kleines Schlückchen einzuschenken?

PASTOR *erneut ausgiebig sich verneigend:*

Die Gnädigste ist viel zu gütig. Wie könnte ich mir erlauben . . .

Mrs. MENZIES-LEGH:

Aber ich bitte Sie, Herr Pastor. Möchten Sie nicht wenigstens ein ganz klein wenig . . .?

PASTOR:

Die gnädige Frau ist wirklich unendlich freundlich. Doch möchte ich den gütigen Herrschaften unter gar keinen Umständen . . .

Mrs. MENZIES-LEGH:

Aber lieber Herr Pastor, keineswegs, keineswegs! Möchten Sie denn nicht wenigstens ein halbes Gläschen? Nach diesem erhitzenden, langen Marsch? Nicht zu vergessen die Anstrengung der Predigt und des Gottesdienstes.

PASTOR *bemüht, sich aus dem tiefen Sessel zu erheben, sich zu verbeugen und das ihm hingehaltene Glas in Empfang zu nehmen – und das alles gleichzeitig:*

Da die allergnädigste Dame so gnädig ist . . .

PASTOR *nimmt das Glas mit einer tiefen Verbeugung entgegen, denn es ist jetzt das Stadium erreicht, in dem sämtliche Präliminarien von beiden Seiten in vollendeter Höflichkeit erfüllt sind. Er ist, sozusagen, so frei. Doch bevor er das Getränk an die Lippen führt, wendet er sich mit einem weiteren tiefen Diener an* MENZIES-LEGH:

Dürfte ich mir erlauben, das Glas vielleicht zunächst dem Herrn Grafen anzubieten?

MENZIES-LEGH *mit majestätischer Handbewegung:*

Nein-nein.

PASTOR *sich mit einer erneuten Verbeugung und aller nötigen Vorsicht, deren es bedarf, da er ja nun das Glas in der Hand hat, wieder in den Sessel niederlassend:*

Ich wage nicht, mir auszumalen, was die Herrschaften von mir denken mögen, weil ich sie in dieser Weise unvorangemeldet überfalle. Ich kann Sie nur inständigst bitten, es mir nicht zu verübeln. Ich bin mir vollkommen bewußt, daß es sich um ein beispielloses Beispiel von Schamlosigkeit handelt . . .

Mrs. MENZIES-LEGH *nähert sich mit der Keksschale:*

Möchten der Herr Pastor vielleicht einen Keks zu der Milch nehmen?

PASTOR *zeigt erneut alle Anzeichen überschwenglichster Dankbarkeit und schickt sich gerade an, eine Dankesrede zu halten, die zugleich die höflichste aller Ablehnungen ausdrückt, ehe er sich erlaubt, doch zuzugreifen und einen Keks zu nehmen, als Baron von Ottringel und Begleitung die Szene betreten* – und wir damit den Punkt erreichen, an dem wir tatsächlich auf der Bildfläche erschienen.

Nun, was könnte angemessener und eleganter sein als die eben gegebene Beschreibung? Man wird bemerkt haben, daß zu keiner Zeit und an keiner Stelle Raum war für irgend etwas anderes als allein die größte Höflichkeit, keine Zeit, um sich auf das Gefilde von Diskussionen einzulassen, die oft genug töricht sind, meist unpassend und immer, früher oder später, zur Verärgerung führen, was letztlich so manche gerade zart aufblühende Bekanntschaft im Keime erstickt. Wir Deutschen der gehobenen Klassen halten es nicht für gut, über Themen zu sprechen, die dazu angetan sind, die Gemüter zu erhitzen. Worüber also können wir sprechen? Außer sich gegenseitig eine Sitzgelegenheit anzubieten, gibt es kaum etwas, das wirklich sicher wäre. Doch angepaßt, wie ich bin an diese Grenzen, die eigentlich eleganten Rahmen gleichkommen, bereitet es mir Freude, mich gleichsam wie ein Bild zu verhalten (meine Freunde werden meine Neigung zur Metapher bemerkt haben und sie mir wohlwollend nachsehen), man wird folglich verstehen, mit welcher Mißbilligung ich, auf meinen Schirm gestützt, die Szene vor mir beobachtete. Frau von Eckthum hatte sich gleich nach unserer Ankunft in ihren Wohnwagen zurückgezogen. Edelgard und die Mädchen waren verschwunden. Ich näherte mich der kleinen Gesellschaft also alleine. Nicht einer von ihnen hielt es für nötig, mich mit dem Pastor bekannt zu machen, ja, man nahm von meiner Anwesenheit überhaupt keine Notiz.

Mit belustigendem Engagement diskutierten sie über einen Gegenstand, den sie das *Licensing Bill* nannten und bei dem es sich, wie ich vermutete, um ein Gesetz im Zusammenhang mit

Bier handelte. Sie warfen allerlei Urteilssprüche und Meinungen in die Diskussion, die eine deutsche Gesprächsrunde sofort in hellen Zorn versetzt hätte. Menzies-Legh war, so schien es, zu interessiert, um weiterhin grün zu sein; jedenfalls war alle Grüne aus seinem Gesicht gewichen. Der Pastor fuchtelte mit den Händen in der Luft herum, in deren einer er den Keks hielt, von dem niemand gesagt hatte, daß er ihn nehmen solle, und Mrs. Menzies-Legh saß, quasi zu seinen Füßen, im Gras (etwas, was eine Dame niemals tun darf, wenn ein Herr zugegen ist, dem sie bei dieser Gelegenheit zum erstenmal begegnet. »Darf sie es denn beim zweitenmal?« fragte Mrs. Menzies-Legh, als ich ihr diese Grundregel anständigen Benehmens in einer späteren Unterhaltung darlegte. In aller Angemessenheit erwiderte ich ihr auf diese dumme Replik, man könne Nuancen nicht erklären, sondern lediglich mit Fingerspitzengefühl erfassen.) Mrs. Menzies-Legh also saß im Gras und klinkte sich in die Unterhaltung ein, gerade so, als wäre sie selbst ein Mann. Das heißt, sie tat so, als verfügte sie unangefochten über eine gleichberechtigte und gleichrangige Intelligenz, eine Allüre, die mich köstlich unterhalten hätte, hätte sie mich nicht so maßlos erzürnt. Und die beiden Männer behandelten sie, als wäre sie tatsächlich eine Gleichrangige, denn sie hörten aufmerksam auf das, was sie zu sagen hatte. So etwas schadet einer armen Frau natürlich maßlos, denn erst schwillt sie vor Stolz, und hinterher fällt es ihr um so schwerer, wieder zu einer richtigen Selbsteinschätzung zu gelangen.

Genau auf diese Art kam jene geschlechtslose Mißgeburt, die Suffragette, zustande. Schon am ersten Tag unserer Wohnwagenreise erfuhr ich eine Menge über diese um das Wahlrecht streitenden Walküren, doch als meine britischen Mitreisenden entdeckten, welche unbeugsame Haltung ich in dieser Sache einnehme, ließen sie das Thema fallen.

Wahrscheinlich konnten sie es nicht ertragen zu sehen, wie ich ihre lächerlichen Argumente in der Luft zerriß. Ich ließ mich, wohlgemerkt, nicht so weit herab, über dieses unwerte Thema ernsthaft zu diskutieren. Ich sagte lediglich ganz unverblümt ein paar Dinge, die sie endgültig von der gesamten Thematik zurückschrecken ließen.

Und in der Tat: Wer, bitte, kann eine weibliche Suffragette ernst nehmen? Von Anfang an falsch ermutigt, ich wiederhole es, durch eine viel zu gute Behandlung, ist sie nicht besser als eine anmaßende, verwöhnte Dienstmagd eines reichen, sorglosen Herrn: Je mehr sie bekommt, desto mehr verlangt sie. Storchwerder besitzt nicht ein einziges Exemplar dieser Spezies. Und nur sehr wenige Fremde, die unseren anständigen und zufriedenen Damen ein schlechtes Beispiel geben könnten, setzen ihren Fuß in den Ort. Einmal, so erinnere ich mich, verschlug in der Tat ein merkwürdiger Zufall eine ihrer Ausgeburten nach Storchwerder. Es handelte sich um eine junge Engländerin auf Hochzeitsreise oder so, ein junges Ding, neben das ich bei einem Essen, das der Oberst gab, als Tischherr zu sitzen kam. Ich betrachtete sie mit unverhohlenem Behagen, denn sie war sehr jung und äußerst wohlgerundet. Im Geiste ging ich meine Sammlung erheiternder Nichtigkeiten durch, die ich immer parat halte zum Zwecke einer nötigen Unterhaltung mit einer reizenden jungen Dame. Doch noch ehe ich die passende Trivialität gewählt oder auch nur meine Suppe gelöffelt hatte, sprach sie mich in atemlosem Deutsch auf eine Gesetzesvorlage des Erziehungsministeriums an, über die sich unser Reichstag gerade in Stücke riß.

Ihr Interesse hätte nicht größer sein können, wäre sie selbst Abgeordnete gewesen oder hätte das Überleben ihrer Partei vom Ausgang der Debatte abgehangen. Ihre eigenen Ansichten zu der Sache hatte sie schon fix und fertig bereit; sodann erläuterte sie mir die Ansichten ihres Ehemannes, die sich ganz erheblich von den ihren unterschieden; und nun wollte sie unbedingt die meinen hören. So gierig war sie auf meine Meinung, daß sie sogar zu lächeln vergaß, während sie mit mir sprach. Das heißt, sie vergaß, daß sie eine Frau und ich ein Mann war, der sie – bei entsprechender Neigung – durchaus hätte bewundern können.

Ich erinnere mich, sie einen Augenblick lang mit unverhülltem Erstaunen angeblickt zu haben, ehe ich mich in den Stuhl zurücklehnte und mich einem unkontrollierbaren Heiterkeitsausbruch hingab.

Sie beobachtete mich verwirrt und überrascht, was mich nur noch lauter lachen ließ. Als ich schließlich wieder zu Atem gekommen war, fragte sie mich, ob irgend jemand am Tisch etwas Belustigendes gesagt habe, das ihr entgangen sei. Als ich ihr versicherte, sie selbst sei es, die mich derart amüsiere, schien sie ein wenig vor den Kopf gestoßen.

»Ich?« fragte sie ungläubig, und ein feiner rosa Hauch überzog ihre Wangen und hob ihre Schönheit.

»Ja. Sie und das Erziehungsgesetz«, prustete ich, erneut vom Lachen übermannt. »Es ist in der Tat eine höchst belustigende Mischung. Es ist wie«, fügte ich mit einer immer fertigen Bereitschaft zum galanten Kompliment hinzu, »es ist wie eine Rose in einem Tintenglas.«

»Und was soll daran belustigend sein?« fragte sie mit sehr ernstem Gesicht und alles andere als dankbar für die Schmeichelei.

Aber ich hatte ihr eine saftige Lektion erteilt, und sie versuchte nicht mehr, mit mir über Politik zu sprechen. Ja, sie sprach überhaupt nicht mehr mit mir, sondern wandte sich dem armen Gentleman an ihrer anderen Seite zu, und mir blieb nichts weiter zu betrachten als ein süßes Löckchen hinter einem süßen kleinen Öhrchen.

Wenn sie eine ordentliche Erziehung genossen und man ihr beigebracht hätte, sich ganz der Funktion der Frau entsprechend zu benehmen, nämlich rundum gefällig zu sein, wie angenehm hätten wir miteinander plaudern können über dieses Löckchen und dieses Öhrchen und verwandte Themen. Wir hätten ausschwärmen können in andere blumenreiche, verführerische Gefilde, hätten Komplimente und Andeutungen machen können, wie sie die wohlerzogene junge Frau versteht und zu würdigen weiß. Ich kann nur hoffen, daß die Lektion, die ich ihr erteilte, ihr gutgetan hat. In jedem Fall hat es sie davon geheilt, mit mir über Politik zu reden.

Während ich nun dem englischen Pastor zuhörte, wie er sich über das neue Schankgesetz ausließ, das, wie alle Politik, ebenso eindeutig außerhalb der Domäne eines Pastors wie außerhalb derer von Frauen liegt, fiel mir der bei der soeben erwähnten früheren Gelegenheit errungene Erfolg wieder ein. Und da ich obendrein keine Lust verspürte, weiterhin so gänzlich unbeachtet da herumzustehen, gedachte ich meinen einstigen Erfolg zu wiederholen. Ich begann folglich zu lachen, sanft und leise zunächst, als hätte mich ein Gedanke gleichsam gekitzelt, dann aber aus vollerem Herzen.

Alle hielten mitten im Wort inne und schauten mich an.

»Was gibt's denn Lustiges, Baron?« fragte Menzies-Legh und blickte verdrießlich zu mir herüber.

»Verzeihen Sie mir, Pastor«, sagte ich, zog den Hut und verbeugte mich – er seinerseits starrte mich bloß an –, »wir sind in unserem Lande (das, Gott sei Dank, Deutschland ist) nicht daran gewöhnt, einen Kirchenmann in Verbindung mit der Politik zu sehen. Die unvermeidlichen Rangeleien der Politik erscheinen uns unpassend für einen Mann, dessen Berufung allein der Frieden sein sollte. So fest ist dieses Gefühl in unserer Natur verwurzelt, daß es mich ebenso belustigt, einen Gentleman Ihrer Profession so tief versenkt in die Diskussion politischer Fragen zu sehen, wie mich der Anblick amüsieren würde von . . . von . . .«

Ich suchte nach einem Vergleich, doch fiel mir so spontan kein anderer ein (auch weil mich alle so erwartungsvoll anblickten), als der mit der Rose im Tintenglas, weshalb ich auf diesen zurückgreifen mußte.

Und Mrs. Menzies-Legh fragte, geradeso einfältig wie die junge Braut von einst: »Und was soll daran belustigend sein?«

Ehe ich antworten konnte, stand Menzies-Legh auf und sagte, es falle ihm eben ein, daß er ja dringend noch ein paar Briefe schreiben müsse. Auch der Pastor erhob sich und erklärte, er müsse ja noch Stunden geben und sich sputen, er käme sonst zu spät. Und gerade als ich mich dem freigewordenen Stuhl neben Lord Sigismund näherte, um mich darauf niederzulassen, sprang auch er auf und rief, er sei ganz sicher, Menzies-Legh habe keine Briefmarken, und er müsse rasch gehen und ihm welche leihen.

Mrs. Menzies-Legh schaute von dem Gras, in dem sie saß, zu

mir hoch, klopfte mit der flachen Hand auf das Fleckchen neben sich und sagte: »Kommen Sie, lieber Baron, setzen Sie sich zu mir in dieses wunderschöne, weiche Gras. Männer sind doch ärgerliche Zeitgenossen, immer müssen sie wegrennen, weil sie irgend etwas zu erledigen haben, nicht wahr? Erzählen Sie mir von der Rose und dem Tintenglas. Ich glaube, ich sehe da eine gewisse, wie soll ich sagen, eine gewisse Komik. Wieso erinnerte der Vikar Sie daran? Kommen Sie, setzen Sie sich ins Gras und erzählen Sie es mir.«

Aber ich hatte kein Verlangen, mit Mrs. Menzies-Legh im Gras zu sitzen, als wären wir ein Paar Turteltäubchen. So sagte ich nur kurz angebunden, daß ich Gras nicht ausstehen könne, verneigte mich kurz und stapfte von dannen.

14

Am nächsten Tag kam es zu einem dieser ungücklichen Ereignisse, die jedem widerfahren können, das aber nicht ausgerechnet mir hätte passieren müssen.

Wir verließen unser Lager gegen Mittag, nach dem üblichen fieberhaften Versuch, viel früher aufzubrechen. Wie jedesmal hatten die Wagen Schlagseite und stürzten fast um, als wir sie aus den Feldern holten, und wie jedesmal zerbrachen einige Gegenstände, die bisher noch heil geblieben waren. Der Wind blies uns wie üblich den Straßenstaub ins Gesicht, und die grauen Wolken hingen wie üblich tief über unseren Köpfen, als wir unsere tägliche Jagd nach dem Vergnügen wiederaufnahmen.

Am Sonntag war das Wetter den ganzen Tag über schön gewesen. Ein klarer Sternenhimmel und Tau am Ende des Tages, dazu Windstille, hatten uns auf einen schönen Montag hoffen lassen. Aber wir sahen uns gründlich getäuscht. Der Montag lieferte uns genau die Konditionen, die ich inzwischen mit dem Reisen im Wohnwagen zu verknüpfen gelernt habe: einen heftigen Wind, einen bedrohlich wirkenden Himmel, Staubwolken, und eine harte, weiße Straße.

Der Tag fing schlecht an, und er ging schlecht weiter, so daß ich sogar jetzt, während ich aus dieser Entfernung darüber berichte, ganz unbewußt in einen verdrießlichen Ton falle. Vielleicht war unser Abendessen im Gasthof üppiger ausgefallen als Konstitutionen verkraften können, die schon an ständigen Hunger gewöhnt sind. Vielleicht hatten einige von uns über ihr Fassungsvermögen hinaus zugelangt, eingedenk der Tatsache, daß wohl eine weitere Woche verstreichen würde, ehe wir wieder ein echtes Essen zu Gesicht bekämen. Wie auch, die durch irgend etwas Verärgerten infizierten nun den Rest der Gruppe, und an diesem Montag schienen die Ärgernisse sich in bisher nicht gekannter Form zu häufen: Der Ärger begann mit einer exorbitant überzogenen Rechnung des Bauern für die Benutzung des Feldes und die Betreuung der Pferde. Er setzte sich fort im Verlust diverser Gegenstände, die bei unserem hastigen Aufbruch vergessen wurden. Er steigerte sich mit der Fußverletzung, die Menzies-Legh sich zuzog, weil er die Tollheit besessen hatte, seinen Fuß ausgerechnet dahin zu stellen, wo der Huf meines sich nahenden Pferdes aufsetzte, was natürlich dazu führte, daß er unfähig war, seinen angemessenen Teil an der Arbeit zu verrichten. Und er gipfelte in jenem unglücklichen Ereignis, auf das ich weiter oben schon anspielte und von dem ich nun berichten werde.

Menzies-Legh war wirklich ungewöhnlich reizbar. Möglicherweise schmerzte sein Fuß tatsächlich, doch hätte er dem keinerlei Beachtung schenken dürfen, denn der Unfall war ja, wie ich ihm auseinandersetzte, seine eigene Schuld. Ich hatte das Pferd geführt und auch Menzies-Leghs Fuß dort stehen sehen, doch dachte ich natürlich nicht im Traum daran, daß er seinen Fuß nicht rechtzeitig wegziehen würde. Und, so sagte ich ihm in aller Deutlichkeit, ein unverständiges Tier könne man ja wohl nicht verantwortlich machen.

»Wahrhaftig nicht!« stimmte er mir ausnahmsweise zu, wenn auch mit einzigartig mürrischem Ton.

Als ich dann die maßlos überzogene Rechnung des Pachtbauern zu Gesicht bekam, sah ich mich verpflichtet, Menzies-Legh gegenüber zum Ausdruck zu bringen, daß Ehrlichkeit ja nicht gerade ein Charakteristikum seiner Landsleute zu sein scheine. Eigentlich wollte ich mich noch etwas weiter über die Unterschiede zwischen seinen und meinen Landsleuten verbreiten, doch schien ihn das noch mehr in Rage zu bringen, obwohl er keinen Ton sagte.

Da mir dieser unterdrückte Zorn nicht entging, suchte ich ihn mit dem Hinweis auf seinen immensen Reichtum zu besänftigen und sagte in scherzendem Ton, für ihn bedeute die Gier der verschiedenen Farmer ja letztlich nichts anderes als einen Ofen weniger für irgendein altes Weiblein, das diese Wärmequelle wahrscheinlich ohnehin nicht verdiene. Aber selbst das munterte ihn nicht auf – er war und blieb schlechter Laune. Und obgleich ich selbst recht ungehalten war über die ständig steigenden Kosten eines Urlaubs, der uns als billig avisiert worden war, konnte ich doch nicht umhin, ein Aufflackern von guter Laune in mir zu spüren – das ist nun einmal der unausweichliche Effekt, den die Galligkeit anderer in mir erzeugt. Doch sogar noch mit seinem verletzten Fuß war Menzies-Legh ein solcher Sklave seiner Verpflichtungen, daß er, noch während ich sprach, sich plötzlich einer Sache erinnerte, die er dringend zu erledigen hatte. Er rappelte sich also aus dem Liegestuhl auf, in den seine Frau ihn gesetzt hatte, um seinen Fuß zu verbinden, und humpelte hastig davon. Lange Zeit sah ich nichts anderes von ihm als den gelegentlichen Blick, den ich von seinem blaßgelben Gesicht am Fenster vor seinem Wagen erhaschte, wo er den ganzen Tag in Schweigen versunken saß und sein Pferd leitete.

Ein Anblick für die Götter müssen wir gewesen sein, wie wir auf dieser häßlichen Landstraße entlangkrochen, den Mund voller Staub!

Das Wetter war abwechselnd zu heiß oder zu kalt, dabei aber ununterbrochen windig; ständig drohte ein Regen auf uns niederzugehen, und im sich hinziehenden Nachmittag tat er es auch tatsächlich. Meine Zuhörer müssen nämlich wissen, daß beim Wohnwagenreisen die Nachmittage sich schier endlos dehnen und die Vormittage quasi nahtlos in sie übergehen, ohne daß so etwas wie eine anständige Mahlzeit die Trennlinie zwischen den beiden markierte. Längst schon hatte ich entdeckt, daß Pflaumen mein bitteres Los waren: Pflaumen oder Bananen oder sehr grüne Äpfel, begleitet von einem Keks (bis die Kekse knapp wurden, in welchem Falle allein die Damen welche bekamen), zu einer Tageszeit, zu der das restliche Europa sich zu einem gemütlichen Mittagsmahl niederzulassen pflegt. Aber ich hatte gelernt, mich dem zu fügen, wie ich mich denn auch in alle anderen Entbehrungen schickte, sah ich doch selbst, daß es unmöglich war, außerhalb des aufgeschlagenen Lagers ein gekochtes Essen zuzubereiten. Ein vernunftbegabter Mann schweigt angesichts des Unmöglichen. Trotzdem sind Pflaumen eine magere Kost, wenn man marschieren muß, und da ich mit nichts anderem im Magen marschieren mußte, war der Hunger (ein höchst unangenehmer und nachhallender Weggefährte) mein ständiger Begleiter und ging täglich an meiner Seite.

Oft war ich in dieser Zeit froh, daß meiner armen Marie-Luise diese Silberhochzeitsreise erspart geblieben war, daß an ihrer Stelle eine andere, sehr viel robustere und weniger verdienstvolle Frau sie durchmachen mußte. Marie-Luise war eine sehr frauliche Frau gewesen, die weder in ihrer Kleidung noch in ihrem Charakter Fischbein trug (wenn ich so sagen darf). Alles an ihr war weich, weiblich, überquellend. Wo immer man sie äußerlich berührte, blieb ein Grübchen zurück, und übte man Druck auf ihren Geist aus, und sei es auch nur der allergeringste, so gab sie unverzüglich nach.

»Aber *gefällt* Ihnen so etwas?« fragte Mrs. Menzies-Legh, vor der ich, aus Mangel an besseren Weggefährten, meine Erinnerungen ausbreitete, während wir an diesem Montag so dahinstapften.

Vor uns ging Edelgard. Sichtbar schlanker geworden, verjüngt, von neuer Schaffenskraft strotzend, bewegte sie sich rasch und leichtfüßig in ihrem gekürzten Rock. Es war diese Gestalt – aus der Entfernung kaum noch von den Figuren der dürren Schwestern zu unterscheiden –, die mich mit Zärtlichkeit an meine Marie-Luise zurückdenken ließ. Edelgard benahm sich schlecht, und wenn ich sie des Nachts in unserem Wohnwagen zurechtwies, gab sie meist keine Antwort. Zu Hause pflegte sie unverzüglich Reue zu zeigen, doch hier schwieg sie entweder, oder sie gab eine jener kurzen Antworten, die mich fatal an Mrs. Menzies-Legh erinnerten: kleine, freche Sätze, die so gar nicht zu ihr passen wollten und auf die es ärgerlicherweise schwer eine Replik zu finden gab. Und je öfter sie sich so aufführte, desto mehr wanderten meine nostalgischen Gedanken zurück zu meiner ersten, sanften und nachgiebigen Frau. Manchmal, das muß ich eingestehen, waren mir die zwanzig Jahre mit Marie-Luise lang vorgekommen. Aber das war nur natürlich, denn erstens sind zwanzig Jahre wahrlich eine lange Zeit, zweitens sind wir alle nicht vollkommen, drittens aber neigen Frauen, sofern sie nicht äußerst vorsichtig sind, unweigerlich dazu, einem Mann auf die Nerven zu gehen. Doch wie groß ist der Vorzug der Sanftheit gegenüber der Angriffslust des Geistes und des Körpers. Und wie ärgerlich, die eigene Frau mit einer Leichtigkeit ausschreiten zu sehen, die man selbst nicht nachahmen kann – was ja einem Affront gegenüber dem Ehemann gleichkommt. Ein Mann wünscht sich eine Frau, die stillsitzt. Und nicht nur still soll sie sitzen, sondern auch täglich auf demselben Stuhl, so daß er sie mühelos finden kann, sollte er zufällig etwas von ihr wollen. Marie-Luise war eine immer ruhig Thronende; sie rührte sich nie, es sei denn, um der damaligen Clothilde zu folgen. Nur ihre Hände bewegten sich in der unermüdlichen Führung der Stopfnadel, mit der sie meine zerrissene Unterwäsche flickte.

»Aber *gefällt* Ihnen so etwas?« fragte Mrs. Menzies-Legh, wie üblich ohne das geringste Einfühlungsvermögen. Ihre sanfte Schwester hätte ein interessiertes »Oh?« gegurrt, und ich hätte mich beruhigt und verstanden gefühlt.

»Ob mir was gefällt?« gab ich ziemlich mißmutig zurück, denn in diesem Augenblick, während ich die Gestalten vor mir beobachtete – meine Frau, Jellaby und Frau von Eckthum –, fiel mir auf, daß ich mit letzterer seit nunmehr vierundzwanzig Stunden, seit unserem Rückweg von der Kirche also, kein einziges Wort mehr gesprochen hatte, daß aber ihre Schwester andererseits offenbar nicht mehr von meiner Seite weichen wollte.

»Nun, stillsitzende Frauen«, sagte Mrs. Menzies-Legh, »und Grübchen überall im Gehirn, wo immer man den Denkapparat berührt. Ich nehme an, wenn der Druck nachläßt, füllen sich die Dellen langsam wieder auf. Es läßt einen irgendwie an einen weichen Radiergummi denken, finden Sie nicht?«

»Die erste Pflicht einer Ehefrau ist Unterwürfigkeit«, belehrte ich sie in dem vollen Bewußtsein, die Bibel zu meiner Rückenstärkung hinter mir zu haben. Ich hoffte, damit so lächerliche Themen wie Radiergummis vom Tisch zu wischen.

»Ja, ja«, stimmte mir Mrs. Menzies-Legh zu, »aber . . .«

»Und ich bin dankbar, sagen zu können«, fuhr ich rasch fort, denn sie war drauf und dran, etwas hinzuzufügen, das sicherlich eine aggressive Spitze gewesen wäre, »ich bin dankbar, sagen zu können, daß ich mit meiner Marie-Luise das größte Glück hatte.«

»Und Sie haben sehr großes Glück mit Ihrer Edelgard«, sagte sie. (Bereits am zweiten Tag hatten die Frauen untereinander angefangen, sich zu duzen.)

»Selbstverständlich«, antwortete ich knapp.

»Sie ist ein Mensch, den einfach jeder lieben muß«, sagte sie.

»Zweifellos.«

»So anpassungsfähig und so flink«, fuhr die taktlose Dame fort.

»Sie sind zu gütig.« Ich zog meinen Panama in förmlicher Anerkennung dieser Komplimente.

»Und so selbstlos«, sagte sie.

Ich verneigte mich wieder, etwas zackiger als vorher.

»Sehen Sie nur, wie sie unermüdlich Butterbrote für uns zubereitet.«

Wieder verbeugte ich mich.

»Und sehen Sie, wie sie den Kaffee macht.«

Ich dienerte erneut.

»Und sehen Sie, wie fröhlich sie bei alldem ist.«

Verbeugung.

»Und wie klug, lieber Baron.«

Klug? Also, das war nun wirklich ein vollkommen neuer Blick auf die arme Edelgard. Ich konnte mir nicht einmal ein amüsiertes Lächeln abringen. »Ich bin zutiefst geehrt, daß Sie eine derart hohe Meinung von meiner Frau haben«, versetzte ich und hätte brennend gern hinzugefügt: Aber was haben Sie mit meiner Frau zu schaffen, daß Sie sie derart über den grünen Klee loben? Ist sie nicht einzig und allein mein Eigentum?

Mrs. Menzies-Legh aber war absolut unempfänglich für jegliche Form der Rüge und hatte obendrein jede Menge schnippische Antworten parat, mit denen ich mich in der Öffentlichkeit nicht bombardieren lassen wollte. Ich zog es vor, den Spieß umzudrehen und die Konversation auf einen Punkt zu bringen, der mich wahrhaftig interessierte. Ich fing also meinerseits an, das Lob ihrer Schwester zu singen.

»Es ist sehr gütig von Ihnen, meine Familie zu preisen. Erlauben Sie mir, im Gegenzuge die Ihre zu loben.«

»Was . . . John?« fragte sie mit einem kurzen Seitenblick auf mich und dem Anflug eines Lächelns. (John war ihr Ehemann mit dem schwächlichen Gesundheitszustand.) »Sind Sie . . . Mögen Sie ihn tatsächlich so sehr?«

Da ich John eigentlich für einen armseligen Waschlappen hielt, wäre diese Frage für einen weniger schlagfertigen Mann schwierig zu beantworten gewesen, ich dagegen zog mich schlau aus der Affäre, indem ich mit unüberhörbar vorsichtiger Höflichkeit sagte: »Mögen ist nicht im entferntesten das richtige Wort, um die Gefühle zu beschreiben, die ich gegenüber Ihrem Gatten hege.«

Wieder schaute sie mich von der Seite an und senkte dann ihre Wimpern. »Lieber Baron«, murmelte sie. »Wie außerordentlich . . .«

»Ich wollte jedoch«, fiel ich ihr hastig ins Wort, denn ich spürte, das Eis würde nicht mehr lange tragen, »nicht von ihm sprechen. Meine Bemerkung hatte sich auf Ihre Schwester bezogen.«

»Oh?« hauchte sie, fast so charmant wie die Verwandte selbst.

»Sie ist natürlich, wie Sie ja selbst wissen, ganz bezaubernd.

Aber an all der Bezauberung, die sie ausstrahlt, wissen Sie, was mich da am meisten bezaubert?«

»Nein«, sagte Mrs. Menzies-Legh und beobachtete mich mit offensichtlichem Interesse.

»Die Unterhaltung mit ihr.«

»Ja. Betti ist sehr gewandt im Sprechen«, gab Mrs. Menzies-Legh zu.

»Sie ist das, was ich eine vollkommene Gesprächspartnerin nenne«, sagte ich enthusiastisch.

»Ich weiß, jeder sagt das.«

»Niemals auch nur ein einziges Wort zuviel«, sagte ich mit bedeutungsvoller Betonung.

»Oh? Finden Sie? Ich dachte immer . . .« Sie hielt inne.

»Und so unendlich einfühlsam«, fuhr ich fort.

»Und so witzig«, setzte sie hinzu.

»Witzig?« fragte ich ein wenig irritiert, denn ich muß zugeben, ich hatte es bisher nicht für möglich gehalten, mit einem einzigen Ton auch launig sein zu können, so flötengleich er auch vorgetragen werden mochte.

»Mehr noch«, rief sie. »Ausgesprochen geistreich. Meinen Sie nicht auch, lieber Baron?«

»Geistreich?« echote ich mit wachsender Verwunderung.

Sie blickte mich an und lächelte. »Augenscheinlich haben Sie Betti nicht so empfunden«, sagte sie zögernd.

»Weder das noch lege ich Wert auf Geist bei Damen. Ihre Schwester hat alle Vorzüge, die die vollkommene Dame auszeichnen. Sie ist voller Mitgefühl. Sie ist eine interessierte Zuhörerin. Sie teilt die Meinungen eines anderen vollständig. Nie sagt sie ein einziges Wort mehr, als unbedingt notwendig ist. Aber ich habe, dem Himmel sei Dank, nie beobachten können, daß sie sich zu etwas derart Unweiblichem wie Geist herabgelassen hätte.«

Mrs. Menzies-Legh blickte mich an, als hätte ich einen Scherz gemacht. Es war so eine Eigenart von ihr. Noch dazu eine Eigenart, die mir ganz besonders mißfiel, denn unter allen Dingen, die einen Mann beleidigen, ist nichts so beleidigend, wie wenn man als komisch angesehen wird, wenn man überhaupt nicht komisch ist. »Offensichtlich«, sagte sie, »haben Sie einen beruhigenden, sie zur Zurückhaltung bewegenden Einfluß auf Betti, lieber Baron. Hat sie Sie denn nie zum Lachen gebracht?«

»Ich bitte Sie, selbstverständlich nicht!« gab ich ihr heftig Bescheid.

»Aber schauen Sie Mr. Jellaby an – sehen Sie nicht, wie vergnügt er lacht?«

»Über seine eigenen dummen Witze, nehme ich doch an«, sagte ich und schenkte der schlaff vor uns schlendernden Gestalt einen kurzen Blick. Sein Gesicht war Frau von Eckthum zugewandt. Er lachte tatsächlich und in einem höchst ungebührlichen Maße.

»Aber keineswegs. Er lacht über Bettis Geistesblitze.«

»Ich habe Ihre Schwester sprechen hören«, sagte ich emphatisch, »in Gesellschaft – das heißt, in der Gesellschaft, die diese Tour hier anbietet –, und sie sprach immer ernst, wenn auch sehr poetisch, doch niemals hat sie mehr als höchstens gelächelt, und niemals hob sie die Stimme zu jenem zweifelhaften Beitrag, einem Lachen.«

»Das lag ganz sicherlich daran, daß Sie zugegen waren, Baron. Ich sage Ihnen ja, Sie beruhigen und zwingen zur Zurückhaltung.«

Ich verbeugte mich. »Es freut mich sehr, daß ich Ihrer Meinung nach einen so guten Einfluß auf diese Gesellschaft ausübe.«

»Oh, unbedingt«, flüsterte sie mit niedergeschlagenen Wimpern. »Aber sagen Sie, bester Baron, worüber spricht Betti dann mit Ihnen? Über die Landschaft?«

»Ihre taktvolle Schwester, meine liebe Dame, spricht überhaupt nicht. Oder vielmehr besteht das, was sie sagt, aus einem einzigen Wort, dies aber versteht sie mit einer solchen Variationsbreite an Modulationen vorzutragen, daß es Bände füllt. Das ist es, was ich so tief an ihr bewundere. Wenn alle Damen sich das zum Vorbild nähmen ...«

»Aber ... welches Wort?« unterbrach mich Mrs. Menzies-

Legh die mir mit wachsendem Staunen gelauscht hatte, Staunen, so scheint mir, darüber, daß eine so nahe Verwandte eine Person von Takt und Feingefühl sein sollte.

»Ihre Schwester sagt einfach nur: ›Oh‹. Es klingt nach einer Kleinigkeit und reichlich kahl, wenn man es so ausspricht, wie ich eben; und doch, alles was ich dazu sagen kann, ist: Würde eine jede Frau . . .«

Mrs. Menzies-Legh stieß einen kleinen spitzen Schrei aus und bückte sich plötzlich.

»Lieber Baron«, rief sie, »ich glaube, ich habe einen Dorn oder so was im Schuh. Ich muß warten, bis mein Wagen vorbeikommt, damit ich einsteigen und das Ding aus meinem Schuh holen kann. *Good bye.*«

Und sie blieb zurück.

Dies war die erste wirklich angenehme Unterhaltung, die ich mit Mrs. Menzies-Legh geführt hatte. Ein paar Meilen weit marschierte ich alleine und überdachte das Gespräch mit Wohlbehagen. Es war natürlich schmeichelhaft zu wissen, daß ich alleine von allen Mitgliedern der Gruppe einen guttuenden Einfluß auf die Person hatte, die Betti zu nennen das unangefochtene Recht der Schwester war. Und es war ebenso angenehm zu wissen (obwohl eigentlich nichts anderes zu erwarten gewesen war), daß ich auch auf den ganzen Rest der Gesellschaft einen guten Einfluß hatte. »Beruhigend«, hatte Mrs. Menzies-Legh gesagt. Nun, was eigentlich geschah, war wohl etwas anderes: Diese Engländer wurden durch meine Anwesenheit stündlich, rund um die Uhr, mit guter deutscher Hefe durchsetzt. Nachdem diese Hefe in so viele meiner Worte gekleidet worden war, hatte sie ihre Arbeit getan und sie tatsächlich beruhigt. Längst schon hatte ich das Ergebnis beobachtet: Immer wenn ich mich einem Grüppchen von ihnen näherte, sanken alle unverzüglich in Schweigen, ganz gleich, wie laut sie geredet oder gelacht haben mochten. Es legte sich eine Ruhe über sie – sie waren in der Tat beruhigt –, und still gingen sie auseinander, um ihre jeweiligen Pflichten zu erfüllen.

Leider aber ereignete sich an diesem Tag nichts mehr, das man als angenehm bezeichnen könnte. Ich trottete allein dahin. Es begann zu regnen, der Matsch nahm zu, aber ich marschierte unbeirrt weiter. Mir gegenüber versuchte man zu behaupten, wir hätten ungewöhnliches Pech mit dem Wetter, üblicherweise wären die englischen Sommer nicht so verregnet. Ich bin aber überzeugt, daß das nicht stimmt, ich glaube, es ist regelmäßig jedes Jahr so: eine spezielle Strafe des Schicksals dafür, daß das Land überhaupt existiert – oder wie sonst sollte das Ding so grün sein? Matsch und Grün, Matsch und Grün, die ganze Insel ist aus nichts anderem gemacht, dachte ich mir, als ich mich zwischen den nassen Hecken hinschleppte, nachdem ein einstündiger Platzregen alles tropfend hinterlassen hatte.

Stoisch folgte ich an der Seite meines Pferdes, wohin die anderen mich führten. Im Regen kamen wir durch kleine Weiler, von denen die Damen in den höchsten Tönen kindischer Begeisterung riefen, sie seien reizend und entzückend. Edelgard fiel in ihr Geschrei ein. Ja, Edelgard schrie sogar am lautesten. Sie verliebte sich sozusagen in der denkbar albernsten Weise in jedes reetgedeckte, noch so notdürftig renovierte *cottage**, wenn es nur zufällig ein paar prächtige Blumenbeete im Garten hatte. Sie sagte sogar – ich hörte es mit meinen eigenen Ohren, sie würde gern in einem solchen *cottage* leben! Was für eine neue Marotte war das nun wieder, fragte ich mich. Keiner unserer Freunde würde uns (sehr zu Recht) je wieder besuchen, sollten wir unter so etwas Armeseligem wie einem Strohdach leben. Um Freunde anzulokken und zu halten, braucht man mindestens etwas so stattliches wie eine Polstergarnitur in einem angemessen großen Wohnzimmer. Edelgard war bis dato auf die ihre zu Recht stolz gewesen, hatte diese doch eine Summe verschlungen, so rund, daß sie wie mit Samtbuchstaben auf die ganze Garnitur geschrieben schien. Sie ist aus den besten aller nur denkbaren Materialien gefertigt – Holz, Füllung, Bezüge und Sprungfedern – und in ihrer Mitte prangt ein wahrhaftig wunderschöner Tisch aus Walnuß-

* cottage: Häuschen (Anm. d. Ü.)

holz, dessen geschwungene, wohlgeformte Beine auf einem Rechteck von Teppich ruhen, so hochwertig, daß so manche Besucherin in die höchsten Töne des Neides ausbrach, während ihre Füße im weichen, hohen Flor versanken: »Aber liebste Baronin, wo und wie nur haben Sie einen solchen wahrlich traumhaften Teppich erstanden? Er muß ein Vermögen . . .!« Und gehobene Hände und himmelswärts gedrehte Augen vollendeten den Satz.

Zu erleben, daß Edelgard eingedenk dieser Garnitur und allem, was sie umschloß, in ihrem Hinterkopf Gedanken hegte, die eine Bereitschaft zeigten, dies alles zu verlassen, stellte meine Geduld auf eine sehr harte Probe. Als wir uns so gegen drei Uhr alle miteinander in einem Bäckerladen in einem tropfnassen Weiler namens Salehurst versammelten, um dort ein paar *buns* zu essen (denn ein Lagerplatz war weit und breit nicht in Aussicht), da flüsterte ich ihr leise zu, daß eine solche Begeisterung für Reet und Stroh vollkommen unpassend sei für eine Frau, deren nächster Geburtstag ihr dreißigster ist.

»Liebe Frau«, bat ich sie, »bitte bemühe dich, weniger schwärmerisch zu sein. Wenn du dein Getue für niedlich hältst, dann laß mich dir sagen, du irrst dich. Die anderen werden dir das nicht sagen, weil die anderen nicht mit dir verheiratet sind. Doch läßt sich niemand davon blenden, niemand glaubt dir. Jeder kann sehen, daß du alt genug bist, um vernünftig zu sein. Aber da sie nicht deine Ehegatten sind, sind sie gezwungen, höflich zu sein und so zu tun, als stimmten sie mit dir überein, während sie im stillen doch beklagen, daß du unfähig bist, eine deinem Alter angemessene Unterhaltung zu führen.«

Das sagte ich zwischen zwei dieser *buns* genannten kleinen Rosinenbrötchen. Und ich hätte noch mehr gesagt, hätte nicht der ewige Jellaby sich zwischen uns gedrängt. Jellaby drängte sich immer zwischen Mann und Frau. Diesmal tat er es mit einem Glas voll Brauselimonade. Edelgard lehnte das Getränk ab, und Jellaby (unverschämter Sozialist) dankte ihr allen Ernstes dafür und sagte, es freue ihn, daß sie ablehne, er sei nämlich ganz und gar unfähig, Hochachtung gegenüber einer Frau zu empfinden, die Brauselimonade trinke.

Hochachtung gegenüber meiner Frau zu empfinden? Was für ein Ton gegenüber einer verheirateten Dame, deren Ehemann in Hörweite steht! Und wie mußte Edelgards Ton zuvor ihm gegenüber geklungen haben, daß er es wagen konnte, ihr gegenüber eine solche Lippe zu riskieren?

»Und auf das eindringlichste muß ich dich warnen«, fuhr ich mit schon weniger ausgeprägter Geduld fort, »vor den ernsten Konsequenzen, die unausweichlich sein werden, wenn du einem Menschen von Jellabys Geschlecht und Stand erlaubst, sich dir mit dieser Vertraulichkeit zu nähern. Vertraulichkeit und Respektlosigkeit sind ein und dieselbe Sache. Sie sind untrennbar miteinander verknüpft, sie sind Zwillinge. Aber keine gewöhnlichen Zwillinge, vielmehr sind sie von dieser verwachsenen, unteilbaren Sorte, von der es bisher zum Glück nur ein paar Beispiele gibt . . .«

»Liebster Otto, nimm doch noch einen von diesen köstlichen *buns*«, sagte sie und zeigte auf die kleine Pyramide aus Rosinenbrötchen, die auf dem Tresen aufgebaut war. Als ich mich umwandte, um (durch prüfenden Fingerdruck) das frischeste auszusuchen, schlüpfte sie einfach davon, obwohl sie wußte, daß ich noch nicht ausgeredet hatte.

Während ich dies zu Papier bringe, frage ich mich mit wachsendem Zweifel, ob es wohl gut sein wird, irgendjemanden außer den engsten Verwandten zu der Lesung dieses Textes zuzulassen. Freunde haben gewisse judasähnliche Qualitäten. Sie könnten möglicherweise dieser Charakterskizze von Edelgard mit allen Zeichen des verständigen Mitgefühls lauschen, dann aber fortgehen und ein falsches Bild von mir verbreiten. Verwandte dagegen sind sehr ehrlich und täuschen nie etwas vor (weshalb man ja unter gewissen Umständen Freunde vorzieht), sie besitzen jenen Familiensinn, der sie davon abhält, mit Nichtverwandten über Familienmitglieder zu tratschen. Es ist also gut möglich, daß ich meine Einladungen allein auf die Verwandten beschränke. Andererseits erscheint es schade, die Freunde auszuschließen. Haben sie denn nicht auch oft in gleicher Weise gelitten? Haben sie nicht selbst auch Ehefrauen? Gott stehe uns allen bei!

Im Regen setzten wir unseren Marsch fort, verließen Salehurst (wo ich ernsthaft, aber leider vergeblich vorschlug, doch im Hinterhof des örtlichen Gasthauses zu biwakieren) und wandten uns Richtung Bodiam. Dies, erläuterte der diesmal neben mir gehende Lord Sigismund, sei eine Burgruine von sehr hohem Alter und höchstem Besichtigungswert, umgeben von einem Wassergraben, der zu dieser Jahreszeit voller weißer und gelber Seerosen sei.

Da er die Ruine gut kannte, sprach er ausführlich darüber. Er beschrieb mir ihre Lage, erzählte von den Anstrengungen, die unternommen wurden, sie zu erhalten, und vor allem schwärmte er von den Seerosen. Ich jedoch war viel zu naß, um mich für Seerosen zu interessieren. Ein dichtes Dach und ein gut geschlossenes Fenster hätten mich viel mehr interessiert.

Allerdings war es angenehm, sich mit ihm zu unterhalten, und bald gelang es mir, das Gespräch an mich zu reißen und mein eigenes Thema geschickt mit seinem zu verknüpfen, indem ich andeutete, daß seine allerdurchlauchtigste Tante in Deutschland ja auch ein sehr hohes Alter haben müsse. Er gab dies vage zu und versuchte, zu den so nahe liegenden Ruinen von Bodiam zurückzukehren. Ich wich diesem Rückgriff geschickt aus, indem ich bemerkte, seine Tante müsse in ihrem Schloß in Thüringen doch einen malerischen Anblick bieten. Schließlich stelle das Anwesen doch einen harmonisch sich fügenden Hintergrund für eine uralte Dame dar, denn es sei ja wohlbekannt, daß zum Schloßgelände die prachtvollsten Ruinen Europas gehörten. »Und Ihre ehrwürdige Frau Tante, mein lieber Lord Sigismund«, fuhr ich fort, »ist wohl, dessen bin ich gewiß, keinen Deut weniger prachtvoll als all die übrigen Ruinen.«

»Nun, lieber Baron, ich glaube nicht, daß Tante Lizzie tatsächlich schon vom Zerfall bedroht ist«, antwortete Lord Sigismund lächelnd. »Sie sollten sie sehen, wie sie da in ihren Gamaschen herumsteigt und überall nach dem Rechten sieht.«

»Nichts wäre mir lieber, als Ihre verehrte Frau Tante zu sehen«, rief ich mit großen Enthusiasmus, denn dies kam ja bereits einer Einladung gleich.

Er ging aber nicht weiter darauf ein, sondern kam erneut auf die Ruinen von Bodiam zurück. Und wiederum durchschnitt ich meinerseits den Faden, der sich in eine lange Erzählung zu verspinnen drohte, indem ich ihn fragte, wie lang denn die Zugreise von London bis zum Herzogspalast seines Vaters in Cornwall dauere.

»Oh, das Anwesen meines Vaters liegt am Ende der Welt«, unterrichtete er mich.

»Ich weiß, ich weiß. Aber meine Gattin und ich würden England ungern verlassen, ohne dorthin gereist zu sein und einen Palast bewundert zu haben, der laut Baedeker nicht nur berühmt ist wegen seiner Größe, sondern auch wegen seines Glanzes und seiner Verbindungen. Selbstverständlich, mein lieber Lord Sigismund«, fügte ich mit vollendeter Höflichkeit hinzu, »selbstverständlich ertwarten wir nichts. Wir wären es zufrieden, dort als die geringsten der Touristen zu erscheinen. Ungeachtet der Beschwernisse der langen Reise würden wir nicht zögern, mit einem Quartier im Gasthof vorliebzunehmen. Ein solcher wird ja wohl sicherlich nicht weit von den herzoglichen Pforten entfernt liegen. Wir möchten um Gottes willen keine Situation ausnutzen, die ich aus meiner Sicht und, so hoffe ich, auch aus der Ihren, als eine innige Freundschaft bezeichnen möchte.«

»Mein lieber Baron«, versetzte Lord Sigismund warmherzig, »ich stimme Ihnen völlig bei. Eine Freundschaft sollte in der Tat so warm und innig sein, wie man sie überhaupt nur gestalten kann. Was mich daran erinnert, daß ich den armen Menzies-Legh noch gar nicht gefragt habe, wie es denn seinem verletzten Fuß geht. Das war nicht sehr freundschaftlich von mir, nicht wahr? Ich glaube, ich sollte mich unbedingt danach erkundigen.«

Und er blieb zurück.

Ausnahmsweise führte ich die Prozession (auf Grund eines Versehens bei der Abfahrt an der Bäckerei), und ich hatte Anweisung, immer geradeaus zu gehen, es sei denn, von hinten her würde etwas anderes entschieden. Ich ging also demgemäß immer geradeaus auf einer Straße, die an einem hohen Wall entlangführte. Rund um uns ein nur von Regen und Nebel gefüllter

Raum, der an günstigeren Tagen wahrscheinlich einen schönen Ausblick geboten hätte. Bodiam lag irgendwo unten in der Ebene, und wir bewegten uns direkt darauf zu, denn Mrs. Menzies-Legh und wahrhaftig alle anderen einschließlich Edelgard wünschten brennend, die Ruinen zu sehen (oder gaben dies vor). Ich weigere mich, an die Aufrichtigkeit eines solchen Wunsches zu glauben, der – wie es ja der Fall war – von hungrigen und völlig durchnäßten Menschen geäußert wurde. Ruinen sind schön und gut, aber sie können niemals Vorrang haben. Ein Mann, der ehrlich ist, wird keine Ruinen anschauen wollen, ehe nicht all seine anderen Bedürfnisse, und seien es die geringsten, gestillt sind. Wenn er, obwohl er kein Mittagessen gehabt hat, brennendes Interesse bekundet, ein solches Ding zu besichtigen, so sage ich: Dieser Mann ist ein Heuchler. Um den Blick auf das Dachlose zu genießen, muß man da nicht erst einmal selbst ein Dach über dem Kopf haben? Um den Blick auf das Leere zu genießen, muß man da nicht erst selbst gut gefüllt sein? Daß die Dachlosen und die Leeren gehen sollten, um mit Bewunderung das Dachlose und das Leere zu bestaunen, erscheint mir so sinnlos und öde wie Geister, die mit anderen Geistern den Tee nehmen.

Alleine stapfte ich durch die tropfnasse Welt. Meine Gedanken, die sich mit Ruinen und Geistern beschäftigt hatten, wanderten ganz selbstverständlich noch einmal zu Lord Sigismunds ehrwürdiger und betagter Tante in Thüringen zurück – denn wenn man erst einmal siebzig ist, dann hat man doch schon gehörig was von einem Geist an sich. Von dort schweiften sie zu der Beinahe-Einladung (eindeutig eine Ermunterung), die er mir übermittelt hatte, als er sagte, ich solle mir nur ansehen, wie seine Tante in Gamaschen aussehe, spazierten weiter zu den vielen eindeutigen Vorzügen, die es bedeutete, eine solche Dame auf unserer Besuchsliste stehen zu haben, ergingen sich sodann in der Vorstellung von der Gastfreundschaft des Herzogs, ihres Bruders, sollten wir in der Tat unsere Zelte im Gasthof vor seinen Toren aufschlagen, und kulminierten schließlich in der Vorstellung des Vergnügens, nach einem so langen Aufenthalt in einem Wohnwagen in einem Schloß leben zu können (von dem neidischen Interesse, das all dies in Storchwerder erwecken würde, ganz zu schweigen).

Das rauhe Tröten eines noch unsichtbaren Automobils schnitt jäh in meine Tagträume. Das Vehikel war zunächst noch völlig im dichten Nebel verborgen, kam dann aber rasch in unser Blickfeld, als es mit furchtbarer Geschwindigkeit und ohrenbetäubendem Getöse auf der geraden Straße auf uns zuschoß. Es war das größte, schnellste und ganz offensichtlich teuerste Exemplar, das ich je gesehen habe. Die Straße war breit, doch fiel sie von der oberen Mitte her zu beiden Seiten hin leicht schräg ab. Auf dieser geraden Mitte aber marschierte ich mit meinem Wohnwagen. Es handelte sich um eine Lehmstraße, die wegen des anhaltenden Regens recht schlüpfrig war. Erwarteten diese vulgären, unverschämten Barbaren etwa, daß ich diese glitschige Straße runterrutschte, nur um ihnen Platz zu machen? Platz gab es wahrhaftig jede Menge zwischen mir, der ich auf der Straßenmitte ging, und den Straßengräben mit ihren Hecken zu beiden Seiten. Wenn es also schon eine Rutschpartie geben sollte, warum sollten es dann nicht die Automobilisten sein, die sie machten?

Der Motorwagen fuhr mit der Dreistigkeit, die für die Klasse ihrer Besitzer typisch ist, haargenau in der Mitte der Straße. Ich erkannte sofort, daß hierin meine Chance lag. Keine Benzinchaise würde es wagen, frontal und Schnauze voran in ein so langsames und kompaktes Hindernis hineinzufahren, wie es ein Wohnwagen darstellte. Und ich hatte sie gründlich satt, diese Automobile, ihren Staub, ihren Gestank und ihre vulgäre Prahlerei. Außerdem war ich mir gewiß, daß alle anderen Mitglieder unserer Gruppe zumindest in dieser Sache auf meiner Seite waren. Ich berichtete ja bereits von ihren entrüsteten Kommentaren zur kaltblütigen Ermordung einer hübschen jungen Frau durch eines dieser bebrillten Monster. Ich hielt also unveränderlich die Spur und wich keinen Zentimeter von der Straßenmitte.

Der Motorwagen, der dies bemerkte, als er schon sehr nahe herangekommen war, quäkte mit kindischer Wut (er hatte die

Stimme einer schreienden alten Frau), weil ich es wagte, mich ihm entgegenzustellen. Ich blieb unbeirrbar auf meinem Kurs, obwohl ich mit nicht geringem Kraftaufwand das Pferd am Zügel nehmen mußte, da es doch wahrhaftig von sich aus versuchte, Platz zu machen. Das Automobil, das noch immer quietschte und blökte, sah keinen anderen Ausweg: Es mußte mir die ebene Straßenmitte allein überlassen und versuchen, auf dem abschüssigen Teil an mir vorbeizukommen. Während dieser Prozedur geriet es wegen seiner unverschämten Geschwindigkeit ins Schleudern. Nach einem kurzen Intervall des schlingernden Aufruhrs, begleitet von großem Getue und Geschrei seiner Insassen, kam das Vehikel im Graben zur Ruhe.

Ein alter Gentleman wühlte sich mit hochrotem Gesicht unter einem Stapel Decken hervor und kam so langsam in mein Blickfeld. Ich wartete, bis er ganz aufgetaucht war und begrüßte ihn eindrücklich, laut und deutlich oben von der Straßenmitte her.

»*Roadhog*«, rief ich ihm zu, »laß dir das eine Lehre sein!«

Da es dem Automobilisten unmöglich war, aus dem Vehikel zu krabbeln, und ich sozusagen die Schlüssel der Situation in der Hand hielt, hätte ich durchaus noch mehr gesagt, wären nicht der geschäftige Jellaby und der immer freundliche Lord Sigismund von hinten angerannt gekommen, atemlos und ganz versessen darauf, eine Hilfe anzubieten, die offensichtlich nicht benötigt wurde. Dem alten Gentleman war es nämlich inzwischen gelungen, sich aus seiner verhedderten Pelerine zu befreien. Gerade hatte er sich in seinem Wagen zu voller Körperhöhe aufgerichtet und war wohl dabei, mir seinerseits die Meinung zu sagen, denn seine Augen waren starr auf mich gerichtet und sein Mund öffnete und schloß sich in den Krämpfen, die einer hitzköpfigen Beschimpfung vorausgehen (all dies beobachtete ich, gegen die Deichsel gelehnt, mit der größten Gelassenheit, denn ich fühlte mich im Recht), als Lord Sigismund und Jellaby angehastet kamen.

»Ich hoffe, Sie sind nicht verletzt . . .«, hob Lord Sigismund mit seiner üblichen Besorgnis um all jene an, denen etwas zugestoßen ist.

Der alte Gentleman schnappte nach Luft. »Was denn? Sidge?! Ist das da etwa deine Bagage?« schrie er laut.

»Hallo Papa!« war Lord Sigismunds unverzügliche und überraschte Antwort.

Es war der Herzog.

Also, wenn das kein unglücklicher Zufall war!

15

Im Laufe eines Lebens, das bereits lange genug währte, um genügend Anschauungsmaterial zu liefern, habe ich schon häufig beobachten können, daß die göttliche Vorsehung eine Neigung hat, den Gerechten gerade dann hart zu strafen, wenn er am gerechtesten ist. Nun liegt es mir fern, den göttlichen Ratschluß zu kritisieren, dennoch empfinde ich diesen Umstand als höchst bedauerlich. Außerdem ist er unerklärlich. Marie-Luise zum Beispiel starb just an jenem Tage, an dem ich leider Grund hatte, sie auf das schärfste zu rügen. Aus der Rückschau betrachtet, könnte dies durchaus den Eindruck erwecken, ich wäre ein boshafter Mensch. Ich bin mir aber bewußt, daß es sich bei dieser Koinzidenz um einen Akt göttlicher Vorsehung handelte. Meine arme Frau diente lediglich als Werkzeug, um mich ins Unrecht zu setzen. Meinen lieben Freunden, die sowohl Marie-Luise kannten als auch mich kennen und Zeugen der Harmonie unseres Ehelebens waren, brauche ich nicht lange zu erklären, daß ihr Tod mit meinen zuvor erfolgten Zurechtweisungen absolut nichts zu tun hatte. Alle Freunde wissen, daß meine Frau sich an diesem Tage bester Gesundheit erfreute, doch am späten Nachmittag dieses Tages wurde sie durch die unvorsichtige Fahrweise eines Droschkenkutschers von meiner Seite gerissen. Die Droschke überfuhr sie und ließ mich von einer Sekunde auf die andere als Witwer auf dem Trottoir zurück. Das hätte jedem passieren können. Das besondere Unglück meiner Situation bestand jedoch darin, daß ich, um meiner Pflicht Genüge zu tun, gezwungen gewesen war, sie in den Stunden, die diesem Ereignis unmittelbar vorausgingen, auf das schärfste zu tadeln. Natürlich konnte ich dabei nichts von der Droschke ahnen. Ich tat meine traurige Pflicht, und als der Abend hereinbrach, war ich ein gebrochener Mann, eine Beute des schlimmsten Bedauerns und der grausamsten Selbstvorwürfe. Und doch: Hatte ich denn nicht richtig gehandelt? Mein Gewissen sagte mir: Ja! Aber ach, was konnte das Gewissen zu meinem Troste ausrichten? Erst mit der Zeit kam ich darüber hinweg und gewann jenes innere Gleichgewicht zurück, das mir sagte, die Welt käme zum Stillstand, würden wir davor zurückschrecken zu sagen, was gesagt werden muß, aus Angst, daß die Menschen sterben. Ich erkannte dies so klar und deutlich, daß ich nicht nur innerhalb desselben Jahres erneut heiratete, sondern mich auch entschloß, mich durch kein noch so tragisches Ereignis dahingehend einschüchtern zu lassen, daß ich meine Pflicht gegenüber meiner zweiten Frau vernachlässigte. Vom ersten Tage an übernahm ich demgemäß die mir angemessene Position als Vorstand und Führer des Haushalts, und bis zum heutigen Tage bin ich froh, sagen zu können, daß die Vorsehung Edelgard in Frieden gelassen hat. Bisher hat die Vorsehung Edelgard nicht als Werkzeug benutzt (von ein paar Kleinigkeiten abgesehen), um mich in eine Situation zu manövrieren, in der ich bereuen müßte, richtig gehandelt zu haben.

Und da passierte mir diese schreckliche Sache mit dem Herzog. Nichts auf der Welt hätte wärmer und herzlicher sein können als meine Gefühle für ihn und seine Familie. Ich mochte und bewunderte seinen Sohn; ich achtete seine Schwester unendlich; und ich hätte mich überglücklich geschätzt, wäre es mir vergönnt gewesen, auch ihn zu mögen, zu bewundern und zu achten. So und nicht anders war meine Einstellung ihm gegenüber. Doch gegenüber Motorwagen ist meine Einstellung gleichermaßen untadelig und eisern. Ich verachte ihr barbarisches Verhalten. Ich war (und bin) so sehnlich darauf bedacht, wie es nur je ein anständiger Mensch sein kann, einem von diesen Vehikeln eine gründliche Lektion zu erteilen und so mitzuhelfen, ihre unschuldigen Opfer zu rächen. Und da kam die göttliche Vorsehung daher, drängte sich zwischen diese beiden verdienstvollen Absichten und machte sie beide mit einem Schlage zunichte durch den schlichten Winkelzug, den Herzog mit dem Benzinwagen zu verkuppeln. Sie verwirrte mich, sie strafte mich, sie setzte mich ins Unrecht. Und weshalb? Weil ich getan hatte, wovon ich wußte, daß es das Richtige war!

»Niemand, nicht einmal ein zukünftiger Geistlicher, kann von mir verlangen, daß ich für so ein Vehikel Sympathie aufbringe«, beklagte ich mich bei Mrs. Menzies-Legh, an die ich mich wenden mußte, da ihre Schwester sich irgendwo anders aufhielt.

»Offensichtlich«, sagte sie und schaute mich an, als wäre sie versucht, noch mehr zu sagen. Dann aber (zweifellos, da sie sich erinnerte, daß ich schwatzhafte Weiber nicht ausstehen kann) schwieg sie doch.

Ich saß mit der schlanken Dame unter einem der Ruinenbogen der Burg von Bodiam (niemals, liebe Freunde, solltet ihr dorthin gehen, es ist ein scheußlich feuchter Flecken), während die anderen überall in den Ruinen herumstöberten. Eine Tätigkeit, zu der ich physisch und seelisch zu ausgelaugt war, denn ich bin ein sensibler Mensch und hatte einen sehr schweren Tag hinter mir. Der Abend hatte sich gesenkt, Lord Sigismund war zusammen mit seinem übertrieben erzürnten Vater in dem bewußten Automobil zu einem Ort gefahren, dessen Namen ich nicht verstanden hatte. Er würde, sagte man mir, erst am nächsten Tag zurückkommen. Die anderen, mich selbst eingeschlossen, hatten nach endloser Suche einen armseligen Kampierplatz auf einer Kuhweide gefunden. Es war bereits zu spät am Tage, um noch irgendwelche Einwände zu erheben, und so hockten wir in einem ungeschützten Feld um unseren Kochkessel, während der Wind heulte und ein feiner Nieselregen fiel. Die ganze Gruppe war, im Vergleich zu ihrer sonst üblichen Munterkeit, merkwürdig schweigsam und niedergeschlagen. Niemand sagte, es sei gesund und lustig. Selbst die Mädchen sprachen nicht und saßen ernst und still in ihren zugeknöpften Mackintosh-Regenmänteln, die Arme um die angezogenen Knie geschlungen und die Gesichter glänzend vom Regen. Ich glaube, das Verhalten des

Herzogs, nachdem er aus seinem im Graben gelandeten Automobil geklettert war, muß sie so deprimiert haben. Es war eine höchst unerfreuliche Szene gewesen, und ich mußte bei dieser Gelegenheit leider feststellen, daß der Herzog ein Mann von sehr aufbrausendem, zügellosem Wesen ist. Meine Entschuldigungen erwiesen sich als völlig nutzlos. Dann verschlang auch noch die Zubereitung des Essens eine enorme Menge Zeit. Die Hühner wollten aus irgendeinem Grund nicht gar werden (sie vermißten wohl Lord Sigismunds Überredungskünste), und die Kartoffeln konnten es nicht, denn die Flamme des Kochers, auf den man sie gestellt hatte, ging aus, und niemand bemerkte es. Wie öde und herbstlich dieses Feld, das nicht einen einzigen Baum aufwies, in diesem Regen am Ende dieses unbefriedigenden Tages wirkte, kann ich unmöglich beschreiben. Seine Trostlosigkeit, zu der sich die Tagesereignisse und das schlechte Essen gesellten, machten es mir unsympathischer als jeden Lagerplatz, den wir bisher aufgesucht hatten. Der Gedanke, daß wir auf diesem feuchten, von Kühen übersäten Höhenzug die Nacht verbringen sollten, während unten in der Ebene die Lichter von Bodiam funkelten und glückliche Hausbesitzer sich in geschlossenen Räumen entkleideten, um sich in ein normales Bett zu legen, statt sich seitlich in ein Gestell zu zwängen, das eigentlich ein Regal war, dieser Gedanke war unendlich niederschmetternd. Und als nach dem Essen beim Flackern der Sturmlampen die Gruppe damit beschäftigt war, das Geschirr abzuwaschen, wobei der Regen die Teller schneller wieder naß machte, als sie abgetrocknet werden konnten, da konnte ich mir, der ich dabeistand und die Szene beobachtete, nicht verkneifen zu sagen: »Das also nennt man ein Vergnügen.«

Niemand wußte darauf etwas zu sagen.

Aus schierer Notwehr gingen wir später, dunkel und unwirtlich, wie es war, hinunter zu den Ruinen. In dieser Nässe draußen vor den Wohnwagen sitzen konnten wir nicht. Um zu Bett zu gehen, war es zu früh. Und uns gegenseitig in unseren Wohnwagen zu besuchen, um dort Karten zu spielen, verbot uns die Schicklichkeit. Mrs. Menzies-Legh machte zwar allen Ernstes einen diesbezüglichen Vorschlag, doch als ich sie mit einer Heftigkeit auf diesen Punkt hinwies, die ich durchaus zu verschärfen bereit gewesen wäre, hätte sie auf ihrem Vorschlag beharrt, wurde der Gedanke fallengelassen. Einerseits also gezwungen, im Freien zu bleiben, waren wir andererseits gezwungen, uns zu bewegen, oder der Rheumatismus hätte uns in seinen Klauen gehabt. Folglich machten wir uns auf dem langen, matschigen Feldweg erneut auf den beschwerlichen Zweimeilenmarsch hinunter zur Burgruine und ließen Menzies-Legh (der furchtbar schmollte) zur Bewachung des Lagers zurück.

Mrs. Menzies-Legh marschierte an meiner Seite. Sobald sie sah, daß ich allein war – die anderen legten eine Geschwindigkeit vor, mit der Schritt zu halten ich keine Lust verspürte –, verzögerte sie ihren Schritt, bis ich sie eingeholt hatte und ging dann neben mir.

Ich mache kein Geheimnis aus der Tatsache, daß diese Dame mich auf dieser Tour zu ihrem besonderen Opfer erkoren hatte. Sie, meine lieben Zuhörer, werden es schon bemerkt haben, denn ich verberge nichts vor Ihnen. Mit bestem Gewissen kann ich freilich sagen: Es war nicht meine Schuld. Ich habe sie wahrhaftig in keiner Weise dazu ermuntert. Nicht nur muß diese Dame die Dreißig schon überschritten haben, sie tat vor allen Dingen – und zu wiederholten Malen! – etwas, das man wohl am besten mit »sich über mich lustig machen« beschreiben könnte. Ganz abgesehen von alldem, habe ich für diesen Typ Frau absolut nichts übrig. Ich verabscheue jeglichen Ansatz von Drahtigkeit bei Frauen; und körperlich hatte sie (außer Draht) rein gar nichts zu bieten, dafür bot sie geistig viel zuviel. Ich meine, soweit eine Frau überhaupt über Geist oder Intelligenz verfügt (was ja nur in beschränktem Maße der Fall ist). Ich habe deshalb also ein vollkommen reines Gewissen und möchte lediglich, indem ich sorgsam jede Bemerkung vermeide, die auf eine Eitelkeit meinerseits schließen lassen könnte, das bloße Faktum zur Kenntnis geben, daß diese Dame mir ständig am Ellenbogen hing, daß mein Ellenbogen aber ausgesprochen zurückhaltend war und daß kein anderes Mitglied unserer Reisegruppe sich so sehr an mich klammerte wie sie.

Jetzt also saß sie mit mir in den Ruinen von Bodiam und täuschte vor, ebenfalls müde zu sein, was natürich nicht stimmte, denn niemand war den ganzen Tag lang so quicklebendig wie sie. In Ermangelung einer besseren Zuhörerin – Frau von Eckthum hatte sich gleich zu Beginn des Marsches in den Schatten aufgelöst – sah ich mich gezwungen, mit ihr über die Vorsehung zu sprechen. Aber man kann mit einer solchen Frau natürlich nicht richtig sprechen, sich nicht wirklich mit ihr unterhalten. Nur zu rasch erinnerte sie mich an diesen Tatbestand, indem sie fragte, ob ich nicht auch der Meinung sei, daß die Menschen allzuleicht geneigt seien, das als göttliche Vorsehung zu bezeichnen, was im Grunde nicht mehr und nicht weniger sei als ihr eigenes Selbst. »Oder«, fügte sie (gotteslästerlich) hinzu, »wenn sie in anderer Verfassung sind, nennen sie es den Teufel, aber im Grunde sind es immer nur sie selbst.«

Nun, ich hatte mir nicht die Mühe gemacht, durch den Matsch nach Bodiam zu stapfen, um mir dort gotteslästerliche Reden anzuhören. Also zog ich meinen Kleppermantel enger um mich und machte Anstalten zu gehen.

»Aber ich verstehe schon, was Sie meinen«, ergänzte sie rasch, als sie meine Anstalten gewahrte und wahrscheinlich zugleich begriff, daß sie zu weit gegangen war. »Es geschehen manchmal sehr unglückliche Dinge, und manche Strafen scheinen für die begangene Untat unproportional hoch auszufallen. Ich denke zum Beispiel, daß es ganz außerordentlich schrecklich für Sie gewesen sein muß, daß ausgerechnet an dem Tag, an dem Sie Ihre Frau ausschimpften . . .«

»Ich habe sie nicht ausgeschimpft, ich habe sie gerügt.«

»Das ist doch dasselbe.«

»Mitnichten!«

»Nun gut, gerügt haben, bis zu dem Augenblick als . . . oh, ich glaube, es hätte mich umgebracht.«

Und sie erschauderte.

»Meine liebe Dame«, belehrte ich sie leicht amüsiert, »ein Mann hat gewisse Pflichten, die er erfüllen muß. Manchmal sind sie unangenehm, und dennoch erfüllt er sie. Wenn er sich erlauben wollte, sich jedesmal umbringen zu lassen, dann herrschte wohl bald ein gewaltiger Mangel an Ehemännern in der Welt. Und was würdet ihr armen Weiber dann wohl machen?«

Frauen haben leider überhaupt keinen Sinn für Humor, und so war sie natürlich unfähig, nach diesem Strohhalm zu greifen, den ich ihr geboten hatte, um die Unterhaltung ein wenig aufzulockern. Im Gegenteil, sie wandte mir das Gesicht zu, schaute mich sehr ernst an (wie schade um diese schönen Augen) und sagte: »Aber wie viel besser wäre es, wenn man nie, nie, nie seine Pflicht täte . . .«

»Hören Sie . . .«, protestierte ich.

». . . wenn Pflichterfüllung bedeutet, daß man jemanden schlecht behandelt.«

»Schlecht behandelt? Kann man eine Mutter, die ihr Kind rügt, schlechter Behandlung bezichtigen?«

»Oh, nennen Sie die Dinge doch beim rechten Namen – schelten, predigen, Ratschläge erteilen, beschimpfen und beleidigen – es ist alles schlechte Behandlung, Bösartigkeit.«

»Beschimpfen und beleidigen, meine liebe Dame?«

»Kommen Sie, Baron, was Sie zum Herzog gesagt haben . . .«

»Ah. Das war ein sehr unglücklicher Zufall. Ich tat, was unter anderen Umständen meine Pflicht gewesen wäre, und die göttliche Vorsehung . . .«

»Oh, lieber Baron, würden Sie bitte die Vorsehung aus dem Spiel lassen. Und würden Sie bitte aufhören, Ihre Pflicht zu bemühen. Eine Zunge, die ihre angebliche Pflicht tut, ist ein schreckliches Werkzeug der Zerstörung. Je länger sie tätig ist, desto blasser und schwächer werden die kleinen Liebesbezeigungen und Dienste der Nächstenliebe, bis sie schließlich ganz dahinschwinden und zugrunde gehen. Ich danke meinem Herrgott jedesmal auf Knien, wenn ich nicht einfach mit dem herausplatzte, was ich hätte sagen wollen, weil ich geärgert worden bin.«

»Tatsächlich?« sagte ich ironisch. Ich hätte hinzufügen können, daß ihre Knie bisher aber wenig strapaziert worden seien, denn ich könne mich keiner Frau entsinnen, die weniger bereit gewesen wäre zu schweigen, um nicht das Falsche zu sagen. Aber, offen gesagt, was hätte es für einen Unterschied gemacht? Ich habe es schon immer für unmöglich gehalten, eine Frau ernst zu nehmen, selbst wenn ich mich von ihr angezogen fühlte. Und weiß der Himmel, ich hatte wahrhaftig kein Verlangen, auf nassen Steinen zu hocken und mir anzuhören, wie dieses Frauenzimmer ihren kleinen Vorrat an mißverstandenen Weisheiten zu meiner (vermeintlichen) Belehrung vor mir ausbreitete.

Mit eindeutiger Geste begann ich also, meinen Mantel anzuziehen und dann zuzuknöpfen, entschlossen, die anderen zu suchen und ihnen die Rückkehr zu den Wohnwagen vorzuschlagen.

»Sie vergessen«, sagte ich, während ich knöpfte, »daß ein Zornesausbruch nicht das Geringste zu tun hat mit der ruhigen und vernünftigen Verrichtung von Mannespflichten.«

»Was? Sie waren also ganz ruhig und glücklich, als Sie das taten, was Sie ›rügen‹ nennen?« fragte sie und sah mich an. »Oh, Baron.« Und mit einem feinen Lächeln schüttelte sie den Kopf.

»Ruhig, hoffe und glaube ich, daß ich das war, aber nicht glücklich. Noch erwartete ich, das zu sein. Pflichterfüllung hat mit dem persönlichen Glück, das man empfindet, nichts zu tun.«

»Nein. Noch hat sie etwas mit dem Glück der anderen zu tun«, versetzte sie rasch.

Natürlich hätte ich ihre Argumente in alle Winde zerstreuen können, hätte ich mir die Mühe machen wollen, erst einmal Logik hineinzubringen. Aber das hätte Zeit gekostet, denn sie war extrem schwer zu überzeugen, und außerdem hatte ich wahrhaftig keine Lust dazu.

Soll Menzies-Legh sie doch überzeugen, dachte ich und machte mich für den Marsch zurück zu den Wohnwagen fertig, ich habe schon genug damit zu tun, meine eigene Frau zu überzeugen.

»Versuchen Sie's doch mal mit Lob«, sagte Mrs. Menzies-Legh.

Da ich nicht verstand, was sie meinte, knöpfte ich schweigend weiter.

»Lob und Ermutigung. Sie werden von dem Ergebnis überrascht sein.«

Noch immer schweigend, denn ich wollte mir nicht die Mühe machen, sie zu fragen, was ich denn loben und ermutigen solle, schlug ich den Kragen hoch und schloß die kleine Lasche vorn am Hals. Da sie sah, daß ich keine weitere Absicht hatte, mit ihr zu reden, machte auch sie sich für den Sprung in den Regen bereit.

»Sie sind doch nicht etwa ärgerlich, lieber Baron?« fragte sie, wobei sie sich vorbeugte, um das von meinem Gesicht betrachten zu können, was über dem hochgestellten Kragen noch herausschaute.

Auch diese Anredeform hatte ich selbstverständlich in keiner Weise ermutigend provoziert. Doch kein noch so unnahbares und förmliches Gehabe konnte sie davon abbringen. Um der Gerechtigkeit Genüge zu tun muß ich allerdings diejenigen, die ihr schon begegnet sind, daran erinnern, daß sie eine recht angenehme Stimme hat. Sie werden sich entsinnen, daß dieses Organ wohltönend tief und voll ist und so fern aller Schrillheit, daß irgendwie bei allem, was sie sagt, der falsche Eindruck entsteht, es lohne sich, ihr zuzuhören. Edelgard beschrieb dieses Sprechorgan ziemlich phantasievoll (aber erstaunlicherweise gar nicht so verkehrt) als eine Stimme voller Schattierungen. Keineswegs unmelodiös vibriert diese Stimme zwischen diesen Schattierungen auf und ab, und als sie mich jetzt fragte, ob ich ärgerlich sei, da klang es beinahe so, als erkundige sie sich mit echter, einfühlsamer Besorgnis.

Ich wußte aber, daß das letzte, was diese Frau besitzt, echte einfühlsame Besorgnis ist. Alle Neigung zur Einfühlsamkeit, die die Familie Flitz je hervorgebracht hatte, konzentrierte sich in der sanften Schwester, also ließ ich mich nicht blenden.

»Meine liebe Dame«, sagte ich und schüttelte meine Pelerine aus, »ich bin kein Kind.«

»Manchmal habe ich aber das Gefühl«, sagte sie und stand

ebenfalls auf, »daß Ihnen dieser Urlaub gar keine Freude macht. Daß es einfach nicht das ist, was Sie sich vorgestellt haben. Daß wir vielleicht keine ... keine sehr harmonische Gruppe sind.«

»Zuviel der Güte«, erwiderte ich so förmlich, daß sie sich sofort in ferne und angemessene Distanz verwiesen fühlen mußte. Hatte sie nicht soeben einen eindeutigen Schritt in Richtung Vertraulichkeit getan? Und ein Mann muß ständig auf der Hut sein.

Schamlos betrachtete sie mich einen Moment lang mit leicht schiefgelegtem Kopf. Und wieder fiel mir ihr Mangel an weiblicher Zurückhaltung auf. Man stelle sich Edelgard vor, die einen lebendigen Gentleman mit jenem unverhohlenen Interesse anstarrt, das man toten Gegenständen entgegenbringt. Sie schien nicht das geringste Fünkchen von jenem Bewußtsein für ihr Geschlecht zu haben, von jenen *arrière-pensées** (wie unsere besiegten, aber doch immer noch intelligenten Nachbarn sagen), die man weibliche Bescheidenheit nennt. Eine wohlerzogene deutsche Dame schlägt unverzüglich die Augen nieder, wenn sie einem Gentleman gegenübersteht. Sie erinnert sich sofort, daß sie eine Frau und er ein Mann ist, und hört nicht auf, sich daran zu erinnern, solange sie zusammen sind. Ich bin sicher, in jenen Tagen, als Mrs. Menzies-Legh noch eine von Flitz gewesen ist, wird sie sich genau so verhalten haben. Doch England hatte diese feineren preußischen Gefühle abgestumpft, wenn nicht ganz und gar zerstört, und so stand sie nun da und betrachtete mich in einer Weise, die ich nur als vollkommen unweibliche Distanzlosigkeit bezeichnen kann. Was, fragte ich mich, würde sie jetzt gleich sagen, das mich schließlich wahrhaftig verärgern würde. Aber sie sagte nichts, sie schüttelte nur den Kopf, drehte sich um und ging weg. Nun, ich hatte nicht vor, auch zu gehen – zumindest nicht mit ihr. Die Ruinen waren nicht mein Eigentum, und sie war nicht mein Gast, also sah ich mich vollauf gerechtfertigt, sie alleine gehen zu lassen. Auch die Ritterlichkeit hat ihre Grenzen, und niemand möchte seine Vorräte verschwenden. Kein Mann könnte ritterlicher sein als ich, vorausgesetzt, man bietet

* arrière-pensées: Hintergedanken (Anm. d. Ü.)

mir ein geeignetes Objekt, doch halte ich Objekte, die das Alter erreicht haben, wo sie auf sich selber aufpassen können, für ebenso ungeeignet wie Objekte, denen die Natur einen Panzer der Inattraktivität umgelegt hat. In diesem Falle könnte man sagen, daß die Natur selbst sich ihnen gegenüber ritterlich gezeigt hat, und man kann sie folglich ruhigen Gewissens dem weiteren Schutz der Natur überlassen. Ich folgte also in aller Gemütlichkeit den Fußstapfen Mrs. Menzies-Leghs, durchaus von dem Wunsch beseelt, zum Lagerplatz zurückzukehren, doch keineswegs von dem Bedürfnis, ihn mit ihr gemeinsam zu erreichen. Ich wollte lieber nach Frau von Eckthum Ausschau halten und mit ihr zusammen in aller Harmonie zu unserem Kampierplatz gehen. Indem ich unter einem Bogen hindurchschlüpfte, der zu dem führte, was einst der große Festsaal gewesen sein soll, fand ich sogleich den Gegenstand meiner Suche unter einem Schirm, der von Jellaby gehalten wurde.

Als ich noch Kind war und unter der Obhut meiner Muter stand, pflegte sie, die immer mein Bestes wollte, zu mir zu sagen: »Otto, versetze dich in die Lage des anderen«, wenn meine Einschätzung zufällig schlecht überdacht schien oder einmal etwas voreilig ausgefallen war. Ich folgte ihrem Rat, und mit der Zeit wurde es mir so zur Gewohnheit, daß mir in der Folge Schlüsse gelangen, die mir auf andere Weise nie möglich gewesen wären. Und als ich nun meine sanfte Freundin unter Jellabys Schirm entdeckte, führte ich ganz automatisch den Rat meiner Mutter aus. Ich stellte mir vor, was ich empfände, wäre ich an ihrer Stelle. Könnte ich wohl, fragte ich mich rasch, die große Nähe dieses erzlangweiligen Sozialisten, dieses einfachen Mannes aus dem Volke, als angenehm empfinden, wenn ich eine Dame von außerordentlich gehobener Moral und von physischer Delikatesse wäre, die zarte Blume und letzte Blüte eines alten, aristokratischen, konservativen, rechtsgerichteten Familienzweiges? Die Antwort war klar: Es wäre eine Tortur! Und durch einen weiteren Akt göttlicher Vorsehung war ich zufällig Zeuge dieser Tortur.

»Meine liebe Freundin«, rief ich und stürzte zu ihr hin, »was tun Sie so gänzlich ungeschützt hier in dieser Nässe und Dunkelheit. Erlauben Sie, daß ich Ihnen meinen Arm reiche und Sie zu Ihrer Schwester geleite, die, wie ich vermute, dabei ist, den Heimweg zurück zum Lagerplatz anzutreten. Erlauben Sie . . .«

Und noch ehe Jellaby irgendeinen Protest stammeln konnte, hatte ich ihre Hand durch meinen angewinkelten Arm gezogen und führte sie umsichtig aus den Ruinen.

Leider muß ich sagen, daß Jallaby (seines dicken Fells wegen) unfähig war zu erkennen, daß seine Gegenwart unerwünscht war. Er schloß sich uns also nicht nur unverzüglich an, er unternahm auch noch ungeschickte Versuche, den Schirm über Frau von Eckthum zu halten. Linkisch, wie er nun einmal ist, erreichte er damit allerdings nur eins, nämlich daß mir das Wasser des Schirms direkt in den Nacken lief.

Nun, im Beisein einer Dame konnte ich nicht unhöflich werden und ihm einfach rundheraus sagen, er solle sich verziehen, doch ich glaube nicht, daß der Spaziergang ihm besondere Freude gemacht hat. Mir fiel nämlich plötzlich ein, daß außer Edelgard und mir niemand sonst aus unserer Gruppe einen Schirm dabei hatte. Mit einer Milde, die gelegentlich so vielsagend zu sein vermag, fragte ich ihn also: »Jellaby, wessen Schirm ist das eigentlich, den Sie da in der Hand halten?«

»Die Frau Baronin hat ihn mir freundlicherweise geliehen«, antwortete er.

»Was Sie nicht sagen. Gütergemeinschaft, was? Und was tut sie selbst ohne einen solchen, wenn ich fragen darf?«

»Ich habe sie zum Wagen zurückbegleitet. Sie sagte, sie habe noch Näharbeiten zu erledigen. Ich glaube, es war eines Ihrer Kleidungsstücke zu flicken.«

»Sehr gut möglich. Nun denn, da es sich um den Schirm meiner Frau handelt, und somit, wie Sie wohl kaum leugnen werden, um den meinen, denn wenn zwei Menschen durch das Band der Ehe zu einem Fleisch werden, so werden sie zugleich auch in jeder anderen Hinsicht zu einem, also auch zu einem Schirm, darf ich Sie also in Anbetracht dieser Sachlage ersuchen, diesen Schirm, statt ihn mir so hartnäckig zwischen Hals und

Kragen zu stecken, mir, seinem rechtmäßigen Besitzer, auszuhändigen, damit ich ihn für diese Dame halten kann?«

Und ich schnappte ihm den Paraplui weg, schaute Frau von Eckthum an und lachte, denn ich wußte, es würde sie freuen, Jellaby behandelt zu sehen, wie es ihm gebührte.

Sie, die Mitglied meiner Nation und Klasse ist, mußte es oft als skandalös empfunden haben, wie die englischen Mitreisenden sich ihm gegenüber verhielten, ganz so, als wäre er einer von ihnen. Wie oft schon mußte ihre Feinsinnigkeit durch die Erscheinung Jellabys verletzt worden sein, durch sein Benehmen und sein rüpelhaftes Sprechen, durch seinen Flanellkragen, seine unordentliche Kleidung, die Haarsträhne, die er ständig aus der Stirn wischte und die doch immer wieder darauf zurückfiel, durch seine schlanke, fast feminine Gestalt, sein rundes Gesicht und seine lächerlich helle Haut. In der Tat gab es nur die Möglichkeit, diesen Menschen als eine Art Witzfigur zu behandeln, ihn einfach nicht ernst zu nehmen, sich nicht zu erlauben, über ihn in Zorn zu geraten, obgleich man nur zu oft dazu geneigt sein mochte. Ich tätschelte also die Hand, die auf meinem Arm lag, in einer Geste gegenseitigen Verstehens, schaute Frau von Eckthum an und lachte.

Die Dame war allerdings nicht von gleichbleibend rascher Auffassungsgabe. Üblicherweise begriff sie schnell, aber hier und da legte sie letztes Zeugnis von ihrer wahren Weiblichkeit ab, indem sie sich als göttlich dumm erwies. Und ausgerechnet bei dieser Gelegenheit – vielleicht weil ihre zarten Füßchen naß und daher kalt waren, möglicherweise, weil sie der Unterhaltung nicht gefolgt war, vielleicht aber auch, weil sie eine derart hohe Überdosis Jellaby genossen hatte, daß ihr Gehirn die Aufnahme jedes weiteren Eindrucks verweigert –, ausgerechnet jetzt reagierte sie weder auf meine Blicke noch auf mein Lachen. Sie hielt die Augen fest auf den Boden geheftet, und die elegante, ernste Linie ihrer Nase war alles, was zu sehen mir gestattet war.

Ich respektierte ihre Laune, wie es jeder taktvolle Mann fraglos tun würde, und wandte mich nicht wieder direkt an sie. Vielmehr verlegte ich mich darauf, ihr den Weg hügelaufwärts angenehm zu gestalten, indem ich mit Jellaby in einem feierlich-mokierenden Ton sprach, um ihn zu ihrer Erheiterung ein wenig aus der Reserve zu locken. Unglücklicherweise widerstand er meinen gut gemeinten Bemühungen und verhielt sich schweigsamer, als ich ihn je zuvor erlebt hatte. Er sprach kaum ein Wort, und sie, fürchte ich, war sehr müde, denn nur ein einziges Mal sagte sie »Oh«. So endete die ganze Unterhaltung in einem langen Monolog über den Sozialismus, dem Frau von Eckthum schweigend, doch mit Interesse lauschte, während Jellaby selbiges zweifellos mit großer Wut im Bauch tat. Wie auch, ich führte eine Reihe sehr treffender Argumente ins Feld, und er wagte kein einziges Mal zu widersprechen. Vielleicht waren seine irrigen Theorien noch nie so gründlich auseinandergenommen worden wie auf diesem Weg, der immerhin zwei Meilen lang war und bergauf führte. Und da ich das Schrittempo bestimmte, sah ich zu, daß er so langsam wie möglich ausfiel. Außerdem müssen meine geneigten Zuhörer bedenken, daß ich mich einzig und allein jener tödlichen Waffe bediente, die am besten geeignet ist, eine Person zu vernichten: die doppelläufige Spritze der Ironie, gepaart mit Witz. Nichts kann dem Gift widerstehen, das aus diesen beiden Spritzdüsen gepumpt wird. Und so konnte ich mir zu guter Letzt erlauben, Jellaby in freudigstem Ton eine wunderschöne gute Nacht zu wünschen, während ich der zarten Dame die Stufen hinauf in ihren Wohnwagen half.

Er – noch heute bereitet es mir Vergnügen, wenn ich es erzähle – antwortete auch darauf praktisch nicht. Kaum aber hatte er sich brummend verzogen, fand Frau von Eckthum ihre Sprache wieder. Sie wollte gerade durch die Vorhänge ins Wageninnere entschwinden, da rief ich ihr noch rasch zu, es sei mir eine große Freude gewesen, daß ich ihr diesen kleinen Dienst hätte erweisen können. Sofort blieb sie stehen, schaute, die Hand schon am Vorhang, zu mir herunter und fragte: »Welchen Dienst, Baron?«

»Sie von Jellaby erlöst zu haben«, erwiderte ich.

»Oh«, sagte sie, zog den Vorhang zurück und ging hinein.

16

Etwa sechs Stunden Marsch von Bodiam entfernt befindet sich ein Ort namens Frogs' Hole Farm, ein verlassenes Gehöft, das tief in Hopfenfeldern verborgen in einem feuchten Flecken in einer Mulde liegt, ein Ort immerwährenden Schattens und von erstaunlicher Abgeschiedenheit, der seinen Namen ›Unkenlochfarm‹ sehr zu Recht trägt.

Geführt von jenem eigensinnigen Schicksal, das uns seit dem Beginn unserer Reise so schwankend geleitet hatte, machten wir uns zu diesem Ort auf den Weg und verbrachten den ganzen Tag damit, ihn zu erreichen. Allerdings waren wir uns dieser Tatsache nicht bewußt. Man ist sich, wie meine Zuhörer wohl schon bemerkt haben, nie bewußt, wohin man sich als Reisender im Wohnwagen begibt. Wir erkannten lediglich, daß dies das letzte Etappenziel am Ende eines ungewöhnlich langen, aus vielen schmerzhaften Schritten bestehenden Marsches war und daß unsere kleinen Wortgefechte an Straßenkreuzungen und unser Zögern, ob wir uns hierhin oder dorthin wenden sollten, nur das Wirken eines Schicksals war, das uns voll Verachtung der Illusion anheimgeben wollte, wir selbst hätten die freie Wahl gehabt. Daß dem natürlich nicht so war, dämmerte uns Schlag vier Uhr, als wir, ein Wagen hinter dem anderen, auf einem Karrenweg am Rande des Hopfenfeldes entlangrumpelten und einer nach dem anderen im dunklen Hinterhof von Frogs' Hole Farm herauskamen.

Das Farmhaus stand (und steht wahrscheinlich noch) gegenüber einem verfallenen Gatter inmitten eines quadratischen, von Unkraut überwucherten Gartens. Eine Reihe zerzauster Nadelbäume, denen die meisten Zweige fehlten, säumte die nördliche Seite. Ein Teich, grün von schleimigen Wasserlinsen, nahm die Mitte dessen ein, was wohl einmal ein Rasen gewesen war. Der letzte Bewohner mußte das Anwesen in solcher Hast verlassen haben, daß er nicht einmal mehr Zeit gehabt hatte, den zum Hause führenden Pfad sauber zurückzulassen, denn er war übersät mit Stroh und alten Zeitungen.

Das Bauernhaus selbst war ein quadratischer Kasten und hatte so viele Fenster, daß wir immer dem leeren Starren einer Doppelreihe von Fenstern ausgesetzt gewesen wären, ganz gleich, wo in seiner Umgebung wir uns auch niedergelassen hätten. Obwohl es bei unserer Ankunft, wie gesagt, erst vier Uhr war, verbarg sich doch die Sonne bereits hinter den Baumwipfeln, die die Hügel zum Westen hin bekrönten, und so schien es, als hätte sich der Ort bereits für die Nachtruhe bereitgemacht. Gespenstisch? Sehr gespenstisch, meine Freunde – doch ist nicht sogar eine hypermoderne Villa mit knallroter Fassade gespenstisch, wenn sie unbewohnt im Dämmer des Zwielichts steht? Dies jedenfalls hörte ich Mrs. Menzies-Legh zu Edelgard sagen, die nahe dem zerbrochenen Zaun stand und das verlassene Anwesen mit offensichtlich gemischten Gefühlen betrachtete.

Wir hatten niemanden um Erlaubnis gefragt, hier unser Lager aufschlagen zu dürfen, und dies auch nicht für nötig befunden. Denn bei der letzten Straßenkreuzung hatte ein von uns befragter Arbeiter gesagt, wir müßten bloß der dunklen Straße folgen, hinter einem Hopfenfeld fänden wir dann alles, wonach wir begehrten. Platz jeder Art gab es fraglos: leere Ställe, leere Scheunen, leere Hopfendarren und – hätten wir uns die Mühe gemacht, eines der wackligen Fenster zu öffnen – ein leeres Haus. Platz also gab es jede Menge, doch ein unbewohntes Bauernhaus mit großen Vorräten an Milch und Butter wäre sehr viel angenehmer gewesen. Abgesehen davon, lag wohl tatsächlich – wie Mrs. Menzies-Legh sagte – eine Art Spuk über dem Haus, denn es herrschte eine ominöse, vollkommene Stille. Nichts rührte sich, kein Blatt und kein Zweig, und nirgends waren ein Dach oder ein Schornstein zu sehen, aus dem auch nur der dünnste Rauchfaden aufgestiegen wäre, der uns die Gewißheit hätte geben können, nicht völlig allein zu sein.

Nun gehöre ich nicht zu denen, die sich viel darum bekümmern, ob die Blätter im Winde säuseln oder ein Ort völlig ruhig ist. Ein Mann betrachtet solche Dinge anders, als es die Damen tun. Allerdings muß ich gestehen, sogar ich – und aus dem Gesagten können meine Freunde wohl ableiten, daß es sich um einen wahrlich unheimlichen Ort handelte –, selbst ich entsann mich nun mit einem gewissen Bedauern der Tatsache, daß zusammen mit Lord Sigismund selbst auch sein wilder (aber sehr wachsamer) Hund nun nicht mehr bei uns weilte. Noch hatten wir Jellabys Köter hier, der, so minderwertig er auch sein mochte, doch immerhin ein Hund war, der über ein gewisses Maß an Übung im Bellen verfügte. Leider aber befand der sich noch immer in der Obhut jenes Veterinärmediziners, der ferne von uns irgendwo im Schoße der uns umschlingenden Hügel residierte.

Meine Zuhörer mögen Nachsicht mit mir üben, sollte mein Stil gelegentlich eine poetische Färbung annehmen, wie es mir mit dem Bild des Veterinärmediziners im Schoße der Hügel passiert ist, aber sie dürfen nicht vergessen, daß in der Gruppe, mit der ich unterwegs war, kaum je einer den Mund öffnete, ohne sogleich Wörter zu benutzen, an die einfache Menschen (wie ich selbst) sich kaum erinnern. Sie sonderten unablässig Poesie ab. Dichtung quoll so natürlich und so unablässig aus ihrem Mund wie Wasser aus einem Entenschnabel. Mrs. Menzies-Legh war in dieser Hinsicht die größte Übeltäterin, aber ihr trübsinniger Gatte und auch Jellaby standen ihr kaum nach. Nachdem ich dem eine Woche lang ausgesetzt gewesen war, fühlte auch ich mich geneigt, vom Schoße der Hügel und ähnlichem zu sprechen, und selbst jetzt, wo ich diese Erinnerungen zu Papier bringe, kann ich mich einer Ausdrucksweise nicht gänzlich enthalten, die mit den Ereignissen so innig verknüpft ist. Sie bildeten ein merkwürdig zusammengewürfeltes Häuflein Mensch, wie sie da unter den provisorischen, unzureichenden Dächern der Wagen zusammenstanden. Ich hoffe, meine Zuhörer können sie sich plastisch vorstellen.

Der Marsch dieses Tages war schweigsamer verlaufen als gewöhnlich, denn meine Reisegefährten waren, wie ich mit der Zeit feststellte, in außergewöhnlichem Maße Opfer von Stimmungsschwankungen. Ich vermute, der trostlose Einfluß der Ruinen von Bodiam hatte sich mit der Abwesenheit von Lord Sigismund verbunden, und zusammen hatten sich die beiden Ereignisse schwer auf ihre Gemüter gelegt. Jedenfalls war dieser Tag zweifellos der Tag des größten Seelentiefs. Das Wetter war herbstlich. Es regnete nicht, aber Himmel und Erde waren gleichermaßen bleiern, und nur vereinzelt sah ich einen Sonnenstrahl in den Pfützen aufblitzen, auf die meine Augen zu richten ich gezwungen war, wollte ich ihnen erfolgreich ausweichen. In einem Weiler namens Brede, einem öden Nest auf dem Kamm eines Hügels, hätten wir wieder mit Lord Sigismund zusammentreffen sollen. Statt seiner wartete dort jedoch nur ein Bote mit einem Brief von ihm. Mrs. Menzies-Legh las ihn leise, reichte ihn dann schweigend ihrem Mann, der ihn ebenfalls wortlos las und dann Zeichen gab, den Marsch fortzusetzen. Wie ganz anders Deutsche sich in diesem Fall verhalten hätten, brauche ich Ihnen, meine lieben Zuhörer, nicht zu sagen. Neuigkeiten sind in Deutschland eine Sache, die niemand verfehlen wird, unverzüglich mit den Nachbarn zu teilen, man diskutiert sie *thoroughly*, lang und breit, und beleuchtet und betrachtet sie aus jedem möglichen und unmöglichen Blickwinkel, was menschlich ist, das möchte ich ausdrücklich betonen, während das andere Verhalten unmenschlich ist.

»Wollte Lord Sigismund heute nicht wieder mit uns zusammentreffen?« fragte ich Mrs. Menzies-Legh, sobald sie in meine Hörweite kam.

»Ich fürchte, nein«, antwortete sie.

»Etwa erst morgen?«

»Ich fürchte, nein.«

»Ja, kommt er überhaupt nicht mehr?« rief ich aus, denn das wäre in der Tat eine sehr schlechte Nachricht gewesen.

»Ich fürchte, ja.«

Und, ganz entgegen ihrer üblichen Gepflogenheit, ging sie nicht weiter an meiner Seite, sondern blieb zurück.

»Warum kommt Lord Sigismund nicht zurück?« schrie ich Menzies-Legh zu, dessen Wohnwagen meinem, weil ich mich wie üblich in der Mitte befand, folgte. Damit ich ihn anschauen konnte, ohne dabei von der Seite meines störrischen Gauls weichen zu müssen, lief ich rückwärts, wobei ich natürlich in sämtliche Pfützen trat.

»Hä?« schrie er.

Wie sehr ähnelte er doch einem alten, verkniffenen Fuhrmann, als er trübsinnig dahinstapfte, den Mantel aufgeknöpft und den verbeulten Hut aus der verdrießlichen Stirn geschoben. Noch eine Woche, dachte ich, und man würde ihn vom schlimmsten der Originale nicht unterscheiden können.

»Warum kommt Lord Sigismund nicht zurück?« rief ich, die Hände gleich einem Trichter um den Mund gelegt, damit meine Worte seine schwerfälligen Ohren erreichten.

»Er ist verhindert.«

»Verhindert?«

»Hä?«

»Durch was verhindert?«

»Hä?«

Das war vorsätzlicher Starrsinn; muß es gewesen sein.

»Was . . . hat . . . ihn . . . aufgehalten?« brüllte ich.

»Passen Sie auf, Ihr Wagen fährt in den Graben.«

Ich drehte mich rasch um, und gerade noch rechtzeitig gelang es mir, das lästige Biest von einem Pferd am Zügel zurückzureißen. Keinen Augenblick konnte man diesen Gaul sich selbst überlassen.

Achselzuckend marschierte ich weiter. Menzies-Legh war ohne allen Zweifel eines der boshaftesten Exemplare der Spezies Mann, das mir je begegnet ist.

An der Straßenkreuzung hinter Brede, als die Gesellschaft anhielt, um wie üblich wegen des Wegweisers zu streiten, während das Schicksal doch längst Frog's Hole Farm für uns in seinem Ärmel versteckt hielt und sich bereits hämisch ins Fäustchen lachte, legte ich Jellaby die Hand auf den Arm – er war so dünn, daß ich mich richtiggehend erschreckte – und fragte ihn: »Wo ist Lord Sigismund?«

»Ich glaube, er ist mit seinem Vater nach Hause gefahren.«

»Warum kommt er nicht zurück?«

»Er ist verhindert.«

»Aber durch was? Ist er krank?«

»O nein. Er ist einfach . . . einfach verhindert, wissen Sie.«

Und Jellaby entzog seinen Arm meinem Griff und ging, um mit den anderen auf den Wegweiser zu starren.

Auf der Straße, die zu nehmen man sich schließlich entschlossen hatte, kam uns dann der bereits erwähnte Arbeiter entgegen, der uns zu dieser verlassenen Farm dirigierte. Während sich alle um ihn scharten, näherte ich mich Frau von Eckthum, die am Rande der kleinen Traube stand, und sagte mit der sanften Stimme, die ich instinktiv hatte, wenn ich mit ihr sprach: »Ich höre, Lord Sigismund kommt nicht zurück.«

Sanft, wie meine Stimme war, zuckte sie doch heftig zusammen. Sie zuckte fast immer zusammen, wenn sie angesprochen wurde, denn sie war (was ihre Attraktivität durchaus erhöhte) ungewöhnlich nervös.

(»Wenn ich sie anspreche, zuckt sie nie zusammen«, sagte Edelgard, als ich ihr von diesem Charakteristikum berichtete. »Meine Liebe, du bist schließlich nur einfach eine andere Frau«, erwiderte ich – ein wenig scharf, denn Edelgard ist oft wirklich unerträglich begriffsstutzig.)

»Ich höre, Lord Sigismund kommt nicht zurück?« wiederholte ich sehr sanft gegenüber der zarten Dame.

»Oh?« hauchte sie.

Zum allerersten Mal wünschte ich mir ein breiteres Spektrum ihrer Äußerungen.

»Er ist verhindert, höre ich.«

»Oh?«

»Wissen Sie, wodurch er verhindert ist?«

Sie sah mich an, schaute dann die anderen, die mit dem Arbeiter ins Gespräch vertieft waren, mit einem merkwürdigen (aber durch und durch weiblichen) Blick voller Hilflosigkeit an und sagte schließlich, diesmal wirklich ihr Repertoire verändernd: »Nein«, oder vielmehr »Nnnnein«, denn sie zögerte.

Gerade war ich dabei, meine Fragen zu vertiefen, als sich Jellaby geschäftig zwischen uns schob. Er nahm mich beim Ellenbogen (die typische Anbiederei dieser Leute!), führte mich zwei, drei Schritte beiseite und überschüttete mich wortreich mit Informationen bezüglich des Weges nach Frogs' Hole Farm.

Nun, es war zweifelsohne ein schwerer Schlag, erfahren zu müssen, daß das bei weitem interessanteste und liebenswerteste Mitglied unserer Gruppe (mit Ausnahme von Frau von Eckthum) fortgegangen war. Obendrein war er ohne Erklärung, ohne Abschiedsgruß oder Entschuldigung gegangen, dabei hatte vor allem Lord Sigismunds Anwesenheit der ganzen Unternehmung einen anständigen Anstrich, einen aristokratischen Hauch verliehen. Die Gegenwart eines Menschen, der fraglos meinem eigenen sozialen Status entsprach, eines Mannes, dessen Verwandte jeder Nachforschung standhielten – nicht wie Edelgards Tante Bockhügel (von der sogleich mehr zu berichten sein wird), ein dunkler und zweifelhafter Punkt, um den in den Unterhaltungen sorgsame *détours** gemacht wurden – es war zweifelsohne seine Anwesenheit gewesen, die unser Unternehmen geprägt, gestempelt, ja im wahrsten Sinne geadelt hatte. Lord Sidge war ein christlicher Gentleman. Mehr und wichtiger noch, er war der einzige in der Gruppe gewesen, der kochen konnte! Sollten wir von jetzt an für unsere Ernährung ganz und gar auf Jellabys *porridge* angewiesen sein?

An jenem Spätnachmittag, an dem wir im Matsch dieses verlassenen Gehöftes speisten, gab es noch einmal Bratwurst; ein Essen, das bisher erst einmal auf den Tisch gekommen war, das aber in sich ein klares Zeichen dafür bot, daß unsere Vorräte zur Neige gingen. Ich habe schon beschrieben, wie Jellaby Bratwurst zuzubereiten pflegte, nämlich, indem er sie in der Pfanne drehte und wendete, sie schubste und stieß, sie regelrecht verfolgte und ihr keine Ruhe ließ, ein wenig Farbe anzunehmen. Kurz, er wählte die dämlichste aller Möglichkeiten, mit einer Wurst umzugehen, die ich je erlebt habe. Zum zweitenmal während unserer Reise aßen wir eine völlig rosa gebliebene Bratwurst und füllten uns den Magen so gut wir konnten mit Kartoffeln. Obwohl Ihnen, meine Zuhörer, die Sie Kartoffeln nur als Beilage kennen, dies als bedauernswerter Zustand erscheinen wird, war es für uns eine Praktik, an die wir uns bereits gut gewöhnt hatten.

* détours: Umwege (Anm. d. Ü.)

Natürlich waren wir damit in einem bedauernswerten Zustand, doch wenn man kurz vor dem Verhungern ist, dann ist eine heiße Kartoffel ein höchst anziehendes Objekt, und zwei heiße Kartoffeln sind genau doppelt so attraktiv. Jedenfalls hat sich seit meinem englischen Urlaub mein Respekt vor der Erdknolle verzehnfacht, und ich bestehe seither darauf, daß sie in unserer Küche in viel größeren Mengen verzehrt wird als bisher üblich, denn ich habe am eigenen Leibe erfahren, wie gut sie sättigt. Außerdem streiten Bedienstete nur unnötig, wenn sie zu viel Fleisch bekommen.

»Das ist magere Kost für einen Mann wie Sie, nicht wahr, Baron?« sprach mich Menzies-Legh während des Essens überraschend vom anderen Ende des Tisches her an. Er hatte mich sehr aufmerksam beobachtet, als ich emsig die letzten Reste aus der Pfanne kratzte. Stellen Sie sich das bildlich vor, meine Freunde: Baron von Ottringel derart ausgehungert, daß er die Pfanne ausschabt und die letzten Reste zusammenkratzt, während die Damen, unterstützt von Jellaby, schon mit dem Abwasch beginnen.

Es war so lange her, daß Menzies-Legh von sich aus das Wort an mich gerichtet hatte, daß ich ziemlich perplex in meinem Schaben innehielt und ihn anstarrte. Dann aber, unterstützt von meiner natürlichen Geistesgegenwart, ergriff ich die Gelegenheit beim Schopfe. Ich wollte seine Aufmerksamkeit auf seine eigene frühere Ungezogenheit lenken und antwortete deshalb genau wie er am Nachmittag mit einem knappen: »Hä?«

Doch ohne von meiner kleinen Lektion Notiz zu nehmen, sagte er: »Ich frage mich, wie Sie das aushalten.«

»Wollen Sie mir bitte verraten, wie ich es ändern könnte?« fragte ich. »Gebratene Gänse wachsen nun mal, wie mir aufgefallen ist, nicht an den Hecken Ihres Landes.« (Dies, schien mir, war eine ausgezeichnet gelungene Retourkutsche.)

»Aber sie entfalten in London und anderen großen Städten ihren vollen Duft«, sagte er. Eine unsägliche Dummheit, wenn nicht gar eine Unverschämtheit, dies einem Menschen unter die Nase zu reiben, der im Hinterhof von Frogs' Hole Farm sitzt.

»Nehmen Sie doch eine Zigarette«, sagte er dann freundlich und schob mir sein Etui rüber.

Ich zündete mir eine an, etwas verstört über den angenehmen Wandel in seinem Verhalten. Er erhob sich sogar und setzte sich auf den leeren Klappstuhl neben mir.

»Hunger«, setzte ich die begonnene Konversation fort, »ist die beste Würze. Und da ich immer hungrig bin, folgt daraus, daß ich immer die richtige Würze bei mir habe. Ich fange sogar langsam an, dieses Zigeunerdasein als eine sehr gesundheitsfördernde Angelegenheit zu betrachten.«

»Feucht . . . zu feucht«, klagte Menzies-Legh, schüttelte traurig den Kopf und zog die Mundwinkel weit herunter, auf diese Art eine Mißbilligung zeigend, die mich erstaunte.

»Was?« sagte ich. »Nun, es mag hier und da ein wenig feucht sein, wenn das Wetter feucht ist. An diese kleinen Unannehmlichkeiten muß man sich eben gewöhnen.«

»Ja, um dann später festzustellen, daß man seine körperliche Konstitution untergraben hat«, fügte er bitter hinzu.

»Was?« gab ich zurück, unfähig, diesen Wechsel in seiner Haltung zu begreifen.

»Für den Rest des Lebens ruiniert«, sagte er eindrücklich.

»Mein lieber Herr«, entgegnete ich, »aber ich selbst habe doch mit meinen eigenen Ohren gehört, wie Sie noch unter den widrigsten Umständen davon schwärmten, wie gesund und lustig dies alles sei!«

»Ach, lieber Baron«, sagte er mit seiner melancholischen Stimme, »ich bin nicht wie Sie. Weder Jellaby noch ich, noch Browne haben Ihre Statur. Verglichen mit Ihnen sind wir physisch . . . nun, um ganz ehrlich zu sein, wir sind rechte Schwächlinge.«

»Oh, kommen Sie, mein lieber Sir, Sie übertreiben! Ich kann nicht erlauben, daß Sie . . . Sie unterschätzen sich . . . von etwas leichterem Körperbau vielleicht . . . aber doch . . .«

»Nein, nein, es ist schon wahr. Schwächlinge sind wir, wahre Kümmerlinge. Was ich sagen will, ist dies: Auf Grund unserer Konstitution sind wir einfach besser in der Lage, für die Dauer eines ganzen Urlaubs diese Mangelsituationen auszuhalten und dazu dieses anhaltend schlechte Wetter, dem wir ausgesetzt sind.«

»Sie müssen entschuldigen, aber ich vermag Ihrem Gedankengang nicht zufolgen . . .«

»Nun, mein lieber Baron, es ist doch so klar wie das Sonnenlicht. Unsere Kondition kann nicht untergraben werden, aus dem erschütternd einfachen Grunde, daß wir überhaupt keine haben.«

Meine Zuhörer werden mir zustimmen, daß dies – logischerweise – ein unwiderlegbarer Standpunkt war, dennoch war ich voller Zweifel.

Da er mein Schweigen bemerkte und vielleicht auch den Grund dafür erriet, nahm er ein leeres Glas und goß etwas Tee aus der Kanne hinein, aus der – meinen Warnungen zum Trotz (denn leider hatte ich ja keine Handhabe, ihr den Genuß des Tees zu verbieten) – Frau von Eckthum ihren großen Durst gestillt hatte. (Ich hatte sie nachdrücklich darauf hingewiesen, daß zu viel Tee sie noch schreckhafter machen werde, wenn sie plötzlich angesprochen wird.)

»Schauen Sie«, forderte mich Menzies-Legh auf.

Ich schaute.

»Sie sehen diesen Tee?«

»Aber freilich.«

»Vollkommen klar, nicht wahr? Ein wunderschönes, klares Bernsteinbraun. Wir verdanken es dem klaren Quellwasser hier. Sie können durch den Tee hindurch das Haus und all seine Fenster sehen, so klar ist er.«

Und er hielt das Glas hoch, kniff ein Auge zu und starrte mit dem anderen durch die Flüssigkeit.

»Ja, und?« verlangte ich zu wissesn.

»Nun, schauen Sie jetzt.«

Und er nahm ein zweites Glas, stellte es neben das erste und goß Tee und Milch hinein.

»Schauen Sie«, sagte er.

Ich schaute.

»Jellaby«, sagte er.

Ich starrte auf das Glas.

Dann nahm er ein weiteres, goß wieder Tee und Milch hinein und stellte es in eine Reihe neben die anderen beiden.

»Browne«, sagte er.

Ich starrte.

Schließich nahm er ein viertes Glas, füllte es wie das zweite und dritte und stellte es ans Ende der Reihe.

»Ich selbst« sagte er.

Ich starrte.

»Können Sie durch irgendeines dieser drei hindurchschauen?« fragte er und tippte eines nach dem anderen leicht an.

»Nein«, mußte ich zugeben.

»Nun, selbst wenn ich noch ein bißchen mehr Milch hineinschütte«, er machte es vor, »so ergibt das keinerlei Unterschied. Der Inhalt war trübe und undurchsichtig, und er ist trübe und undurchsichtig geblieben. *Aber«* – und er hielt den Milchgießer eindrucksvoll über das erste Glas – »wenn ich auch nur das winzigste Tröpfchen in dieses Glas fallen lasse« – er tat es –, »dann sehen Sie den Effekt sofort. Die bewundernswerte Klarheit ist augenblicklich dahin. Die Verunreinigung breitet sich sofort aus. Der ganze Inhalt des Glases ist mit einem Schlag durch diesen einen einzigen Tropfen verseucht, verunreinigt, ruiniert.«

»Und?« fragte ich, als er innehielt und mich eindringlich anstierte.

»Und?« fragte er zurück. »Aber sehen Sie es denn nicht?«

»Was?« wollte ich wissen.

»Nun, was ich Ihnen hiermit deutlich machen will. Es ist doch so klar wie das erste Glas, ehe ich Milch dazugab. Das erste Glas, mein lieber Baron, das sind Sie! Sie mit Ihrer gesunden und perfekten Konstitution.«

Ich verbeugte mich.

»Mit Ihrer hervorragenden Gesundheit.«

Ich verneigte mich.

»Ihrem herrlichen Körperbau.«

Wieder verbeugte ich mich.

»Die anderen drei, das sind ich selbst, Jellaby und Browne.«

Er machte eine Pause.

»Und der eine, winzige Tropfen Milch«, sagte er dann langsam, »das ist unsere Reise im Wohnwagen.«

Ich war bestürzt. Und Sie, meine lieben Zuhörer, werden zugeben, daß ich jeden Grund hatte, es zu sein. Dies war ein Beispiel für das, was man unwiderstehliche Logik nennt, und ein vernunftbegabter Mann sollte sich ihr, wenn er sie erkannt hat, nicht verschließen, sondern sich ihr in Schweigen beugen. Aber ich fühlte mich doch ausgezeichnet.

Ich sagte ihm das, nach einer Pause, in der ich erkannt hatte, wie unangreifbar Menzies-Leghs Argumentation war, in der ich aber dennoch versuchte, diese Unangreifbarkeit mit meinem Gefühl völliger Gesundheit in Einklang zu bringen.

»Sie können den Tatsachen nicht entfliehen«, antwortete er. »Hier stehen sie auf dem Tisch.« Und er zeigte mit seiner Zigarette auf die vier Gläser und das Milchkännchen.

»Aber«, wiederholte ich, »außer über wunde Füße, was ganz normal ist, habe ich über keinerlei Beschwerden zu klagen.«

»Mein lieber Baron, das ist doch ein Faktum, das über alle Zweifel erhaben ist: Je besser der Gesundheitszustand eines Menschen, desto leichter ist er durch die kleinste Kleinigkeit aus dem Gleichgewicht zu bringen. Die kleinste Veränderung in seiner Umgebung, an die er nicht gewöhnt ist, kann die gravierendsten Folgen haben. Das Paradoxe, das in allen Wahrheiten eine so große Rolle spielt, wuchert hier geradezu. Die Gesündesten sind mehr als alle anderen gefährdet, ernsthaft zu erkranken. Um auf Dauer gesund zu bleiben, sollte man nie ganz gesund sein.«

Wieder hielt er einen Moment inne.

»Zu Beginn unserer Wohnwagenreise«, fuhr er fort, als er merkte, daß ich schwieg, »zu Beginn unserer Reise konnten wir nicht ahnen, wie anhaltend kalt und feucht es sein würde, aber jetzt, da wir sehen, daß dieses unwirtliche Wetter anhält, überkommt mich ein Gefühl der Verantwortlichkeit Ihnen gegenüber, weil ich Sie dazu animierte, oder vielmehr meine Schwägerin Sie dazu überredete, sich uns anzuschließen.«

»Aber ich fühle mich ausgezeichnet«, wiederholte ich.

»Und so wird es bleiben bis zu dem Augenblick, in dem es sich schlagartig ändert.«

Das war natürlich richtig.

»Rheumatismus zum Beispiel«, sagte er und schüttelte betrübt den Kopf, »ich fürchte sehr, daß Sie im kommenden Winter Rheuma bekommen werden. Und der Rheumatismus, wenn er einen Mann erst einmal in den Klauen hat, läßt, wie jeder weiß, nicht mehr locker, bis er jedes einzelne Organ zerfressen hat, ja er macht vor dem wichtigsten Organ nicht halt, dem Herzen.«

Das waren nicht nur sehr niederschmetternde Worte, ausnahmsweise hatte der Mann leider außerdem auch noch recht. Die Vorstellung, daß ein Urlaub, eine Sache, die zur Freude und Erbauung geplant war, damit endete, daß all meine Organe verheert würden, diente nicht dazu, die bleierne Atmosphäre von Frogs' Hole Farm, die mich umgab und die ohnehin schon zentnerschwer auf mir lastete, leichter erträglich zu machen.

»Ich kann das Wetter nicht ändern«, sagte ich schließlich – in gereiztem Ton, denn ich spürte, daß ich die Fassung verlor.

»Nein, das können Sie nicht. Aber ich an Ihrer Stelle würde mich dem Risiko nicht länger aussetzen.«

»Hören Sie, ich habe für einen vollen Monat bezahlt!« rief ich aus, überrascht, daß er eine so ausschlaggebende Tatsache einfach übersehen konnte.

»Nun, das ist im Vergleich zu einer ruinierten Gesundheit doch wohl eine völlig unerhebliche Nebensache«, versetzte er.

»Das ist überhaupt keine unerhebliche Nebensache«, erwiderte ich scharf. »Geld ist Geld, und ich bin nicht der Mann, der es zum Fenster hinauswirft. Und was ist mit dem Wohnwagen? Sie können einen Wohnwagen doch nicht einfach irgendwo, fernab von dem Platz, wo er hingehört, stehenlassen.«

»Och«, sagte er, »darum würden wir uns schon kümmern.«

Ich stand auf, denn der Anblick dieser Gläser, die, wie zuzugeben ich gezwungen war, mit symbolischer Wahrheit angefüllt waren, irritierte mich. Besonders der Inhalt des einen, in das er einen winzigen Tropfen Milch hatte fallen lassen und das mich selbst darstellte, hatte sich kläglich verfärbt. Der Gedanke, daß eine derart jämmerliche Verfärbung mein Los sein könnte, gefiel mir überhaupt nicht. Da ich aber für einen ganzen Monat Wohnwagenreise im voraus gezahlt hatte – was konnte ich da tun?

Der Spätnachmittag war kühl und sehr feucht, und ich knöpfte die Lasche vor meinem Hals sehr sorgfältig zu.

Menzies-Legh beobachtete mich.

»Nun?« sagte er und stand auch auf. Und dann schaute er mich an, dann die Reihe der Gläser, dann wieder mich. »Was gedenken Sie zu tun, lieber Baron?« fragte er.

»Einen kleinen Spaziergang zu machen«, antwortete ich.

Und ich ging.

17

Was für eine sonderbare Unterhaltung!

Diese Erkenntnis kam mir plötzlich, als ich hinter dem Haus einem Fußpfad folgte und dabei über das Gespräch nachdachte. Dieser Menzies-Legh war mir unsympathischer als je zuvor. Trotz der Komplimente, die er mir wegen meiner Statur und Kondition gemacht hatte, mochte ich ihn weniger denn je. Und wie unglaublich ärgerlich, wenn ein Mensch, den man nicht ausstehen kann, auch noch recht hat! Schlimm genug, wenn man ihn mag; aber absolut unerträglich, wenn man ihn nicht mag. Während ich, die Augen fest auf den Boden geheftet, dem Fußpfad folgte, sah ich ständig die vier Gläser voller Tee vor mir, insbesondere das, welches mich repräsentierte, das, welches zunächst so klar geleuchtet hatte und dann mit solcher Leichtigkeit getrübt worden war. Ganz in diese Überlegungen versunken, achtete ich nicht darauf, wohin meine Schritte mich führten, und so fand ich mich plötzlich und überraschend vor einer Kirchentür. Der Pfad, der mich hierhergeleitet hatte, umrundete, wie ich nun sah, die Ummauerung eines kleinen Friedhofs und führte zu einem Gatter, hinter dem sich die Schornsteine eines Gebäudes erhoben, das ohne Zweifel das Pfarrhaus war.

Die Kirchentür stand offen, also ging ich in das Gebäude hinein. Ich war erschöpft, und hier standen Kirchenstühle; ich war aufgewühlt, und hier drin herrschte Frieden. Das monotone Leiern einer Stimme brachte mich zu dem (richtigen) Schluß, daß ein Gottesdienst im Gange war. Inzwischen hatte ich nämlich gelernt, daß in England in den Kirchen ständig Andachten abgehalten werden, ungeachtet, was für ein Tag es ist – ob Sonntag oder nicht, meine ich. Ich trat also ein und wählte einen Kirchenstuhl mit einem roten Polster auf dem Sitz und einer komfortablen Fußstütze.

Der Pastor verlas eine Stelle aus einer Bibel, die – gemäß der Unerforschlichkeit der britischen Sitten – aufgeschlagen auf dem Rücken eines preußischen Adlers lag. Dieser prophetische Vogel, sozusagen die erste Schwalbe jenes Sommers, der nun nicht mehr lange auf sich warten lassen wird, dann nämlich wird Luthers Übersetzung auf diesen ausgebreiteten Schwingen ruhen und ein deutscher Pastor wird daraus laut einer Gemeinde vorlesen, die durch die gleichen einfachen Methoden zu verstehen gezwungen sein wird, die wir auch bei unseren polnischen Untertanen anwenden, dieser prophetische Vogel also beäugte mich mit menschlicher Intelligenz. Das heißt, wir beäugten uns gleichsam gegenseitig, zwinkerten uns nachgerade zu, wie es zwei Freunde tun, die sich nach beschwerlichen Erlebnissen in der Fremde begegnen.

Abgesehen von diesem Adler, der mir durch seinen Ausdruck aufmerksamer Sympathie sehr menschlich erschien, waren der Pastor und ich allein in der Kirche. Ich saß da und überdachte die Torheit dieser Verschwendung: einen Mann dafür zu bezahlen, daß er täglich vor leeren Bänken aus der Bibel las und betete! Hätte er nicht lieber zu Hause bleiben und ein wachsames Auge auf seine Frau haben sollen? Alles andere wäre recht gewesen, nur nicht dieser sinnlose Gottesdienst, den ganz offensichtlich niemand wünschte. Ich nenne das Heidentum, Götzendienst. Und genauso würde es jeder andere einfache Mensch nennen, der leere Stühle vor sich sähe und hörte, wie diese leblosen hölzernen Gegenstände mit ihren aufliegenden Kissen als Brüder und Schwestern angesprochen werden – als vielgeliebte obendrein!

Als der Pastor an dem Adler fertig war, ging er in eine andere Ecke der Kirche und begann, etwas anderes zu rezitieren. Nach wenigen Worten bereits hielt er abrupt inne und fixierte mich.

Ich fragte mich, wieso, denn ich war mir keiner Schuld bewußt. Doch selbst wenn er das reinste Gewissen hat, wird ein Mann, der ganz harmlos in einem Kirchenstuhl sitzt, unruhig, wenn ein Pastor ihn unverwandt anstarrt. Ich gestehe, ich war unfähig, seinem Blick standzuhalten. Der preußische Adler blickte mich zwar mit einem alarmierenden Ausdruck von Verständnis an, fast so, als dächte auch er, daß ein den Gottesdienst leitender Pastor einen derart immensen Vorteil gegenüber der Person im Kirchenstuhl hat, daß es ein Zeichen von Feigheit ist, diesen Vorteil zu nutzen. Mein Unbehagen wuchs indes beträchtlich, als ich sah, daß der Pastor von seinem Platz heruntergestieg und sich in seinem beängstigend flatternden weißen Gewand auf mich zubewegte, die Augen noch immer stier auf mich gerichtet. Was, fragte ich mich aufs äußerste verwirrt, konnte diese Kreatur von mir wollen? Ich erfuhr es alsbald, denn, indem er mir ein offenes Gebetbuch unter die Nase hielt und den Finger in eine Stelle bohrte, auf der ein Gedicht zu stehen schien, flüsterte er drohend: »Hätten Sie wohl die Freundlichkeit, sich zu erheben und Ihren Teil des Gottesdienstes zu erfüllen?«

Selbst wenn ich gewußt hätte, wie, hatte ich doch an dieser Form der Anbetung und des Gottesdienstes keinerlei Anteil.

»Sir«, erklärte ich also, das mir hingehaltene Buch ignorierend und statt dessen in meiner Brusttasche fingernd, »erlauben Sie mir, Ihnen meine Karte zu überreichen. Sie werden dann sehen . . .«

Er aber ignorierte seinerseits die ihm hingestreckte Karte. Er würdigte sie nicht einmal eines Blickes.

»Ich kann Sie nicht *zwingen*«, flüsterte er, als wäre diese Unterhaltung für die Ohren des Adlers nicht geeignet. Er ließ das geöffnete Buch auf der Konsole des Kirchenstuhls liegen, strebte mit großen Schritten zu seinem Platz zurück und nahm seine vorherige Tätigkeit wieder auf. Dabei trug er allerdings seinen eigenen als auch meinen Part mit einer Stimmgewalt und einem Gebaren vor, die schlecht geeignet schienen für jemanden, der angeblich den *Good Lord** anspricht.

Da ich nun einmal hier war und der Stuhl sich als bequem erwies, sah ich keinen Grund, wieder zu gehen. Ich benahm mich vollkommen unanstößig, saß still und hielt den Mund. Und die Annehmlichkeit, mich im Inneren eines geschlossenen Gebäudes zu befinden, war größer als Sie, meine Freunde, die Sie frische Luft nur in Intervallen und in angemessenen Quantitäten genießen, sich vorstellen können. So blieb ich bis zum Schluß, bis er sich nach einem Wust von Gebeten von den Knien erhob und in irgendeiner dunklen Ecke der Kirche verschwand, wo ich ihn und sein Tun nicht länger beobachten konnte. Da ich keinen Wunsch hegte, ihm erneut zu begegnen, suchte ich den Pfad, der mich hergeleitet hatte, und eilte auf ihm den Hügel zu unserem trübseligen Lagerplatz hinunter. Einmal vermeinte ich Schritte hinter mir zu hören, weshalb ich meinen eigenen Schritt beschleunigte, um so rasch, wie es einem müden Mann nur möglich ist, hinter einer Biegung zu verschwinden, die mich vor jedem Verfolger verbarg. Doch erst als ich die Elsa erreicht und in sie hineingeklettert war, fühlte ich mich völlig sicher.

Die drei Wohnwagen standen wie immer parallel nebeneinander – meiner in der Mitte –, und ihre Türen öffneten sich in Richtung Farmhaus. In der Mitte zu stehen ist sehr unangenehm, denn man kann seiner Frau kein Wort der eindringlichen Warnung (oder, je nach Sachlage, auch der großzügigen Verzeihung) sagen, ohne sich dem großen Risiko auszusetzen, gehört zu werden. Oft schloß ich sorgfältig alle Fenster und zog sämtliche Vorhänge zu, in der Hoffnung, so größere Redefreiheit zu gewinnen, doch nützte es wenig, denn die Ilsa und die Ailsa standen mit offenen Fenstern zu beiden Seiten, und außerdem war es auch immer möglich, daß ein paar aus der Gruppe direkt vor unserem Wagen auf dem Boden hockten.

Meine Frau saß flickend im Wagen und schaute nicht einmal

* Good Lord: der liebe Gott (Anm. d. Ü.)

auf, als ich hereinkam. Wie anders hatte sie sich doch zu Hause verhalten. Dort pflegte sie nicht nur aufzublicken, wenn ich hereinkam, sie pflegte aufzuspringen, und zwar unverzüglich, um mir beim ersten Anzeichen meiner Rückkehr schon im Flur der Wohnung mit dem Lächeln der pflichtbewußten und entsprechend zufriedenen Ehefrau entgegenzueilen. Indem ich die Fenster der Elsa schloß, lenkte ich ihre Aufmerksamkeit auf diesen Tatbestand.

»Aber hier gibt es doch keinen Flur«, sagte sie, den Kopf noch immer tief über eine meiner Socken gebeugt.

Edelgard sollte wirklich alles daran setzen, sich die Reize ihrer Weiblichkeit so lange wie möglich zu erhalten, denn mit der Macht ihres Geistes wird sie niemals leuchten können.

»Liebes Weib«, hob ich an, doch sogleich veranlaßte mich die Erkenntnis, daß es völlig sinnlos war, in dieser luftigen, hellhörigen Wohnstatt auch nur zu versuchen, einen einzigen Punkt gründlich durchzusprechen, wieder innezuhalten. Ich ließ mich auf die gelbe Kiste fallen und bemerkte lediglich, daß ich extrem erschöpft sei.

»Ich auch«, sagte Edelgard.

»Meine Füße schmerzen derart«, fuhr ich fort, »daß ich befürchte, sie könnten ernsthaft Schaden genommen haben.«

»Meine auch«, sagte sie.

Dies, so möchte ich bemerken, war eine neue und sehr ärgerliche Angewohnheit Edelgards: Ganz gleich, über welche unerklärlichen Symptome auch immer ich klagte, statt Mitgefühl zu zeigen und mögliche Kuren vorzuschlagen, behauptete sie jedesmal, sie leide ebenfalls an diesen Beschwerden (was immer es auch sein mochte).

»Deine Füße«, belehrte ich sie, »können ganz unmöglich in demselben schrecklichen Zustand sein wie die meinen; denn erstens einmal sind meine Füße größer, bieten also logischerweise viel mehr Angriffsfläche für alle möglichen Reizzustände und ich habe stechende Schmerzen in den Füßen, die an eine Neuralgie erinnern und ganz sicher auf die Nerven als Ursache zurückzuführen sind.«

»Ich auch«, sagte sie.

»Ich denke, ein Fußbad würde ihnen guttun«, schlug ich vor, fest entschlossen, nicht ärgerlich zu werden. »Würdest du mir bitte etwas heißes Wasser holen?«

»Wieso?« fragte sie.

So etwas hatte es noch nie gegeben! Ich konnte sie nur voller abgrundtiefen Erstaunens anstarren.

»Wieso?« wiederholte ich schließlich, mit Mühe darum ringend, die Ruhe zu bewahren. »Was für eine extravagante Frage. Tausende Gründe könnte ich dir nennen, wenn ich wollte, wie etwa den, daß ich meine Füße zu baden wünsche, und da heißes Wasser – zum Glück – keine eigenen Füße hat, muß es eben geholt werden. Außerdem hat eine Frau zu tun, was ihr befohlen wird. Doch werde ich, meine liebe Edelgard, mich auf die schlichte Gegenfrage beschränken: Wieso nicht?«

»Auch ich, mein lieber Otto«, sagte sie – und sie sprach mit großer Fassung, doch den Kopf weiterhin tief über ihre Flickarbeit gebeugt, »auch ich könnte dir tausend Antworten nennen, wenn ich wollte, wie etwa die, daß ich diesen Strumpf – übrigens deiner! – fertig zu stopfen wünsche, daß ich genausoweit gelaufen bin wie du, daß ich keinen Grund sehe, warum du dir, da hier keine Dienstboten verfügbar sind, dein heißes Wasser nicht selber holen kannst, und daß dein Wunsch, deine Füße zu baden, letztlich, wenn du mal genau darüber nachdenkst, mit mir nicht das geringste zu tun hat. Aber ich werde mich darauf beschränken, einfach nur zu sagen, daß ich es vorziehe, nicht zu gehen.«

Man kann sich vorstellen, mit welchen Gefühlen – keinen gemischten, sondern gänzlich ungemischten – ich mir dies anhörte. Und das nach fünf Ehejahren! Nach fünf Jahren geduldigster Führung.

»Ist das meine Edelgard?« brachte ich schließlich hervor, nachdem ich genügend Kraft für diese vier Worte gesammelt hatte. Darüber hinaus aber war ich vollkommen sprachlos.

»*Deine* Edelgard?« wiederholte sie nachdenklich, ohne von der Stopfarbeit aufzublicken und mich anzuschauen. »Deine

Stiefel, deine Taschentücher, deine Handschuhe, deine Strümpfe . . . ja . . .«

Ich gestehe, ich vermochte ihren verworrenen Gedanken nicht zu folgen, ich konnte nur gänzlich perplex zuhören.

»Aber nicht deine Edelgard. Jedenfalls nicht mehr, als du *mein* Otto bist.«

»Aber . . . meine Stiefel?« wiederholte ich, ernstlich irritiert.

»Ja«, sagte sie und legte den inzwischen fertig gestopften Strumpf mit seinem Gegenstück zusammen, »diese hier sind wirklich deine. Dein Eigentum und Besitz. Aber du solltest mich nicht für eine Art lebendigen Stiefel halten, auf dem man rumtrampeln kann. Ich, mein lieber Otto, bin ein menschliches Wesen, und kein Mensch ist eines anderen Menschen Eigentum.«

Ein Lichtblitz erleuchtete mir das Gehirn. »Jellaby!« schrie ich.

»Hallo?« kam prompt die Antwort von draußen. »Brauchen Sie mich, Baron?«

»Nein, nein! Nein, *nein*! Nein, *nein*!« rief ich, schrie ich. Dann sprang ich auf und schloß den Vorhang vor der Tür, als könnte das unsere Unterhaltung dämpfen. »Dieser Jellaby hat dich infiziert«, fuhr ich in einem Flüsterton fort, so scharf mit Empörung geladen, daß er schon einem Zischen glich, »mit seinem Gift . . .«

Dann fiel mir ein, daß er da draußen möglicherweise jedes Wort verstehen konnte, und einen Fluch über alle Wohnwagen murmelnd ließ ich mich wieder auf den gelben Kasten fallen und sagte mit erzwungener Ruhe und dabei ihr Gesicht genau beobachtend: »Liebe Frau, du hast keine Ahnung, wie sehr du deiner Tante Bockhügel ähnelst, wenn du so ein Gesicht machst.«

Zum allerersten Mal verfehlte dies seine Wirkung. Bis zu diesem Augenblick hatte die Ermahnung, sie sehe aus wie Tante Bockhügel, sie jedesmal aufgerüttelt und zu einem Lächeln gebracht. Selbst wenn Edelgard sich mit letzter Kraft zu einem Lächeln zwingen mußte, brachte sie es doch immer zustande, denn Tante Bockhügel ist der wunde Punkt in Edelgards Familie, der Schandfleck auf ihrem Glanz, der Auswuchs ihres Stammbaums, der Krebs in seinen Trieben, der Wurm, der seine Früchte zerfrißt, der Nachtfrost, der seine Blüten erstarren läßt. Tante Bockhügel kann man nicht geheimhalten. Man kann sie auch nicht erklären. Jeder weiß, daß es sie gibt. Sie war der Grund, weshalb ich eine ganze Nacht lang ruhelos in meinem Zimmer auf und ab ging, ehe ich um Edelgards Hand anhielt, eine Beute der schrecklichsten Zweifel, wie weit ein Mann sich vorwagen dürfe in bezug auf die Tanten, die er seinen möglichen Kindern zumutet. Die Familie der Ottringels kann mit solchen Verwandten nicht aufwarten: Lediglich eine gibt es da, doch sie ist nur ein Schemen und somit fast dem ganzen Rest der Familie gleich, dank des Wunders, das die Nebel des Alters und der Entfernung vollbringen. Edelgards Tante aber ist zeitgenössisch und augenfällig. Von Geburt an mit einem Hang zum Vulgären ausgestattet, entschlüpfte sie, kaum volljährig geworden, vorsätzlich den Rängen des Adels, um eine Verbindung mit einem Dentisten einzugehen. Wir lassen uns von ihm die Zähne behandeln, denn er räumt uns (auf Grund der Verwandtschaft) ungewöhnlich gute Zahlungsbedingungen ein. Ansonsten aber kennen wir sie nicht. Wenn Edelgard in weniger aufgeräumter Stimmung ist, besteht jedoch eine unübersehbare Ähnlichkeit zwischen ihr und der Tante. Edelgard wirkt dann dicker, schwerfälliger und vor allem älter. Da sie sich dieses Umstandes sehr bewußt ist (schließlich helfe ich ihr ja auch bereitwilligst, ihn im Zaume zu halten, indem ich sie jeweils unverzüglich darauf hinweise, wenn er auftritt), bemüht sie sich bei jeder dieser Gelegenheiten immer sehr eifrig, ihre Züge sofort aufzuhellen. Bei der hier beschriebenen Gelegenheit aber bemühte sie sich überhaupt nicht. Im Gegenteil, sie ließ sich noch mehr gehen und erzielte damit eine noch größere Ähnlichkeit.

»Es ist wahr«, sagte sie versonnen, schaute dabei aber nicht mich an, sondern starrte aus dem Fenster. »Es ist wahr, was ich von den Stiefeln gesagt habe.«

»Tante Bockhügel! Tante Bockhügel!« rief ich sanft und klatschte in die Hände.

Sie nahm überhaupt keine Notiz davon, sie starrte weiterhin

wie abwesend aus dem Fenster. Ich merkte, daß es heute völlig unmöglich sein würde, mit ihr ganz natürlich zu reden, während Jellaby da draußen vor meinem Wagen hockte. So versuchte ich, das Beste aus der Situation zu machen. Mit einer Gebärde der Ungeduld, die ich nicht unterdrücken konnte, stand ich auf und verließ den Wagen.

Wie ich vermutet hatte, saß Jellaby auf dem Boden neben dem Wagen, den Rücken an eines der Räder gelehnt, geradeso als gehörte das Rad ihm oder einem anderen aus dem Kreise der Gesellschaft und nicht mir, der ich es gemietet und dafür bezahlt hatte. War es möglich, daß er just dieses aus zwölf möglichen Rädern wählte, weil es das Rad meiner Frau war?

»Brauchen Sie etwas?« fragte er, schaute auf und nahm die Pfeife aus dem Mund. Meine Selbstbeherrschung reichte gerade noch so weit, daß ich schweigend den Kopf schütteln und davoneilen konnte. Aber ich spürte ganz deutlich, wäre ich stehengeblieben, ich hätte mich auf ihn gestürzt und ihn geschüttelt, wie ein Terrier eine Ratte schüttelt.

Was für schreckliche Dinger Wohnwagen doch sind, wenn man sie mit einem Menschen teilen muß, auf den wütend zu sein man allen guten Grund hat! Von allen Seiten der Wohnwagen ist diese wohl ihre schlechteste. Schlimmer als der Regen, der durch das Dach aufs Bett tropft, schlimmer als der Wind, der nachts den ganzen Karren umzuwerfen droht, schlimmer als der Morast, in dem der Wagen versinkt und aus dem er mit unendlicher Mühe wieder herausgehievt werden muß. Man kann sich wohl vorstellen, welcher Art die Gefühle waren, mit denen ich in die Abendkühle hinauswanderte. Heimatlos kam ich mir vor, ja, ich fühlte mich gleichsam wie die biblische Taube, die von Noah aus dem Schutz der Arche vertrieben wurde und keine Ahnung hatte, was sie nun tun solle. Natürlich würde ich kein heißes Wasser holen und mit dem Eimer im Schnabel (um bei meinem Bild zu bleiben) zur Arche zurückkehren. Jeder deutsche Ehemann wird verstehen, daß das unmöglich gewesen wäre – man stelle sich den Triumph vor, den Edelgard empfunden hätte! Und doch konnte ich nach einem derart beschwerlichen Tage nicht für alle

Ewigkeit draußen herumwandern. Ganz abgesehen davon, hätte mir ja auch der Pator über den Weg laufen können.

Der Rest der Gesellschaft hatte sich offensichtlich in die Wagen zurückgezogen, zumindest mußte man das anhand der Gesprächsfetzen schließen, die von dort her zu hören waren. Außer dem alten James, der sich in der Ecke eines Schuppens auf einem Strohsack zusammengerollt hatte, war niemand da, der mir den Trost seiner Gesellschaft hätte bieten können. Und plötzlich schlug über meinem Kopf eine mächtige Woge der Entrüstung und Entschlossenheit zusammen: Ich würde mich nicht aus meinem eigenen Wohnwagen aussperren lassen! Ich machte auf dem Absatz kehrt und ging zur Elsa zurück.

»Hallo Baron«, rief Jellaby, noch immer gegen mein Rad gelehnt, »haben Sie schon genug?«

»Mehr als genug, zumindest von einigen Dingen«, erwiderte ich und schaute ihn bedeutungsschwer an, während ich – von meinem Kleppermantel mächtig behindert – die Stufen hinaufkraxelte, denn die verdammte Leiter war nie in den richtigen Winkel zu bringen.

»Was denn zum Beispiel?« fragte er.

»Ich fühle mich nicht wohl«, antwortete ich kurz angebunden, denn ich wollte einem Streit ausweichen. Warum auch sollte ich mich von so einer halben Portion ärgern lassen? Ich stieg also in die Elsa und zog brüsk den Vorhang vor, ohne seinem Ausdruck konventionellen Bedauerns weitere Beachtung zu schenken.

Edelgard hatte ihre Position am Fenster nicht verändert, und auch diesmal blickte sie nicht auf, als ich eintrat.

Ich riß mir Mantel und Jacke vom Leib und warf sie auf den Boden. Dann setzte ich mich schwer auf die gelbe Kiste, schnürte meine Stiefel auf, schnickte sie mit Schwung von mir und zog die Strümpfe aus.

Edelgard hob den Kopf und betrachtete mich mit vorsichtig angedeuteter Überraschung.

»Was ist los, Otto?« fragte sie. »Hat man dich zum Souper eingeladen?«

Ich nehme an, sie hielt das für witzig, was es natürlich nicht war, und so befreite ich mich von meinen Hosenträgern, ohne ihr zu antworten.

»Willst du mir nicht sagen, was los ist?« bohrte sie weiter.

Zur Antwort kroch ich wortlos in meine Koje, zog mir die Decke bis zu den Ohren hoch und drehte das Gesicht zur Wand. Ich war wirklich am Ende meiner Geduld und meiner Kraft. Zwei Tage lang hatte ich ununterbrochen ein unangenehmes Erlebnis nach dem anderen gehabt, und nun schien Menzies-Leghs fataler Milchtropfen voll in die Klarheit meines ursprünglich so kräftigen Tees gefallen zu sein. Ich hatte genügend Schmerzen, um seinen mir prophezeiten Rheumatismus als bereits greifbare Gefahr zu empfinden. Als ich so dalag, konnte ich nicht einmal ausschließen, daß er mich bereits in seinem Würgegriff hielt, wobei er seine schändliche Arbeit gründlich zu vollführen drohte, indem er am Anfang begann, nämlich bei meinen Füßen.

»Armer Otto«, säuselte Edelgard, stand auf und legte mir die Hand auf die Stirn. Nach einem Augenblick fügte sie hinzu: »Sie fühlt sich aber gut und kühl an.«

»Kühl? Das will ich meinen«, versetzte ich schlotternd. »Mir ist eiskalt.«

Aus dem gelben Kasten holte Edelgard eine Wolldecke, breitete sie über mich und steckte sie an allen Seiten fest.

»So müde?« fragte sie schließlich, wobei sie meine am Boden liegenden Sachen aufhob und wegräumte.

»Krank«, murmelte ich.

»Was hast du denn?«

»Oh, laß mich, laß mich in Ruhe. Es interessiert dich ja nicht wirklich, also laß mich.«

Als ich das sagte, hörte sie auf, meinen Rücken anzustarren – nehme ich an, denn ich lag ja entschlossen von ihr abgekehrt.

»Es ist sehr früh . . . um zu Bett zu gehen«, sagte sie nach einer Weile.

»Nicht, wenn ein Mann krank ist.«

»Es ist noch nicht mal sieben.«

»Oh, ich bitte dich, streite jetzt nicht mit mir. Wenn du schon kein Mitgefühl hast, dann laß mich wenigstens in Frieden. Das ist alles, worum ich dich bitte.«

Das brachte sie endlich zum Schweigen. Mit äußerster Vorsicht bewegte sie sich im Wagen, damit er nicht schaukelte, und ich fiel alsbald erschöpft in einen tiefen Schlaf.

Wie lange der angehalten hatte, konnte ich, als ich plötzlich hochschreckte, nicht sagen, doch um mich war es stockfinster, und Edelgard lag, wie ich hören konnte, schlafend in der Koje über mir. Irgend etwas hatte mich aus den Tiefen des Schlummers gerissen, hatte mich mit einem Ruck an jene Oberfläche katapultiert, die man das Wachleben zu nennen pflegt. Da auch Sie, meine lauschenden Freunde, Lebewesen sind und somit alle Erfahrungen sehr wohl kennen, die sich mit diesem Daseinszustand verknüpfen, so wissen Sie, was für eine Art von Ruck ich meine. Er scheint quasi als eine Serie von Blitzen. Der erste Blitz erinnert einen (mit nicht geringer Schockwirkung), daß man mitnichten, wie man einen kurzen gemütlichen Augenblick lang wähnte, sicher und geborgen zu Hause in seinem eigenen Bett liegt; der zweite Blitz bringt die Erinnerung an das Gefühl der immensen Einsamkeit zurück, an die Unheimlichkeit eines Ortes wie Frogs' Hole Farm (oder gegebenenfalls seines lokalen Equivalents), das man bereits empfunden hatte, als es noch Tag war; der dritte Blitz läßt einen mit einem Gefühl, das einem das Herz abschnürt, erkennen, daß *etwas* geschehen sein mußte, bevor man erwachte, und daß dieses *etwas* sich jeden Augenblick wiederholen wird. Ängstlich gespannt liegt man wach und erwartet es, und während man wartet, überzieht sich die gesamte Körperoberfläche mit einheitlicher Feuchte. Das regelmäßige Atemholen eines Menschen, der sich mit einem im selben Raum befindet, verstärkt nur das Empfinden der grenzenlosen Einsamkeit. Ich gestehe, ich war unfähig, die Hand nach den Streichhölzern auszustrecken und das Licht zu entzünden, unfähig, auch nur irgend etwas zu tun, so stark stand ich unter dem Eindruck, daß etwas Unheimliches geschehen war. Ich konnte nur völlig bewegungslos unter meiner Bettdecke liegen. Dies gereicht mir keineswegs zur Schande, meine lieben Freunde. Man stelle mich den größten Kanonen gegenüber, und ich zeige verwegeneren Mut als jeder andere Mann. Versetzt man mich jedoch an die Grenzlinie zum Übernatürlichen, so kann ich mich nur unter die Bettdecke verkriechen und meine wachsende Feuchtigkeit beklagen. Eine nur Zentimeter dünne Wand aus Holz trennte mich von der Nacht dort draußen. Jeder draußenstehende Strauchdieb hätte wie nichts das Fenster aufdrücken können, jeder Mensch von durchschnittlicher Größe hätte seinen Kopf samt den Schultern in den Wagen stecken können. Und es gab keinen Hund, uns zu warnen oder eine böses im Schilde führende Kreatur zu verjagen. Und mein gesamtes Geld lag unter meiner Matratze! Der denkbar ungünstigste Ort, wie mir jetzt auffiel, wenn man von einem Dieb nicht aufgescheucht zu werden wünschte. Was bloß hatte ich gehört? Was hatte mich aus den Tiefen der Bewußtlosigkeit aufgeschreckt? Während die Augenblicke verstrichen, war außer Edelgards regelmäßigen Atemzügen nichts weiter zu hören, als eine schreckliche Leere, ein Nichtvorhandensein jeglicher Laute. Ich versuchte, mir einzureden, es sei nichts weiter als die schlecht gebratene Wurst, die wir zum Abendessen bekommen hatten, doch gerade als meine Anspannung sich langsam zu lösen begann, erstarrte ich erneut vor Schreck – und weshalb, meine Freunde? *Jemand stimmte eine Geige!*

Sie, die Sie häufig zu Konzerten gehen und folglich an diesen Klang so gewöhnt sind, daß Sie darin nichts Gemütsaufwühlendes zu sehen vermögen, sollten bitte unsere besondere Situation beachten. Bedenken Sie die vollkommene Abgeschiedenheit von Frogs' Hole Farm. Um es zu erreichen, hatten wir zunächst den endlos mäandernden Windungen einer langen Straße folgen müssen und dann einem Karrenweg entlang eines Hopfenfeldes eingeschlagen. Und bedenken Sie auch, daß das unordentliche, halb zerfallene Bauernhaus selbst verlassen, allein und leer in einer Mulde lag. Bedenken Sie des weiteren, daß keiner von uns eine Violine mitgebracht hatte und niemand, nach dem Mangel jeglicher Andeutungen bezüglich eines solchen Instrumentes in unseren Konversationen, in der Lage gewesen wäre, auf einer

Geige zu spielen. Niemand, der nicht gehört hat, wie unter den soeben beschriebenen Umständen eine Violine gestimmt wird, kann das blanke Entsetzen verstehen, das einem das Herz stillstehen läßt. Starr vor Angst lauschte ich. Das Instrument wurde mit einer solchen Ausdauer und Sorgfalt gestimmt, daß ich zu der Überzeugung gelangte, der Geist, der da an den Wirbeln die Spannung der Saiten regulierte, müsse ein außerordentliches musikalisches Talent und ein ungewöhnlich gutes Gehör besitzen. Wie nur kam es, daß niemand sonst dies hörte? War es möglich – das Blut gefror mir bei dem Gedanken in den Adern –, war es möglich, daß die unheimlichen Mächte unter allen Mitgliedern unserer Gruppe mir allein dieses grauenvolle Vorrecht zugestanden? Als das Stimmen in einen wilden Tanz überging, zu dem sich alsbald auch rhythmisches Fußstampfen gesellte, wurde ich von einer solchen Panik ergriffen, daß meine Starre sich löste und ich mit beiden Fäusten wie verrückt gegen die Unterseite von Edelgards Matratze trommelte. So lange trat und stieß ich mit verzweifelter Heftigkeit gegen ihre Matratze, bis Edelgard endlich erwachte.

Da sie noch im Halbschlaf war, zeigte sie sich automatisch geneigt, meiner sorgfältigen Erziehung zu entsprechen. Als sie meine Rufe hörte, kam sie unverzüglich schlaftrunken aus ihrer Koje heruntergeklettert, lehnte sich zu mir hinein und fragte mich dienstbeflissen, was ich wünsche.

»Wünsche? Aber hörst du denn nicht, was los ist?« flüsterte ich, sie mit der einen Hand am Arm haltend, mit der anderen ihr bedeutend, sie solle schweigen und lauschen.

Jetzt wachte sie völlig auf.

»Was, um alles in der Welt . . .«, sagte sie, zog den Fenstervorhang beiseite und spähte hinaus. »Da steht nur die Ailsa«, berichtete sie mir, »still und dunkel. Und hier steht nur die Ilsa«, fügte sie zum anderen Fenster hinausschauend hinzu. »Auch sie still und dunkel.«

Ich schaute sie an, verwundert über diesen absoluten Mangel an Phantasie, der es den Frauen ermöglicht, selbst angesichts des zweifellos Übernatürlichen eine stoische Ruhe zu bewahren.

Unbewußt vermittelte mir diese stoische Ruhe jedoch auch etwas von dem, was meinem recht eigentlichen Selbst entspricht. Als sie jedoch zur Tür ging, sie entriegelte, hinausschaute, gleich darauf einen lauten Schrei ausstieß und die Tür sofort wieder zuschlug, da sank ich, erneut *hors de combat** auf mein Kissen zurück, so groß war mein Schrecken. Konfrontieren Sie mich, wie gesagt, mit Kanonen, und ich bin zu allem bereit, doch erwarten Sie nichts von mir, wenn mir Gespenster gegenüberstehen.

»Otto«, flüsterte sie, »komm her und schau dir das an.«

Ich konnte nicht sprechen.

»Steh auf und guck dir das an«, wisperte sie wieder.

Nun, meine Freunde, wollte ich nicht auf alle Ewigkeit meine moralische Überlegenheit über sie einbüßen, so blieb mir nichts anderes übrig. Außerdem zog mich irgend etwas mit magischer Kraft zu dieser fatalen Tür hin. Wie es mir allerdings gelang, mich aus der Koje zu erheben und über den kalten Fußboden zum anderen Ende des Wohnwagens zu tappen, kann ich mir nicht mehr vorstellen. Ich mußte mich – an soviel kann ich mich erinnern – vorsichtig an der Kante der gelben Kiste entlanghangeln, und ich murmelte: »Ich bin krank, ich bin krank.« Und wohl niemals zuvor hat ein Mann sich kränker gefühlt. Als ich schließlich bis zur Tür gekommen war und durch den winzigen Spalt lugte, um den Edelgard sie geöffnet hatte, was sah ich da?

Ich sah die gesamte untere Fensterflucht des Bauernhauses mit Kerzen hell erleuchtet.

18

Meine Zuhörer wissen hoffentlich meine Ehrlichkeit zu würdigen, mit der ich all meine Seiten bloßlege, die guten ebenso wie die schlechten. Ich tue dies mit offenen Augen und ohne Scham, jedoch in dem vollen Bewußtsein, daß einige von Ihnen eine weniger gute Meinung von mir haben werden,

* hors de combat: kampfunfähig (Anm. d. Ü.)

nachdem sie erfahren haben, daß ich in der beschriebenen Weise der Angst vor dem Übernatürlichen zum Opfer gefallen bin.

Erlauben Sie mir allerdings den Hinweis, daß Sie, sollten Sie tatäschlich Ihre Meinung über mich ändern, einem schwerwiegenden Irrtum aufsitzen – einer Konfusion des Denkens, sozusagen. Ich werde Ihnen sofort erläutern, warum. Wie Sie meinem Bericht entnehmen konnten, hatte meine Frau bei der beschriebenen Gelegenheit keine oder fast keine Ängste empfunden. Ist das jedoch ein Beweis für ihren Mut? Mitnichten! Es ist lediglich ein Beweis für das spirituell dickere Fell der Frauen. Gänzlich unbeleckt von jener feineren Sensibilität, die uns Männer befähigt, geniale Werke zu schaffen, sind die Frauen bis heute nur in der Lage, die (reichlich mechanische) Arbeit der Produktion von Nachwuchs zu vollführen. Demgemäß empfand auch Edelgard nichts anderes als ein ochsenhaft stumpfes Erstaunen. Es ist doch nur zu klar: Wer keine Phantasie hat, kann auch keine Ängste entwickeln. Ein toter Mann kennt keine Furcht. Ein fast toter Mann mag ebenfalls wenig Ängste empfinden. Je weniger tot aber ein Mann ist, desto leichter drängen sich ihm mögliche Zusammenhänge auf. Es sind die Phantasie und das Feingefühl – oder der Mangel an denselben –, die uns mehr oder weniger weit vom Zustande bloßen tierischen Vegetierens entfernen. Daraus folgt (und ich vertraue darauf, daß man mir zu folgen vermag), daß die Phantasie und das Feingefühl in solchen Augenblicken am rührigsten sind, wie ich sie durchlebte, als ich in Frogs' Hole Farm lauschend in meinem Bett lag. In solchen Momenten erlebt man die größte Entfernung vom Animalischen und auch die höchste Überlegenheit über dasselbe. Die Vitalität ist am größten, man ist, wenn es mir gestattet ist, diesen Ausdruck zu prägen, am *untotesten*. Deshalb, meine Freunde, ist es nun ganz eindeutig klar, daß ich nicht etwa, wie Sie (möglicherweise) meinten, meine schwächste Seite zeigte, in Wahrheit zeigte ich vielmehr genau das Gegenteil. Und Sie, die Sie meiner Argumentation doch wohl mit Intelligenz gefolgt sind, werden folglich nicht, wie es mein armes kleines Frauchen tat, die dumme Frage stellen: »Wie denn das?«

Nun möchte ich Sie aber nicht länger unter dem Eindruck belassen, der ausgestorbene und öde Bauernhof sei tatsächlich Opfer eines Spuks gewesen. Es hätte natürlich durchaus der Fall gewesen sein können. An jenem Tag im August war es aber nicht so. Tatsächlich war folgendes geschehen: Eine Gruppe Jugendlicher, die in der Nähe der Pfarrei ihre Ferien verbrachte und auf Grund ihrer Jugend dazu neigte, laut und ausgelassen zu sein, hatten die Grenzen ihrer Unterkunft im Pfarrhaus gesprengt und die lange schon leerstehende Wohnstube des Bauernhauses sozusagen als improvisierten Ballsaal genutzt. Das Gehöft gehörte nämlich dem Pastor – man beachte die fette Wohlgenährtheit der britischen Geistlichkeit! Zusammen mit seiner Familie und seinen Feriengästen pflegte er dort im Sommer Tanzabende zu veranstalten. All dies erfuhr ich, nachdem Edelgard sich angekleidet hatte und hinübergegangen war, um sich selbst zu vergewissern, was die Lichter, die Musik und das Fußstampfen zu bedeuten haben. Sie bestand trotz meiner Warnungen darauf. Und erst nach schier endloser Zeit kehrte sie zurück, um mir Bericht zu erstatten – mit geröteten Wangen und strahlenden Augen, denn sie hatte gleich die Gelegenheit ergriffen und, ungeachtet dessen, was ich alleine wartend empfinden mochte, selbst erst einmal das Tanzbein geschwungen.

»Was, du hast getanzt?« rief ich aus.

»Komm doch, Otto. Ach, es macht so viel Spaß«, jauchzte sie.

»Mit wem hast du getanzt, wenn ich fragen darf?« verlangte ich zu wissen, denn der Gedanke, daß eine Baronin von Ottringel mit dem erstbesten dahergelaufenen Burschen in einem fremden Land tanzt, war mir natürlich sehr unangenehm.

»Mit Mr. Jellaby«, flötete sie. »Ach, komm doch auch.«

»Jellaby? Was macht denn der da?«

»Tanzen. Alle tanzen. Sie sind alle da. Deshalb war es in den Wohnwagen ja auch so still. Nun komm schon.«

Und sie lief, einen kindisch erregten Ausdruck auf dem Gesicht, wieder hinaus in die Nacht.

»Edelgard!« schrie ich.

Doch obwohl sie mich gehört haben mußte, kam sie nicht zurück.

Erleichtert, verdutzt, verärgert und neugierig zugleich, stand ich auf und zog mich an. Als ich die Kerze entzündete, um auf meine Uhr zu schauen, sah ich zu meiner Verblüffung, daß es erst ein Viertel vor zehn war. Einen Moment lang wollte ich meinen Augen nicht trauen, ich schüttelte die Uhr und hielt sie mir ans Ohr, aber sie ging so unbeirrt wie immer. Während ich mich ankleidete, blieb mir nichts anderes übrig, als darüber nachzusinnen, welche Merkwürdigkeiten einem doch widerfahren können, wenn man bereits um sieben Uhr zu Bett geht.

Und wie fest mußte ich geschlafen haben. Aber natürlich war ich auch ungewöhnlich müde gewesen und hatte mich obendrein überhaupt nicht wohl gefühlt. Zwei Stunden ausgezeichneten Schlafs allerdings hatten Wunder gewirkt. Auch sind meine Regenerierungskräfte ungemein stark. Ich gestehe, ich konnte ein Lächeln nicht unterdrücken, als ich mich beim Überqueren des Hofes an Menzies-Leghs lächerliches Teeglas erinnerte. Jetzt, so dachte ich, als ich forschen Schrittes den Hof überquerte und dabei meinen Schnurrbartspitzen mit geübtem Zwirbel zu majestätischem Stand verhalf, jetzt würde er nicht viel Milch an mir entdecken. Geleitet von der Musik, betrat ich den Raum, in dem sie tanzten.

Als ich eintrat, ging gerade ein Tanz zu Ende, und ein plötzliches Schweigen breitete sich über die ganze Gesellschaft. Sie bestand aus Burschen und jungen Mädchen, die in eine Abendgarderobe gekleidet waren, neben der die Kleidung der Wohnwagenreisenden, wettergegerbter Kinder der Landstraße, sich schmuddelig und merkwürdig ausnahm. Die zarte Dame hatte sich, das ist wahr, in ein weißes Gespinst von einer Bluse gehüllt, die sie aussehen ließ wie eine Achtzehnjährige. Ein Eindruck, der betont wurde durch ihren kurzen Wanderrock und die unschuldige blonde Lockenpracht, die ihre kleinen Öhrchen umkränzte. Auch Mrs. Menzies-Legh war ganz in Weiß erschienen. Zu meiner Verwunderung hatte sie aus den Tiefen ihrer Koffer sowohl einen weißen Rock als auch eine weiße Bluse hervorgezaubert, doch erwirkte sie damit höchstens einen (zweifellos flüchtigen) Eindruck von Sauberkeit. Die anderen aber waren alle noch in ihre verschmutzten und dazu verbeulten Klamotten gehüllt. Obwohl sie gerade zu tanzen aufhörten, als ich hereinkam, hatte ich noch genügend Zeit, mir einen sozusagen fotografischen Eindruck von der Situation und den einzelnen Mitgliedern meiner Reisegruppe zu verschaffen: Jellaby schwenkte mit offenem Kragen und strähnigem Haar Frau von Eckthum im Kreis herum. Edelgard, rosig erhitzt vor kindlichem Vergnügen, war, umfaßt von einem Knaben, der ihr eigener hätte sein können, hätte ich sie ein paar Jahre früher geheiratet und wäre es vorstellbar, daß ich je etwas derart Unterentwickeltes und Schmächtiges gezeugt hätte. Menzies-Legh tanzte trotz seines vorgerückten Alters mit einem Objekt, das durch die Bauschigkeit seines kurzen Kleidchens einen Zustand der Unreife offenbarte, der den der beiden Küken bei weitem übertraf – kurz, er tanzte mit einem Kind!

Daß er überhaupt tanzte, war – da werden Sie mir zustimmen –, schon unwürdig genug. Und wenn er sich denn unbedingt in aller Öffentlichkeit zum Narren machen wollte, dann hätte er es wenigstens mit einer seinen eigenen Jahren angemesseneren Person tun können. Mit der drallen Dame beispielsweise, die – völlig unähnlich der Vorstellung, die man normalerweise von einem Geist hat – am anderen Ende des Raumes stand und jene Violine spielte, die mir noch vor einer halben Stunde so gänzlich unerklärlich gewesen war.

Als Menzies-Legh mich hereinkommen sah, blieb er wie angewurzelt stehen, und sein Gesicht nahm den schon hinlänglich bekannten Ausdruck von Niedergeschlagenheit an. Die anderen Paare folgten seinem Beispiel, und nach kurzem Zögern verstummte auch die Geige mit weinerlichem Ton.

»Großartig«, rief ich Menzies-Legh aufmunternd zu, der, als ich eintrat, zufällig gerade an der Tür vorbeitanzte. »Großartig. Amüsieren Sie sich nur, mein Freund. Sie geben eine bewundernswert gute Vorstellung für einen Mann, der nur ein kümmerlicher Schwächling ist. Ich versichere Ihnen, in einem deutschen Ballsaal würden Sie eine unvergleichliche Sensation darstellen. Dort ist es nämlich nicht Sitte, daß Herren über dreißig« – mit einer tiefen Verbeugung leistete ich Abbitte –, »verzeihen Sie mir, sollte ich fälschlich annehmen, daß Sie diese Grenze bereits überschritten haben – dort ist es nämlich nicht üblich, daß Herren über dreißig . . .«

Aber er fiel mir ins Wort. Und zwar mit einer Bemerkung, die seine sogenannte Intelligenz hervorragend charakterisierte (denn im Vertrauen, was den Mann plagt, ist seine grundlegende Dummheit), er sagte nämlich: »Dies ist aber kein deutscher Ballsaal.«

»Ah«, antwortete ich denn auch, »da haben Sie ausnahmsweise sehr recht, mein Freund. Hier handelt es sich in der Tat um das, was ihr Engländer *a different pair of shoes** nennt. Denn wenn es sich um einen deutschen Ballsaal handelte, wissen Sie, wo die Herren über dreißig dann wären?«

Er verdarb mir die Pointe, die ich schon parat hatte (und die »Gar nicht da!« lautete), indem er sich an der Frage völlig desinteressiert zeigte und statt dessen mit der ihm eigenen bäuerlichen Derbheit bemerkte: »Zum Teufel mit den Gentlemen über dreißig!«

Mit diesen Worten führte er seine kleine Partnerin mit den langen Strümpfen beiseite.

»Otto«, flüsterte mir Edelgard zu, »komm, du mußt dich den Herrschaften vorstellen lassen, die uns freundlicherweise erlaubt haben, hier tanzen zu dürfen.«

»Nicht, wenn sie nicht von Rang und Stand sind«, versetzte ich mit Festigkeit.

»Ob sie adlig sind oder nicht, du mußt jetzt kommen«, drängte sie. »Die Dame, die die Geige spielt, ist . . .«

»Ich weiß, ich weiß, sie ist ein Gespenst«, sagte ich und konnte ein Lächeln über diesen wohlgelungenen Scherz nicht zurückhalten. Ich denke, meine Zuhörer werden mir beipflichten,

* a different pair of shoes: (wörtlich) ein anderes Paar Schuhe; (im übertragenen Sinn) etwas völlig anderes (Anm. d. Ü.)

wenn ich sage, daß ein Mann, der sich über sich selbst lustig machen kann, fraglos über eine gehörige Portion Humor verfügt.

Edelgard starrte mich dumm an. »Sie ist die Frau des Pfarrers«, erklärte sie unnötigerweise. »Es ist ihre Tanzgesellschaft. Ihrer Freundlichkeit haben wir es zu danken, daß wir hiersein dürfen. Du mußt jetzt kommen und dich vorstellen lassen.«

»Sie ist ein Gespenst«, insistierte ich. So königlich amüsierte mich diese Vorstellung, daß ich regelrechte Erheiterung in mir aufsteigen fühlte, denn noch nie zuvor hatte ich eine stattlichere Dame als jene mit der Fiedel gesehen. »Sie ist ein Geist, und obendrein ein höchst unattraktives Exemplar dieser Gattung. Liebe Frau, nur Geister sollten Geistern vorgestellt werden, ich aber bin aus Fleisch und Blut. Und deshalb werde ich jetzt auch gehen und die kleine Eckthum aus der Fleisch und Blut gewordenen Hartnäckigkeit dieses Jellaby befreien.«

»Aber Otto, du mußt kommen«, drängte Edelgard und legte mir die Hand auf den Arm, als ich mich gerade bereit machte, auf mein charmantes Opfer zuzugehen, »du kannst nicht so unhöflich sein. Schließlich verdanken wir es ihrer Gastlichkeit . . .«

»Ihrer *Geist*lichkeit«, versetzte ich sehr lustig und ungemein schlagfertig – ja, so witzig erschien mir die Replik, daß ich die Heiterkeit, die mich überkam und die sich in offenem Gelächter Bahn brechen wollte, kaum im Zaume zu halten vermochte.

Edelgard jedoch, geschlagen mit der so oft bei Frauen zu beobachtenden dumpfen Begriffsstutzigkeit gegenüber jeglichem feinen Wortspiel, lächelte nicht einmal.

»Otto«, zischte sie, »du *mußt* jetzt . . .«

»Muß, liebe Frau«, sprach ich mit rückkehrendem Ernst, »ist ein Wort, das eine taktvolle Ehefrau ihren Mann niemals hören läßt. Ich sehe kein Muß, das mich, der ich schließlich bin, wer ich bin, veranlassen sollte, mich irgendeiner Frau Pastor vorstellen zu lassen. Ich würde es in Storchwerder nicht tun, um so weniger tue ich es in Frogs' Hole Farm.«

»Aber du bist ihr Gast . . .«, beharrte sie.

»Bin ich nicht. Ich bin von mir aus gekommen.«

»Aber es ist ihre Freundlichekit, der du es zu danken hast, daß du hiersein darfst.«

»Es ist keine Freundlichkeit. Sie ist entzückt über die ihr zuteil werdende Ehre.«

»Aber Otto, du *kannst* nicht einfach . . .«

Ich war drauf und dran, die zeternde Edelgard einfach stehenzulassen und zu der Ecke hinüberzuschreiten, wo Frau von Eckthum hilflos in den Klauen von Jellaby schmachtete, als wer zur Tür hereinkam? Kein anderer, als ausgerechnet jener Mensch, von dem ich mich vor einigen Stunden in der Kirche auf so ungutem Fuße getrennt hatte.

Diesmal war er vom Kinn bis zu den Stiefeln mit einem langen, durchgeknöpften schwarzen Gewand angetan, das an die Soutanen der päpstlichen Priester gemahnte, und auf seiner Brust prangte ein dickes goldenes Kreuz. Sofort, als er den Raum betrat, traf sein Auge das meine, und augenblicklich erstarb das joviale Lächeln des Gastgebers auf seinen Lippen. Offensichtlich war er vorher schon einmal im Raum gewesen, denn Edelgard, ganz so, als wäre sie bestens bekannt mit ihm, schoß vor (wo, gütiger Himmel, war bloß die Würde ihrer edlen Herkunft geblieben?) und stellte mich ihm in aufdringlichster Weise vor. Mich ihm, wie ich zu beachten bitte!

»Lassen Sie mich, lieber Herr Pfarrer«, sagte meine Frau, »Ihnen meinen Gatten, Baron von Ottringel, vorstellen.«

Was sie damit dann ja auch getan hatte.

Natürlich hätte nach allen Regeln des Anstands auf derart neutralem Boden, wie ihn dieser improvisierte Ballsaal darstellte, der Pastor mir vorgestellt werden müssen. Doch Edelgard hatte sich im Laufe der Wohnwagenreise zur Gewohnheit gemacht, die Gegenwart einer dritten Person dazu zu nutzen, zu tun und zu lassen, was ihr gerade beliebte, und meine Wünsche und Ansprüche dabei völlig zu übergehen. Eine solche Angewohnheit ist für Männer mit meiner charakterlichen Veranlagung besonders ärgerlich, denn, leicht aufbrausend, wie ich möglicherweise erscheinen mag, bin ich doch grundsätzlich ein *bon enfant**. Meine Verwarnungen und nötigen Rügen werde ich demzufolge gern unverzüglich los, um die Sache damit *ad acta* legen zu können. Dagegen liebe ich es gar nicht, erleben zu müssen, wie sich die nötigen Mahnungen und Zurechtweisungen auftürmen, so daß man auf unbestimmte Zeit darüber nachbrüten muß.

Durch meine eigene gute Kinderstube (eine Qualität, die viele Unbequemlichkeiten im Leben mit sich bringen kann) zur Hilflosigkeit verdammt, wurde also ich einem anderen vorgestellt, ganz so, als wäre ich der Geringere. Und ich konnte meine Ungehaltenheit über diese Tatsache lediglich durch eine augenfällige Förmlichkeit zum Ausdruck bringen.

»Otto findet es so unendlich freundlich von Ihnen, uns erlaubt zu haben, an diesem Fest teilhaben zu dürfen«, säuselte Edelgard, ein einziges großes Lächeln, mit aufgeblähter Anbiederei den Pastor an, womit sie gleichzeitig mir gegenüber einen kecken Widerstand demonstrierte, der unglaublich war.

»Ich freue mich sehr, daß es Ihnen möglich war zu kommen«, antwortete der Pastor und blickte mich an, Freundlichkeit in der Stimme, doch Eiseskälte in den Augen. Es war ganz offensichtlich: Der Kerl war noch immer verärgert, weil ich mich in der Kirche zu beten geweigert hatte.

»Sie sind zu gütig«, erwiderte ich und verneigte mich nicht minder eisig.

»Otto wünscht«, fuhr die schamlose Edelgard fort – uneingedenk der Stunden mit mir, die vor ihr lagen, »Otto wünscht auch, Ihrer lieben Gattin vorgestellt zu werden, Mrs. . . ., Mrs . . .«

»Raggett«, ergänzte der Pastor.

Und ich wäre fraglos zu dem drallen, roten Gespenst am anderen Ende des Raumes gezerrt worden, während Edelgard im Hintergrund triumphiert hätte, wäre der Geist nicht von sich aus zu meiner Rettung gekommen, indem er eine neue Melodie auf seiner Fiedel anstimmte.

»Alles zu seiner Zeit«, salbaderte der Pastor, der nun für mich als

* bon enfant: von guter Kinderstube (Anm. d. Ü.)

Raggett feste Form angenommen hatte, »alles zu seiner Zeit. Dann jedoch mit Vergnügen.«

Doch sein glasiges Auge, das unverwandt auf mir ruhte, barg wenig Vergnügen in sich.

In diesem Augenblick tanzte Edelgard unter meiner Nase mit Jellaby davon. Ganz instinktiv machte ich eine Bewegung hin zu der schlanken Gestalt, die nun allein dort hinten in der Ecke stand. Doch noch während ich mich auf sie zubewegte, näherte sich ihr ein halbwüchsiger Jüngling und entführte sie unter die Tänzer. Ich schaute mich um, sah aber niemanden sonst, mit dem ich mich hätte unterhalten können, selbst Mrs. Menzies-Legh war nicht verfügbar. Es blieb niemand übrig außer dem unverfälschten Raggett.

»Ist es nicht schön«, bemerkte diese Person, die Tänzer beobachtend – er hatte sowohl ein hakennasiges Profil als auch ein glasiges Auge – »zuzuschauen, wie diese jungen Leute sich vergnügen?«

Ich verbeugte mich, fest entschlossen, innerhalb der Grenzen strikter und eisiger Förmlichkeit zu verharren. Als aber Jellaby und meine Frau vorbeiwirbelten, konnte ich mir doch nicht verkneifen, seinen Satz zu ergänzen: »Besonders, wenn die jungen Leute bereits so reif sind, daß sie sich des Ausmaßes ihres Vergnügens voll bewußt werden können.«

»Ja«, meinte er, freilich ohne echtes Verständnis.

»Erst dann«, fuhr ich fort, »wenn eine Frau reif ist, überreif, beginnt sie, ihre Jugend zu genießen.«

»Ja«, brummte er, noch immer ohne rechte Empfänglichkeit für meine Worte.

»Möglicherweise halten Sie dies«, sagte ich, von seiner Gleichgültigkeit gereizt, »für ein Paradoxon.«

»Nein«, erwiderte er.

»Es ist jedoch«, fuhr ich, die Stimme hebend, fort, »mitnichten ein solches.«

»Nein«, sagte er.

»Es ist im Gegenteil«, ich sprach noch lauter, »eine sehr subtile und nicht zu leugnende Wahrheit.«

»Ja«, sagte er. Und da begriff ich endlich, daß er mir überhaupt nicht zuhörte.

Ich weiß nicht, was meine Zuhörer empfinden, aber ich vermute doch, sie fühlen dasselbe wie ich: Wenn ein Gentleman von Bildung und Adel freundlich und entgegenkommend genug ist, sich dazu herabzulassen, mit einer Person zu sprechen, die weder das eine noch das andere hat, dann ist es ganz besonders erbitternd, wenn man feststellen muß, daß diese Person so gänzlich unfähig ist, die Tragweite der Situation zu erfassen, daß sie sich nicht einmal der Mühe unterzieht, auch nur zu versuchen der Unterhaltung zu folgen. Die gute Erziehung (ein, wie ich bereits bemerkte, schwerer Hemmschuh) hindert einen Gentleman daran, zu erklären, wer er selbst ist. Der Anstand verbietet ihm, dem anderen durch die Summe der Differenz zwischen dem eigenen Wert und dem Wert des anderen den bestehenden Standesunterschied deutlich zu machen und ihn so zu besserer Einsicht zu bringen. Da dies, wie gesagt, die Etikette verbietet, was also soll man tun? Förmlich werden und stumm, nehme ich an. Mehr erlaubt die gute Kinderstube nicht. Leider hat es viele und ganz erhebliche Nachteile, wenn man ein perfekter Ehrenmann ist.

Raggett hatte ganz offensichtlich nicht ein einziges Wort von dem mitbekommen, was ich gesagt hatte, denn nach seinem letzten geistesabwesenden »Ja« richtete er plötzlich die ganze Glasigkeit seines Auges voll auf mich.

»Als ich Sie dort in der Kirche sah«, hob er an, »da wußte ich nicht . . .«

Man beachte die Unverschämtheit, mit der er auf die Kirche und auf das zurückzukommen wagte, was sich dort zugetragen hatte – es übersteigt alle Worte. Mein erster Impuls war, ihn mit der Frage zum Schweigen zu bringen: Wollen wir tanzen? Aber ich war mir nicht sicher, ob er über genügend – ja, ob er überhaupt über irgendwelchen – Humor verfügte.

». . . daß Sie kein Engländer sind, ich hätte Sie sonst niemals gebeten . . .«, fuhr der Pfaffe fort.

»Sir«, unterbrach ich ihn rasch, denn ich wollte ihn unter allen

Umständen aus der Kirche weglotsen, »wer, wenn man es genau betrachtet, *ist* denn schon Engländer?«

Er guckte verdutzt. »Nun«, sagte er, »ich zum Beispiel.«

»Hören Sie, Sie sind nicht informiert. Sie können sich da in keiner Weise sicher sein. Gehen Sie um tausend Jahre in der Zeit zurück, und Sie werden, wie ich neulich erst in einem erfindungsreichen, aber nichtsdestoweniger möglicherweise Richtiges sagenden Buche las, feststellen, daß ganz Europa von Ihren Vätern und Müttern überquillt. Beginnend bei Ihren zwei Eltern, vier Großeltern – weiter zurückgehend zu den sechzehn Urgroßeltern –, was schon fast nicht mehr zu erfassen ist, finden Sie, wenn Sie nur ein oder zwei Jahrhunderte weiter zurückschreiten, Ihr kleines Eiland schon überfließend mit Menschen, die sich zwangsläufig über ganz Europa verteilen mußten, zäh und klebrig, wie nur je eine Marmelade, bis in jenen Tagen, die nur eine Winzigkeit weiter zurückliegen, es keine einzige lebende Person weißer Hautfarbe gegeben haben kann, die nicht Ihr Vater war, es sei denn, die Person wäre Ihre Mutter gewesen. Nehmen Sie«, eilte ich mich fortzufahren, da er Anstalten machte, mich unterbrechen zu wollen, »nehmen Sie jedes beliebige Beispiel, das Sie wollen, überall finden Sie dieselbe unentwirrbare Konfusion. Und nicht nur im Physischen – auch spirituell. Nehmen Sie jedes x-beliebige Beispiel. Irgend etwas. Nehmen Sie unseren gerade erst verstorbenen Kaiser Friedrich, der eine Tochter aus Ihrem königlichen Hause ehelichte. Es ist bei uns Sitte, unseren Kaiser und unsere Kaiserin nicht nur als Vater und Mutter der Nation zu betrachten, sondern sie auch als solche zu bezeichnen. Die gesamte Nation ist daher in einem spirituellen, übertragenen Sinne zur Hälfte englisch. Somit, entsprechend, auch ich. Und somit wiederum sind Sie, um das Argument um einen Schritt zu erweitern, ein Neffe und daher zu einem Viertel Deutscher – ein geistiges deutsches Viertel, ebenso wie ich eine geistige englische Hälfte in mir trage. Der Konfusion ist kein Ende. Haben Sie schon beobachtet, Sir, daß von dem Augenblick an, in dem man zu denken beginnt, alles in ein unentwirrbares Chaos mündet?«

»Möchten Sie gar nicht tanzen?« fragte er und schaute sich dabei nervös um.

Ich glaube, oftmals ist man allein deshalb über einen Menschen verärgert, weil man bei der ersten Bekanntschaft vermeinte, eine Person von gleichem intellektuellem Niveau getroffen zu haben, bei näherem Kennenlernen aber feststellen muß, daß Sprache und Handeln dieser Person verraten, daß dem nicht so ist. Das ist ungerecht, doch, wie die meisten Ungerechtigkeiten im Leben, der Natur gemäß. Da ich ein vernunftbegabter Mann bin, tue ich freilich mein Bestes, diese Ungerechtigkeit zu bekämpfen. Als folglich Raggett auf mein Angebot, sich mit mir auf eine interessante Debatte einzulassen, mit der lächerlichen Frage reagierte, ob ich nicht tanzen wolle, da zügelte ich meine natürliche Verärgerung, indem ich mir klarmachte, daß er genau das war, was auch Menzies-Legh zu sein schien: einfach nur dumm. Dummheit, meine Zuhörer werden mir da zustimmen, kann von verschiedenster Art sein. Eine der Arten besteht im Mangel an Interesse an Dingen, die interessant sind. Nun war dieser Dummkopf obendrein hoffnungslos schlecht erzogen, denn was könnte unerzogener sein als eine Reihe anregender Bemerkungen – um es mit aller Zurückhaltung zu bezeichnen – mit der dummdreisten Frage zu beantworten, ob man nicht tanzen wolle?

»Mein lieber Herr«, beschied ich ihm, wenigstens selbst den Anstand wahrend, »in meinem Lande ist es nicht Sitte, daß verheiratete Herren, die das dreißigste Lebensjahr überschritten haben, tanzen. Vielleicht wollten Sie mir das Kompliment erweisen (welches, das muß ich sagen, mir zuvor schon erwiesen wurde), mich durch die Blume wissen zu lassen, daß ich nicht aussehe, als hätte ich diese Altersgrenze bereits überschritten. Allein, ich versichere Sie, ich habe. Auch pflegen die Damen in meinem Lande nicht zu tanzen, sobald ihre erste frühe Jugendblüte verflogen ist und ihre Züge . . . nun, sagen wir, ausgeprägter geworden sind. Rundum an den Wänden des Tanzsaales werden bei uns Stühle für sie bereitgestellt, und auf ihnen bleiben sie angemessen passiv sitzen, bis jene Oase erreicht ist, die die *Quadrille à la court* gewährt, bei der die älteren Herren sich galant in einen Nebenraum zurückziehen, in dem sie für den Rest des Abends Karten spielen, und die die Damen mit jener Förmlichkeit durch die Kompliziertheit ihrer Figuren führt, die den Sinn der Gesellschaft für das Schickliche befriedigt. Hier in diesem Land hingegen . . .«

»Tatsächlich?« unterbrach er mich, noch nervöser als vorher an seinere Soutane herumzupfend. »Wissen Sie, Sie sprechen Englisch so fließend und mit derart voluminösem Wortschatz, daß Sie an der Andacht sehr wohl hätten . . .«

Nun erkannte ich, daß der Mann ein Fanatiker war; eine jener unausgeglichenen Personen, die mir immer ganz besonders unangenehm sind. Gute Erziehung wird von Fanatikern kaum, wenn überhaupt je, zur Kenntnis genommen. Ich wäre folglich entschuldigt gewesen, hätte ich an diesem Punkt meine gute Erziehung sausenlassen. Ich tat es jedoch nicht, ich unterbrach ihn lediglich meinerseits, um ihn in kalter Kürze darüber zu informieren, daß ich Lutheraner sei.

»Und Lutheraner«, fügte ich hinzu, »beten nicht. Jedenfalls nicht hörbar und sicherlich niemals im Duett. Darüber hinaus«, setzte ich, die Hand hebend, meine Ausführungen fort, denn ich sah an seinem sich öffnenden Mund, daß er mir schon wieder in die Rede fallen wollte, »darüber hinaus bin ich ein Philosoph, und die Gebete eines Philosophen lassen sich nicht in die Grenzen irgendeiner Formel zwängen. Formeln sind für die nicht Entwikkelten. Man bindet ein Kind in seinem Stuhl fest, weil es unangebunden einen tödlichen Sturz tun könnte. Den noch nicht entwickelten Erwachsenen bindet man an einen Glauben, weil er ungebunden Gott weiß wohin fallen würde. Der erwachsene Mann aber, mit seiner in Körper und Geist voll entwickelten Statur, bedarf keiner Bande. Sein ganzes Leben ist sein Glaube. Nichts Schablonenhaftes, nichts Marktschreierisches, nichts, das prunkend und protzend der Welt vorgeführt wird, sondern eine subtile Sättigung, eine kontinuierliche Durchtränkung . . .«

»Entschuldigen Sie«, sagte er, »eine der Kerzen fängt an zu tropfen.«

Und mit einer flinken Behendigkeit, wie ich sie bei einem Manne mit derart grauer Hautfarbe und derartig glasigen Augen nicht vermutet hätte, stürzte er hinüber zur anderen Seite des Raumes, wo die Kerzen in den Fenstern standen.

Auch kam er, wie ich froh bin berichten zu können, nicht zu mir zurück, denn ich fand die Unterhaltung mit ihm schrecklich ermüdend. So blieb ich also allein und lehnte mich gegen die Wand neben der Tür.

Unten am gegenüberliegenden Ende des Zimmers tanzten meine sanfte Freundin und ihre Schwester. Auch alle anderen noch verbliebenen Mitglieder unserer Reisegruppe tanzten dort – außer Menzies-Legh. Durch meine gutmütigen Spitzen daran erinnert, was der Anstand ihm abverlangte, ging er nun dem Pastor bei der Kürzung der Dochte zur Hand und schlug dem Gespenst die Notenblätter um.

Von meinem Platz aus konnte ich beobachten, wie ein und dieselbe Melodie meine Frau trampelnd wirbeln, Frau von Eckthum hingegen sanft schweben ließ, und ich versichere Ihnen, es war ein Augenschmaus, ihre Grazie beim Tanz zu sehen. Da ich mir die Beobachtung von Frau von Eckthum etwas erleichtern, zugleich aber auch in ihrer Nähe sein wollte, sollte Jellaby sich eine allzu grobe Taktlosigkeit erlauben, ging ich hinüber in die Ecke des Zimmers, wo sich unsere ganze Gesellschaft zu ballen schien. Dort nahm ich, gegen einen anderen Teil der Wand gelehnt, meine neue Position ein. Kaum aber hatte ich mich hier eingefunden, schien die Gruppe sich aufzulösen und am anderen Ende des Zimmers wieder zusammenzufinden.

Da sie nicht zurückkamen, schlenderte ich zu ihnen hinunter; doch sie verzogen sich wiederum in eine andere Ecke des Zimmers. Es war höchst sonderbar. Es glich beinahe einer optischen Täuschung. Wenn ich hinaufging, gingen sie hinunter, wenn ich hinunterging, gingen sie hinauf. Ich kam mir fast vor wie jemand, der auf einer Wippe sitzt. Ja, ich begann zu zweifeln, ob ich mich denn überhaupt auf festem Boden bewegte, auf *terra cotta*, wie ich Edelgard gegenüber scherzend bemerkt hatte, als wir nach unserer beschwerlichen Reise in Queenboro' das

Dampfboot verlassen hatten. (Es war bei dieser Gelegenheit meine Absicht gewesen, ihre Sinne dadurch ein wenig zu erheitern, daß ich sie zum Lachen brachte, ein, wie ich gestehen muß, vergebliches Unterfangen. Ich begann folglich darüber nachzusinnen, ob die allgemeine Unbildung, die das Leitcharakteristikum der meisten Ehefrauen ist, es ihr unmöglich machte, selbst ein derart simples klassisches Wortspiel zu begreifen. Im Zug erkannte ich dann später, daß es nicht ihre Unbildung, sondern die Beschwernis der Überfahrt selbst war. Außerdem möchte ich zu Edelgards Ehrenrettung hinzusetzen, daß sie bis zu dem Augenblick, in dem der englische Geist des Kritikasters in sie gefahren war und sich wie ein zerstörerischer Bazillus ihrer deutschen Weiblichkeit bemächtigte, niemals verfehlte zu lachen, wenn ich zu scherzen beliebte.)

Langsam begann dieses fruchtlose Hin und Her mich zu ermüden. Der Tanz ging zu Ende, ein neuer hob an, und noch immer war meine in einen Hauch von einer Bluse gekleidete Freundin nicht in meine Reichweite gekommen. Ich unternahm einen entschlossenen Versuch, in einer der Pausen zwischen den Tänzen zu ihr durchzudringen. Denn ihr zuliebe wollte ich die strikte deutsche Regel durchbrechen und ihr einen Tanz anbieten (ich nahm an, sie verübelte mir bereits, daß ich es noch nicht getan hatte) und sie so zugleich aus Jellabys Klauen befreien. Aber ich hätte genausogut versuchen können, einen Mondstrahl zu befreien, um mit ihm zu tanzen. Sie war hier, sie war dort, sie war überall – nur nie da, wo ich gerade war. Einmal hatte ich es fast geschafft, doch gerade als ich sicher war, sie mir greifen zu können, eilte sie zu dem Gespenst, das sich seinerseits gerade von seiner erschöpfenden Arbeit erholte, und verwickelte es in ein scheinbar endloses Gespräch, das beide blind und taub für alles um sie herum machte. Da ich mir aber im stillen geschworen hatte, mich durch nichts verleiten zu lassen, das Ausmaß meiner Raggett-Bekanntschaft dahingehend zu erweitern, daß ich mich auch dem übersinnlichen Phänomen gleichen Namens vorstellen ließe, war ich gezwungen, mich unverrichteterdinge zurückzuziehen.

Allerdings verstimmt. Meine ursprüngliche Heiterkeit war verflogen. *Bon enfant*, das ich grundsätzlich bin, kann ich dies doch nicht unbegrenzt bleiben – von Zeit zu Zeit muß auch ein *bon enfant* die Ermunterung durch die Flasche haben. Ich dachte gerade daran, mir Edelgard zu schnappen und sie, ehe die anderen zu ihren Wagen zurückkämen, zu unserem Wagen zu bringen, um ihr dort drastisch vor Augen zu führen, was für einen lächerlichen Eindruck Matronentum, gepaart mit jugendlichem Überschwang, auf Außenstehende macht, als Mrs. Menzies-Legh am Arm eines Partners an mir vorbeischlenderte. Mein Gesicht sehen, ihren Partner loslassen und zu mir herüberkommen war eins.

»Ich nehme an«, sagte sie langsam (wenigstens hatte sie den Anstand zu zögern), »ich nehme an, es wäre keine gute Idee, Sie aufzufordern . . . Sie zum Tanzen aufzufordern?«

Ich starrte sie mit unverhülltem Erstaunen an.

»Ist es denn nicht schrecklich langweilig, so alleine da herumzustehen?« fragte sie, da ich auf ihre Bemerkung nicht geantwortet hatte. »Möchten Sie . . . (wieder hatte sie die Güte zu zögern) . . . möchten Sie nicht . . . tanzen?«

Mit scharfem Ton, wenngleich sie noch immer verwundert anblickend, fragte ich sie: »Mit wem?«, denn ich konnte einfach nicht glauben, daß . . .

»Mit mir, wenn Sie . . . wenn Sie . . . möchten«, stammelte sie, einen ziemlich schwachen Versuch zu einem Lächeln auf den Lippen und einen ganz eindeutig ängstlich-sehnsüchtigen Blick in den Augen, der zeigte, daß es sich wohl bloß um eine vorübergehende Verirrung handelte.

Vorübergehend oder nicht, ich bin nicht der Mann, der mit geheucheltem Wohlwollen lächelt, wenn eine Zurechtweisung das ist, was unbedingt nottut. Und ausgerechnet dieser Dame tat sie dringendst und eiligst not!

»Hören Sie«, rief ich, ohne mit meiner Meinung hinter dem Berg zu halten: »Das ist ja Weiberherrschaft!«

Ich drehte mich auf dem Absatz um, ging schnurstracks zu meiner Frau hinüber, beendete ihr Wirbeln, indem ich sie aus den Armen ihres Partners zog (Jellabys übrigens) und sie zwang, den Arm ihres Ehegatten zu nehmen. Ohne ein weiteres Wort führte ich sie aus dem Raum.

Als ich mit Edelgard durch die Tür ging, fiel mein Blick auf Mrs. Menzies-Leghs Gesicht. Ein (wie ich vermute, bloß vorgetäuschtes) Erstaunen ließ das eine Grübchen von ihrer Wange verschwinden, während sich zugleich die untere Reihe der langen Wimpern der oberen näherte, weil sie die Augen zusammenkniff. Meine Freunde werden einen Eindruck davon bekommen, in welchem Maße alles, was man sie in ihrer Jugend an Anstand und gutem Benehmen in Deutschland gelehrt hatte, hier in England zuschanden gekommen war, wenn ich sage: Es war mit Händen zu greifen, daß sie mit aller Macht ein Lachen zu unterdrücken suchte.

19

Da ich, wie bereits dargelegt, grundsätzlich ein *bon enfant* bin, lasse ich es nur selten zu, daß ein schlechtes Gestern mir ein vielversprechendes Heute verdirbt. Wie ich nun also am nächsten Morgen bei einem kurzen Blick durch die Vorhänge sah, daß die Sonne unseren unwirtlichen und geisterhaften Lagerplatz in einen freundlichen, warmen Ort verwandelt hatte, über dem munter zwitschernde Vögel flatterten, da spitzte auch ich die Lippen, um eine lustige Melodie zu pfeifen, denn ich empfand jene innere Befriedigung, die unsere Nachbarn (denen wir, offen sei es zugegeben, mehr verdanken als nur Elsaß und Lothringen) so treffend als *joie de vivre** bezeichnen.

Wäre ich mit mir selbst alleine, diese *joie* würde zweifellos für alle Zeiten ununterbrochen den ganzen Tag hindurch anhalten. Um so größer daher die Verantwortung jener, die diese Lebensfreude zu trüben vermögen. In der Tat ist die Verantwortung, die auf den Schultern der Menschen ruht, die im Laufe eines Ta-

* joie de vivre: Lebenslust (Anm. d. Ü.)

ges unseren Weg kreuzen, erheblich größer, als sie sich in ihrer Dickfelligkeit je träumen lassen. Allerdings möchte ich auf diese Fragen an dieser Stelle nicht vertiefend eingehen. Im Laufe der Arbeit an diesem Buch ist mir nämlich Stück für Stück die Erkenntnis gekommen, daß ich als nächstes eine neue Aufgabe in Angriff nehmen sollte: eine Sammlung all meiner eher metaphysischen Überlegungen. Sie sollten in einem eigenen Buch veröffentlicht werden, in dem ich mich in aller Ausführlichkeit darüber auslassen kann. Hier möchte ich mich darauf beschränken, meine Zuhörer zu bitten, sich vorzustellen, wie ich da an jenem strahlenden Augusttag pfeifend in meinem Wohnwagen stand, bereit und willens, alle Ärgernisse des vergangenen Tages in ihrem eigenen Staub zurückzulassen und den neuen Tag im Geiste eines »Wer weiß, noch ehe die Nacht hereinbricht, habe ich vielleicht die Welt erobert?« zu beginnen.

Es war meine Mutter (eine sehr bemerkenswerte Frau), die mir empfahl, den Tag mit diesem Leitspruch anzufangen. Und ich bin felsenfest davon überzeugt, daß die bis zum Abend erzielten Ergebnisse ganz erstaunlich ermutigend wären, ließe einen der Rest der Menschheit bloß in Frieden. Doch während einem die Mitmenschen im Laufe des Tages begegnen, sorgt oft jeder einzelne durch sein Verhalten dafür, einem Stück für Stück immer mehr von dem wegzunehmen, was am Morgen noch so strahlend erschien. Ja, Edelgard gelingt es mitunter ganz alleine, mir schon beim Frühstück den ganzen Tagesvorrat auf einen Schlag zu vernichten, so daß bis zum Mittagessen bereits nichts mehr übrig ist vom heroischen Geist einer recht verstandenen Lebensfreude. Nun stimmt es zwar, daß gelegentlich nach dem Mittagsmahl ein neuer Schub der *joie* einsetzt, doch der Schlaf saugt sie auf, noch bevor sie Zeit hatte, sich, wie die Wortgewandten wohl sagen würden, zu ihrer vollen Blüte zu entfalten.

Meine Zuhörer müssen sich also, ohne daß ich nun weiter in diese philosophische Materie dringe, vorstellen, wie ich an jenem strahlenden Augustmorgen in Frogs' Hole Farm pfeifend und voll der französischen *joie* im vorhanggedämpften Sonnenlicht im Inneren der Elsa stand.

Der Boden war etwas abschüssig, denn im Laufe der Nacht war das linke Hinterrad der Elsa in den morastigen, nicht durch Kieselsteine geschützten und folglich keinen Widerstand bietenden Untergrund eingesunken. Doch selbst die Aussicht, das Rad ausgraben zu müssen, ehe wir losfahren konnten, trübte meine gute Stimmung nicht. Ich erinnerte mich jetzt, daß ich bereits in meinem nächtlichen Traume gespürt hatte, wie mein Kopf tiefer und tiefer sank. Im Halbschlaf hatte ich versucht, diesen Eindruck zu korrigieren, indem ich meine Kleider zusammenrollte und unter mein Kopfkissen stopfte. Freilich mußte ich feststellen, daß es keinen Unterschied machte, und so sagte ich mir, es müsse sich wohl um einen Alptraum handeln, und damit fertig. Erst als ich am Morgen, nachdem Edelgard den Wagen schon verlassen hatte, aufwachte, erkannte ich, was geschehen war. Wenn irgend jemand von Ihnen je auf die Idee kommen sollte, im Wohnwagen zu reisen, dann sollten Sie, bevor Sie abends zu Bett gehen, sehr genau überprüfen, ob alle vier Räder auf dem stehen, was ich in Queenboro' *terra cotta* genannt hatte. (Sie werden sich erinnern, ich erklärte bereits, warum es meiner Frau unmöglich war, sich hierüber zu amüsieren.) Vergewissern Sie sich nicht, werden Sie am nächsten Morgen feststellen, daß ein gehöriges Stück Arbeit auf Sie wartet.

Doch selbst diese Aussicht konnte mir, wie bereits erwähnt, an diesem Morgen nicht die Stimmung verhageln. Leblose, dumme Objekte, wie beispielsweise Wohnwagen, haben keine Macht über mich, und da mir bis zu diesem Moment auch noch keine dumme Person über den Weg gelaufen war, war ich noch immer sozusagen unbefleckt. Ich hatte mich sogar entschlossen, jene unerfreuliche halbe Stunde zu vergessen, die ich nach dem gestrigen Ball allein mit Edelgard zugebracht hatte. Und da die Bereitschaft zu vergessen dasselbe ist wie die Bereitschaft zu vergeben, so werden Sie mir wohl zustimmen, wenn ich sage: Ich begann diesen Tag sehr gut.

Als ich zum Frühstück aus dem Wagen kletterte, erlebte ich allerdings einen leichten Schock (sozusagen den ersten Hauch der Befleckung), denn ich mußte feststellen, daß außer Mrs.

Menzies-Legh und den beiden unbeschriebenen Blättern weit und breit niemand zu sehen war. Allerdings gelang es Mrs. Menzies-Legh, wenngleich ihr die Erinnerung an den gestrigen Abend sicherlich sehr peinlich war, so zu tun, als wäre überhaupt nichts gewesen. Sie gab sich völlig unbefangen. Mit den Worten, sie hoffe, ich hätte gut geschlafen, brachte sie mir meinen Kaffee. Sie sprach nicht so viel wie gewöhnlich, kümmerte sich aber mit einem Eifer und einer Beflissenheit um meine Bedürfnisse, die nur zu deutlich machten, daß sie sich schämte.

Ich fragte sie mit der Würde, die sich in dezidierter Distanz ausdrückt, wo denn die anderen seien, und sie sagte, sie machten einen Morgenspaziergang.

Dann ließ sie eine Bemerkung über die Schönheit des Tages fallen, und ich antwortete: »In der Tat.«

Mit einem leichten Seufzer sagte sie sodann, um wieviel angenehmer unsere bisherige Rundreise doch gewesen wäre, hätte nur das Wetter von Anfang an so gut mitgespielt wie heute.

Worauf ich – reserviert, doch mit lockerem Ton – bemerkte, daß der größere Teil unserer Reise ja noch vor uns liege und niemand wissen könne, ob nicht für den Rest der Reise das Wetter so schön bleiben werde.

Darauf schaute sie mich schweigend, ernst und nachdenklich an, den Kopf schief gelegt, wie sie es in den Ruinen von Bodiam getan hatte. Dann öffnete sie den Mund, als wollte sie etwas sagen, besann sich aber und stand statt dessen auf, um mir eine weitere Frühstücksportion zu holen.

Endlich, dachte ich, lernt auch sie, wie man es anstellen muß, wenn man gefallen will. Ich empfand eine gewisse Genugtuung darüber, daß meine Methode bei ihr so gut angeschlagen hatte. Obendrein war es ein ungewöhnlich gutes Frühstück, und es verstärkte mein gutes Gefühl ungemein: Eier und Schinken, ein kombinierter Luxus, wie wir ihn bisher noch nicht auf dem Tisch gehabt hatten. Die Küken hockten mit geröteten Wangen beim Spirituskocher und bereiteten unter Mrs. Menzies-Leghs Aufsicht Mengen dieser Köstlichkeit zu, wobei Mrs. Menzies-Legh, während sie ihre Anweisungen gab, die Kaffeekanne in ihren Armen warm hielt. Sie erklärte mir, sie tue dies, damit auch meine zweite Tasse Kaffee noch warm sei. Ich hätte – wäre es nicht ein so heißer Tag gewesen – vermuten können, daß sie weniger meinen Kaffee als vielmehr ihre eigenen Arme warm zu halten wünschte. Die Hitze stand in zitternd blauem Dunst über den Hopfenstangen des angrenzenden Feldes. Das im Schatten liegende Bauernhaus sah jetzt, wo alle umliegenden Hügel in ein grelles Licht getaucht waren, einladend kühl aus. An einem solchen Morgen eine heiße Kaffeekanne in den Armen zu halten, um ihren Inhalt zu wärmen, konnte nichts anderes bedeuten, als den verdienstvollen Wunsch, Abbitte leisten zu wollen. Da ich nicht der Mann bin, der – wie die Bibelfesten zu sagen pflegen – den glimmenden Docht nicht auslöscht, und doch auch nicht der Mann, der einer gerade erst unverschämt kühn gewesenen Dame allzuschnell vergibt, verquickte ich geschickt außerordentliche Höflichkeit mit unnahbarer Zurückhaltung.

Vor allem auch wollte ich das, was beinahe schon in ein *tête-à-tête* ausartete, keinen Augenblick länger als unbedingt nötig andauern lassen. Dagegen schien das unablässige Nachfüllen meiner Tasse und meines Tellers das genau gegenteilige Verlangen der Dame zum Ausdruck zu bringen. Ich erhob mich also mit einem höflich ablehnenden »Nein, nein, ein vernünftiger Mann weiß, wann Schluß sein muß«, murmelte etwas von Dingen, die noch zu erledigen seien, verbeugte mich und zog mich zurück.

Der Ort, dem ich zustrebte, war das Hopfenfeld. Dort gedachte ich in Ruhe meine Zigarre zu rauchen.

Ich ließ mich also in den Schatten des grünen Versprechens auf ein gutes Bier in einer Ecke nieder, die vor neugierigen Blikken geschützt war. Wenn die anderen Zeit damit verschwenden konnten, Leibesübungen zu vollführen, die weit über das geforderte Maß hinausgingen, so mußte es mir ja wohl gestattet sein, ein wenig der Ruhe zu pflegen. Und da es in England keine Stechmücken gibt, jedenfalls keine, die mir zu Gesicht gekommen wären, war es wahrhaftig dieses eine Mal nicht unangenehm, die Natur vom Boden aus zu genießen. Allerdings muß ich gestehen, daß ich einen Anflug von Verstimmung darüber empfand, daß die restlichen Mitglieder der Gruppe einfach losmarschiert waren, ohne auf mich zu warten und so zu erfahren, ob ich vielleicht den Wunsch gehegt hätte, mit ihnen zu kommen. Zunächst, da ich durch das Frühstück in Trab gehalten war, hatte ich daran gar nicht gedacht. Doch jetzt, als ich hier im Hopfenfeld lag, schoß mir der Gedanke durch den Kopf, und obwohl ich sicherlich nicht weit mit ihnen gegangen wäre, hätte ich es doch als angenehm empfunden, nach einem kurzen Stück Weges die anderen vorausgehen zu lassen und mich mit meiner sanften aber neuerdings so flüchtigen Freundin in einer kühlen Ecke zum Gespräch niederzulassen.

Auch muß ich zugeben, es überraschte mich schon einigermaßen, daß Edelgard sich auf diese Weise davonmachte, noch ehe unser Wohnwagen aufgeräumt war. Und das nach den herben Worten, die ich ihr zuletzt gestern abend noch gesagt hatte. Dachte sie in ihrem überschäumend aufsässigen Trotz vielleicht, daß ich klein beigeben und gar für sie die Betten machen würde?

Meine Zigarre war inzwischen ausgeraucht, doch ich blieb, von einer sanften Brise umfächelt, noch eine Weile liegen, um über diese Dinge nachzudenken. Ländliche Geräusche drangen aus einer Entfernung zu mir herüber, die sie durchaus angenehm klingen ließen, und beruhigten Ohr und Geist. Ein Hahn krähte, der Gesang einer fernen Lerche erfüllte die Luft, die Glocken einer unsichtbaren Kirche – wahrscheinlich Raggetts – riefen mit fernem, melodischem Bimmeln zum Gottesdienst. Nun, ich würde nicht hingehen. Ich lächelte, als ich an Raggett und den preußischen Adler dachte, die mal wieder gezwungen waren, ganz allein das Beste aus der Situation zu machen. Ein Summen und eine wohlige Wärme umgaben mich, die unwiderstehlich waren, und ich widerstand nicht: Der Kopf sank mir auf die Brust, meine Glieder entspannten sich, ich duselte ein.

Dieser leichte Schlummer erwies sich, wie sich herausstellen sollte, als sehr günstig. Denn als ich das Bewußtsein wiedererlangte, war der Vormittag so weit vorgerückt, daß die anderen reichlich Zeit gehabt hatten, von ihrem Spaziergang zurückzukehren und ihre Arbeit zu erledigen. Ich fand alles zur Abfahrt bereit, als ich in ihre Mitte schlenderte – außer der Elsa. An ihrem linken Hinterrad, das noch immer tief eingesunken im Matsch steckte, machten sich gerade Menzies-Legh, Jellaby und der alte James zu schaffen.

»Hallo Baron«, rief Jellaby mir kurzatmig zu, von all dem Schieben und Drücken schon ganz verschwitzt, »haben Sie sich gut amüsiert?«

Menzies-Legh setzte, ohne aufzublicken oder mich zu grüßen, seine Bemühungen fort. Dabei standen ihm dicke Schweißperlen auf der düsteren Stirn.

Nun, in dieser Situation waren meine Erfahrungen als Artillerieoffizier, der es gewohnt ist, mit Geschützen bestückte Lafetten aus den mißlichsten Lagen befreien zu lassen, von höchster Nützlichkeit. Die Situation schrie geradezu nach der ganzen Autorität meines Kommandos. Ich schnappte mir also den erstbesten Klappstuhl, setzte mich in Positur und gab Anweisung, was sie wie zu tun hätten. In ihrer Starrsinnigkeit hörten sie leider nicht auf das, was ich ihnen sagte. Als typische Engländer waren sie davon überzeugt, alles besser zu wissen und zu können. Dadurch, daß sie meine Anweisungen unbeachtet ließen, verlängerten sie freilich nur ihre Plackerei um mindestens eine halbe Stunde. Doch da so angenehmes Wetter herrschte und außerdem dort zu sitzen und sie zu beaufsichtigen viel weniger anstrengend war als das ewige Marschieren, erhob ich keine wirklichen Einwände gegen ihr Verhalten.

Noch während sie arbeiteten, wies ich Menzies-Legh auf die Verzögerung hin, die sie selbst zu verantworten hätten. Er antwortete mir aber nicht. Später, als wir endlich auf der Straße waren, wiederholte ich ihm gegenüber, daß sie mindestens eine halbe Stunde hätten einsparen können, wenn sie sich nach meinen Weisungen gerichtet hätten. Er war offensichtlich noch schlechterer Laune als sonst, denn er zuckte nur wortlos die Schultern und schaute mißmutig vor sich hin. Meine Zuhörer werden mir zustimmen, daß Mrs. Menzies-Leghs John kein Besitz war, auf den England besonders stolz sein konnte.

Wir begaben uns an diesem Tage Richtung Canterbury, eine

Stadt, von der Sie, meine lieben Freunde, möglicherweise schon gehört haben, vielleicht aber auch nicht. Wie ich nicht erst betonen muß, handelt es sich um eine englische Stadt, denn wäre sie nicht englisch, wären wir dann dorthin unterwegs gewesen? Besonders bekannt ist sie, so erinnere ich mich, für ihren Erzbischof.

Dieser Gentleman, so berichtete mir Jellaby, als ich ihn danach befragte, schreitet bei Prozessionen gleich hinter dem ältesten Sohn des Königs und vor sämtlichen anderen Adligen. Ein bloßer Pastor, aber in welcher Weise glorifiziert! Er steht an der obersten Spitze einer Pyramide, an deren Fuß er als ein bloßer Kurat angefangen hat. Jeder englische Hilfsgeistliche trägt – wie man es einst auch von Buonapartes Soldaten behauptete – in seinem Tornister die Mitra eines Erzbischofs. Ich kann es nur als einen Segen betrachten, daß wir in unserer Kirche einen solchen Firlefanz nicht haben. Ich fände es schwierig, mich einem Kuraten gegenüber völlig natürlich und ungezwungen zu verhalten, läge diese Möglichkeit auch für ihn im Bereich des Möglichen. Ich verhalte mich nun aber einmal gern natürlich und ungezwungen. Mit der größten Schlichtheit zeige ich unseren Hilfsgeistlichen, wo ihr Platz ist, und dort sollen sie auch bleiben, und genauso selbstverständlich gehe ich mit unseren Superintendenten und Generalsuperintendenten um, die größtmögliche Näherung unserer reinen und frugalen Kirche an Bischöfe und Erzbischöfe. Und sie umgibt kein Glorienschein. Es sind einfache, respektable ältere Männer mit gottesfürchtigen Frauen, die ihnen Tag für Tag das Essen kochen. »Na, Jellaby«, sagte ich, »kann man das von den Frauen Ihrer Erzbischöfe auch behaupten?«

»Nein«, antwortete er einsilbig.

»Also schon wieder ein Punkt«, sagte ich in dem aufgeräumt scherzenden Ton, den man anschlägt, wenn man einem anderen die bittere Pille einer nicht zu leugnenden Wahrheit etwas versüßen möchte, »wieder ein Punkt, in dem wir Deutschen euch voraus sind.«

Jellaby strich sich die Haarsträhne aus der Stirn und wischte sich das Gesicht. Von meinem Platz beim Kopf meines Pferdes aus hatte ich ihm kurz zugerufen, als er – meine arme, sanfte kleine Freundin im Schlepptau – auf der anderen Seite rasch an mir vorbeieilen wollte. Aber ich hatte sie bemerkt, und ich hatte auch gesehen, daß er schon wieder dabei war, Frau von Eckthum seine Gesellschaft aufzudrängen. Da ich ihn angesprochen hatte, konnte er nicht einfach wortlos weiterhasten. Ich gab mir die größte Mühe, ihm so viele Fragen wie nur möglich über Canterbury und seine kirchliche Bedeutung zu stellen, um so Frau von Eckthum die Möglichkeit zu geben, sich von ihm zu erholen.

Eine zarte Röte stieg ihr ins Gesicht. Sie zeigte mir an, daß sie mich verstanden hatte und es mir dankte. Nicht mehr verpflichtet, sich bei einer Konversation mit Jellaby erschöpfen zu müssen, verfiel sie in ihr übliches Schweigen und lauschte nur aufmerksam dem, was ich zu sagen hatte. Kaum aber hatten wir unser Gespräch begonnen, blickte Mrs. Menzies-Legh, die vor uns lief, sich zufällig um. Unverzüglich schloß sie sich uns an, so daß aus einer Gesellschaft, die ohnehin schon allzu zahlreich war, eine unübersichtliche Gruppe wurde, in der eine wahre Unterhaltung nicht mehr möglich war. Dennoch gab sie ungefragt ihren Senf dazu. Niemand wollte sie hören, am wenigsten ich. Aber ausgerechnet an mich richtete sie ihre Bemerkungen in der Hauptsache. Die anderen waren auf Grund dieser Situation gezwungen, sich an das Ende unserer kleinen Schlange zu begeben, wo sie dann, wie ich annehme, auch blieben, denn ich bekam sie nicht mehr zu Gesicht. Gezwungen, mein Pferd zu führen, war ich der Situation hilflos ausgesetzt.

Ich überlasse es Ihnen, meine Freunde, zu entscheiden, welche Sanktionen gegen solche klettenhafte Impertinenz verhängt werden sollten. Ich kann nicht anders, als aufrichtigen Stolz darüber zu empfinden, daß es mir gelang, unter diesen Umständen innerhalb der Schranken der Höflichkeit zu verharren. Eines allerdings ist eine ewiggültige Wahrheit: Je mehr eine Dame hinter einem Mann her ist, desto mehr wird dieser Mann sich zurückziehen. Somit handelt die Dame, die alle weibliche Schicklichkeit in den Wind schlägt, entgegen ihren ureigensten Interessen.

Genau dies hatte ich Mrs. Menzies-Legh an jenem Morgen –

natürlich vorsichtig und durch die Blume – wissen lassen, indem ich eine Gelegenheit beim Schopfe packte, die ihre hierhin und dahin hüpfende Konversation mir bot. Doch meine kleine Lehre verfehlte ihr Ziel. Sie erkannte die hinter der Blume versteckte Weisheit nicht, denn statt rot zu werden, schaute sie mich unter ihren langen Wimpern an und fragte ihrerseits unverblümt: »Und was, lieber Baron, *ist* weibliche Schicklichkeit?«

Als ob die den Damen angemessene Schicklichkeit oder Bescheidenheit oder Tugendhaftigkeit Dinge wären, die mit Worten erklärt werden könnten, die ein Gentleman gegenüber einer Dame in den Mund nehmen darf!

Es war ein ermüdender Tag. Canterbury ist ein erzlangweiliger Flecken; zumindest wäre er das, erlaubte man ihm, einen zu langweilen. Ich erlaubte es ihm natürlich nicht. Und was für ein heißer Ort. Es ist eine dampfende Stadt, auf die erbarmungslos die Sonne niederstrahlt, eine Stadt voller altehrwürdiger Gebäude, die zu besichtigen, wie mir gesagt wurde, man unbedingt ein Verlangen haben muß. Doch nach einem anstrengenden Tagesmarsch im heißen Staub stand mir der Sinn nicht nach altehrwürdigen Gebäuden, und so beobachtete ich mit nicht geringer Verachtung, wie dieselbe heuchlerische Einstellung von meinen Reisebegleitern Besitz ergriff, die auch schon in Bodiam über sie gekommen war.

Wir erreichten Canterbury gegen vier Uhr, und Menzies-Legh hielt sofort auf einen grundhäßlichen Lagerplatz auf einem abschüssigen Gelände zu, so nahe am Stadtrand und seinem Villengürtel, daß die Bewohner der Häuser uns mühelos aus den Fenstern beobachten konnten. Sie brauchten bloß ihre Feldstecher einzusetzen. Es war ein Stoppelfeld, und die noch stehenden Reste der abgeschnittenen Halme waren so hart, daß sie unsere müden Füße stachen. Dieser Acker verfügte über keinerlei sichtbare Vorzüge, auch wenn alle von der herrlichen Aussicht schwärmten. Diese, bitte ich zu bemerken, bestand aus nichts anderem als den Dächern der Stadt und einer Kathedrale, die sich, eingehüllt in ein Baugerüst, in ihrer Mitte erhob. Auf all dies wies ich sie hin, als sie dastanden und wie gebannt starrten.

Doch Menzies-Legh war unbeugsam in seiner Entschlossenheit, genau an diesem Fleck zu bleiben, obwohl zu allem Überfluß am Fuße des Feldes ein Schienenstrang verlief und ein Bahnhof mit all seiner Umtriebigkeit und seinem Lärm nur einen Steinwurf weit entfernt lag. Ich fand es merkwürdig, daß man sich überhaupt in die Nähe einer Stadt begeben hatte, denn bisher hatte die Gruppe alles darangesetzt, selbst die kleinsten Dörfer zu meiden. Als ich darüber eine Bemerkung fallenließ, murmelten sie etwas bezüglich der Kathedrale, als ob dieses Gebäude da unten oder vielmehr das Gestänge des sie umhüllenden Gerüstes eine hinreichende Entschuldigung wäre für dieses schwankende Verhalten.

Der Hitzestau auf dem schattenlosen Stoppelfeld war unbeschreiblich. Es besaß nicht einen einzigen Baum. Am Fuß des Feldes lag, wie gesagt, der Bahnhof. Am oberen Ende, sozusagen über unseren Köpfen, befand sich eine Handelsgärtnerei, ein Gemüsezuchtbetrieb, dessen Bestreben es offensichtlich war, sowenig Schatten wie möglich abzukriegen. Schleppend und matt nahm die Gesellschaft die Vorbereitungen zum Lagern in Angriff. Interesselos und erst nach langer Verzögerung zerrte Menzies-Legh endlich den Kochkessel hervor. Trotz der enormen Hitze hatte ich einen Bärenhunger – wie es von einem Mann, der um vier Uhr nachmittags noch nicht zu Mittag gespeist hat, auch nicht anders zu erwarten ist. Während ich die niedergeschlagenen Reisenden dabei beobachtete, wie sie lustlos Kartoffeln, Kohl und Schinken vorbereiteten (Lebensmittel, die ich allesamt inzwischen schon so gründlich kannte, waren sie doch seit Beginn unserer Reise sozusagen unser täglich Brot gewesen – von den ein oder zwei Ausnahmen abgesehen, an denen es Huhn gegeben hatte oder Jellabys blasse Bratwürste), während ich sie also, wie gesagt, so beobachtete, erhellte mir ein brillanter Geistesblitz den trüben Sinn. Warum sich nicht einfach klammheimlich von der Gruppe entfernen und sich unten in der Stadt im Speisesaal eines angesehenen Hotels mit einem schönen Stück frisch gebratenen Fleisches und einer Bouteille guten Weines bedienen lassen?

Ganz vorsichtig erhob ich mich von dem harten Stoppelfeld und warf wie beiläufig einen Blick auf die Aussicht. Indem ich mir den Anschein gab, mich nützlich machen zu wollen, ging ich Richtung Elsa – der erste Schritt hin zur Freiheit –, ganz so, als wollte ich aus dem Speisekasten hinten am Wagen etwas holen, das zur Zubereitung des Essens gebraucht würde.

»Suchst du was, Otto?« rief meine taktlose Frau und kam sofort geschäftig hinter mir hergetrottet. Wenn ich tatsächlich etwas suche, tut sie das nie.

Natürlich antwortete ich ihr sehr knapp und ungehalten. Aber sagen Sie selbst: Hätte sie mich in Frieden gelassen, hätte ich dann ungehalten reagieren müssen? Eheweiber zwingen einen Mann ständig, sich so aufzuführen, daß es wie Fehlverhalten aussieht. So blaffte ich sie nur kurz an, und, derart getadelt, trollte sie sich.

Ich schaute mich gründlich um, blickte zum Himmel, ließ meinen schweifenden Blick über den ganzen Horizont gleiten und gab mir so den Anschein, als wären mein Gedanken mit der Entwicklung des Wetters beschäftigt. Während ich dies vortäuschte, begab ich mich unverdächtig immer weiter in Richtung der Handelsgärtnerei und näherte mich zugleich dem Tor im Gatter. Einen kurzen Moment lang plauderte ich mit einem Mann, der in den Gemüsebeeten nach Schnecken suchte. Durch einen raschen Blick zurück vergewisserte ich mich, daß die Wohnwagenreisenden rund um den Kochkessel noch mit ihren langweiligen Essensvorbereitungen beschäftigt waren, und schlenderte dann, eine kleine Melodie summend, durch das Tor nach draußen auf die Straße – und wäre dort beinahe mit Jellaby zusammengestoßen, der mir, in jeder Hand einen Eimer voll Wasser, schnaufend entgegenkam.

»Hallo Baron«, japste er, »amüsieren Sie sich gut?«

»Ich gehe«, antwortete ich mit großer Geistesgegenwart und einem Ernst, der jeden Gedanken an Amüsement ausschließt, »ich gehe Streichhölzer kaufen. Unser Vorrat geht zur Neige.«

»Oh?« sagte er, stellte seine Eimer ab und suchte in den Falten seiner schlotternden Kleidung, »ich kann Ihnen welche leihen. Hier bitte.«

Und er hielt mir eine volle Schachtel hin.

»Jellaby«, versetzte ich, »was ist eine einzige Schachtel angesichts eines, wie soll ich sagen, eines Haushalts? Meine Frau hat großen Bedarf an Zündhölzern; ununterbrochen reißt sie welche an. Es ist die Pflicht ihres Ehemanns, dafür zu sorgen, daß sie genug hat. Behalten Sie Ihre, und gehaben Sie sich wohl!«

Ich ließ ihn stehen und machte mich mit einem Stechschritt davon, der eine Verfolgung durch einen Mann, der volle Wassereimer zu schleppen hat, nicht erlaubt.

Seit jenem verspäteten Mittagstisch in Canterbury habe ich so viele georderte, nicht übermäßig von Fett triefende und gut heiß gehaltene Mahlzeiten in Speisezimmern genossen, daß das Wunder der Herrlichkeit des Diners in Canterbury in meiner Erinnerung schon ein wenig verblaßt ist. Sie, meine Zuhörer, die Sie – ebenso wie auch ich jetzt wieder – regelmäßig und gut zu speisen pflegen, können meine freudige Erwartung wohl kaum nachempfinden, selbst wenn ich in der Lage wäre, Sie Ihnen zu beschreiben. In einem noblen Gasthof mit dem angenehm unenglischen Namen *Fleur de Lys* fand ich einen kühlen Speiseraum und einen mitfühlenden Kellner, der sich meiner Ansicht über frische Luft unverzüglich anpaßte und alle Fenster hermetisch schloß. Ich las eine Zeitung und schlürfte einen Cognac, während mein Essen zubereitet wurde. Mit Ausnahme von Schinken, Huhn und Bratwurst bestellte ich alles, was auf der Karte stand. Allerdings nahm ich weder Kartoffeln noch Kohl als Beilage. Ich trank reichlich von dem körperhaften, vollmundigen Wein, lehnte aber einen Kaffee nach dem Essen ab.

Wohlgefüllt und gleichsam wie in den Heiligenstand erhoben, wieder ganz und gar eins mit mir selbst und dem Leben, war ich bereit, mich mit unerschütterlicher Jovialität allen Abenteuern zu stellen, die dieser Tag mir noch bescheren würde. Mit Einbruch der Dämmerung verließ ich diesen irdischen Tempel, der mich so reich gesegnet hatte. (Bevor ich ging, diskutierte ich noch kurz mit mir selbst die Frage, ob es nicht angesichts der in der Zukunft noch auf mich wartenden Straßen und Felder klüger wäre, erst noch zu Abend zu speisen. Doch ich mußte mit

Bedauern feststellen, daß mein Fassungsvermögen dem leider nicht gewachsen war.) Ich verließ also, wie gesagt, diesen irdischen Tempel und machte mich, die Straße überquerend, gemütlich auf den Weg zu jenem anderen Tempel, dessen Glocken den unvermeidlichen Gottesdienst ankündigten.

Mein Entschluß, erst einmal vorsichtig in das Gebäude hineinzuspähen, um zu sehen, ob der Pastor möglicherweise allein drin wäre, ehe ich mich endgültig der Bequemlichkeit eines Kirchenstuhles anvertraute, erwies sich als unnötig. Erstens, weil es keine Kirchenbänke gab, sondern nur eine immense Leere, und zweitens, weil im Dämmer dieser Leere kleine Menschengrüppchen einer das Innere des Gebäudes in zwei Teile teilenden Treppenflucht zustrebten, die zu einer Region voll flimmernden Lichtes hinaufführte, wohin diese Menschen entschwanden. Inzwischen viel zu gewieft, um zum Licht zu streben, wo wahrscheinlich Gebete von mir gefordert würden, wanderte ich auf Zehenspitzen zu den dichter werdenden Schatten im vorderen Gebäudeteil. Unter den turmhoch aufragenden Säulen und den düster bemalten Fenstern wurde es rasch dunkler. Die Glocken verhallten, dafür begann die Orgel dumpf zu dröhnen. Eine ferne Stimme, die eine Verwandtschaft mit der Raggetts nicht leugnen konnte, fiel in einen langen Singsang. Der Gesang hatte kaum Höhen oder Tiefen und keine Pausen, er war wie ein lang ausgesponnener Klangfaden, dünn und süß wie sickernder Zuckersirup. Dann nahmen verschiedene Stimmen den Singsang auf, verbreiterten gleichsam den Faden zu einem Band. Sodann kam wieder der einzelne Faden durch, und so machten sie abwechselnd weiter, während ich, zwischen den Säulen versteckt, durchaus angetan lauschte.

Als die Orgel einsetzte und damit das endlose Singen und Wiederholen der immergleichen Melodie anhob, wagte ich mich vorsichtig vorwärts, um mir eine Sitzgelegenheit zu suchen. Zur Rechten der Treppe fand ich, wonach ich begehrte: einen leeren Raum, der für sich allein genommen schon größer war als die größte Kirche Storchwerders, doch klein im Vergleich zu den immensen Ausdehnungen dieses Gebäudes. Der Raum war umschlossen von jenen riesenhaften Fenstern, deren Glasmalereien im Dämmerlicht so konfus und bedeutungslos werden – hier gab es keine Lichter, doch hier und da stand ein Stuhl.

In dieser Dunkelheit setzte ich mich am Fuß einer mächtigen Säule in eine unbeobachtete Ecke, während die Orgel und die singenden Stimmen über mir den Kirchenraum in seiner Gänze mit ihren einschläfernden Wiederholungen füllten. Bald fiel ich – wie es wohl jedem müden und wohlgesättigten Manne ergangen wäre – in einen sanften Schlummer. Ich wachte erst wieder auf, als das leise Murmeln zweier miteinander wispernder Menschen an mein Ohr drang, die sich auf der anderen Seite meiner Säule befinden mußten. Unverzüglich, beinahe noch bevor ich meine Augen öffnete, erkannte ich, daß es sich bei den beiden Stimmen um Frau von Eckthums und Jellabys handelte.

Sie saßen wohl auf den beiden Stühlen, die mir ebenfalls aufgefallen waren, die ich dann aber zugunsten der größeren Dunkelheit des Standortes meines Stuhles verschmäht hatte. Sie saßen so nahe, daß sie mir praktisch ins Ohr sprachen. Das Singen hatte aufgehört, und ich nahm an, daß die Gemeinde sich längst verlaufen hatte. Die Orgel spielte nur noch sehr leise, und auch die flackernden Kerzenlichter im oberen Raum waren gelöscht.

Ich habe ein äußerst scharfes Gehör, und die Situation amüsierte mich königlich. Jetzt, dachte ich, werde ich hören, mit was für einem dummen Geschwätz Jellaby geduldige und unerfahrene Damen belästigt.

Außerdem fiel mir ein, daß es erstens interessant sein müßte zu hören, wie sie mit diesem Jellaby sprach, und zweitens zu erfahren, ob die von der Schwester in die Welt gesetzte üble Verleumdung stimmte, nämlich daß Frau von Eckthum fern von meiner Gegenwart unbeschwert plaudere und sich gar spaßhaft gäbe. Spaßhaft? Kann es irgend etwas geben, das einem Manne an der Dame, die er bewundert, weniger wünschenswert erscheint? Selbstverständlich scherzte sie nicht! Mrs. Menzies-Legh war bloß (sehr verständlicherweise) eifersüchtig. Ich saß also mucksmäuschenstill, war ganz wache und gespannte Aufmerksamkeit.

In der Tat lachten sie nicht. Das hätte allerdings auch der einschüchternde Einfluß der Kathedrale gewesen sein können. Andererseits haben Männer vom Schlage eines Jellaby keinen Sinn für Ehrfurcht oder Anstand. Wie auch, zumindest einen Teil der Verleumdung konnte ich als unzutreffend abtun. Die sanfte Dame war sehr ernst. Sie sprach, das muß ich zugeben, sehr viel ungehemmter und wortreicher als in meiner Gegenwart, doch schien sie von einer merkwürdigen, heftigen Emotion bewegt, was den Redefluß erklären mag. Was ich mir nicht erklären konnte, war die Tatsache, daß sie ausgerechnet einer Person wie Jellaby gegenüber diese heftigen Gefühlsregungen zur Schau stellte. Das erste, was ich sie sagen hörte, war: »Es ist alles meine Schuld«, und dabei zitterte ihre Stimme vor Reue und Bedauern.

»Oh, aber du weißt, daß das nicht stimmt«, erwiderte Jellaby.

»Doch, doch, es ist schon so. Und ich weiß, ich sollte deshalb den doppelten Anteil an dieser Last tragen, und statt dessen entziehe ich mich vollkommen.«

Last? Welche Last konnte diese zarte Dame, um Gottes willen, zu tragen haben, die nicht freudig und bereitwillig von einer männlichen Schulter – die meine eingeschlossen – getragen worden wäre? Ich war drauf und dran, meinen Kopf um die Säule zu strecken und sie mit den wärmsten Worten dieser meiner Bereitschaft zu versichern, als sie wieder zu sprechen begann.

»Ich habe es wirklich versucht – am Anfang«, sagte sie. »Aber ich . . . ich *kann* es einfach nicht. Ich wälze alles auf Di ab.«

Di, meine lieben Freunde, ist Mrs. Menzies-Legh, die man mit großer Prophetengabe auf den heidnischen Namen Diana taufte.

Eine sehr kluge Entscheidung, dachte ich, der Drahtigkeit dieser Di eingedenk.

»Ja, sie ist wirklich ganz großartig«, ließ sich nun wieder Jellaby vernehmen.

Ja, stimmte auch ich im stillen zu, sehr!

»Sie ist einfach ein Engel«, hauchte ihre (wie ich vermute natürlicherweise) voreingenommene Schwester, deren Gefühle im

Augenblick sicherlich von der Umgebung geprägt waren, in der sie sich befand. Dennoch sah ich mich von diesem Beispiel liebenswerter Blindheit auf das köstlichste unterhalten.

»Es ist so unendlich lieb und gut von ihr, daß sie ihn uns vom Hals hält«, fuhr Frau von Eckthum fort. »Sie macht es mit solcher Liebenswürdigkeit. Und so völlig selbstlos. Wie schrecklich muß es sein, wenn man so was zum Ehemann hat.«

Aha, dachte ich, und mir ging ein Kronleuchter auf, sie sprechen von unserem Freund John. Und natürlich kann diese charmante Schwägerin ihn nicht ertragen. Noch sollte man von ihr verlangen, daß sie es auch nur versucht. Den Ehemann zu ertragen ist ausschließlich Sache der Ehefrau.

»Wie furchtbar, wie schrecklich muß das sein!« wiederholte Frau von Eckthum mit einer Stimme, die sich vergeblich mühte, einer Sache Ausdruck zu verleihen, die über alle Worte hinaus fürchterlich und unerträglich war.

»Ich kann es mir nicht vorstellen«, sagte Jellaby. Dies schien mir äußerst hinterhältig, denn ausgerechnet er täuschte doch die größte Freundschaft zu diesem John vor.

»Natürlich ist sie auch belustigt – in gewisser Weise«, fuhr nun Frau von Eckthum fort, »aber diese Art von Belustigung schlägt doch recht schnell in Bitterkeit um, findest du nicht?«

»Das kann man wohl sagen«, pflichtete ihr Jellaby bei.

Noch bevor die Belustigung überhaupt angefangen hat, dachte ich bei mir, denn ich erinnerte mich seiner miesepetrigen, feierlichen Visage. Aber ich dachte mir auch, es sei schließlich nicht Teil der Funktionen einer Frau, sich zu amüsieren oder zu vergnügen.

»Außerdem bemitleidet sie ihn aufrichtig«, hörte ich Frau von Eckthum hinzusetzen.

Tatsächlich? dachte ich, belustigt von der typisch gönnerhaften Herablassung einer solchen Haltung.

»Ja. Sie sagt«, fuhr die zarte Schwester fort, »seine Einsamkeit, ob er sich ihrer nun bewußt ist oder nicht, tue ihr in der Seele weh.«

Nun, der Seelenschmerz einer Mrs. Menzies-Legh war mir

herzlich gleichgültig, also dachte ich an dieser Stelle nichts Bestimmtes.

»Er soll nicht merken, daß wir ihm alle ständig aus dem Weg gehen. Sie fürchtet, es könnte ihn verletzen, wenn er es merkt. Glaubst du das auch?«

»Nein«, antwortete Jellaby, »dazu ist er viel zu dickfellig.«

Ich stimmte ihm voll zu, obgleich mich das Maß seiner Niedertracht erneut überraschte.

»Ich kann mir nicht vorstellen«, sagte Frau von Eckthum, »wahrscheinlich liegt es daran, daß ich selbst so schlecht bin, aber ich kann mir einfach nicht vorstellen, wie sie das aushalten und ertragen kann. Und obendrein in dieser geballten Ladung.«

»Er ist wahrhaftigen Gottes ein ganz unerträglicher *bounder**«, pflichtete ihr Jellaby bei.

Verflixt, wenn ich bloß wüßte, was ein *bounder* ist, dachte ich bei mir. Nichtsdestoweniger zollte ich innerlich Jellabys Einschätzung großen Beifall, denn die Natur des Ausdrucks konnte nicht mißverstanden werden. Und doch verwirrte mich die hinterhältige Niedertracht dieses Menschen mehr und mehr.

»Ich glaube, wir haben es allein Di's Phantasie zu danken«, sprach die Schwester nachdenklich. »Sie vermag zu sehen, was er hätte sein können, wozu er möglicherweise bestimmt war . . .«

»Und was er wäre«, setzte Jellaby ihre Rede fort, »wenn er nur zuließe, daß seine liebenswürdige Frau ein ganz klein wenig Einfluß auf ihn geltend machen könnte.«

Aber hier, dachte ich, hat dieser John ausnahmsweise recht. Wollen wir doch fair bleiben und auch seine guten Seiten betonen. Eine Ehefrau sollte niemals, unter gar keinen Umständen, das Recht haben . . .

Ich stoppte meinen Gedankenfluß. Von diesem Gesichtspunkt, dieser feministischen Idee Jellabys (denn Sozialisten haben die Denkweise von Frauen), ein Mann solle durch die Hände einer Mrs. Menzies-Legh zu dem zurückgeführt werden, wozu er ursprünglich gedacht war, als er frisch und neu den

* bounder: ungehobelter Klotz, Flegel (Anm. d. Ü.)

Händen seines Schöpfers entsprang (wie Poeten und Pastoren sagen würden), von diesem unsäglichen Gedanken wie vor den Kopf gestoßen, spielte mir mein untrüglicher Sinn für Humor einen üblen Streich (denn nur zu gerne hätte ich den beiden weiter zugehört). Mein Sinn für Humor verführte mich zu einem unwillkürlichen, lauten Kichern.

»Was ist das?« rief Jellaby und sprang auf.

Nur zu schnell sah er, was es war, denn ich steckte meinen Kopf um die Kante der Säule.

Beide starrten sie mich entsetzt an.

»Ich bitte Sie«, sagte ich und lächelte sie beruhigend an, »Sie müssen nicht befürchten, ich wäre ein Geist.«

Sie starrten noch immer wortlos.

»Sie sehen aus, als hielten Sie mich wahrhaftig für ein Gespenst.«

Noch immer starrten sie bloß.

»Da ich gleich hier hinter der Säule saß, ließ sich nicht vermeiden, daß ich Ihr Gespräch belauschte.«

Sie starrten mich so sprachlos und mit weit aufgerissenen Augen an, als hätte ich sie bei einer gemeinsam begangenen Mordtat erwischt.

»Hören Sie, ich bin wirklich kein Gespenst«, beruhigte ich sie und erhob mich. »Sehen Sie – sehe ich etwa aus wie ein Geist?«

Und ich zündete ein Streichholz an und ließ spielerisch in seinem Licht meine Gestalt sehen. Das Licht der Flamme zeigte mir aber zugleich das attraktivste und lebhafteste Dunkelrot auf den Wangen von Frau von Eckthum. Es überzog ihr Gesicht vom Haaransatz bis zum Hals. Sie, die sonst so blaß ist, sah in dieser verschämten Röte so wunderschön aus, daß ich gleich noch ein zweites Zündholz anriß, um diesen Anblick in unverhüllter Bewunderung genießen zu können.

»Verzeihen Sie mir«, sagte ich und hielt das Hölzchen nahe an ihr Gesicht, denn in ihren fest auf mich gehefteten Augen spiegelte sich immer noch der abergläubischste Schrecken, »verzeihen Sie mir, aber als Mann und Richter muß ich Sie einfach anschauen.«

Jellaby jedoch, unverzeihlich unerzogen wie eh und je, schlug mir das Streichholz aus der Hand und trat es aus. »Hören Sie, Baron«, fuhr er mich ungewöhnlich hitzig an, »es tut mir sehr leid, so leid Sie nur wollen – aber es gehört sich nicht, irgend jemandem ein brennendes Streichholz vors Gesicht zu halten.«

»Aber Jellaby, wieso sollte es Ihnen leid tun?« fragte ich mit sanfter Stimme, denn ich wollte hier keine Szene machen, »es ist doch nicht schade um das Streichholz. Ich habe ja noch mehr.«

»Ich meine, es tut mir leid, daß Sie gehört haben . . .«

»Jedes Wort, Jellaby, jedes Wort«, bestätigte ich ihm.

»Ich versichere Ihnen, es tut mir schrecklich leid . . . ich kann Ihnen nicht sagen, wie sehr ich . . .«

»Aber Jellaby«, sagte ich aufgeräumt, »ich versichere Ihnen, Sie brauchen sich keine Sorgen zu machen, ich werde äußerste Diskretion wahren.«

Er stierte mich an, dümmliches Erstaunen auf den Zügen.

»Diskretion?«

»Diskretion, mein lieber Jellaby. Und es mag Ihnen eine Erleichterung bedeuten, zu wissen, daß ich mich Ihrer Meinung von ganzem Herzen anschließe.«

Jellaby stierte noch immer blöde.

»Jedem einzelnen Wort«, betonte ich.

Jellabys Mund stand noch immer offen.

»Selbst den Ausdruck *bounder* unterschreibe ich unbesehen. Denn wenn ich seine Bedeutung auch nicht kenne, so entnehme ich Ihren übrigen Ausführungen und Bemerkungen doch, daß es sich um eine wohlangemessene Bezeichnung zu handeln scheint.«

Jellaby hielt Maulaffen feil.

Ich wartete noch einen Augenblick. Dann sah ich ein, daß er den Mund nicht wieder schließen würde, da ich sie mit meinem plötzlichen gespensthaften Erscheinen wirklich über alle Maßen erschreckt haben mußte. Ich hielt es also für das beste, das Thema zu wechseln, nicht ohne mir selbst das Versprechen zu geben, zu gegebener Stunde noch einmal darauf zurückzukommen.

Ich nahm meinen Hut und meinen Stock von dem Stuhl, auf dem ich gesessen hatte – Jellaby stierte mit vor Schreck noch immer weit aufgerissenem Mund und ebenso weit aufgerissenen Augen auf das Möbelstück –, verbeugte mich galant und bot Frau von Eckthum meinen Arm.

»Es ist schon spät«, sagte ich mit sanfter Ritterlichkeit, »und dort sehe ich auch einen Kirchendiener mit einem großen Schlüssel auf uns zukommen. Wenn wir nicht bald zum Lager zurückkehren, wird Ihre Schwester sich aufmachen, möglicherweise auf ihren Engelsschwingen« – sie zuckte zusammen –, »um Sie zu suchen. Erlauben Sie also, teure Dame, daß ich Sie zu ihr zurückgeleite. Nein, nicht doch! Sie müssen wirklich keine Befürchtungen hegen – ich kann ein Geheimnis für mich behalten.«

Die geweiteten Augen mit dem Ausdruck schierer Angst fest auf mich gerichtet, erhob sie sich langsam und legte brav ihre Hand auf den Arm, den ich ihr darreichte.

Vorsichtig und sanft geleitete ich sie zu unserem Lagerplatz zurück.

Jellaby, nehme ich an, folgte uns in gebührendem Abstand.

20

Das Leben ist merkwürdig und steckt voller Überraschungen. Da glaubt man, genau zu wissen, was das Morgen bringen wird, doch wenn das Morgen dann da ist, muß man feststellen, man hat sich getäuscht. Da hat man die Kerze seines gesunden Menschenverstandes mit aller Sorgfalt entzündet, um bei ihrem Schein so weit wie möglich in die Zukunft zu blicken; doch sofern man überhaupt etwas sieht, so erweist es sich bei erneutem Hinsehen meist als etwas anderes. Wir sind umgeben von Tricks, Illusionen und Chimären. Selbst wenn sich die natürliche Welt im großen und ganzen so verhält, wie wir es auf Grund unserer Erfahrungen erwarten dürfen, ist die nicht zum Natürlichen gehörende Welt – unter der ich die Welt der Menschen verstehe (und ich denke, es ist eine angemessene Definition) – weit davon entfernt, sich unseren Erwartungen gemäß zu verhalten. Meine weise Schlußfolgerung, zu der ich nach sorgsamer Abwägung und unangreifbar reifer Überlegung gekommen bin, ist die, daß alles Studieren und alles Denken, alle Erfahrung und alle Philosophie nur eines ergeben: Es gibt nichts, auf das man sich verlassen könnte. Sollten Sie, meine Freunde, mich hier mit einer Zwischenfrage unterbrechen wollen? Meine Antwort darauf lautet: Warten Sie ab!

Am Morgen nach den gerade beschriebenen Ereignissen verschlief ich. Als ich um zehn Uhr auf der Suche nach einem hoffentlich noch anzutreffenden Frühstück aus dem Wohnwagen trat, fand ich den Tisch fein säuberlich gedeckt, den Spirituskocher zum Warmhalten des Kaffees entzündet, in Scheiben geschnittener Schinken lag auf einer Platte bereit, und drei Eier warteten darauf, in die Pfanne gehauen zu werden. Doch nicht ein einziger der Wohnwagenreisenden war weit und breit zu sehen, nicht einer – außer Menzies-Legh.

Ihn bedauerte ich nun natürlich zutiefst. Ein Mensch, der einen verräterischen Freund hat und eine Schwägerin, der er zugetan ist, die ihn aber im tiefsten Herzen verabscheut, ein Mensch, der unter der falschen Illusion lebt, der eine meine es ehrlich und aufrichtig und die andere liebe ihn, ist schon ein gewisses Mitleid wert. Da aber niemand Mitleid und Haß zugleich empfinden kann, war ich nicht halb so ärgerlich auf ihn, wie ich unter anderen Umständen gewesen wäre, als ich feststellte, daß mein trübsinniger Freund an diesem Morgen meine einzige Gesellschaft sein sollte. Sagte ich ärgerlich? Aber nicht doch, ich war überhaupt nicht ärgerlich. Denn wenn ich ihn auch bedauerte, so war ich im stillen doch sehr vergnügt. Ja mehr noch, das Gefühl, jetzt mit Frau von Eckthum ein kleines privates Geheimnis zu teilen, erheiterte mich weit über mein übliches Maß an guter Laune hinaus.

Menzies-Legh saß da und rauchte. Als ich frisch, ausgeruht und vergnügt um die Ecke der Elsa kam, sagte er nicht nur sofort »guten Morgen«, er erkundigte sich auch, ob ich nicht ebenfalls der Meinung sei, es sei wiederum ein sehr schöner Tag. Dann stand er auf, ging zum Kocher hinüber, holte mir den Kaffee und schlug die Eier für mich in die Pfanne.

Das war sehr erstaunlich. Ich sage Ihnen, meine Freunde, die Stimmungen von Menschen, die in einem Wohnwagen reisen, sind so vielfältig und unberechenbar wie die Sandkörner am Meeresstrand. Wenn Sie es bezweifeln, machen Sie selbst eine Reise mit dem Wohnwagen. Aber auch so können Sie meine Worte nicht ernsthaft anzweifeln, hören Sie sich nur meine Geschichte zu Ende an. Habe ich im Laufe der Geschichte nicht immer wieder davon berichtet, wie die Stimmung der Gesellschaft im einen Moment himmelhochjauchzend und im nächsten zu Tode betrübt war? Wie sie an manchen Tagen beim Frühstück geradezu von kindischer und törichter Fröhlichkeit ergriffen waren, während an anderen wiederum ein niederschmetterndes Schweigen herrschte? Wie sie am Morgen Gedichte rezitierten und Blindekuh spielten und am Nachmittag desselben Tages mit müden Füßen wortlos durch den Schlamm schlurften? Wie sie manchmal viel zuviel redeten und dann wieder, wenn ich mich gerne unterhalten hätte, zu keinem Wort zu bewegen waren? Wie sie urplötzlich höflich und aufmerksam waren und dann genauso plötzlich völlig vergaßen, daß ich möglicherweise irgend etwas brauchen könnte? Wie Nässe und Regen ihrer Ausgelassenheit am einen Tage nicht das geringste anhaben konnten und am nächsten die strahlendste Sonne nicht einen Funken Ausgelassenheit in ihnen auszulösen vermochte? Doch von all ihren Stimmungen verwirrte mich keine so sehr wie die, die Menzies-Legh an jenem Tag auf dem Stoppelfeld oberhalb von Canterbury zur Schau stellte.

Denn sehen Sie, von Natur war er ein Griesgram. Nun gut, zu Beginn der Reise hatte es ein paar Sonnenstrahlen in seinem Gemüt gegeben, aber die hatten sich nur zu rasch verflüchtigt. Auch stimmt es, daß er in Frogs' Hole Farm, als er mir mit Hilfe der Teegläser ein paar Wahrheiten demonstrierte, sich als eine recht angenehme Person erwiesen hatte – freilich nur, um sofort wieder in die tiefste Verdrießlichkeit und Übellaunigkeit zu verfallen. Düstere Stimmung und schlechte Laune waren seine wahre Natur. Ihn also jetzt zu erleben, wie er sich eifrig bemühte, meine Wünsche zu erfüllen, wie er mit unmißverständlicher Beflissenheit und ausgesuchter Höflichkeit zu meinen Diensten war, erstaunte mich sehr. Ich war perplex. Doch meine hervorragende Erziehung setzte mich in die Lage, mich so zu verhalten, als wäre all dies das Selbstverständlichste von der Welt. Mit dem ausdruckslosen Gesicht des Mannes, der nichts Ungewöhnliches oder Bemerkenswertes in diesem Verhalten sieht, nahm ich den Zucker aus seiner Hand entgegen und erlaubte ihm, mir das Brot zu schneiden, kurz, ich legte das an den Tag, was ich für das Verhalten des perfekten Gentleman halte. Als schließlich alles um meinen Teller herumstand, was zu einem angenehmen Frühstück gehört, und ich zu essen begann, nahm Menzies-Legh neben mir Platz. Den Ellenbogen auf den Tisch gestützt, richtete er die Augen auf die Stadt, die schon in Hitze und Dampf schwelte, und nuckelte an seiner Pfeife.

Gerade rollte auf den Schienen, die am Fuße unseres Feldes entlangführten, ein Zug aus dem Bahnhof und blies dicke, weiße Rauchwolken in die heiße, unbewegliche Luft.

»Da fährt Jellabys Zug«, bemerkte Menzies-Legh.

»Jellabys was?« fragte ich und piekte die Gabel in einen Eidotter.

»Zug«, sagte er.

»Wieso? Was hat Jellaby denn mit einem Zug zu tun?« fragte ich mit der Vagheit mangelnden Interesses, denn ich nahm an, Jellaby sei, abgesehen von seiner Tätigkeit als Sozialist, auch eine Art Bahndirektor, der sich einen bestimmten Zug halte, wie andere Leute sich ein Haustier halten.

»Er sitzt drin«, erklärte Menzies-Legh.

Ich schaute von meinem Ei auf Menzies-Leghs Profil.

»Wo sitzt er drin?« fragte ich.

»Da drin in dem Zug«, erwiderte er. »Mußte dringend weg.«

»Was . . . Jellaby weg? Erst Lord Sidge und jetzt Jellaby?«

Natürlich war ich völlig überrascht, denn ich hatte von seinem Aufbruch weder etwas gehört noch etwas gesehen. Auch schien mir die Art und Weise, wie einer nach dem anderen lautlos verschwand, ziemlich ungebührlich – um es gelinde auszudrücken, denn möglicherweise war es mehr als das.

»Ja«, murmelte Menzies-Legh, »es tut uns . . . es tut uns aufrichtig leid.«

Freilich konnte ich mich ehrlichen Herzens einem Kummer über Jellabys Abreise nicht anschließen. So bemerkte ich lediglich, daß unsere Gesellschaft zu schrumpfen scheine.

»Ja«, stimmte mir Menzies-Legh bei, »das Gefühl haben wir auch.«

»Aber wieso hat Jellaby . . .?«

»Oh, na ja, Sie wissen ja, er steht in der Öffentlichkeit. Parlament und so.«

»Tritt bei Ihnen das Parlament so kurzfristig zusammen?«

»Och, na ja, schon. Und man muß sich ja vorbereiten, wissen Sie. Seine Gedanken ordnen und so.«

»Ah ja. Jellaby tut gut daran, das nicht der letzten Minute zu überlassen. Aber er hätte sich doch«, fügte ich mit einem leichten Stirnrunzeln hinzu, »von mir verabschieden können, wie Anstand und Sitte es in guter Gesellschaft verlangen. Anstand ist immer noch Anstand, nicht wahr?«

»Er war in sehr großer Eile«, erläuterte Menzies-Legh.

Es herrschte ein langes Schweigen, währenddessen Menzies-Legh rauchte und ich frühstückte. Ein oder zweimal räusperte er sich, so als wollte er etwas sagen, doch wenn ich, bereit ihm zuzuhören, aufschaute, zog er nur an seiner Pfeife und starrte auf die Stadt, die zu seinen Füßen in der Sonne lag.

»Wo sind die Damen?« fragte ich, als mein erster quälender Hunger gestillt war und ich Muße hatte, mich umzuschauen. Menzies-Legh schlug die Beine zur anderen Seite hin übereinander.

»Sie sind mit Jellaby zum Bahnhof gegangen, um ihn dort zu verabschieden«, informierte er mich.

»Ach was, alle?«

»Ich glaube schon.«

Obwohl er nicht die Höflichkeit aufbrachte, mir auf Wiedersehen zu sagen, konnte er sich also sehr wohl von meiner Frau und den anderen Mitgliedern der Reisegruppe lang und breit verabschieden. Sieh einer an!

»Er ist nicht gerade das, was wir in unserem Land einen Gentleman nennen würden«, sagte ich denn auch, nachdem ich mein drittes Ei verspeist hatte und zu meinem Bedauern feststellen mußte, daß es keinen weiteren Nachschub gab.

»Wer ist kein Gentleman?« fragte Menzies-Legh.

»Jellaby. Ja, zweifellos würde der Ausdruck *bounder* auf ihn ebensogut passen wie auf so manchen anderen.«

Menzies-Legh drehte mir mit einem Ruck sein gelbes Gesicht zu. »Hören Sie, er ist einer meiner besten Freunde!« fauchte er mich an. Und das nur zu bekannte, düstere Stirnrunzeln legte sich über seine Augenbrauen.

Ich konnte mir ein mitleidiges Lächeln nicht verkneifen. Dazu schüttelte ich den Kopf, denn außer jenem ominösen Wort war mir ja auch alles andere, was ich am Abend vorher gehört hatte, noch frisch im Gedächtnis.

»Ah, mein lieber Herr«, sagte ich, »seien Sie vorsichtig und trauen Sie Ihren sogenannten besten Freunden nicht leichtfertig. An seine Freunde zu glauben ist sehr gut, doch gewisse von der Vernunft gezogene Grenzen sollte man dabei nicht überschreiten.«

»Er ist einer meiner besten Freunde«, wiederholte Menzies-Legh und hob die Stimme.

»Dann wünsche ich doch«, sagte ich, »daß Sie mir freundlicherweise die Bedeutung des Wortes *bounder* erklären.«

Unter ärgerlich zusammengezogenen Brauen starrte er mich eine Weile wütend an. Dann sagte er etwas ruhiger: »Ich bin kein Slang-Wörterbuch. Ich denke doch, wir reden ernsthaft miteinander.«

»Aber sicher doch«, bestätigte ich und langte nach der Marmelade.

Er räusperte sich. »Ich habe gestern eine Menge Briefe und Telegramme erhalten«, wechselte er das Thema.

»Wie haben Sie denn das angestellt?« fragte ich munter.

»Sie lagen hier beim Postamt für mich bereit. Ich hatte telegraphisch darum gebeten, daß man sie postlagernd hierherschickt. Ich fürchte ... es tut mir sehr leid, aber es ist unvermeidlich ... *we have to be off.*«

»Wie, was, *off*?« fragte ich, denn ein paar der idiomatischen Wendungen des Englischen waren und sind mir noch nicht geläufig.

»*Off*«, wiederholte er dumm. »Wir müssen weg, aufbrechen.«

»Oh?« versetzte ich, »aber daran sind wir doch hinlänglich gewöhnt. Diese ganze Reise, mein lieber Herr, ist doch wohl die Quintessenz dessen, was sie *off* nennen. Wohin also wenden wir uns als nächstes? Ich hoffe doch, es wird ein Platz mit ein paar Bäumen sein.«

»Sie verstehen nicht, lieber Baron. Wir wenden uns als nächstes nirgendwohin, zumindest was die Wohnwagen anlangt. Meine Frau und ich sind gezwungen, nach Hause zurückzukehren.«

Ich war natürlich sehr verwundert. »In der Tat«, sagte ich nach einem kurzen Augenblick, »wir schrumpfen rasch.«

Doch der Gedanke, Mrs. Menzies-Legh samt ihrem John und obendrein Jellaby sozusagen auf einen Streich gut los zu sein und die Reise, gereinigt von diesen niederen Elementen, allein nur noch in Gesellschaft der zarten Dame fortzusetzen, dieser Gedanke war so angenehm, daß ich ein befriedigtes Lächeln nicht zurückhalten konnte.

Nun schaute Menzies-Legh seinerseits sehr überrascht. »Ich bin sehr froh, daß es Ihnen nichts ausmacht«, sagte er.

»Bester Sir«, entgegnete ich höflich, »natürlich macht es mir etwas aus. Wir werden Sie vermissen, Sie und Ihre ... äh ... äh ...« – es war schwierig, unter den obwaltenden Umständen ein passendes Adjektiv zu finden, doch da fiel mir Frau von Eckthums gestrige Lobpreisung ihrer Schwester ein, und so wählte ich das von ihr vorgeschlagene Wort – »Ihre engelhafte Frau Gemahlin ...«

Er starrte mich an ... undankbar, wie ich meinte, bedachte man die Mühe, die ich mir gemacht hatte. »Aber«, fuhr ich fort,

»Sie können ganz beruhigt sein. Wir werden uns mit jeder nur denkbaren Sorgfalt um Ihre Schwägerin kümmern. Sicher und wohlbehalten werden wir sie am ersten September in Ihre Hände zurückgeben, denn das ist ja der Tag, an dem mein Vertrag mit dem Besitzer der Elsa ausläuft.«

»Ich fürchte«, sagte Menzies-Legh, »ich habe mich nicht klar ausgedrückt. Wir alle müssen Sie verlassen, Betti und Jumps und Jane eingeschlossen. Es tut mir aufrichtig leid«, unterbrach er mich, der ich gerade den Mund zu einer Erwiderung öffnete, »wirklich unendlich leid, daß sich die Dinge so plötzlich und unerwartet gewendet haben. Aber es ist uns vollkommen unmöglich, die Reise fortzusetzen. Eine Weiterfahrt ist völlig ausgeschlossen.«

Und mit fest entschlossenem Gesicht machte er den Mund zu, die Lippen nurmehr ein dünner Strich der Endgültigkeit.

Nun, meine Freunde, was sagen Sie dazu? Was halten Sie von diesem Beispiel der erstaunlichsten Überraschungen, die das Leben für uns bereithält? Und – nur ganz nebenbei – was halten Sie von der menschlichen Natur? Insbesondere von derjenigen menschlichen Natur, die in Wohnwagen reist? Und, noch mehr ins Besondere gehend, von der menschlichen Natur, die obendrein auch noch englisch ist? Nicht ohne Grund haben unsere Nachbarn dem verfluchten Eiland das Etikett *perfide Albion* angeheftet. Und wenn ich mir, wie ich gestehen muß, auch nicht im klaren darüber bin, was das *Albion* soll, so bin ich mir doch sehr im klaren über das *perfide*.

»Soll das, was Sie mir da sagen, letztendlich bedeuten«, fragte ich, mich über den Tisch lehnend und ihn zwingend, meinem Blick zu begegnen, »daß es der ausdrückliche Wunsch Ihrer Schwägerin ist, mit Ihnen abzureisen?«

»So ist es«, bestätigte er.

»In diesem Falle, mein Herr . . .«, hob ich an, während in meinem Inneren ein Kampf zwischen Verblüffung und Entrüstung tobte. Doch wiederum fiel er mir ins Wort: »Ich sage Ihnen ja, Baron, wir sind auf das tiefste betrübt, daß sich die Dinge so entwickelt haben. Meine Frau ist aufrichtig bekümmert. Doch auch sie erkennt die Unmöglichkeit ... unvorhergesehene Komplikationen erfordern es zwingend, daß wir nach Hause zurückkehren.«

»Sir ...«, setzte ich erneut an.

»Mein lieber Baron«, unterbrach er mich wieder, »Sie braucht unser aller Aufbruch in keiner Weise zu berühren. Der alte James hat sich bereit erklärt, bei Ihnen zu bleiben, sollten Sie und die Frau Baronin die Reise fortsetzen wollen.«

»Sir, ich habe für einen vollen Monat bezahlt, und davon ist erst eine Woche rum.«

»Ja, sage ich ja. Bringen Sie Ihren Monat zu Ende, niemand hindert Sie daran.«

»Aber man hat mich überredet, an dieser Reise teilzunehmen unter der Voraussetzung, daß wir eine Gruppe wären ... daß wir alle zusammen ... vier Wochen gemeinsam ...«

»Hören Sie, alter Junge«, sagte er (noch nie in meinem Leben hat es jemand gewagt, mich so anzusprechen!), »Sie argumentieren hier, als handelte es sich um eine Geschäftsvereinbarung, um einen Handelsvertrag, als ob wir durch einen Kontrakt gebunden wären ...«

»Ihre Schwägerin hat mich zu dieser Sache verleitet«, rief ich aus und betonte dabei jedes Wort, indem ich mit dem Zeigefinger auf die Tischplatte tippte, »sie hat mich dazu verlockt unter der festen Zusage, daß es sich um eine Gruppenreise handeln werde und daß ... sie ... auf jeden Fall ... Mitglied ... dieser Gruppe ... sei!«

»Puh, mein lieber Baron ... Betti und ihre festen Zusagen. Sie ist verliebt, und wenn eine junge Frau verliebt ist, welchen Wert haben dann ...«

»Was?« schrie ich, so maßlos überrascht, daß ich für einen Sekundenbruchteil um alle Selbstbeherrschung gebracht war.

»Nun ja«, sagte er und blickte mich verblüfft an. »Warum denn auch nicht. Sie ist jung. Oder sind Sie etwa der Ansicht, für eine Witwe gehöre es sich nicht ...?«

»Gehöre sich nicht? Nur natürlich, Sir ... nur zu natürlich. Seit wann ...?«

»Oh, schon bevor die Reise losging. Und die Nähe, wenn man sich täglich sieht . . . na ja«, unterbrach er sich selbst abrupt, »darüber spricht man nicht, das sehen Sie doch auch so, Baron.«

Und Sie, meine Freunde, was sagen Sie nun dazu? Was halten Sie von diesem zweiten Beispiel der erstaunlichsten Überraschungen, die das Leben für uns bereithält? Noch während ich dies schreibe, bin ich innerlich hin- und hergerissen von der Frage, ob ich Ihnen von dieser Wendung der Dinge überhaupt berichten soll. Doch ein gesetzestreuer Mann, ruhig und objektiv, wie zu sein ich von mir zu behaupten wage und als den Sie mich inzwischen ja wohl auch kennengelernt haben, ein solcher Mann kann sich durch eine solche Angelegenheit (so angenehm sie auch sein mag) nicht dazu verleiten lassen, sein Verhalten in irgendeiner Weise zu ändern. Genaugenommen wäre Menzies-Legh dafür zu kritisieren gewesen, daß er den Tatbestand überhaupt erwähnt hatte. Wahrscheinlich aber kam hier das in ihm zum Vorschein, was Jellaby den *bounder* genannt hatte, und ich begriff, daß *bounder*, was immer sie letztlich auch sein mochten, ihren Nutzen haben. Ich wiederhole, ich unternehme gar keinen Versuch zu leugnen, daß es sich für mich um eine höchst angenehme Neuigkeit handelte. Und obgleich ich mir bewußt bin, daß man Frau von Eckthum in Storchwerder niemals sehr mochte (hauptsächlich wohl, wie ich fest glaube, weil sie nie jemanden zum Diner lud), bin ich doch auch überzeugt, daß nicht einer unter Ihnen ist, meine Freunde – und ich sage Ihnen das gerade ins Gesicht –, der in diesem Augenblick nicht liebend gern an meiner Stelle gewesen wäre. Ich vergaß keineswegs, daß ich ein Ehegatte bin, aber man kann Gatte sein und trotzdem Mann bleiben. Ich glaube, ich verhielt mich ganz und gar untadelig. Nur für einen winzigen Augenblick hatte ich die Selbstkontrolle verloren. Sofort aber wurde ich wieder (und blieb dann) vollkommen ruhig: Edelgard; Pflicht; meine gesellschaftliche Stellung; meine Überzeugungen und Prinzipien; an all das dachte ich. Außerdem fiel mir etwas ein, was ich freilich Menzies-Legh nicht gut mitteilen konnte, nämlich daß, mit Blick auf das Verhalten seiner Ehefrau mir gegenüber während unserer ganzen Rundreise, man wohl zu Recht hätte sagen können, solche Dinge lägen wohl in der Familie. Leider konnte ich ihm das nicht sagen. Innerlich aber fühlte ich mich sehr geschmeichelt. Das einzige, was ich tun konnte und was ich deshalb wahrhaftig auch tat, war, mich vom Frühstückstisch zu erheben. Es war mir unmöglich, weiter sitzen zu bleiben. Ich sprang also auf und murmelte: »Was für eine merkwürdige Welt.«

»Was gedenken Sie jetzt zu unternehmen, Baron?« fragte Menzies-Legh, nachdem er zugeschaut hatte, wie ich ein-, zweimal in der Sonne auf und ab gegangen war.

»Haltung bewahren«, sagte ich fest und blieb aufrecht vor ihm stehen. »Haltung bewahren, wie es sich für einen Offizier und einen Ehrenmann gehört!«

Er stierte mich erstaunt an. Dann stand auch er auf und sagte mit einem Anflug von Ungeduld in der Stimme – man ersieht daraus, wie unberechenbar er hinsichtlich seiner Stimmungsschwankungen war: »Ja, ja, das versteht sich bei Ihnen von selbst. Aber was soll ich dem alten James wegen Ihres Wohnwagens sagen? Setzen Sie die Reise nun fort oder nicht? Wenn nicht, bringt er den Wagen gern für Sie nach Panthers zurück. Ich fürchte, ich muß es bald wissen. Ich habe nicht viel Zeit, ich muß heute noch abreisen.«

»Was? Heute?«

»Ich muß. Es tut mir furchtbar leid. Ich bin gezwungen, wissen Sie . . .«

»Und die Ailsa?«

»Oh, das ist schon geregelt. Ich habe gestern abend bereits telegraphisch einen Pferdeknecht herbeiordert. In spätestens ein oder zwei Stunden wird er hier sein, um die Ailsa nach Panthers zurückzubringen.«

»Und die Ilsa?« fragte ich.

»Die nimmt er auch mit.«

»Nein! Nein, mein lieber Herr«, entgegnete ich fest. »Die Ilsa lassen Sie in unserer Obhut – den Wagen mitsamt Inhalt.«

»Hä?« machte er.

»Den Wagen mitsamt Inhalt, sagte ich – menschlichem wie anderem.«

»Unsinn, Baron. Was, um alles in der Welt, würden Sie denn mit Jumps und Jane anfangen? Die Mädels fahren mit mir zusammen im Zug in die Stadt zurück. Und meine Frau und Betti ... oh, ja, übrigens hat mich meine Frau inständig gebeten, Ihnen zu sagen, wie unendlich leid es ihr tut, sich nicht von Ihnen verabschieden zu können. Ich versichere Ihnen, sie war wirklich ganz geknickt, aber sie und Betti fahren mit dem Automobil nach London, und sie meinten, es sei gut, so früh wie möglich loszufahren und ...«

»Aber ... mit dem Automobil? Ich dachte, Sie hätten gesagt, sie seien zum Bahn ...« Ich war ziemlich durcheinander von der Fülle der unerwarteten Eröffnungen.

»Ja ja, das stimmt schon. Sie haben Jellaby verabschiedet und wurden dann gleich an der Station von einem Wagen abgeholt, den ich gestern abend in der Stadt für sie bestellt habe. Sie sind direkt vom Bahnhof aus ...«

Ich hörte gar nicht mehr hin. Er redete weiter, aber ich hörte nicht zu. Die Serie der Überraschungen hatte ganze Arbeit geleistet, ich konnte für nichts mehr Aufmerksamkeit aufbringen. Ich glaube, er fuhr fort, sein Bedauern auszudrücken und guten Rat anzubieten, doch was er im einzelnen sagte, traf meine Ohren mit dem gleichgültigen Plätschern frischen Quellwassers, wenn man keinen Durst verspürt. Erst wallten Verärgerung, Zorn und Enttäuschung in mir auf. Warum, so fragte ich mich, hatte sie mir nicht Lebewohl gesagt? Auf den heißen Stoppeln ging ich auf und ab, die Hände tief in die Hosentaschen vergraben und selbst tief in widerstreitende Gefühle verstrickt, während Menzies-Legh, in der Annahme, ich hörte ihm zu, fortfuhr zu bedauern und zu raten, und ich fragte mich nur eins, warum hatte sie sich nicht von mir verabschiedet? Dann ging mir ein Licht auf, endlich konnte ich es erkennen: Es waren ihr Taktgefühl, ihr Anstand, ihr untrügliches Gefühl der wahrhaft weiblichen Frau. Jetzt, da ich wußte, warum sie sich nicht von mir verabschiedet hatte, bewunderte ich sie nur noch mehr. Und langsam gewann ich meine Fassung zurück. Auch der wiederkehrende Verstand kam mir zu Hilfe. Ich konnte denken, entscheiden, vorausplanen. Und noch ehe Edelgard und die beiden Küken vom Bahnhof zurückkamen, nur noch *débris* dessen, was vor wenigen Tagen noch so vollständig gewesen war, hatte ich mit der klarsichtigen Geschwindigkeit des praktischen und vernünftigen Mannes entschieden, daß wir die Elsa aufgeben, unser Geld in den Wind schreiben und nach Hause zurückkehren würden. Das eigene Heim ist schließlich der beste Platz, wenn die Welt anfängt, aus den Fugen zu geraten. Und zu Hause hieß in diesem Falle ja Nähe zum Anwesen der von Eckthums – ich brauchte mir nur einen Wagen zu borgen oder, schlimmstenfalls, eine Droschke zu mieten, und schon war ich da. Und dort mußte früher oder später auch die schöne Dame wieder aufkreuzen. Dort würde ich sie wenigstens von Zeit zu Zeit zu sehen bekommen, während sie mir in England, unter ihren englischen Verwandten, ganz und gar und hoffnungslos entzogen war.

So also kam es, meine Freunde, daß ich Frau von Eckthum an jenem Tag nicht wiedersah. So kam es, daß unsere Wohnwagenreise ein vorzeitiges Ende fand.

Sie können sich selbst ausmalen, welche Gedanken einem Manne mit einem Hang zur Philosophie durch den Kopf gingen, als die kläglich geschrumpfte Reisegesellschaft in der Hitze und dem Flirren des Sommermorgens einpackte, was nur eine Woche zuvor in heulendem Sturm und inmitten von Hagelschauern in einem Hof in Panthers ausgepackt worden war. Vor einer Woche hatte die Natur warnend die Stirn gerunzelt über unsere Ausgelassenheit – leider vergeblich. Jetzt lächelte die Natur ebenso vergeblich über diese traurigen Überbleibsel. Eine einzige kurze Woche bloß; und was war geschehen? Oder vielmehr, sollte ich wohl fragen, was war nicht geschehen? In meine Gedanken versunken, ging ich auf dem Stoppelfeld auf und ab, während Edelgard unsere Habseligkeiten in die Koffer und Taschen packte, wobei Menzies-Legh ihr zur Hand ging (etwas zu übereifrig, dachte ich, doch interessierte es mich nicht genug, als daß es mir etwas hätte ausmachen können).

Edelgard hatte keine Fragen gestellt. Und hätte sie mich gefragt, ich hätte ihr keine Antwort gegeben, denn ich war, wie man sich vorstellen kann, nicht in der Stimmung, mich auch noch mit Fragen einer Ehefrau abzuplagen. Als sie von der Verabschiedung Jellabys zurückkam, teilte ich ihr lediglich mit knappen Worten meinen Entschluß mit, noch in derselben Nacht den Kanal überqueren zu wollen. Ich befahl ihr, unsere Sachen fertigzumachen. Sie sagte kein Wort, sondern fing sofort an zu packen. Sie fragte nicht einmal, ob wir uns nicht erst noch London anschauen würden, wie es doch ursprünglich unser Plan gewesen war. London? Wem lag jetzt noch an London? Meine Stimmung war nicht gerade die, in der ein Mann etwas für London übrig hätte. Hinsichtlich dieser Stadt ist wohl eine einsilbige Beschreibung völlig ausreichend: Tja.

Ich will mich hier weder bei der Prozedur des Packens aufhalten noch damit, wie Edelgard, nachdem das erledigt war, sich einer ausgedehnten Abschiedszeremonie hingab. Ein Adieu, das, so bitte ich zu beachten, im Falle der beiden nichtssagenden Küken sogar Umarmungen einschloß und bei Menzies-Legh einen gefühlsduseligen mit beiden Händen ausgeführten, endlos langen Händedruck, verbundenen mit einer Einladung – ich habe es mit eigenen Ohren gehört –, uns doch in Storchwerder zu besuchen und dort bei uns zu wohnen. Dem alten James schließlich drängte sie in einer fernen Ecke und, wie sie wohl meinte, von mir unbeobachtet, etwas auf, was verdächtig nach einem Teil des Taschengeldes aussah, das sie von mir zugeteilt bekommt. Auch möchte ich mich nicht weiter darüber auslassen, wie sie dann, ganz in eine traurige Abschiedsstimmung gestürzt, mit mir zum Bahnhof hinunterschritt. Der alte James, der unser Gepäck trug, ging in gebührendem Abstand hinter uns her, während die anderen ein letztesmal auf das Lager aufpaßten. Ich will mich auch nicht darüber verbreiten, wie Edelgard sich mit einem Übermaß an ganz offensichtlich nur gespieltem Bedauern gefährlich weit aus dem Zugfenster lehnte, um den auf dem Stoppelfeld Zurückgebliebenen einen letzten Gruß mit ihrem Taschentuch zuwinken zu können. Angesichts solch üppig wuchernder Gefühlsduselei konnte ich, der ich mit meinen eigenen Gedanken vollauf beschäftigt war, nur mit den Achseln zucken. Allerdings warf auch ich einen kurzen Blick aus dem Zugfenster. Dort auf dem Stoppelfeld standen die drei braunen, in der Sonne blitzenden Wagen, und daneben, knietief verborgen zwischen Stroh und Pfannen, Kisten und Koffern und anderem zurückgelassenem Ballast, Menzies-Legh und die beiden Küken, die uns hinterherschauten, als wir abfuhren.

Merkwürdig, wie fremd das Granze anmutete, wie wenig es mit mir zu tun zu haben schien, jetzt, da die funkelnden, glitzernden, sprühenden Sektperlen sich verflüchtigt hatten (wenn ich denn Frau von Eckthum mit diesen vergleichen darf) und nur mehr der schale Rest übrig war. Ich konnte nicht anders, als ich in freundlicher Anerkennung des verrückten Winkens der beiden Küken den Hut zog, da war ich froh und glücklich, der ganzen Schererei endlich entronnen zu sein. Menzies-Legh erwiderte meinen Gruß lediglich mit verhaltener Geste. Der Zug schlingerte um eine Kurve, und alsbald verschwanden der Lagerplatz und die Wohnwagen für immer in der unwiederbringlichen Vergangenheit.

21

So also war unsere Wohnwagenreise zu Ende gegangen. Als ich daran dachte, daß ich nur einen Tag zuvor genau zu dieser Stunde noch unter den Hopfenstangen von Frogs' Hole Farm gelegen hatte, fest davon überzeugt, den größeren Teil unserer Rundreise noch vor mir zu haben, konnte ich es kaum glauben. Und nun saßen Edelgard und ich uns wieder *tête-à-tête* in einem Eisenbahncoupé gegenüber. Vor uns eine Zukunft voller – wenn mir gestattet ist, dieses Wort zu prägen – *tête-à-têtelichkeit*, die sich so weit erstreckte, wie die Phantasie nur veranlaßt werden kann, uns in die Endlosigkeit vorauszueilen. Und nicht bloß gemeine *tête-à-têtelichkeit*, sondern eine ganz besonders komplizierte Form derselben, handelte es sich doch bei einem der beiden *têtes* um einen abscheulich rebellischen und unweiblichen. Ich blickte sie an, wie sie mir da in der gegenüberliegenden Ecke des Coupés gegenübersaß, und fragte mich, wie lange es wohl dauern würde, bis sie wieder zu jener Vernunft zurückfände, an der sie Gefallen gehabt hatte, bevor wir nach England gereist waren.

Als ich ihr den besagten flüchtigen Blick zuwarf, bemerkte ich, daß sie mich wohl schon geraume Zeit musterte. Kaum daß sich unsere Augen trafen, beugte sie sich vor und fragte: »Otto, sag mir, was hast du angestellt?«

Es waren die allerersten Worte, die sie an diesem Tag an mich richtete. Da ich ihnen wahrhaftig keinen vernünftigen Sinn entnehmen konnte, forderte ich sie auf, sich doch bitte nicht ›tiefschürfend‹ auszudrücken, ein Wort, das ich als höfliche Umschreibung für ›blöde‹ einsetzte.

»Warum«, insistierte sie, meine Mahnung unbeachtet übergehend, »warum hat sich die ganze Gruppe aufgelöst? Was, bitte, hast du angestellt?«

Hat man je solche Fragen gehört? Doch dann fiel mir ein, daß sie sich ja im Traum nicht vorstellen konnte, wie die Dinge tatsächlich lagen. Deshalb war ich auch bei weitem nicht so erzürnt, wie ich es normalerweise gewesen wäre angesichts dieser typisch weiblichen Eigenart, sofort und unbesehen dem Ehemann alle Schuld in die Schuhe zu schieben, sobald irgendwo etwas schiefläuft.

Ich verabreichte ihr also in aller Gutmütigkeit eine kleine Dosis der altbewährten Tante-Bockhügel-Medizin und wäre durchaus bereit gewesen, es dabei bewenden zu lassen, hätte sie es mir nur gestattet. Sie aber wollte unbedingt streiten.

Ohne auch nur den leisesten Versuch zu unternehmen, sich des Bockhügelgesichts zu entledigen, sagte sie: »Mein lieber Otto, wollen wir die arme Tante Bockhügel bitte in Frieden lassen? Sag mir lieber endlich, was *du* getan hast.«

Jetzt packte mich die Wut. Daß sie sich das Recht anmaßte, die Überlegene zu spielen, die glaubte, mich kritisieren, gar beschuldigen zu dürfen, ging entschieden zu weit. Es ging sehr viel weiter, als ein vernunftbegabter Mann sich bieten lassen darf. Was ich im einzelnen sagte, während wir auf der Fahrt nach London waren, werde ich hier nicht wiederholen. Es wurde bereits gesagt und wird leider wieder gesagt werden müssen, solange Männer gezwungen sind, Ehefrauen zu haben. Doch fragen wir zur Abwechslung einmal nach der Verantwortung, die auf den Schultern der Frauen ruht. Ich erinnere an die gute, ja fröhliche Stimmung, in der ich mich befunden hatte, als ich am Morgen aufgestanden war. Und jetzt? Nun, ich empfand keinen geringen Groll gegenüber meiner Frau ob der Art und Weise, wie sie mir diese gute Stimmung zu vermiesen suchte. Man gebe mir die Chance, und ich bin der freundlichste Mensch von der Welt; nehmen Sie mir aber die Chance – was kann ich dann tun?

Und so, meine Freunde, endete unsere englische Reise also mit Zank und Hader. Ich lege die Feder beiseite, und während ich über all diese Ereignisse nachdenke, verliere ich mich im Labyrinth der Erwägungen. Längst haben wir unser normales Alltagsleben in Storchwerder wiederaufgenommen, mit einer Emilie statt einer Clothilde in der Küche. Längst schon machten wir unsere Besuche im großen Kreis unserer Freunde, um allgemein bekanntzumachen, daß wir zurück sind. Wir haben unsere Pflichten wiederaufgenommen, wir sind zu unserem alten, geregelten Leben zurückgekehrt. Langsam, während die Wochen in Monate übergehen und Storchwerder seinen starken gesellschaftlichen Druck auf meine Frau ausübt, findet auch sie, wie ich mit Befriedigung bemerke, zu ihrem normalen, ihr angestammten Platz zurück. Ich hätte mir gar keine Sorgen machen müssen. Ich hätte keine Zeit darauf verschwenden müssen, darüber nachzudenken, wie sie wieder zur Räson zu bringen sei. Storchwerder hat das für mich erledigt. Seine Atmosphäre und seine Umgebung sind äußerst potente Mittel. Ihre Wirkung ist, wie ich mit Dankbarkeit zugebe, zu stark für Edelgard. Nach kurzem, widerspenstigem Aufbäumen fing sie wieder an, mein Essen zu kochen und sich so pflichtgemäß um mein Wohlergehen zu kümmern, wie sie es auch vorher getan hatte, und weitere Wirkung wird zweifellos noch folgen. Gegenwärtig ist sie stiller als vor unserer Reise, auch lacht sie nicht so bereitwillig, wie sie es früher zu tun pflegte, wenn ich gerade zu Scherzen aufgelegt war. Gelegentlich macht sich noch einmal eine der britischen Mikroben bemerkbar, die der Wachsamkeit jener wohltätigen kleinen Kreatürchen entgangen sind, von denen die Wissenschaft sagt, sie schwämmen in unserem Blut, bereit, einen jeden eindringenden Fremdling sofort zu verschlingen. Diese bis dato noch überlebt habenden Mikroben verleiten sie dann, meine Worte und mein Tun mit spitzen Bemerkungen *à la* Mrs. Menzies-Legh zu kommentieren, aber ich bringe sie mit einem Stirnrunzeln zum Schweigen, oder ich wende die Tante-Bockhügel-Methode an. In einigen Monaten, dessen bin ich gewiß, wird alles wieder genauso sein, wie es früher war. Ich selbst bin unverändert derselbe wie eh und je – ein schlichter, offenherziger, patriotischer, christlicher Ehrenmann, der sich auf dem Pfad der Pflicht bewegt, ohne nach rechts oder links zu schauen (selbst wenn ich es täte, Frau von Eckthum würde ich nicht zu Gesicht bekommen, denn sie befindet sich leider noch immer in England), und der seine bescheidenen Fähigkeiten dazu nutzt, sein Bestes für den Ruhm und die Ehre seiner Vaterlandes und seines Kaisers zu geben.

Nun, da ich diese Geschichte zu Ende gebracht habe, gibt es nichts weiter zu tun, als einen Rotstift zu kaufen und Zeichen an den Rand des Manuskriptes zu setzen. Zahlreich, fürchte ich, werden diese Zeichen sein. Es ist nun einmal eine unglückliche Tatsache, daß man nicht ehrlich sein kann, ohne zugleich auch indiskret zu sein. Doch ich bin zuversichtlich, daß das, was nach den Streichungen übrigbleibt, von meinen Zuhörern mit jener Nachsicht aufgenommen wird, die einem Manne gebührt, dessen einziges Begehren es war, die Wahrheit, die ganze Wahrheit und nichts als die Wahrheit zu berichten, oder, mit anderen Worten (die, so denke ich, jedoch auf dasselbe hinauslaufen), dessen einziges Anliegen es war, nichts zu verbergen.

Postscriptum

Es ist etwas Furchtbares geschehen.

Nachdem wir die Einladungen zur Lesung bereits per Post an unsere Freunde verschickt haben, nachdem die Wohnung schon blitzblank geputzt und das Bier zu den belegten Broten quasi schon an die Türschwelle geliefert ist, sehe ich mich gezwungen, das bereits vor einer Woche fertiggestellte Manuskript erneut aus der verschlossenen Schublade zu nehmen, in der ich es vor Edelgards neugierigen Augen versteckt halte, denn ich muß eine äußerst beklagenswerte und schmerzliche Begebenheit anfügen.

Meine Frau erhielt heute morgen einen Brief von Mrs. Menzies-Legh des Inhalts, daß Frau von Eckthum in Kürze mit Jellaby die Ehe eingehen werde.

Keine Worte vermögen den Schlag auszudrücken, den mir diese Nachricht versetzte. Worte reichen nicht aus, mein Entsetzen über eine solche Verbindung zu schildern. Sich selbst überlassen, hilflos in den Klauen der englischen Verwandten, müssen just die heiligsten Tugenden dieses sanften Geschöpfes – ihre Fügsamkeit und ihre zarte Weiblichkeit – zu jenen Hilfsmitteln geworden sein, die diese schreckliche Katastrophe herbeiführten. Man hat sie beeinflußt, sie überredet, sie zum wehrlosen Opfer gemacht.

Sechs Monate ist es her, daß sie ganz und gar den Menzies-Leghs überantwortet wurde, sechs Monate, die sie zweifellos in unbeugsamen Widerstand zugebracht hat, bis, aller Wahrscheinlichkeit nach, ihre zarte Gesundheit dem Druck nicht länger standhalten konnte und sie völlig gebrochen nachgeben mußte. Der Gedanke ist kaum zu ertragen. Ein Brite. Ein Sozialist. Ein Mann in Flanell. Ohne Familie. Ohne Geld. Aber mit den schrecklichsten Ansichten.

Mein Entsetzen und mein Grauen sind so groß, so tiefgreifend, daß ich mich entschlossen habe, alle Einladungen rückgängig zu machen und dieses Manuskript sicher wegzuschließen – vielleicht für immer und ewig, mindestens aber für ein paar Wochen. Denn wie könnte ich wohl die Geschichte unseres harmonischen und entzückenden Umgangs laut verlesen, nachdem dieses tragische Nachspiel öffentlich bekannt wurde!

Und meine Frau? Als sie den Brief beim Frühstück las, da klatschte sie in die Hände und rief: »Ist das nicht wunderbar? Ach, Otto, freust du dich nicht?«

Nachwort

Wenn ich mir von den Büchern Elizabeth von Arnims ein Lieblingswerk aussuchen müßte, so wäre dies ohne Zweifel ›The Caravaners‹ (dt.: ›Die englische Reise‹).

Das liegt einmal daran, daß ich vor zwanzig Jahren in einem englischen Antiquariat auf eine Ausgabe dieses Buches stieß (die sich als Originalausgabe erwies), von der ich so fasziniert war, daß ich begann, die zunächst kargen Informationen über diese kluge, witzige, ironische und beißend satirische Autorin zu sammeln. Sie war offensichtlich seit Jahrzehnten in Vergessenheit geraten. In deutschen Antiquariaten gab es selten einmal Tauchnitz-Ausgaben, in England die von Macmillan, Smith & Elder und Heinemann im blaßgrünen Leinenband. Etwa fünf Jahre dauerte es, bis 20 Bände gesammelt waren und sich einige Kenntnisse über die Person und das Leben dieser Autorin zusammenfügen ließen. Es ergab sich daraus eine faszinierende Geschichte.

Die Schriftstellerin war von Geburt Australierin, sie wurde allerdings 1866 in Neuseeland im Sommerhaus ihrer Eltern geboren; diese hießen Beauchamp und tauften die spätere »Elizabeth« auf den Namen Mary Annette.

Im Jahre 1870 kehrte die Familie mit sechs Kindern auf einer langen Schiffsreise nach England zurück. Vater Henry Beauchamp war im Schiffshandel wohlhabend geworden, doch es zog ihn und seine schöne Frau Louey in das Land der Vorfahren, denn die Beauchamps waren ein altenglisches Geschlecht. Überdies war Henry Beauchamp ein reiselustiger Mann. Auch später, während seine Kinder in England und zwischendurch in der Schweiz aufwuchsen, begab er sich immer wieder auf »Weltreisen«.

Mary Annette erhielt Unterricht an verschiedenen Schulen in der Schweiz, in England und von mehreren Hauslehrern; ihre Bildung war durchaus nicht durch die viktorianische Vorstellung eingeengt, daß Mädchen keine detaillierten Schulkenntnisse brauchen, sondern sie lernte alles, was auch ein Knabe wissen durfte. Außerdem erhielt sie am Londoner Royal College of

Music eine hervorragende musikalische Ausbildung mit einem »Abschluß« im Klavier- und Orgelspiel. Mit 18 Jahren war damit ihre Zeit des Lernens beendet. 1889 beschlossen die Beauchamps, ihre Tochter auf eine große Bildungsreise nach Italien zu schikken, und diese Reise wurde schicksalhaft für Mary Annette.

Ein wohlbeleibter deutscher Graf namens Henning August von Arnim-Schlagenthin reiste im gleichen Zugabteil mit den Beauchamps. Er war unlängst Witwer geworden, hatte nicht nur seine Frau, sondern auch ihr erstes Baby verloren und wollte sich auf Reisen erholen. Sein Blick ruhte prüfend auf der jungen Mary Annette, alsbald war er entflammt und in sie verliebt.

Die weitere Italienreise stand unter dem Zeichen der Liebeswerbungen des Grafen. In Florenz schließlich geschah es bei der Besteigung des Doms: Henning umschlang Mary Annette heftig und voluminös – und wurde erhört! Sein Verlobungsgeschenk war, man merke sich dies Ereignis wohl, ein Diamantring aus dem Besitz seiner jüngst verstorbenen Frau.

Die Reise verlief ereignisreich; unter anderem wurde ein Besuch bei der Witwe des 1883 verstorbenen Richard Wagner, Cosima Wagner, arrangiert, denn der Graf war Klavierschüler von Franz Liszt gewesen, und dieser war der Vater von Cosima (vormals von Bülow). Mary Annette gab ein kleines Konzert und wurde von der als sehr kritisch bekannten Frau Cosima belobigt, sie muß also wirklich gut gespielt haben.

Nach einigen Besuchen und Vorstellungen in der feinen deutschen Gesellschaft – auch ein elegantes Stadthaus der Arnims in Dresden wird in diesem Zusammenhang erwähnt – fuhren die Beauchamps erst einmal nach London zurück und warteten auf die Hochzeit – ziemlich lange, denn der Graf hatte finanzielle Schwierigkeiten zu ordnen. Dazu brauchte er, mit einer zwischenzeitlichen Ermahnung von Vater Beauchamp, bis 1891!

Als Sohn des damals bekannten Harry Graf von Arnim, einem Rivalen Bismarcks, der nach einer politischen Intrige aus Deutschland verwiesen worden und 1881 in Italien gestorben war, hatte er die Schulden des Vaters sowie die Güter und Schlösser Nassenheide in Pommern und Schlagenthin in Brandenburg geerbt, was kein sehr profitabler Besitz war. 1891 fand am 21. Februar endlich in der Kirche Saint Stephen in London die Heirat von Mary Annette Beauchamp mit Henning August Graf von Arnim-Schlagenthin statt.

Ich kann mir nicht versagen zu erzählen, daß ich im Dezember 1994 auf den Spuren der Autorin auch Saint Stephen besuchte und zu meiner großen Freude das Heiratsregister von 1891 ausgehändigt bekam. Da waren die Unterschriften, dick und fest die des Grafen Arnim (Beruf: »Gentleman«), zart und kaum lesbar die der Mary Annette, sowie die Signaturen von Vater Henry Beauchamp und Bruder Sydney. Sydney Beauchamp wurde später ein sehr berühmter Gynäkologe und sogar Leibarzt der Königin Victoria. Sydney blieb immer der Lieblingsverwandte Mary Annettes, sie liebte ihn so sehr, daß sie eines Tages testamentarisch bestimmte, ihre Asche möge mit der ihres Bruders vermischt werden.

In Berlin begann zunächst die Zeit der »Eindeutschung« der jungen Gräfin. Bis hinauf zur Kaiserfamilie reichte durch die Mutter Hennings, einer geborenen Elise von Prillwitz, der Verwandtschaftsgrad der Arnim-Schlagenthins.

Mary Annette mußte die deutsche Sprache erlernen, immer jedoch blieb die Gräfin darin unvollkommen. Die gesellschaftlichen Verpflichtungen füllten die ersten Jahre – und das Kinderkriegen. Am 1. Dezember 1891 kam das erste Mädchen zur Welt. Der Graf wünschte sich sehnlich einen Stammhalter, es kamen aber lauter Mädchen.

1896 beschloß man, auf das geerbte Gut Nassenheide in Pommern bei Stettin umzuziehen und es zu bewirtschaften, denn die junge Gräfin mochte Berlin nicht sehr und auch nicht die steife und formelle Gesellschaft dort.

1898 erschien in England und für das englischlesende deutsche Publikum das Buch einer anonym bleibenden Autorin: ›Elizabeth And Her German Garden‹ (dt.: ›Elizabeth und ihr Garten‹).

Es wurde sofort ein Bestseller, und ein Rätselraten um die Autorin begann, die über deutsche Sitten in perfekter englischer Sprache schrieb. Oder war wohl gar ein Mann der Verfasser?

So wurde aus Mary Annette »Elizabeth«, und sie schrieb weiter, zog sich oft in ihr »Treibhaus« im Schloßgarten zurück; Zeit hatte sie genug, denn für das große Haus gab es Bedienstete, für die Kinder waren Gouvernanten und später Hauslehrer da. Der Graf, dem wir in Büchern als dem »man of wrath« (»dem Grimmigen«) begegnen, bemühte sich um den Gutsbetrieb und den Kartoffelanbau auf Nassenheide und Schlagenthin, er war zudem Vorstand einer Eisenbahngesellschaft, dies alles geriet aber finanziell nicht sehr erfolgreich. 1899 wurde er sogar wegen einer angeblichen Veruntreuung verhaftet, konnte sich aber voll rehabilitieren. Die Erfahrungen Elizabeths aus dieser schlimmen Zeit kann man in dem Buch ›The Benefactress‹ (dt.: ›Anna Estcourt‹) nachverfolgen, das 1901 erschien.

Dann wurde endlich in London der so lange vom Grafen erwartete Sohn geboren. Warum in London? Im Laufe der Zeit hatte sich Elizabeth als erfolgreiche und wohlverdienende Autorin immer mehr Freiheit erobert. Sie fuhr oft nach England, und da nach der ersten Geburt ihr Vertrauen in die deutsche Ärzteschaft etwas erschüttert war, hatte sie sich für die späteren Geburten der Hilfe ihres Bruders versichert. Henning Bernd, so wurde der Knabe getauft, erhielt so die englische Staatsangehörigkeit, was sich später noch als glücklicher Umstand erweisen sollte.

Aus der Zahl der Hauslehrer auf Schloß Nassenheide sollen zwei junge Talente erwähnt werden, die zu der Zeit Studenten in Cambridge waren, der später berühmte Schriftsteller E. M. Forster (Nassenheide 1905) sowie Hugh Walpole (Nassenheide 1907), auch er ein erfolgreicher Autor und lebenslanger Freund Elizabeths. Aus den Aufzeichnungen und Briefen der beiden erfährt man einiges über die kapriziöse, kluge, ironische Gräfin. Auf Nassenheide herrschten strenge Sitten; die Gräfin war eine sehr bestimmende Person mit launischen Eigenschaften.

Dies spiegelt sich sogar in ihren ersten Romanen wieder, in denen Elizabeth auch die Atmosphäre beschreibt, der sie sich als Ausländerin in Pommern ausgesetzt sah. In humorvoller Verfremdung erkennt man die »höhere« und »niedere« deutsche Gesellschaftsschicht und auch die für eine Engländerin verwunderlichen Umgangsformen zur Zeit des deutschen Kaiserreichs.

Dieser Periode entstammen die Bücher:

1898 ›Elizabeth And Her German Garden‹ (dt.: ›Elizabeth und ihr Garten‹),
1899 ›The Solitary Summer‹ (dt.: ›Sommer ohne Gäste‹),
1900 ›The April Baby's Book of Tunes‹ (dt.: ›April, May und June‹),
1901 ›The Benefactress‹ (dt.: ›Anna Estcourt‹),
1904 ›The Adventures of Elizabeth in Rügen‹ (dt.: ›Elizabeth auf Rügen‹),
1905 ›The Princess Priscilla's Fortnight‹ (dt.: ›Priscilla und das Haus in Devon‹),
1907 ›Fräulein Schmidt And Mr. Anstruther‹ (dt.: ›Fräulein Schmidt und Mr. Anstruther‹),
1909 ›The Caravaners‹ (dt.: ›Die englische Reise‹).

Es überschreitet leider den Rahmen eines Nachwortes, das Mosaik aus Biographie und Fiktion in Elizabeths Büchern im Detail aufzuzeigen, es ist jedoch festzuhalten, daß fast jeder Ort, fast jede Figur in den Romanen eine Entsprechung im Leben der Gräfin hat. So spiegelt beispielsweise die Verhaftung des Axel Lohm in ›Anna Estcourt‹ die Verhaftung ihres Ehemannes wieder, auch die wundersame Kutschfahrt in ›Elizabeth auf Rügen‹ hat mit einigen Unterbrechungen stattgefunden. Die Erstausgabe dieses Buches enthielt eine Faltkarte, auf der man die Reise nachvollziehen kann. Auch die im vorliegenden Buch geschilderte englische Reise mit Pferd und Wagen hatte Elizabeth 1907 bei strömendem Regen selbst erlebt, allerdings mit einer anderen Besetzung: mit früheren Hauslehrern – auch E. M. Forster war dabei, sowie mit ihren Töchtern und einigen Freunden.

Auf dieser Reise hatte Elizabeth, die über eine erstaunliche Bekanntenzahl in Schriftstellerkreisen verfügte, auch Henry James,

H. G. Wells und Lawrence Alma Tadema, die Tochter des großen Malers, besucht. Es existiert sogar ein Foto von der Reisegesellschaft neben einem Wohnwagen am Wegesrand.

Der »Grimmige« war allerdings nicht mit von der Partie, er wurde fiktiv in die Erzählung hineinkomponiert. Wenn wir aber annehmen, daß der Baron von Ottringel eine böse Satire auf den Grafen Arnim darstellt, so dürfen wir daraus schließen, daß sich die Ehe in einer Krise befand.

In der Tat hatte sich Graf Henning mit seiner Frau am Ende der Reise in London getroffen. Er mußte ihr mitteilen, daß die finanzielle Situation von Nassenheide so schlecht war, daß Schloß und Gut zum Verkauf angeboten werden mußten. Dieses Debakel war kaum aufzuhalten, obwohl regelmäßig enorme Gelder aus Elizabeths schriftstellerischen Einkünften eingeflossen waren. Graf Arnim schlug nun vor, auf das kleinere Schloß und Gut Schlagenthin umzuziehen.

In dieser Atmosphäre der Unsicherheit und Depression arbeitete Elizabeth an dem neuen Roman. Ein gelungenes Buch wurde daraus, eine Geschichte voller Warnungen vor der Gefahr eines Krieges mit den Deutschen. Die Sympathie Elizabeths liegt deutlich auf seiten der Engländer, und man spürt ihre Fremdheit gegenüber dem Gastland Deutschland in der Vorahnung einer kommenden Krise. Voller Bitterkeit ist der Roman auch gegen die Rolle dieses deutschen Ehemannes und seinen überheblichen und unerschütterlichen Chauvinismus. Sogar einige englische Kritiker warfen der Autorin die Einseitigkeit ihrer Schilderung dieses deutschen Herrentyps vor.

Im Mittelpunkt dieser Reisegesellschaft, die 1907 mit Pferd und Wohnwagen durch England fährt, steht der deutsche Baron von Ottringel. Der Baron berichtet zunächst von seinem Alltag in dem deutschen Flecken Storchwerder, wo er mit seiner Frau Edelgard in bescheidenen Verhältnissen, jedoch mit hoher Meinung von sich selbst und seiner adligen Gesellschaftsschicht lebt. Schon bald erfahren wir aus seiner erlauchten Perspektive, daß »Frauen keine Vernunft besitzen, sondern Instinkte«, daß »Ehemänner ihren Pfad beleuchten« und dergleichen mehr. Hier enthüllt sich selbst ein Widerling, ein Ekel, ein Chauvinist und erzkonservativer Typ, ohne im geringsten seine eigene Voreingenommenheit zu erkennen. Die Autorin hält diesen Kunstgriff mit größter Meisterschaft bis zum bitteren Ende des Romans durch, oder ist vielleicht das Ende nicht ganz so bitter?

Die schöne Frau von Eckthum, deren Schwester mit einem reichen Engländer verheiratet ist, überredet die Ottringels zu dieser Reise mit Pferd und Wagen durch England. Der Herr Baron stimmt zögernd zu, da ihm das Angebot billig erscheint und ihm die schlanke, attraktive Frau von Eckthum mit ihren langen Wimpern gefällt ...

Die Ottringels treffen sich in Kent mit den anderen Teilnehmern, um drei Pferde und drei Wohnwagen in Empfang zu nehmen. Mit von der Gesellschaft sind zwei junge Männer, die im Zelt übernachten, Browne und Jellaby, das Ehepaar Menzies-Legh (Frau Menzies-Legh ist die schlanke Schwester der Frau von Eckthum, die ebenfalls mitfährt) und zwei Teenager. Ein alter Pferdeknecht reist zusätzlich mit, er schläft bei den Pferden. Schon während der Anreise präsentiert Elizabeth von Arnim die Vorurteile, den Standesdünkel und den Egoismus des Barons, sie führt ihn außerdem als gefühllosen Ehemann vor, der darauf besteht, seinen 25. Hochzeitstag zu feiern, obwohl sich diese Zeitspanne aus seiner ersten Ehe, die ihn zum Witwer machte, und seiner zweiten Ehe zusammensetzt, die am Tag des Jubiläums erst seit fünf Jahren besteht ...

Die Reise steigert sich bei strömendem Regen immer mehr zu einem Desaster. Der Baron ist sich zu fein, um wie alle anderen Holz zu sammeln, Feuer zu machen, Essen zu bereiten und so weiter, er drückt sich, wo er kann, und zerstört, ohne es selbst wahrzunehmen, die gute Stimmung zwischen den Reisenden. Dabei schien das Unternehmen anfangs unter einem guten Omen zu stehen, denn die übrigen Reisenden sind sich sympathisch, scheinen klug, hilfsbereit und im positiven Sinne »englisch«; sie lieben die Landschaft auch im Regen, genießen den Sternenhimmel, die Kameradschaft der Camper am Feuer, sie alle passen zueinander – bis auf das Ekel.

Je länger die Reise dauert, desto vertrauter werden uns die übrigen Personen in ihrem Bemühen, sich in der Natur trotz der Anstrengungen und Widrigkeiten des Zigeunerlebens zu entspannen. Wo immer jedoch der Baron auftaucht, macht er sich mit seinen dröhnenden Phrasen über das, was sich in Deutschland gehört, nämlich die natürliche Unterordnung der Frau, stetig unbeliebter. Er verbreitet aber nicht nur Peinlichkeiten, sondern ist auch ungeschickt und faul. Er hält es auch für natürlich, von den anderen bedient zu werden, die er von niedrigerem Stande wähnt. Bis er erfährt, daß der junge Mr. Browne dem englischen Hochadel angehört. Sofort umschwänzelt Ottringel den jungen Mann mit dem Ziel, am Ende der Reise in die hohe Familie eingeführt zu werden.

Ganz anders vollzieht sich die Entwicklung seiner Gattin Edelgard. Sie wird von der Gruppe mit Herzlichkeit aufgenommen, legt von Tag zu Tag mehr das Verhalten einer unterdrückten Ehefrau ab und genießt die Gesellschaft der männlichen Teilnehmer und ihre feine Gentlemanmanier, nachdem sie unter ihrer erzwungenen Dienerinnenrolle so lange gelitten hat. Ottringel bemerkt nicht, daß die anderen Damen inzwischen einander ablösen, um ironisch verzweifelt oder stumm die Phrasen des Deutschen über sich ergehen zu lassen. Auch die Herren versuchen vergebens, das Ekel mit Toleranz, Höflichkeit oder feiner Ironie zu verkraften, doch ihre verbindlichen Hinweise fruchten nicht, der Baron bleibt unbeeinflußbar und ein zerstörerischer Fremdkörper.

Bei Regen und Wind geht die Reise weiter von Dorf zu Dorf, von Wiese zu Wiese, wo man gemeinsam versucht, Kartoffeln und Kohl auf dem offenen Feuer zu garen, wobei jeder Anflug von Romantik an der schlechten Laune, der Dünkelhaftigkeit und Faulheit des Herrn von Ottringel scheitert.

Langsam entwickelt sich die Reise mehr und mehr zur Katastrophe. Als eine Limousine mit Chauffeur sich auf der engen Straße nähert und Ottringel sich weigert, mit dem Pferdefuhrwerk auszuweichen, beschimpft er den Besitzer, der sich später als der hochvornehme Vater des jungen Browne herausstellt, als

»Straßenschwein«. Natürlich verläßt der junge Mann anschließend die Gesellschaft. Auch als man nahe einer Pfarrei kampiert, provoziert der Baron aufgrund seiner festen Vorurteile einen Skandal, er hält Pfarrer für »niederen Standes« und zeigt dies offen.

Der Baron ist blind und taub in seinem arroganten Wahn, daß doch die Deutschen in allem weiterentwickelt und besser seien. Er versteigt sich sogar zu Bemerkungen, daß ein kommender Krieg wohl manches ändern könne, wenn nämlich England erst von den Deutschen erobert wäre . . .

In Canterbury schließlich stiehlt sich das Ekel heimlich von der Gesellschaft fort (man schleppt gerade Wassereimer und versucht zu kochen) und sucht ein Gasthaus auf, um ohne die anderen genüßlich zu speisen und seinen Durst wie ein richtiger Mann mit Bier zu löschen. Anschließend besichtigt er allein die Kathedrale und hört zufällig, hinter einem Pfeiler verborgen, wie Frau von Eckthum und Mr. Jellaby verzweifelt das Scheitern der Reise beklagen. Unfähig zur Selbsterkenntnis, versteht er alles falsch und glaubt, die Kritik wende sich gegen Menzies-Legh. Kühn tritt er hinter der Säule hervor, und die beiden erstarren vor Überraschung und Schrecken. Dann will Ottringel auch noch Frau von Eckthum vor der vermeintlichen Zudringlichkeit Jellabys bewahren – der Leser weiß längst, daß die beiden einander herzlich zugetan sind. Dies wird sozusagen zum letzten Streich, denn die Beteiligten sind sich darin einig, die Reise unter vielen Entschuldigungen und Ausflüchten zu beenden. Ottringel ist empört über dieses Benehmen, hat er doch im voraus bezahlt!

Wieder zu Hause registriert der Baron mit Befremden, daß seine Gattin sich verändert hat. Sie äußert eigene Meinungen, sie widerspricht ihm sogar. Doch ungebrochen gibt er sich der Hoffnung hin, daß sie dieses Virus, das sie in England befallen haben muß, wie eine schwere Krankheit bald überwinden wird. Er wird ihr helfen, den ihr gemäßen Platz an seiner Seite wiederzufinden, für ihn zu kochen und ihn, den Pflichten einer Ehefrau entsprechend, wieder zu bedienen . . .

Elizabeth von Arnim ist mit diesem Buch ein Meisterstück gelungen – ein Roman voller Spannung, Humor und Ironie, in dem es an Sympathie für die Teilnehmer der Reise nicht fehlt – mit Ausnahme für den Baron, obwohl die Reise doch aus seiner Sicht beschrieben wird.

Im Jahre 1908 stattete man einige Besuche in Schlagenthin ab, Elizabeth sträubte sich vehement gegen einen Umzug dorthin. Die Stimmung, die uns aus den ›Caravaners‹ anweht, läßt verstehen, warum Elizabeth nicht mehr in Deutschland leben wollte, daß ihre Sehnsucht sie mächtig nach England zog. Es gelang ihr, wie auch immer, den Grafen zu überzeugen. Sie kaufte ein Haus in England, Blue Hayes, nahe bei Exeter gelegen.

In diesem Jahr begann auch der Auszug aus Nassenheide, nur Henning blieb zurück in Deutschland, um das Gut zu verkaufen.

Neben der Arbeit an den ›Caravaners‹ schrieb Elizabeth an einer Bühnenfassung von ›The Princess Priscilla's Fortnight‹ (dt.: ›Priscilla und das Haus in Devon‹), mit der sie in London einen großen Erfolg haben sollte. Dabei half ihr der berühmte J. M. Barrie mit seiner Bühnenerfahrung (›Peter Pan‹ 1904).

1909, als ›The Caravaners‹ in England veröffentlicht wurde, war das Leben der Familie von Arnim in eine wirre Phase getreten; Graf Henning war noch immer mit dem Verkauf von Nassenheide beschäftigt, Hab und Gut waren schon aus dem Schloß entfernt, Elizabeth wohnte bereits in Blue Hayes, das aber nach einem Jahr wieder aufgegeben wurde zugunsten einer Wohnung in Whitehall Court in London, und die Kinder wurden in englische Internate geschickt.

Bei der Aufführung von ›Priscilla Runs Away‹ sah man drei große Töchter, die den Londonern als April-, May- und June-Babies aus den Büchern der Mutter ein Begriff waren, in weißen Kleidern.

1910, so kann man noch heute im Kirchenbuch von Blankensee lesen, wurde Nassenheide an einen Herrn Léon Salomons verkauft. Inzwischen war der Graf sehr krank geworden und suchte Heilung in Bad Kissingen. Hier starb er nach rascher Verschlimmerung seines Leidens, während Elizabeth auf Besuch bei ihm weilte. Der Sarg wurde nach Schlagenthin überführt, wo der »man of wrath«, der »Grimmige«, als der er in die Literatur eingegangen war, am 25. August 1910 im Mausoleum der Arnims beigesetzt wurde.

Elizabeth gelang es nach kurzer Zeit, das Gut und die Forsten zugunsten ihrer Kinder zu verkaufen. Dann verließ sie endgültig das ungeliebte Deutschland.

Sollten Leser nach der Lektüre von Elizabeths Büchern nach sichtbaren Resten ihrer Vergangenheit forschen wollen, so mögen sie einen Ausflug nach Schlagenthin bei Genthin unternehmen. Das kleine Dorf mit seinem ungewöhnlichen alten Kirchlein sieht fast noch so aus wie damals. Nur das Schloß ist durch DDR-Rauhputz entschönt, seine Nebengebäude sind ruinös verfallen. Das Mausoleum der Arnims ist nach dem Kriege von Russen zerstört worden, so erfuhr ich von dem Dorfchronisten, Herrn Kienscherf. Gut erhalten ist jedoch das Forsthaus an dem Wald, in dem früher das Mausoleum stand.

Der Ort Nassenheide heißt heute Rzedziny und liegt dicht hinter der polnischen Grenze, der benachbarte Pfarrort ist diesseits der Grenze. Sollte wie geplant dort ein Übergang eröffnet werden, kann man so zu dem vormaligen Kirchlein von Böck gelangen, jetzt Buk geheißen, und nach dem Pfarrer forschen, der das Vorbild für Pastor Manske in ›The Benefactress‹ (dt.: ›Anna Estcourt‹) gewesen sein soll.

Elizabeth beschloß damals, für sich, ihre Kinder und viele Gäste ein Chalet in der Schweiz zu bauen. Ein Platz dafür wurde in den Bergen über Randogne sur Sierre erworben. Bis 1913 dauerte die Fertigstellung des großen Hauses mit vielen Gästezimmern und des kleinen Chalets daneben, das für Elizabeth zum Schreiben reserviert war. Während dieser Zeit entwickelte sich eine heftige Liebesaffäre zwischen Elizabeth und H. G. Wells. Die beiden kannten sich schon länger, jetzt aber reisten und liebten sie in Italien, in Paris . . . Einzelheiten findet man in den Memoiren. Wells propagierte und betrieb damals ausgiebig die »freie Liebe«, und so kam es denn auch zu einer Beziehung mit diesem Mann, der gleichzeitig mit Rebecca West verheiratet war, die von ihm ein Kind erwartete.

Welche magnetische Anziehungskraft Elizabeth damals auf Männer ausübte, mag man auch daraus erkennen, daß dieses Verhältnis der Liebe und der Verehrung keinen Abbruch tat, die einer der früheren Tutoren aus Nassenheide, Charles Eskine Stuart, für sie empfand. Er fand in der Figur des Künstlers in Elizabeths nächstem Roman ›The Pastor's Wife‹ (dt.: ›Die preußische Ehe‹) seinen Niederschlag, der 1924 erschien.

Doch kaum war die Verliebtheit mit Wells abgekühlt und zur bleibenden Freundschaft geworden, da brach über Elizabeth eine Katastrophe herein: zunächst in der Form innigster Liebe zu Francis Earl Russell, der sie in dem nun fertiggestellten Chalet Soleil besuchte. Dieser Herr war damals keineswegs ein unbeschriebenes Blatt. Er hatte wegen Bigamie eingesessen und war noch verheiratet, als die Liebe von ihm und Elizabeth Besitz ergriff.

Bei Ausbruch des Weltkrieges 1914 war die Situation Elizabeths ziemlich verwirrend: Wohnungen in der Schweiz und in London, die Kinder verstreut in England und in Deutschland. Wie war es dazu gekommen? Die jüngste Tochter war wegen eines angeblichen Vergehens von der Schule in der Schweiz gewiesen und nach Deutschland in ein Internat verbracht worden, die Zweitjüngste war in einer Haushaltsschule in Deutschland, beide konnten das Land nicht mehr verlassen.

Auf abenteuerliche Weise gelang Elizabeth und ihren zwei älteren Töchtern die Heimkehr nach England, als der Krieg ausbrach – sie waren alle drei deutsche Staatsbürger und schmuggelten sich mit falschen Pässen nach England. Dort wurde Elizabeth alsbald wieder eingebürgert, die beiden Töchter und der Sohn Henning Bernd jedoch hatten Schwierigkeiten, die Mädchen wegen ihrer deutschen Staatsbürgerschaft, H. B. wegen seines deutschen Namens und alle wegen ihres deutschen Akzents! Kein Wunder also, daß später alle drei Kinder nach Amerika aufbrachen und dort blieben.

Elizabeth hingegen heiratete Francis Earl Russell, dessen Bruder Bertrand Russell allezeit ihr Freund bleiben sollte, auch als sich diese Ehe später zur Katastrophe entwickelte.

In dieser Phase schrieb Elizabeth ihren Beitrag zum deutsch-englischen Krieg. Wegen der in Deutschland verbliebenen Kinder veröffentlichte sie diesen Roman ›Christine‹ unter dem Pseudonym Alice Cholmondeley. Hier verarbeitete sie auch die Geschichte ihrer jüngsten Tochter Felicitas, die plötzlich in Deutschland an einer Lungenentzündung gestorben war, ohne daß Elizabeth sie wiedersehen konnte.

Nach »Jahren des Elends« betrieb sie die Loslösung aus dieser Ehe in zwei Etappen: einer Flucht nach Amerika und, nach einem gemeinsamen Versuch, das Verhältnis zu reparieren, in Form der endgültigen Flucht im Jahre 1919.

Frucht der Amerikareise und der vorübergehenden Freiheit war der humorvolle und herzerfrischende Roman ›Christopher and Columbus‹ (dt.: ›Jenseits des Meeres‹), die Geschichte hübscher junger Zwillingsmädchen, die (genau wie Elizabeths Töchter in der Realität) nach Amerika auswandern, um dort ihr Glück zu suchen und am Ende zu finden, das ihnen als deutsch-evangelischen Waisen im Europa zur Zeit des Ersten Weltkrieges versagt blieb.

Nach der endgültigen Trennung von Francis Earl Russell verbrachte Elizabeth wieder viel Zeit in ihrem Chalet in der Schweiz. Sie war nun eine bekannte Persönlichkeit, eine arrivierte Schriftstellerin mit einem riesigen Bekanntenkreis unter den Großen der schreibenden Gilde. Nur ein paar Namen mögen dies veranschaulichen: George Moore, Frank Swinnerton. G. B. Shaw, H. G. Wells, Hugh Walpole, Bertrand Russell, Henry James, Rudyard Kipling, J. M. Barrie, George Santayana, Rebecca West, die Komponistin Ethel Smythe, Freundin der Feministin Emmeline Pankhurst . . .

In der Nähe des Chalet Soleil siedelte sich ihre Cousine Katherine Mansfield an, eine geborene Kathleen Beauchamp aus Neuseeland, jetzt verheiratete Murry. Die beiden Cousinen trafen sich öfter, achteten einander in Freundschaft als Schriftstellerinnen und hatten auch ihre Mißverständnisse. Tragischerweise erkrankte Katherine an Tbc und starb 1923 in Paris.

In dieser Zeit entstand der nächste Roman ›In the Mountains‹ (dt.: ›Tagebuch eines Sommers‹), eine Nachkriegsgeschichte, die, wen wird es verwundern, in den Schweizern Bergen spielt.

1921 erschien der Roman ›Vera‹ (dt.: ›Vera‹), eine Ehegeschichte mit stark autobiographischen Bezügen zu Francis Earl Russell, der auf einen Prozeß nur deshalb verzichtete, weil ihn der Skandal noch eindeutiger identifiziert hätte.

In ihrem Buch ›All The Dogs Of My Life‹ (dt.: ›Alle meine Hunde‹) äußerte Elizabeth: »Es brauchte in der Tat den großen Krieg und einen zweiten Ehemann, um mich erwachsen werden zu lassen.«

1922 entstand ebenfalls auf der Grundlage einer wahren Begebenheit das Buch ›The Enchanted April‹ (dt.: ›Urlaub von der Ehe‹), das verfilmt wurde und die verzauberte Atmosphäre von Portofino wiedererstehen läßt.

Und dann verliebte sich die nun schon sehr erwachsene Frau in einen jungen Mann, der als Bibliothekar für sie tätig war: A. S. Frere. Er erwiderte die Liebe der noch attraktiven älteren Frau, und mehr und mehr begannen die Ängste vor dem Altern und dem Verwelken die Gedanken und die Bücher Elizabeths zu durchdringen. Alle Erlebnisse und Gefühle aus dieser Beziehung wurden sublimiert in dem Buch ›Love‹ (dt.: ›Liebe‹), das 1925 erschien.

Als Elizabeth ihre letzte Liebe verlor, blieb eine Freundschaft mit A. S. Frere, der nach einer unglücklichen Ehe schließlich eine glückliche Verbindung mit Patricia Wallace fand, der Tochter von Edgar Wallace. Elizabeth und ihr lebenslanger treuer Freund Hugh Walpole wurden Taufpaten für eine Tochter aus dieser Ehe.

Das Jahr 1926 brachte ein fröhliches, lustiges, humoristisches Buch mit einem »Happy-End«: ›Introduction to Sally‹ (dt.: ›Die Glücksammlerin‹), die Geschichte eines Mädchens von geradezu überirdischer Schönheit, die alle Männer durch ihren Anblick betäubt . . ., aber auch erstaunt, sobald sie den Mund auftut – eine gelungene Version der Eliza Doolittle aus ›Pygmalion‹, mit einem wirklich viktorianisch anmutenden Schluß noch dazu, denn sie bekommt ein Schloß geschenkt!

Wundert es die Leser, daß sich Elizabeth gerade zur Zeit der Entstehung dieser heiteren Geschichte in England ein kleines Häuschen als Refugium bauen ließ? »White Gates« nannte sie diesen Ort der Entspannung.

1926 zog es Elizabeth, hauptsächlich wegen ihrer Freundschaft mit der reichen Bridget Guinness, an die Riviera. Sie arbeitete an ihrem nächsten Roman ›Expiation‹ (dt.: ›Das Geheimnis der Schwestern‹), wob wieder viele ihrer Erlebnisse aus der Ehe mit Francis Russell ein – es wurde ein ereignisreiches, spannungsgeladenes, vielschichtiges Buch über Ehe und Ehebruch, über die Bigotterie der »besseren Gesellschaft« und über Elizabeths Meisterthema: das Kartenhaus aus Illusionen, das man Liebesbeziehungen nennt. Am Ende bleibt als versöhnlicher Ausklang allein die Freundschaft zwischen lebenserfahrenen, resignierten Frauen bestehen . . .

Mit der äußeren Veränderung in ihrem Leben, dem Umzug in ihr neues Haus Mas des Roses bei Mougins an der Riviera, fand sie als Autorin auch den Handlungsort ihrer nächsten Geschichte: ›The Jasmine Farm‹ (dt.: ›Die Farm im Jasmin‹). Es ist eine Fluchterzählung: Flucht in die Einsamkeit eines kleinen Bauernhauses an der Riviera, Flucht vor der betrügerischen Welt der besseren Gesellschaft, in der sich Freundschaft, Treue, Liebe, Ehe als brüchige Begriffe erweisen. Juwelen der Satire bringt Elizabeth da hervor. Man begegnet auch den Archetypen ihrer Romanfiguren wieder, die sie so lebhaft zu schildern weiß: dem deutschen Adligen, der wie in ›The Caravaners‹ voluminös und derb daherkommt, der meisterhaft in der Wahl des falschen Zeitpunkts, nämlich während der Mittagsruhe, »Wagner« auf dem Flügel intoniert, auch der dünne, sympathische Gentleman tritt auf, auch ein älterer Herr, der es für unnatürlich hält, daß Männer im Alter mit älteren Frauen leben müssen; sie alle werden von Elizabeth mit beißendem Witz vorgeführt. Die Geschichte endet rührend; in diesem Roman argwöhnen die Frauen, wie so häufig bei Elizabeth von Arnim, daß es die eigentliche Bestimmung der Frau sei, »den Mann hinter sich gebracht zu haben«.

1936 erfuhren die Leser in einer seltsamen Autobiographie ›All The Dogs Of My Life‹ (dt.: ›Alle meine Hunde‹), erzählt anhand der Geschichte ihrer vielen Hunde, einiges aus dem Leben der Autorin. Ironisch und resignierend teilt die geheime Romantikerin und Sucherin, die Elizabeth trotz Bissigkeit, Satire und Witz immer war, sozusagen als Essenz ihres Lebens mit, sie sei mit allen Arten menschlicher Liebe wohlvertraut und habe alle Höhen und Tiefen erlebt, jedoch: »Hunde sind frei von solchen Fluktuationen, wenn sie einmal lieben, so lieben sie stetig, unveränderlich, bis zu ihrem letzten Atemzug.« Und: »So möchte ich geliebt werden. Deshalb will ich von Hunden schreiben.«

Schon ab 1932 hatte Elizabeth, wie man ihren Briefen und Aufzeichnungen entnehmen kann, die von Hitlerdeutschland heraufziehende Gefahr erkannt. Immer stärker wurde ihr Denken von Angst geprägt. In den letzten Jahren bereitete sie sogar ihren Selbstmord vor, sollten die Schergen der Nazis auftauchen.

In ihrem letzten Roman, ›Mr. Skeffington‹ (dt.: ›Die sieben Spiegel der Lady Frances‹), finden sich die Hauptelemente ihrer Gedankenwelt wieder: die Furcht vor dem Altern, die Situation der alleingelassenen Frau, die Angst vor der Bedrohung durch die Nazis. In diesem Buch kehrt ein jüdischer Mann, Mr. Skeffington, am Ende zu seiner früher von ihm verlassenen Frau zurück, elend und von den Nazis in Wien geblendet; so kann er nicht erkennen, was das Alter seiner früher so schönen Frau angetan hat . . .

Als in Mougins 1940 Truppen aufmarschierten und die politische Spannung unerträglich wurde, floh Elizabeth auf der Queen Mary nach New York. Im gleichen Jahr wurde ›Mr. Skeffington‹ von Warner Brothers mit Bette Davis und Claude Rains in den Hauptrollen verfilmt.

Danach wurde Elizabeth einsamer und schwächer, und sie zog

sich zurück in die Nähe von alten Freunden, nach South Carolina, zu ihren Verlegern, den Doubledays. Dort erkrankte sie an einem Infekt und starb, nachdem ihre älteste Tochter sie noch besucht hatte, in einem Krankenhaus in Charleston.

Wie ordnet man sie wohl ein in die Literaturgeschichte? Nach ihren Lebensdaten (1866–1941) war sie eine Viktorianerin, eine Autorin des Fin de siècle, eine Edwardianerin, eine Georgianerin . . . ihr Freund Frank Swinnerton nannte sie eine »psychologische Praegeorgianerin«.

Ihre Lieblingsschriftsteller waren Shakespeare, Wordsworth, Keats, Shelley, Thoreau, Henry James.

Vielleicht sollte man sie gar nicht einordnen – sie war eben »Elizabeth (1866–1941)«.

Horst Pöthe